La Vierge en bleu

Tracy Chevalier

La Vierge en bleu

Traduit de l'anglais par Marie-Odile Fortier-Masek

ÉDITIONS FRANCE LOISIRS

Titre original : *The Virgin Blue*

Édition du Club France Loisirs,
avec l'autorisation des Éditions Quai Voltaire.

Éditions France Loisirs,
123, boulevard de Grenelle, Paris
www.franceloisirs.com

ISBN : 2-7441-8496-9

Pour Jonathan.

« De même que la couleur jaune est toujours associée à la lumière, on peut dire que le bleu porte toujours en lui un principe d'obscurité. Cette couleur a un effet bizarre et presque indescriptible sur l'œil. En tant que nuance, elle est puissante, mais d'une façon négative, et dans sa plus grande pureté elle produit, pourrait-on dire, une négation stimulante. Son apparition est alors une sorte de contradiction entre l'excitation et le repos. »

Goethe, *La Théorie des couleurs*

1

La vierge

Elle s'appelait Isabelle. Enfant, ses cheveux changeaient de couleur en moins de temps qu'il n'en faut à l'oiseau pour appeler son compagnon.

Cet été-là, le duc de l'Aigle rapporta de Paris une statue de la Vierge à l'Enfant et un pot de peinture destinés à la niche au-dessus du portail de l'église. Le village célébra par une fête l'installation de la statue. Assise au pied d'une échelle, Isabelle regardait Jean Tournier peindre la niche d'un bleu intense, de la couleur d'un ciel vespéral. Au moment où il achevait, le soleil apparut derrière un pan de nuages, rendant le bleu si vif qu'Isabelle croisa les mains sur sa nuque et serra les coudes contre sa poitrine ; ses rayons posèrent sur sa chevelure une auréole mordorée qui y demeura après qu'il eut disparu. À partir de ce jour, on l'appela La Rousse, en souvenir de la Vierge Marie.

Quelques années plus tard, ce surnom perdit toute résonance affectueuse, avec l'arrivée au village de M. Marcel, aux mains maculées de tanin, qui s'exprimait avec des paroles empruntées à Calvin. Lors de son premier sermon, dans les bois, bien loin des regards du curé, il déclara que la Vierge Marie leur barrait le chemin de la Vérité.

— La Rousse a été souillée par les statues, les cierges, toute cette bimbeloterie. Elle est contaminée ! proclama-t-il. Elle se dresse entre Dieu et vous !

Les villageois se tournèrent vers Isabelle. Elle se cramponnait au bras de sa mère.

Comment le sait-il ? pensa-t-elle. Maman est la seule à savoir...

Non, sa mère ne pouvait pas lui avoir confié qu'Isabelle avait commencé à saigner ce jour-là et que maintenant elle avait un linge grossier attaché entre les jambes et un douloureux bourrelet dans le ventre. *Les fleurs*, avait dit sa mère. Des fleurs pour elle seule, envoyées par Dieu, un présent dont elle ne devait souffler mot à quiconque, car il la distinguait des autres. Du regard, elle consulta sa mère, celle-ci fronçait les sourcils en regardant M. Marcel, la bouche ouverte, comme si elle s'apprêtait à parler. Isabelle lui serra le bras et maman pinça les lèvres jusqu'à ce que sa bouche ne soit plus qu'une mince fente.

Après cela, elle se remit à marcher entre sa mère et sa sœur Marie, leurs frères jumeaux suivaient d'un pas plus lent. Au début, les enfants du village restèrent en arrière, ils chuchotaient. À la fin, enhardi par la curiosité, un garçon se précipita et saisit une poignée de cheveux d'Isabelle.

— Tu l'as entendu, La Rousse ? Tu es sale ! hurla-t-il.

Isabelle poussa un cri. Petit Henri et Gérard volèrent à son secours, ravis d'être enfin utiles.

Le lendemain, Isabelle commença à porter un fichu, dérobant ainsi aux regards la moindre mèche mordorée, bien avant les filles de son âge.

Le temps qu'Isabelle ait quatorze ans, deux cyprès croissaient dans une parcelle de terre ensoleillée près de la maison. Pour acheter l'un et l'autre, Petit Henri et Gérard avaient dû se rendre à Barre-des-Cévennes, à deux jours de marche.

Le premier cyprès était celui de Marie. Elle était devenue tellement énorme que les femmes du village disaient qu'elle devait attendre des jumeaux, les doigts experts de maman ne sentaient toutefois qu'une seule tête, mais une grosse, dont la taille l'inquiétait.

— Plaise à Dieu que ce soit des jumeaux, murmurait-elle à Isabelle, ça serait plus facile !

Quand arriva son temps, maman chassa de la maison tous les hommes, mari, père, frères. Cette nuit-là, il faisait un froid de gueux, le vent cinglait des rafales de neige contre la maison, les murs de pierre, les touffes de seigle. Les hommes ne paraissaient guère empressés de s'éloigner du feu, le premier cri de Marie les y décida : cette plainte humaine eut tôt fait de disperser ces robustes gaillards, habitués aux hurlements des porcs qu'on égorge.

Isabelle avait aidé sa mère lors d'accouchements, mais toujours en présence d'autres femmes qui chantaient et racontaient des histoires. Cette fois, le froid les tenait à distance, maman et elle se retrouvaient donc seules. Elle contemplait sa sœur, immobile sous son énorme ventre, tremblant, transpirant et hurlant. Le visage de sa mère était crispé, inquiet, elle parlait peu.

Tout au long de la nuit, Isabelle tint la main de Marie, la serrant pendant les contractions. Elle lui essuyait le front avec un chiffon humide, priait pour elle, suppliant en silence la Vierge et sainte Marguerite de protéger sa sœur, tout en se sentant coupable : M. Marcel ne lui avait-il pas dit que la Vierge et les saints étaient impuissants et qu'il ne fallait pas faire appel à eux ? En ces instants, aucune des paroles de M. Marcel ne la consolait. Seules les prières d'autrefois avaient un sens...

— La tête est trop grosse, finit par déclarer maman. Il va falloir couper.

— Non, maman, murmurèrent en chœur Marie et Isabelle.

Les pupilles de Marie étaient dilatées par la peur. Désespérée, elle se remit à pousser tout en pleurant et haletant. Isabelle perçut le bruit de la chair qui se déchire. Marie hurla puis elle devint toute molle et grise. La tête apparut dans un flot de sang. Elle était noire, difforme. Lorsque maman extirpa le bébé, il était mort, étranglé par le cordon ombilical. C'était une fille.

Les hommes s'en retournèrent à la vue du feu : la fumée de la paille sanguinolente tournoyait dans l'air du petit matin. Ils enterrèrent mère et enfant dans un endroit ensoleillé où Marie aimait à s'asseoir quand il faisait bon. On planta le cyprès là même où était son cœur.

Le sang laissa sur le sol une trace à peine visible, que ni brosses ni serpillières ne purent jamais effacer.

Quant au second arbre, il fut planté l'été suivant.

La nuit tombait, c'était l'heure des loups, l'heure où des femmes ne sauraient s'aventurer seules. Maman et Isabelle s'étaient rendues à Felgerolles pour une naissance. Mère et enfant avaient survécu, mettant ainsi un terme à une longue série de morts qui avait débuté par celle de Marie et de sa fille. Ce soir, elles s'étaient attardées, réconfortant la mère, apaisant l'enfant, écoutant les autres femmes chanter et bavarder. Le temps que maman ait décliné d'un geste recommandations et invitations à passer la nuit et qu'elles aient repris le chemin de la maison, le soleil avait sombré derrière le mont Lozère.

Allongé en travers du sentier, le loup semblait les attendre. Elles s'arrêtèrent, posèrent leurs sacs, se signèrent. Le loup ne bougea pas. Elles le regardèrent un moment, puis maman ramassa son sac et fit un pas vers lui. Le loup se redressa. Malgré la pénombre, Isabelle put voir qu'il était maigre et que sa fourrure grise était pelée. Des éclairs jaunes brillaient dans ses yeux, comme si une bougie les éclairait par-derrière. Il avançait d'un pas maladroit, chancelant. Ce n'est que lorsqu'il fut si proche que maman pouvait presque toucher sa fourrure grise, qu'Isabelle repéra l'écume autour de sa bouche et compris. Tout le monde avait vu des animaux frappés de folie : des chiens courant sans but, le mufle bouillonnant d'écume, une cruauté toute neuve dans leur regard, leurs aboiements étouffés. Ils évitaient l'eau. Hormis la hache, la meilleure façon de se protéger d'eux était un seau d'eau, plein à ras bord. Maman et Isabelle n'avaient que des herbes, des linges et un couteau.

Il bondit. Par réflexe, maman leva le bras, sauvant ainsi vingt jours de sa propre vie, même si elle devait regretter de ne pas l'avoir laissé lui lacérer la gorge vite fait bien fait. Quand il retomba, le sang ruisselait du bras de maman. Après un bref regard en direction d'Isabelle, le loup se coula sans bruit dans l'obscurité.

Tandis que maman racontait à son mari et à ses fils l'épisode du loup qui avait des bougies au fond de ses prunelles, Isabelle nettoyait la morsure avec de l'eau bouillie dans laquelle avait infusé de la bourse-à-pasteur. Elle la couvrit ensuite de toiles d'araignées et restreignit le bras avec une attelle de laine douce. Maman refusait de rester tranquille, insistant pour aller cueillir ses prunes, s'affairant dans le jardin de la cuisine, continuant comme si elle n'avait pas vu l'étincelle de vérité au fond des prunelles du loup. Le lendemain, elle avait l'avant-bras aussi gros que le bras et la zone de la morsure était noire. Isabelle prépara une omelette, y ajouta du romarin et de la sauge et marmonna devant celle-ci une prière silencieuse. En l'apportant à sa mère, elle fondit en larmes. Maman prit l'assiette et, les yeux rivés sur Isabelle, elle mangea paisiblement l'omelette, reconnaissant dans la sauge le goût de la mort.

Quinze jours plus tard, elle buvait de l'eau quand, prise de spasmes, elle régurgita sur le devant de sa robe. Elle regarda la tache noire s'étendre sur sa poitrine, puis elle s'assit au soleil de cette fin d'été sur le banc, près de la porte.

La fièvre ne tarda pas, une fièvre si ardente qu'Isabelle

priait pour que la mort la soulageât promptement. Quatre jours durant, maman se battit, transpirant et hurlant dans son délire. Le dernier jour, le curé du Pont-de-Montvert vint lui donner l'extrême-onction. Armée d'un balai, Isabelle lui barra l'entrée, lui crachant dessus jusqu'à ce qu'il s'en aille. Ce n'est qu'à l'arrivée de M. Marcel qu'elle abandonna son balai, s'effaçant même pour le laisser entrer.

Et quatre jours plus tard, les jumeaux s'en retournèrent avec le second cyprès...

La foule qui se pressait sur le parvis de l'église n'avait pas plus l'habitude de la victoire que celle des cérémonials d'usage. Le prêtre avait fini par s'esquiver trois jours plus tôt. Ils étaient maintenant sûrs et certains qu'il était parti, Pierre La Forêt, le bûcheron, l'avait aperçu à quelques kilomètres de là, croulant sous le poids des malheureux biens qu'il avait pu emporter.

La neige d'un hiver encore bien jeune voilait le sol d'une gaze que déchiraient çà et là feuilles ou pierres. Il en tomberait davantage, à en juger par la couleur d'étain du ciel là-bas au nord, par-dessus le mont Lozère. Les tuiles de granit du toit de l'église disparaissaient sous une nappe blanche. Le bâtiment était vide. On n'y avait pas célébré la messe depuis la moisson : l'assistance avait diminué à mesure que M. Marcel et ses disciples s'enhardissaient.

Entourée de ses voisines, Isabelle écoutait M. Marcel qui arpentait le parvis de l'église. Ses habits noirs et ses cheveux argentés lui donnaient un air austère, mais les traînées rouges sur ses mains discréditaient sa fière prestance, rappelant qu'il n'était après tout qu'un simple cordonnier.

En parlant, il fixait un point au-dessus de la foule.

— Ce lieu de culte a connu la corruption. Il est désormais en mains sûres. Il est entre vos mains.

Il accompagna ces mots du geste du semeur. Un murmure s'éleva.

— Il va falloir le purifier, le purifier de son péché, de ses idoles, poursuivit-il en montrant le bâtiment derrière lui.

Isabelle regarda la Vierge : le bleu de la niche derrière la statue avait beau être passé, il avait encore le don de l'émouvoir. S'étant surprise à porter la main à son front et à sa poitrine, elle s'arrêta au milieu de son signe de croix, jetant un coup d'œil autour d'elle pour voir si l'on avait remarqué son geste. Mais ses voisins regardaient M. Marcel, ils l'appelaient tandis qu'il passait au milieu d'eux, se dirigeant vers la colline et les nuages noirs, ses mains rougeâtres croisées derrière son dos. Il ne se retourna pas.

Après son départ, la foule devint plus bruyante, elle commença à s'agiter. Quelqu'un hurla : « La fenêtre ! » Tous reprirent en chœur. Au-dessus de la porte, une petite fenêtre ronde contenait le seul vitrail qu'ils avaient jamais vu. Le duc de l'Aigle l'avait fait installer sous la niche trois étés plus tôt, juste avant que Calvin lui révélât la Vérité. Vue de l'extérieur, la fenêtre était d'un brun terne, mais de l'intérieur elle était verte, jaune et bleue avec une pointe de rouge dans la main d'Ève. Le péché. Il y avait belle lurette qu'Isabelle n'était pas entrée dans l'église, mais elle se rappelait fort bien la scène, le regard d'Ève empreint de convoitise, le sourire du serpent, la honte d'Adam.

S'ils avaient pu le voir une fois de plus, en ces instants où le soleil en éveillait les couleurs tel un champ foisonnant de fleurs d'été, sa beauté l'eût sans doute sauvé. Hélas, point de soleil et pas moyen de pénétrer dans l'église : le prêtre avait glissé un gros cadenas dans le pêne en travers de la porte. Ils n'en avaient jamais vu, plusieurs hommes l'avaient examiné, avaient tiré dessus, ne sachant trop comment cela fonctionnait. Il faudrait avoir recours à une hache, et la manier avec prudence, si l'on voulait le garder intact.

Seule la valeur du vitrail les faisait hésiter : il appartenait au duc à qui ils étaient redevables du quart de leurs récoltes en échange de sa protection, de l'assurance qu'il avait l'oreille du roi. Il leur avait donné le vitrail et la statue : qui sait s'il n'y tenait pas encore.

Personne ne sut au juste qui avait lancé la pierre, même si, par la suite, plusieurs s'en targuèrent. Elle atteignit le centre du vitrail qui se brisa aussitôt. Le bruit fut si étrange que la foule se tut. Jamais ils n'avaient entendu du verre se briser.

Au milieu de ce silence, un garçon se précipita pour ramasser un éclat, puis il poussa un cri et le jeta par terre.

— Ça m'a mordu ! hurla-t-il, levant un doigt ensanglanté.

Les clameurs reprirent. La mère saisit son fils et le serra contre elle.

— Le diable ! s'écria-t-elle. C'était le diable !

Étienne Tournier, dont les cheveux rappelaient le foin brûlé, s'avança armé d'un long râteau. Il lança un coup d'œil à Jacques, son frère aîné, qui acquiesça d'un signe de tête. Étienne regarda la statue et cria :

— La Rousse !

La foule frémit, s'écarta. Isabelle se retrouva seule. Étienne se retourna avec une grimace, ses yeux bleus rivés sur elle.

Glissant la main le long du manche, il leva le râteau dont les dents retombèrent devant elle. Ils se regardèrent. La foule s'était tue. Isabelle saisit les crocs de fer. Tandis qu'Étienne et elle tenaient chacun une extrémité du râteau, elle sentit son bas-ventre s'embraser.

Il sourit et lâcha prise, le bout du manche qu'il tenait alla frapper le sol. Isabelle le rattrapa et, petit à petit, avança les mains le long de celui-ci, tout en maintenant les dents en l'air, jusqu'à ce qu'elle rejoigne Étienne. Au moment où elle regardait la Vierge, Étienne recula d'un pas et disparut. Elle pouvait sentir la foule qui s'était reformée et se pressait, s'agitait, murmurait.

— Vas-y, La Rousse ! cria quelqu'un. Vas-y !

Dans la foule, les frères d'Isabelle avaient les yeux fixés au sol. Elle ne pouvait voir son père, mais s'il se trouvait là, il ne pouvait l'aider.

Elle respira à fond et souleva le râteau. Un cri s'éleva, son bras trembla. Elle posa les dents du râteau à gauche de la niche et regarda autour d'elle ces visages rubiconds qui, soudain, lui paraissaient étrangers, durs et froids. Elle souleva le râteau, le cala contre le socle de la statue et poussa. La statue ne bougea pas.

Les cris redoublèrent tandis que, les larmes aux yeux, elle s'acharnait. L'Enfant contemplait le ciel lointain, mais Isabelle sentait sur elle le regard de la Vierge.

— Pardonnez-moi, souffla-t-elle.

Puis, ramenant le râteau en arrière, elle le fit tournoyer et en frappa la statue de toutes ses forces. Le métal heurta la pierre avec un bruit sourd, lacérant le visage de la Vierge. Une pluie d'éclats de pierre retomba sur Isabelle, la foule hurla de rire. Isabelle recommença, le mortier commença à céder, la statue vacilla légèrement.

— Encore, La Rousse ! cria une femme.

Impossible... se dit Isabelle, mais à la vue de ces visages rougeauds, elle se décida à cogner une fois de plus. Cette fois, la statue oscillait, la femme sans visage berçait bel et bien l'enfant dans ses bras. Soudain elle plongea vers l'avant, la tête heurta le sol et se brisa, puis le corps s'effondra. Sous l'effet du choc, l'enfant fut séparé de sa mère. Il se retrouva par terre, les yeux grands ouverts. Isabelle lâcha le râteau et se cacha le visage derrière ses mains. Des cris, des sifflements retentirent et la foule se précipita autour des vestiges de la statue.

Quand Isabelle découvrit son visage, Étienne se tenait devant elle. Avec un sourire triomphant, il lui saisit les seins puis, rejoignant la foule, il se mit à jeter du crottin dans la niche bleue.

Jamais je ne reverrai pareille couleur, songeait-elle.

Petit Henri et Gérard ne furent pas difficiles à convaincre. Isabelle voyait là le résultat des talents persuasifs de M. Marcel, tout en sachant qu'ils y seraient allés de toute façon, même sans les paroles doucereuses de ce dernier.

— Dieu vous le revaudra, avait-il déclaré d'un ton solennel. Il vous a choisis pour cette guerre. C'est pour votre Dieu, votre religion, votre liberté que vous vous battez. Vous sortirez de ce combat forts et courageux.

— Si tant est que vous en reveniez... marmonna Henri du Moulin, des paroles que seule Isabelle entendit.

Il louait à bail deux champs de seigle, deux champs de pommes de terre et une châtaigneraie. Il possédait des porcs et un troupeau de chèvres. Il avait besoin de ses fils, il ne parvenait pas à cultiver ses terres avec la seule aide de sa fille.

— J'ensemencerai moins de champs, confia-t-il à Isabelle. Un de seigle fera l'affaire et je renoncerai à une partie de mon troupeau et à quelques porcs. Du coup, un champ de pommes de terre suffira pour les nourrir. Je reprendrai des bêtes au retour des jumeaux.

Ils ne reviendront pas, pensa Isabelle. Elle avait remarqué la lueur dans leurs yeux lorsqu'ils étaient partis avec les autres garçons du mont Lozère. Ils iront à Toulouse, à Paris, à Genève voir Calvin. Ils iront en Espagne, là où les hommes ont la peau noire, peut-être même jusqu'à l'océan, aux confins de la terre, mais ici, nenni, ils ne reviendront pas...

Elle rassembla son courage un soir, tandis que son père, assis près du feu, aiguisait un soc de charrue.

— Papa, hasarda-t-elle, je pourrais me marier et nous pourrions vivre ici et travailler avec toi...

D'un mot, il l'arrêta.

— Avec qui ? demanda-t-il, la pierre à aiguiser en suspens au-dessus du soc.

Sans le bruit rythmique du métal contre la pierre, la pièce était silencieuse.

Elle détourna son visage.

— Nous sommes seuls, toi et moi, ma petite, acheva-t-il avec douceur, mais Dieu est plus clément que tu ne penses.

Isabelle porta nerveusement les mains à son cou, elle avait encore le goût de la communion dans la bouche, du pain rassis qui lui collait au fond de la gorge bien après qu'elle l'avait avalé. Étienne tendit la main et tira sur son foulard. Il en saisit le bout, l'enroula autour de son bras et donna un coup sec. Elle commença à tournoyer et tournoyer, l'étoffe se dévidait, ses cheveux se déroulaient autour d'elle. Par éclairs, elle entrevoyait Étienne, avec un sourire moqueur, les châtaigniers de son père, dont les fruits petits et verts étaient inaccessibles.

Une fois dégagée de son foulard, elle tituba, retrouva son équilibre, hésita. Elle se retrouva en face de lui, mais elle recula. Il l'atteignit en deux grandes enjambées, la fit trébucher et s'écroula sur elle. D'une main, il remonta sa robe, enfouit l'autre dans ses cheveux, les peignant de ses doigts, les enroulant comme le foulard autour de son poignet, jusqu'à ce que celui-ci repose contre sur sa nuque.

— La Rousse, murmura-t-il. Ça fait longtemps que tu m'évites, es-tu prête ?

Isabelle hésita puis fit signe que oui. Étienne lui tira la tête en arrière pour relever son menton et approcher ses lèvres des siennes.

Mais la communion de la Pentecôte est encore dans ma bouche, se dit-elle. Et c'est péché.

Les Tournier étaient la seule famille entre le mont Lozère et Florac à posséder une bible. Isabelle avait vu pendant les offices Jean Tournier l'apporter dans un linge blanc et la tendre avec ostentation à M. Marcel. Il ne la lâchait pas des yeux de tout le service. Elle lui avait coûté cher.

Sitôt la Vérité bien établie dans la vieille église, M. Marcel fit venir de Lyon une bible pour laquelle le père d'Isabelle fabriqua un pupitre en bois. On ne revit plus la bible des Tournier, bien qu'Étienne continuât à s'en vanter. Les doigts entrecroisés, M. Marcel soutenait le livre qui reposait entre ses bras, calé contre sa panse. Tout en lisant, il se balançait d'un côté de l'autre, comme s'il eût été ivre, ce qu'Isabelle savait impossible : n'avait-il pas lui-même proscrit le vin ? Son regard allait et venait, des mots se dessinaient sur ses lèvres, mais elle ne comprenait pas au juste comment ils étaient arrivés là.

— D'où viennent les mots ? lui demanda un jour Isabelle après le culte, oubliant les yeux rivés sur eux, le regard furieux de Hannah, la mère d'Étienne. Comment M. Marcel les sort-il de la Bible ?

Étienne jonglait avec une pierre. Il la lança, elle alla rouler, s'arrêtant en un bruissement de feuilles.

— Ils volent, répondit-il. Il ouvre la bouche et les signes noirs sur la page s'envolent vers ses lèvres, si vite qu'on ne peut rien y voir, après ça, il les recrache.

— Tu sais lire ?

— Non, mais je sais écrire.

— Qu'est-ce que tu sais écrire ?

— Je sais écrire mon nom. Et je peux écrire le tien ajouta-t-il, sûr de lui.

— Montre-moi. Apprends-moi.

Étienne sourit, laissant entrevoir ses dents, il attrapa la jupe d'Isabelle et tira.

— Je t'apprendrai, mais tu devras payer, murmura-t-il plissant les yeux jusqu'à ce que l'on n'en distingue qu'à peine le bleu.

Pour Isabelle, c'était à nouveau le péché : des feuilles de châtaigniers craquant dans ses oreilles, la peur, la douleur, mais aussi l'excitation féroce du sol au-dessous d'elle, le poids du corps d'Étienne sur elle.

— Oui, finit-elle par dire, en détournant son regard. Mais apprends-moi d'abord.

Il dut en secret rassembler les outils, la plume d'une crécerelle dont il coupa et aiguisa la pointe, un bout de parchemin découpé dans le coin d'une page de la bible, un champignon séché qui, mélangé avec de l'eau sur un morceau d'ardoise, donnait une encre noire. Il l'emmena ensuite dans la montagne, loin de leurs fermes, jusqu'à un rocher en granit avec une surface plane à hauteur de la taille d'Isabelle. Ils se penchèrent au-dessus.

Comme par miracle, il traça six traits pour former un E et un T.

Isabelle regardait, stupéfaite.

— Je veux écrire mon nom, déclara-t-elle.

Étienne lui tendit la plume et se colla de tout son corps contre son dos. Sentant la bosse toute dure dans le bas-ventre d'Étienne, une étincelle de désir apeuré la traversa. Étienne posa la main sur la sienne, guidant celle-ci vers l'encre puis vers le parchemin, l'aidant à former les six traits. E T, écrivit-elle. Elle compara leurs initiales.

— Mais ce sont les mêmes, dit-elle, intriguée. Comment cela peut-il être à la fois ton nom et mon nom ?

— Tu l'as écrit, par conséquent, c'est ton nom. Tu ne savais pas ça ? Du moment que tu l'écris, c'est le tien.

— Mais...

Elle s'arrêta, la bouche ouverte, attendant que les signes s'envolent vers sa bouche... Toutefois, lorsqu'elle parla, c'est le nom d'Étienne qui sortit et non le sien.

— Maintenant, tu dois t'acquitter de ta dette, annonça Étienne avec un sourire.

Il la plaqua contre le rocher, se plaça derrière elle, remonta sa jupe et baissa son pantalon. De ses genoux, il lui écarta les jambes, la maintenant dans cette position afin de pouvoir la pénétrer d'un coup. Isabelle s'agrippait au rocher tandis qu'Étienne se mouvait contre elle. Soudain, il poussa un cri, éloigna de lui les épaules d'Isabelle, la forçant à se pencher en avant, de sorte que son visage et sa poitrine pressaient contre la roche.

Une fois qu'il se fut retiré, elle se redressa en tremblant. Le parchemin qui lui collait à la joue tomba en voletant sur le sol. Étienne la regarda avec un grand sourire.

— Tu as écrit ton nom sur ta figure, dit-il.

Elle n'était jamais entrée dans la ferme des Tournier, bien que celle-ci ne fût qu'à petite distance de celle de son père en suivant la rivière. C'était la plus grande ferme de la région, à l'exception de celle du duc, un peu plus loin dans la vallée, à une demi-journée de marche en direction de Florac. On disait qu'elle avait été bâtie un siècle plus tôt et qu'on y avait fait des rajouts au fil des ans : une porcherie, un plancher pour battre le blé, des tuiles avaient remplacé le chaume du toit. Jean et sa cousine Hannah s'étaient mariés sur le tard. Ils n'avaient eu que trois enfants, ils étaient méfiants, puissants, distants. Il était rare qu'on leur rendît visite le soir.

Ils avaient beau être influents, le mépris du père d'Isabelle pour eux n'était un secret pour personne.

— Ils se marient entre cousins, se moquait Henri du Moulin. Ils donnent de l'argent à l'église, mais ils ne donneraient pas une malheureuse châtaigne à un mendiant. Et puis il faut qu'ils s'embrassent trois fois, comme si deux ne suffisaient pas !

La ferme s'étirait le long d'une pente en forme de L. L'entrée était au centre, elle était orientée vers le midi. Étienne fit entrer Isabelle. Ses parents et deux journaliers plantaient dans les champs, sa sœur, Susanne, travaillait en bas du potager.

La ferme était plongée dans un profond silence que seuls troublaient les grognements étouffés des porcs. Isabelle admira la porcherie, la grange avait deux fois la taille de celle de son père. Debout dans la salle commune, elle posa le bout des doigts sur la longue table en bois, comme pour s'affermir. La pièce était en ordre, le ménage venait d'être fait, des casseroles étaient accrochées au mur, à intervalles réguliers. La cheminée occupait toute une extrémité de la pièce, elle était si grande que sa famille au grand complet et celle des Tournier auraient pu y tenir. Sa famille au grand complet... avant qu'elle commençât à les perdre. Sa sœur était morte. Sa mère était morte. Ses frères étaient à l'armée. Il ne restait plus que son père et elle.

— La Rousse.

Elle se retourna et vit les yeux d'Étienne, sa démarche assurée. Elle recula jusqu'à ce que son dos touchât le granit. Avançant au même rythme qu'elle, Étienne posa les mains sur ses hanches.

— Pas ici, dit-elle. Non, pas chez tes parents, là, près de l'âtre. Si ta mère...

Étienne laissa retomber ses mains, au seul nom de sa mère...

— Tu leur as demandé ?

Il se tut. Ses larges épaules s'affaissèrent et son regard alla errer dans un coin de la pièce.

— Tu ne leur as pas demandé.

— Je vais bientôt avoir vingt-cinq ans, je serai alors libre, je n'aurai plus besoin de leur permission.

Il est évident qu'ils ne veulent pas que nous nous mariions, songeait Isabelle. Ma famille est pauvre, nous n'avons rien, eux sont riches, ils possèdent une bible, un cheval et ils savent écrire. Ils se marient entre cousins, ils sont amis avec M. Marcel. Jean Tournier est le syndic du duc de L'Aigle, c'est lui qui perçoit nos impôts. Jamais ils n'accepteraient pour belle-fille celle qu'on appelle La Rousse.

— Nous pourrions habiter chez mon père, suggéra-t-elle. Ça a été dur pour lui de se retrouver sans mes frères. Il a besoin...

— Jamais.

— Nous devrons donc vivre ici ?

— Oui.

Adossé à la table, les bras croisés, Étienne se balançait d'un pied sur l'autre. Il la regarda droit dans les yeux.

— S'ils ne t'aiment pas, reprit-il tout bas, c'est de ta faute, La Rousse.

Les bras d'Isabelle se raidirent, ses mains se crispèrent.

— Je n'ai rien fait de mal ! s'écria-t-elle. Je crois en la Vérité.

Il sourit.

— Mais tu aimes la Vierge, n'est-ce pas ?

Elle baissa la tête, les poings serrés.

— Et ta mère était une sorcière.

— Qu'est-ce que tu as dit ? murmura-t-elle.

— Ce loup qui a mordu ta mère, c'était le diable qui l'avait envoyé la chercher ! Et tous ces bébés qui sont morts ?

Elle lui décocha un regard furieux.

— Tu t'imagines que ma mère a fait mourir sa propre fille ? Sa propre petite-fille ?

— Sache que le jour où je t'épouserai, dit-il, c'en sera fini de la sage-femme.

Il la prit par la main et l'entraîna vers la grange, à l'écart de la maison de ses parents.

— Pourquoi me veux-tu ? demanda-t-elle d'une voix si faible qu'il ne pouvait l'entendre.

Elle garda pour elle sa propre réponse : parce que je suis celle que sa mère déteste par-dessus tout.

La crécerelle planait au-dessus de sa tête, voletant à contrevent. Elle était grise : un mâle. Isabelle plissa les yeux. Non. Elle était d'un brun tirant sur le roux, de la couleur de ses propres cheveux : c'était donc une femelle.

Elle avait appris seule à se laisser porter par le courant, allongée sur le dos, en mouvant les bras, la poitrine rentrée, les cheveux flottant sur la rivière, telles des feuilles dérivant autour de son visage. Elle leva à nouveau les yeux. La crécerelle plongea sur sa droite, une touffe de genêts cachant le point d'impact. L'oiseau resurgit avec une petite proie, une souris ou un moineau. Il s'enfuit à tire-d'aile.

Elle se redressa brusquement et s'accroupit sur un rocher long et lisse dans la rivière. Ses seins retrouvèrent leur rondeur. Des tintements qui mouchetaient le silence se muèrent soudain en un carillon de clochettes. C'était l'estivage : le père d'Isabelle avait prédit qu'ils arriveraient dans les deux jours. Ils devaient avoir de bons chiens cet été. Si elle ne se hâtait pas, elle se retrouverait au milieu de centaines de moutons. Elle s'empressa de regagner la rive, se sécha du revers de la main, tordant ses cheveux pour en exprimer l'eau. Ses cheveux, objet de scandale... Elle rajusta sa robe, son tablier, dissimula et enroula ses cheveux dans un long bandeau de lin blanc.

Elle rentrait l'extrémité de cette coiffe improvisée quand elle se figea, sentant un regard posé sur elle. Elle scruta le paysage autour d'elle, s'efforçant de ne pas bouger la tête, mais elle ne vit rien. Les clochettes étaient encore lointaines. Ses doigts cherchèrent les mèches folles qu'elle cacha sous l'étoffe, puis elle baissa les bras, remonta sa robe pour dégager ses pieds et s'élança en courant sur le sentier qui longeait la rivière. Elle ne tarda pas à s'en écarter et traversa un champ de genêts et de bruyères rabougris.

Parvenue au sommet d'une colline, elle regarda au-dessous d'elle. Tout en bas, un champ paraissait onduler sous l'effet des moutons gravissant la montagne. Deux hommes, l'un devant, l'autre derrière, et deux chiens, l'un de chaque côté, empêchaient le troupeau de se disperser. Toute bête qui tentait de s'éloigner était prestement ramenée dans le troupeau. Ce devait être leur troisième journée de marche, ils cheminaient depuis Alès, mais au pied de cet ultime sommet, ils ne donnaient pas l'impression de traîner la patte. Ils auraient tout l'été pour s'en remettre.

Sur le bruit de fond des clochettes, elle percevait les sifflements et les cris des hommes, les aboiements aigus des chiens. L'homme qui menait le troupeau releva la tête, la dévisagea, sembla-t-il, puis il émit un sifflement strident. Aussitôt un jeune homme surgit de derrière un rocher, à un jet de pierre d'Isabelle. Effrayée, Isabelle porta les mains à son cou. Le garçon était maigre et sec, de petite taille. Boucané par le soleil, il ruisselait de sueur. Il tenait une canne et portait la besace en cuir propre aux bergers. Sa casquette ronde vissée à sa tête était ourlée de boucles noires. Dès qu'elle sentit son regard sombre, Isabelle sut qu'il l'avait vue dans la rivière. Il lui adressa un sourire amical, complice. Un bref instant, Isabelle eut l'impression que la rivière caressait son corps. Elle baissa les yeux, pressa les coudes sur ses seins mais ne parvint pas à lui retourner son sourire.

L'homme s'élança à toutes jambes vers le bas de la colline. Isabelle le suivit des yeux jusqu'à ce qu'il atteigne le troupeau, puis elle s'enfuit.

— Il y a un enfant là-dedans.

Isabelle posa une main sur son ventre et brava Étienne du regard.

À ces mots, les yeux pâles d'Étienne s'assombrirent, tel le champ qu'ombre le nuage. Il la dévisagea, méfiant.

— Je vais l'annoncer à mon père, après ça nous devrons l'annoncer à tes parents.

Sa gorge se serra.

— Que diront-ils ?

— Ils nous laisseront nous marier. Ça ferait bien plus mauvais effet s'ils disaient non alors qu'il y a un enfant.

— Ils s'imagineront que je l'ai fait exprès.

— Tu l'as fait exprès ?

Son regard croisa celui d'Isabelle. Il était glacial.

— C'est toi qui as voulu le péché, Étienne.

— Oh ! Tu l'as voulu toi aussi, La Rousse.

— Ah ! Si seulement maman était là ! reprit-elle tout bas. Ah ! Si seulement Marie était là !

Son père feignit de ne pas l'avoir entendue. Il s'assit sur le banc près de la porte, grattant une branche avec son couteau. Il fabriquait un manche pour le râteau afin de remplacer celui qu'il avait cassé un peu plus tôt. Isabelle se tenait immobile devant lui. Elle l'avait avoué si bas qu'elle commençait à penser qu'il lui faudrait répéter. Au moment où elle ouvrait la bouche, il dit :

— Vous m'avez tous abandonné.

— Je suis désolée, papa. Il dit qu'il ne veut pas habiter ici.

— Je ne voudrais pas d'un Tournier sous mon toit. Cette ferme ne te reviendra pas à ma mort. Tu recevras ta dot, mais je laisserai ma ferme à mes neveux qui vivent à l'Hôpital. Jamais mes terres n'iront à un Tournier.

— Les jumeaux reviendront de la guerre, suggéra t-elle, retenant ses larmes.

— Non, ils mourront. Ce ne sont pas des soldats, mais des fermiers. Tu le sais. Voilà deux ans qu'on est sans nouvelles d'eux. Dieu sait pourtant combien sont passés par ici en venant du nord mais rien, pas de nouvelles.

Isabelle laissa son père assis sur le banc et s'en fut à travers champs. Elle longea la rivière et descendit jusqu'à la ferme des Tournier. Le jour tirait à sa fin, de longues ombres se découpaient sur les collines et les champs de seigle à moitié mûr. Une volée d'oiseaux chantait dans les arbres. Cette fois, la route entre les deux fermes semblait bien longue. Et au bout de celle-ci, il y aurait la mère d'Étienne... Isabelle ralentit le pas.

Elle avait atteint la claie des Tournier, maintenant vide puisque les châtaignes de la saison étaient sèches depuis longtemps, quand elle vit l'ombre grise émerger des arbres, non sans quelque méfiance, et aller se poster au milieu du sentier.

— Sainte Vierge, aide-moi, implora-t-elle comme par réflexe.

Elle regarda le loup la fixer de ses yeux jaunes qui brillaient malgré l'obscurité. Au moment où il commençait à s'avancer vers elle, une voix résonna dans la tête d'Isabelle :

— Ne permets pas que cela t'arrive à toi aussi.

Elle s'accroupit et saisit une grosse branche. Le loup s'arrêta. Elle se leva et s'avança, agitant la branche en poussant des cris. Le loup commença à reculer. Quand Isabelle feignit de jeter la branche, il rebroussa chemin et fila sans demander son reste, disparaissant entre les arbres.

Prenant ses jambes à son cou, Isabelle s'enfuit de la forêt puis elle traversa un champ dont le seigle lui entailla les mollets. Parvenue au rocher en forme de champignon qui marquait le bas du potager des Tournier, elle s'arrêta pour reprendre haleine. Sa peur de la mère d'Étienne s'était évanouie.

— Merci, maman, murmura-t-elle. Je n'oublierai pas.

Jean, Hannah et Étienne étaient assis au coin du feu, Susanne retirait de la table les assiettes dans lesquelles il restait du *bajanas*, cette même soupe de châtaignes qu'Isabelle avait servie à son père accompagnée de pain noir qui sentait bon. Tous quatre se figèrent à l'arrivée d'Isabelle.

— Qu'est-ce que c'est, La Rousse ? demanda Jean Tournier en la voyant au milieu de la pièce, la main à nouveau posée sur la table comme pour s'assurer une place parmi eux.

Isabelle ne répondit rien, elle se contenta de regarder longuement Étienne. Celui-ci finit par se lever et alla se placer à côté d'elle. Elle inclina la tête et il se tourna pour faire face à ses parents.

Dans la pièce ce fut le silence. Le visage de Hannah paraissait de granit.

— Isabelle va avoir un enfant, dit Étienne à voix basse. Avec votre permission, nous aimerions nous marier.

C'était la première fois qu'il appelait Isabelle par son prénom.

La voix de Hannah creva le silence.

— Et c'est l'enfant de qui que tu portes, La Rousse ? Sûrement pas celui d'Étienne !

— C'est l'enfant d'Étienne.

— Non !

Jean Tournier s'appuya à la table pour se relever. Ses cheveux argentés étaient aussi lisses qu'un bonnet, son visage était émacié. Il ne dit rien, mais sa femme s'arrêta de parler et se rassit. Il regarda Étienne. Ils demeurèrent un long moment sans mot dire, puis Étienne prit la parole.

— C'est mon enfant. Quoi qu'il en soit, nous nous marierons quand j'aurai vingt-cinq ans. Ce sera bientôt.

Jean et Hannah échangèrent un regard.

— Qu'en pense ton père ? demanda Jean à Isabelle.

— Il a donné son accord et il pourvoira à la dot.

Elle ne mentionna pas sa haine des Tournier.

— Va attendre dehors, reprit Jean avec calme. Et toi, Susanne, accompagne-la.

Les filles s'assirent côte à côte sur le banc près de la porte. Elles ne s'étaient guère revues depuis l'enfance. De nombreuses années plus tôt, avant même que les cheveux d'Isabelle deviennent roux, Susanne avait joué avec Marie, lui donnant un coup de main pour la fenaison ou pour les chèvres, ensemble elles s'étaient amusées dans la rivière.

Elles demeurèrent un moment à contempler la vallée.

— J'ai aperçu un loup près de la claie, dit soudain Isabelle.

Susanne écarquilla ses yeux couleur noisette. Elle avait hérité du visage émacié et du menton pointu de son père.

— Qu'as-tu fait ?

— Je l'ai poursuivi avec un bâton.

Elle sourit, satisfaite d'elle-même.

— Isabelle...

— Qu'y a-t-il ?

— Je sais que maman est contrariée, mais je suis contente que tu viennes vivre avec nous. Je n'ai jamais cru les bruits qui couraient sur toi, sur tes cheveux et...

Elle s'arrêta. Isabelle ne posa pas de questions.

— Et puis ici, tu seras en sécurité. Cette maison est un lieu sûr. Elle est protégée par...

Elle s'arrêta à nouveau, jeta un coup d'œil vers la porte, baissa la tête. Isabelle laissa son regard reposer sur les croupes ombreuses des collines. Il en sera toujours ainsi, songea-t-elle. Cette maison est silence.

La porte s'ouvrit, Jean et Étienne en émergèrent avec une torche toute frémissante et une hache.

— Nous allons te ramener chez toi, La Rousse, dit Jean. Il faut que je parle à ton père.

Il tendit à Étienne un bout de pain.

— Partagez ce pain et donne-lui ta main.

Étienne coupa le pain en deux et tendit à Isabelle le plus petit morceau. Elle le mit dans sa bouche et glissa sa main dans la main d'Étienne. Il avait les doigts glacés. Le pain resta collé au fond de la gorge d'Isabelle, tel un murmure.

Petit Jean naquit dans le sang, ce fut un enfant sans peur.

Jacob naquit tout bleu, ce fut un enfant calme. Même

quand Hannah lui donna un coup dans le dos pour qu'il se mette à respirer, il ne cria pas.

De nombreux étés plus tard, Isabelle se laissait glisser au gré de la rivière. Son corps portait les marques des deux garçons, un autre enfant l'aidait à flotter. Le bébé s'agitait. Elle entoura de ses paumes la petite butte qui bossuait son ventre.

— Que la Vierge fasse que ce soit une fille, priait-elle. Et quand elle sera née, je lui donnerai son nom, le nom de ma sœur. Marie. Je me battrai envers et contre tous pour qu'il en soit ainsi.

Cette fois, ce fut la surprise : ni cloches, ni même l'impression d'un regard posé sur elle. Il était là, assis sur ses talons, au bord de la rivière. Elle se redressa et le regarda. Elle ne couvrit pas ses seins. Il ne semblait guère avoir changé : il était un peu plus âgé, une longue balafre striait le côté droit de son visage, de la pommette au menton, effleurant le coin de sa bouche. Cette fois, s'il lui avait souri, elle lui aurait rendu son sourire. Mais le berger ne sourit pas. Il se contenta de la saluer de la tête, mit ses mains en coupe, s'aspergea le visage d'eau, puis il revint sur ses pas et se dirigea vers la source de la rivière.

Marie naquit dans un flot limpide, les yeux grands ouverts. C'était une enfant pleine de promesses.

2

Le rêve

Lorsque Rick et moi nous installâmes en France, je me dis que ma vie allait changer. Dans quelle mesure, je l'ignorais au juste.

Je visitai ainsi de nombreuses villes, les éliminant toutes, parfois pour des raisons bien futiles, mais en fin de compte parce que je cherchais un endroit qui chanterait à mon cœur, qui me dirait que ma prospection avait abouti. Au début, le nouveau pays nous parut comme un buffet dont nous étions prêts à goûter le moindre petit-four. Lors de notre première semaine, tandis que Rick taillait ses crayons dans son nouveau bureau, je décidai de polir mon français rouillé de lycéenne et m'en fus explorer les environs de Toulouse en quête d'un endroit où habiter. Nous avions décidé de choisir une petite ville, qui eût du caractère. Je me hâtais le long des routes dans une Renault grise flambant neuve, filant entre d'interminables rangées de sycomores. Parfois, quand je n'y prêtais pas attention, je m'imaginais dans l'Ohio ou dans l'Indiana, mais le paysage me rappelait à la réalité sitôt que j'apercevais une maison au toit de tuiles rouges, aux volets verts, aux jardinières regorgeant de géraniums. Dans les champs d'un vert printanier, des fermiers en bleu de travail regardaient ma voiture traverser leur horizon. Je souriais en agitant la main, parfois ils me répondaient avec certaine hésitation. « Qui était-ce donc ? » devaient-ils se demander.

Je parvins à Lisle-sur-Tarn en traversant un pont aussi

long qu'étroit. Au bout de celui-ci, une église et un café marquaient les limites de la ville. Je me garai à côté du café et partis à la découverte. À peine avais-je atteint le centre de la commune que je sus que nous habiterions là. Il s'agissait d'une bastide, une de ces villes fortes, vestiges du Moyen Âge. Lors des invasions, les villageois se retrouvaient sur la place du marché, ils bloquaient ainsi les quatre entrées de la ville. Debout au milieu de la place, près d'une fontaine entourée de buissons de lavande, je me sentis à la fois en harmonie avec moi-même et satisfaite.

La place était entourée d'une galerie à arcades, avec des boutiques au rez-de-chaussée et des maisons dotées de persiennes au-dessus. Les arcades étaient en briques longues et étroites, assorties à celles des étages supérieurs. Disposées à l'horizontale ou en diagonale, les briques créaient des motifs entre les poutres brunes que scellait un mortier rosâtre.

C'est ce qu'il me faut, me dis-je. Voir ça tous les jours me rendra heureuse.

Je fus aussitôt assaillie de doutes. Il semblait absurde de se décider pour une ville à cause de la seule beauté de sa grand-place ! Je repris ma promenade, en quête de ce facteur déterminant, de ce signe qui ferait que je resterais ou repartirais.

Il ne me fallut pas longtemps. Après avoir exploré les rues avoisinantes, je pénétrai dans une boulangerie sur la grand-place. La femme derrière le comptoir était de petite taille, elle portait une blouse bleu marine et blanc, comme j'en avais vu sur les étalages des marchés. Ayant fini de servir une cliente, elle se tourna vers moi, me scrutant de ses yeux noirs enfoncés dans son visage ridé, ses cheveux tirés en un chignon trop lâche.

— Bonjour, madame, dit-elle de cette voix chantante, apanage des commerçantes françaises.

— Bonjour, répondis-je en jetant un coup d'œil vers le pain sur les étagères.

Désormais, ce sera ma boulangerie, pensai-je. Mon enthousiasme s'évanouit quand je la regardai à nouveau, espérant de sa part un petit mot de bienvenue. Elle resta là, campée derrière son comptoir, le visage aussi expressif qu'une armure.

J'ouvris la bouche, aucun son n'en sortit. Je ravalai ma salive. Elle me fixa du regard et reprit :

— Oui, madame ¿ de cette même voix, comme si le malaise de ces dernières secondes n'avait jamais existé.

J'hésitai, puis montrai du doigt la baguette.

— Un... ! finis-je par dire, même si cela ressemblait plutôt à un grognement.

Le visage de la femme se figea dans une moue réprobatrice. Elle tendit le bras par-derrière sans se retourner, les yeux rivés sur moi.

— Quelque chose d'autre, madame ¿

M'évadant un instant de moi-même, je me vis telle qu'elle devait me voir : une étrangère, de passage, dont la langue maladroite trébuchait sur certaines syllabes, dépendante d'une carte pour se repérer en terre inconnue et munie d'un recueil d'expressions et d'un dictionnaire pour communiquer. Sous son regard, j'eus l'impression d'être perdue au moment précis où je croyais être arrivée au port.

Je regardai l'étalage. Dans un effort désespéré pour lui montrer que je n'étais pas aussi stupide qu'elle aurait pu le croire, je pointai l'index vers des quiches à l'oignon et me débrouillai pour dire :

— Et un quiche.

Un quart de seconde plus tard, je pestai intérieurement en me rendant compte que je m'étais trompée d'article : *quiche* étant féminin, il fallait dire *une* quiche...

Elle en mit une dans un petit sac qu'elle posa sur le comptoir à côté de la baguette.

— Quelque chose d'autre, madame ? répéta-t-elle.
— Non.
Elle enregistra mes achats. Sans mot dire, je lui tendis l'argent, mais je compris en la voyant me rendre la monnaie dans un petit plateau sur le comptoir, que j'aurais dû y placer l'argent au lieu de le lui tendre. Je fronçai les sourcils. C'était une leçon que j'aurais déjà dû retenir.
— Merci, madame, psalmodia-t-elle, le visage inexpressif, le regard dur.
— Merci, murmurai-je.
— Au revoir, madame.
Au moment de m'en aller, je m'arrêtai, songeant qu'il devait y avoir un moyen de rattraper ça. Je la regardai : elle avait croisé les bras sur sa poitrine généreuse.
— Je... Nous... Nous habitons près d'ici, là-bas...
Je mentis, gesticulant à tour de bras derrière moi, m'appropriant un territoire quelque part dans sa ville.
Elle inclina la tête.
— Oui, madame. Au revoir, madame.
— Au revoir, madame, répondis-je, pivotant sur mes talons et sortant du magasin.
Oh ! Ella ! pensai-je en traversant la place d'un pas traînant, qu'est-ce que tu fais ? Tu en es réduite à mentir pour sauver la face ? Allons, arrête là tes mensonges, installe-toi ici, affronte chaque jour Madame pour acheter tes croissants, marmonnai-je en guise de réponse.
Je me retrouvai près de la fontaine, près d'un buisson de lavande dont je cueillis quelques brins que j'écrasai entre mes doigts. Reste... Tel fut le message de cette senteur pénétrante et boisée.

Rick eut le coup de foudre pour Lisle-sur-Tarn. Il approuva mon choix en m'embrassant et en me faisant tournoyer dans ses bras.
— Formidable ! s'écria-t-il à la vue de ces vieilles maisons.

— Arrête, Rick ! m'exclamai-je.

C'était jour de marché et je pouvais sentir que tout le monde nous regardait.

— Pose-moi par terre, implorai-je.

Il se contenta de sourire et resserra son étreinte.

— C'est mon genre d'endroit, déclara-t-il. Tu n'as qu'à regarder la minutie avec laquelle ces briques ont été posées !

Nous partîmes explorer la ville, repérant les maisons qui nous plaisaient. Plus tard, nous nous arrêtâmes à la boulangerie pour y acheter d'autres quiches à l'oignon. Je rougis dès que Madame me regarda, mais Rick eut droit à la plupart de ses remarques. Il la trouva désopilante et rit d'elle sans paraître le moins du monde l'offenser. Il était clair qu'elle le trouvait bel homme : en ce pays où les cheveux noirs et courts étaient de mise, sa queue-de-cheval blonde faisait sensation, qui plus est son bronzage californien n'avait pas encore pâli. Avec moi, elle se montra polie, mais je perçus une hostilité latente qui me mit mal à l'aise.

— Dommage que ses quiches soient si bonnes, confiai-je à Rick dans la rue. Sinon, je n'y remettrais plus les pieds !

— Oh ! Ma biche, c'est bien toi, ça ! Il faut toujours que tu prennes tout à cœur ! Ne va pas jouer les paranos de la côte Est, maintenant !

— C'est juste qu'elle me fait sentir que je l'importune.

— Allons donc ! Elle ne sait pas s'y prendre avec les clients ! Elle devrait consulter un expert en relations humaines !

Je le regardai avec un grand sourire.

— Ouais, j'aimerais voir son dossier...

— Des réclamations à n'en plus finir. Elle est au bord de la faillite, ça saute aux yeux. Aie pitié de la pauvre femme !

Nous aurions été tentés d'élire domicile dans une de

ces vieilles maisons donnant sur la grand-place ou situées près de celle-ci, mais en apprenant qu'aucune n'était à louer, je fus soulagée : elles réservaient leur front austère aux notables de la ville. Au lieu de cela, nous trouvâmes une maison à quelques minutes de marche du centre-ville. Elle était ancienne, mais sa façade n'était pas ornée de briques, les murs étaient épais, le sol dallé. À l'arrière, une verrière couverte de vigne vierge abritait un petit patio. La porte d'entrée donnait directement sur la rue étroite. L'intérieur me parut sombre, mais Rick fit valoir que nous y serions bien au frais pendant l'été. Il en était ainsi de toutes les maisons que nous avions visitées. Je remédiai à cette pénombre en gardant les volets ouverts et j'aperçus plusieurs fois mes voisins en train de hasarder un regard par les fenêtres avant qu'ils apprennent certaine discrétion.

Un jour, je décidai de faire une surprise à Rick : quand il rentra du travail ce soir-là, j'avais repeint les volets. Leur brun mélancolique était devenu un somptueux bordeaux et j'avais accroché des jardinières de géraniums aux fenêtres. Il était là devant la maison qui me souriait tandis que je me penchai au-dessus du garde-corps, encadré de fleurs blanches et rouges.

— Bienvenue en France, lui criai-je. Bienvenue à la maison.

En apprenant que Rick et moi allions vivre en France, mon père m'encouragea à écrire à un cousin éloigné qui habitait Moutier, petite ville située dans la partie nord-ouest de la Suisse. Papa s'était rendu à Moutier de nombreuses années plus tôt.

— Tu adoreras, je te le garantis, ne cessa-t-il de me répéter lorsqu'il m'appela pour me donner l'adresse.

— Voyons, papa, la France et la Suisse sont deux pays différents ! Sans doute ne mettrai-je jamais les pieds en Suisse...

— C'est possible, ma fille, mais c'est toujours bon d'avoir de la famille dans le coin...

— Dans le coin ! Moutier doit être à six, sept ou huit cents kilomètres de l'endroit où nous serons.

— Tu vois ! À une journée de route, c'est tout. Bien plus près de toi que je ne le serai.

— Papa...

— Note juste l'adresse, Ella, fais-moi plaisir...

Comment aurais-je pu refuser ? En écrivant l'adresse, je me mis à rire.

— C'est ridicule. Qu'est-ce que je vais lui écrire : Salut, je suis une cousine éloignée dont vous n'avez jamais entendu parler. Je passe quelque temps en Europe, si on se rencontrait... ?

— Pourquoi pas ? Écoute, comme entrée en matière tu pourrais lui poser des questions sur l'histoire de la famille, nos origines, ce que faisaient nos ancêtres. Mets donc à profit un peu de ton temps de loisir.

Papa fonctionnait selon l'éthique protestante du travail : il avait peine à accepter l'idée que je puisse être inoccupée. Son angoisse avivait la mienne : je n'avais pas l'habitude d'être oisive, j'avais toujours été occupée soit à apprendre mon métier, soit à travailler de longues heures. Il me fallut en quelque sorte m'habituer à avoir un peu de temps à moi. Après une période de grasses matinées, au cours de laquelle je tournais en rond dans la maison en broyant du noir, je me lançai dans trois projets susceptibles de m'intéresser.

Je commençai par travailler mon français rouillé, prenant deux leçons par semaine à Toulouse avec Mme Sentier, femme d'un certain âge dont l'œil vif et le visage émacié rappelaient un oiseau. Dotée d'un accent impeccable, elle commença par s'attaquer au mien. Elle ne pouvait supporter une prononciation négligée et se mettait en colère sitôt que je disais *Oui*, avec cette nonchalance propre à bien des Français qui, tout en remuant à peine leurs lèvres, émettent un son proche du cri du canard. Elle exigeait que je le prononce en détachant les trois lettres, en sifflant la fin entre mes dents. Elle était catégorique : ma façon de prononcer était plus importante que ce que je disais. J'essayais de contester ses priorités, mais mes arguments ne pesaient pas lourd comparés aux siens.

— Si vous ne prononcez pas convenablement personne ne vous comprendra, répétait-elle. Qui plus est, ils sauront que vous êtes étrangère et ils ne prêteront aucune attention à ce que vous dites. Les Français sont comme ça.

Je m'abstenais de lui répondre qu'elle aussi était française. Bref, je l'appréciais, j'appréciais ses opinions, sa fermeté, aussi travaillais-je les exercices qu'elle me prescrivait, distendant mes lèvres comme si elles étaient en bubble-gum.

Elle m'encourageait à parler le plus possible, où que je me trouve.

— Si vous pensez à quelque chose, dites-le ! s'écriait-elle. Peu importe ce que c'est, si insignifiant que ce soit, dites-le ! Parlez à tout le monde.

Il lui arrivait de me forcer à parler sans arrêt pendant un certain laps de temps, commençant par une minute, visant à atteindre cinq minutes. Je trouvais cet exercice aussi épuisant qu'impossible.

— Une idée vous vient en anglais et vous la traduisez mot à mot en français, remarquait Mme Sentier. Une langue étrangère ne fonctionne pas ainsi. Elle requiert une approche globale. Il vous faut *penser* en français. Bannissez les mots anglais de votre tête. Pensez le plus possible en français. Si vous n'arrivez pas à penser en paragraphes, pensez en phrases, et même en simples mots. Développez cela en systèmes de pensée prêts à l'emploi !

Elle agita le bras, enserrant du geste toute la pièce et tout l'esprit humain.

Elle fut ravie d'apprendre que j'avais de la famille en Suisse, c'est d'ailleurs elle qui m'incita à leur écrire.

— Il se pourrait qu'ils soient originaires de France, vous savez, dit-elle. Ce serait une bonne chose pour vous d'en savoir plus long sur vos ancêtres français, vous sentirez ainsi des liens plus solides avec ce pays et ses habitants. Il vous semblera moins difficile de penser en français.

Je repoussai secrètement cette suggestion : la généalogie était un de ces passe-temps pour le troisième âge que je mettais dans le même sac que ces stations de radio où l'auditeur s'épanche à jet continu, le tricotage et le samedi soir chez soi au coin du feu : je savais qu'à la longue je m'y adonnerais, mais je n'étais pas pressée. À cette époque, mes ancêtres n'avaient aucune incidence sur ma vie, mais, pour satisfaire Mme Sentier, et dans le cadre de mon travail personnel, j'assemblai quelques phrases afin de m'enquérir auprès de ma cousine de l'histoire de la famille. Quand Mme Sentier eut vérifié grammaire et orthographe, j'envoyai la lettre en Suisse.

En revanche, les leçons de français m'aidèrent avec mon deuxième projet.

— Quelle merveilleuse profession pour une femme ! s'écria Mme Sentier en apprenant que je préparais le diplôme français de sage-femme. Quelle noble profession !

Je l'appréciais trop pour être agacée par sa vision romantique de la sage-femme, aussi passai-je sous silence la méfiance avec laquelle les médecins, les hôpitaux, les compagnies d'assurances, voire les femmes enceintes nous traitaient, mes collègues et moi-même. Je ne mentionnai pas non plus les nuits blanches, le sang ou même le choc émotionnel quand tout ne se passe pas comme prévu. Je voyais là un bon travail et j'espérais avoir le droit d'exercer en France une fois que j'aurais eu la formation requise et que j'aurais passé les examens.

Quant au dernier projet, il avait un avenir incertain

mais, le moment venu, il ne manquerait pas de m'occuper. Il ne surprendrait personne : j'avais vingt-huit ans, Rick et moi étions mariés depuis deux ans et la pression commençait à monter de tous côtés, y compris du nôtre.

Nous étions à Lisle-sur-Tarn depuis quelques semaines quand nous décidâmes d'aller dîner dans le seul bon restaurant de la ville. Nous parlâmes à bâtons rompus du travail de Rick, de mes journées, tout en savourant les crudités, le pâté, la truite du Tarn et le filet mignon. Lorsque le garçon apporta la crème brûlée de Rick et ma tarte au citron, je sentis que l'heure de vérité était venue. Je mordis dans la tranche de citron qui décorait la tarte, mes lèvres se plissèrent.

— Rick, commençai-je en posant ma fourchette.

— Un délice, cette crème brûlée, surtout la partie caramélisée. Tiens, goûte !

— Non merci. Écoute, j'ai pas mal réfléchi ces derniers temps...

— Ah ! On va parler de choses sérieuses ?

À cet instant, un couple entra dans le restaurant, on les plaça à la table voisine. Le ventre de la femme s'arrondissait sous son élégante robe noire. Elle est dans son cinquième mois, pensai-je automatiquement, et elle le porte très haut.

Je repris à voix basse :

— Comme tu sais, nous parlons parfois d'avoir des enfants...

— Tu veux des enfants maintenant ?

— Oh ! Disons que j'y pensais...

— D'accord.

— D'accord quoi ?

— D'accord, allons-y.

— Juste comme ça ? Allons-y ?

— Pourquoi pas. Nous savons que nous en voulons, pourquoi en faire toute une histoire ?

Je me sentis lâchée, abandonnée, même si je connaissais

assez Rick pour ne pas m'étonner de son attitude : il était l'homme des décisions rapides, si importantes fussent-elles, alors que, pour ma part, je tergiversais.

— J'ai l'impression... repris-je, réfléchissant à la façon de l'expliquer... Disons que ça ressemble à un saut en parachute. Tu te rappelles notre saut en parachute l'an dernier ? Tu es là-haut dans ce petit avion de rien du tout et tu te dis : « Dans deux minutes je ne pourrai plus dire non. Dans une minute, je ne pourrai plus revenir sur ma décision, puis : je me tiens en équilibre près de la porte, mais je peux encore dire non. » Et ensuite, hop, tu sautes et, que tu apprécies ou non l'expérience, c'est trop tard. Voilà ce que je ressens. J'ai l'impression de me tenir près de la porte béante de l'avion.

— Je me rappelle cette fabuleuse sensation de chute. Et la beauté de la vue pendant que je descendais. Tout était si paisible là-haut.

Je creusai mes joues, puis je mordis à pleines dents dans ma tarte.

— C'est une décision sérieuse, dis-je, la bouche pleine.

— ... Une décision sérieuse qui vient d'être prise.

Rick se pencha vers moi et m'embrassa.

— Hum, qu'elle est bonne cette tarte au citron !

Plus tard, ce soir-là, je m'éclipsai de la maison et allai jusqu'au pont. J'avais beau entendre l'eau qui coulait tout en bas, je ne la voyais pas. N'apercevant personne autour de moi, je sortis de mon sac une boîte de pilules contraceptives que j'extirpai une par une de la pellicule d'aluminium qui les protégeait. Elles tombèrent dans l'eau, telles de minuscules étincelles mouchetant de blanc l'obscurité. Une fois qu'elles se furent évanouies, je restai un long moment appuyée au parapet, espérant me sentir différente.

Et quelque chose changea. Cette nuit-là, je fis le rêve pour la première fois. Il commença par un scintillement, une lueur frissonnant entre ombre et lumière. Ce n'était pas noir, ce n'était pas blanc. C'était bleu : je rêvais en bleu.

Ce rêve semblait ondoyer au gré du vent, s'approchant ou s'éloignant tour à tour de moi. Peu à peu il s'imposa à moi, avec la douceur de l'eau plutôt que la rudesse de la pierre. Entendant une voix psalmodier, je récitai, les mots coulaient de ma bouche. La voix se mit à pleurer, je sanglotai. Je pleurai jusqu'à ne plus pouvoir respirer. Ce bleu m'enserrait. Un grondement s'ensuivit, tel le bruit d'une lourde porte qui se referme, le bleu céda alors à un noir si dense que jamais, semblait-il, la lumière ne l'avait effleuré.

Des amies m'avaient confié que, pour concevoir, il faut soit redoubler vos ardeurs amoureuses, soit carrément les refréner. Vous pouvez y passer votre temps, à la façon dont un fusil de chasse décharge ses plombs dans tous les azimuts dans l'espoir de faire mouche. Vous pouvez aussi adopter une stratégie différente et réserver vos munitions pour le moment approprié.

Rick et moi choisîmes la première tactique. À peine était-il de retour du travail que nous faisions l'amour avant le dîner. Nous nous couchions avec les poules, nous réveillions au chant du coq, utilisions le moindre instant de liberté à ces fins procréatrices.

Rick était loin de se plaindre de cette frénésie amoureuse, mais pour moi c'était différent. D'une part, je n'avais jamais fait l'amour par contrainte, mais toujours parce que je le voulais. Et voici que, soudain, un propos tacite faisait de cet acte une activité délibérée, calculée. Je ne savais plus que penser de la contraception : fallait-il que j'oublie du jour au lendemain toute l'énergie que j'avais investie ces dernières années pour prévenir une grossesse, que je ne tienne plus aucun compte de tous les conseils et avertissements que l'on m'avait ressassés ? On m'avait dit que ce pouvait être une merveilleuse expérience et pourtant, loin d'éprouver de l'euphorie, j'avais peur...

J'étais surtout épuisée. Je dormais mal, étant chaque nuit entraînée, malgré moi, dans une pièce tendue de bleu. Je n'en soufflais mot à Rick, ne le réveillais jamais, ne lui expliquais jamais le lendemain la raison de ma fatigue. Moi qui, d'habitude, lui confiais tout, j'avais maintenant une boule dans la gorge et les lèvres scellées.

Une partie de moi-même fut soulagée d'établir ce lien, d'être capable de l'expliquer : j'angoissais à la perspective de concevoir, d'où ce cauchemar. En prendre conscience le dédramatisait un peu. Un soir où, dans mon lit, je regardais le bleu danser au-dessus de ma tête, il me vint soudain à l'esprit que les deux seules nuits au cours des dix derniers jours où je n'avais pas eu ce rêve étaient celles où nous n'avions pas fait l'amour.

Toujours est-il que j'avais besoin de sommeil... Il me fallut convaincre Rick de refréner ses ardeurs sexuelles sans lui expliquer pourquoi. Comment lui avouer que j'avais des cauchemars après qu'il avait fait l'amour avec moi... ¿

Au lieu de cela, quand mes règles revinrent et qu'il fut évident que nous n'avions pas conçu, je suggérai à Rick d'essayer la méthode stratégique. Je mis en avant tous les arguments des manuels que je connaissais en la matière, les étayant de vocabulaire technique, et j'essayai de garder le sourire. Il fut déçu, mais s'y plia de bonne grâce.

— Tu t'y connais mieux que moi en la matière, dit-il. Je suis juste le tireur qu'on embauche à la journée, à toi de me dire ce que je dois faire.

Hélas, même si le rêve était moins fréquent, il avait laissé des traces : j'avais du mal à dormir sur mes deux oreilles et restais souvent éveillée dans un état de vague angoisse, guettant le bleu, me disant qu'il finirait bien par revenir un soir, indépendamment de tout acte sexuel.

Une nuit, une de ces nuits stratégiques, Rick laissait

courir ses lèvres le long de mon épaule et de mon bras quand il s'arrêta. Je pouvais percevoir son souffle sur le pli de mon bras. J'attendis, mais il ne poursuivit pas.

— Hum, Ella, dit-il enfin.

J'ouvris les paupières. Il contemplait le pli de mon bras. Tandis que mes yeux suivaient son regard, mon bras s'écarta de lui comme par réflexe.

— Oh ! dis-je simplement.

J'étudiai la plaque de peau rouge et squameuse.

— Qu'est-ce que c'est ?

— Du psoriasis. J'en ai déjà eu quand j'avais treize ans. Au moment du divorce de mes parents.

Rick l'examina, se pencha vers moi et d'un baiser ferma mes paupières.

Quand je rouvris les yeux, j'entrevis une moue de dégoût sur son visage avant qu'il ne se reprenne et me sourie.

Au cours de la semaine qui suivit, je regardai, désemparée, la plaque s'étendre puis apparaître sur mon autre bras et mes coudes. Bientôt elle gagnerait mes chevilles, mes mollets...

Devant l'insistance de Rick, j'allai consulter un médecin. Jeune et bourru, il n'avait pas cet art de mettre les patients à l'aise propre aux médecins américains. Je dus vraiment me concentrer car son français était rapide.

— Vous avez déjà eu ça ? demanda-t-il en examinant mes bras.

— Oui, quand j'étais jeune.

— Mais pas depuis ?

— Non.

— Il y a combien de temps que vous êtes en France ?

— Six semaines.

— Et vous avez l'intention d'y rester ?

— Oui, quelques années. Mon mari travaille dans un cabinet d'architectes de Toulouse.

— Vous avez des enfants ?

— Non. Pas encore.

Je sentis mes joues s'empourprer. Voyons, Ella, ressaisis-toi ! me dis-je. Tu as vingt-huit ans, tu n'as plus à te sentir gênée d'avoir une vie sexuelle !

— Et vous travaillez en ce moment ?

— Non. Ou plutôt, je travaillais aux États-Unis, j'étais sage-femme.

Il leva les sourcils.

— Sage-femme ? Vous avez l'intention d'exercer en France ?

— Oui, mais je n'ai pas encore réussi à obtenir un permis de travail. Qui plus est, ici les qualifications requises sont différentes, il va donc falloir que je passe un examen pour exercer. Du coup, j'ai décidé de me mettre au français et d'attendre cet automne pour suivre à Toulouse un cours préparant au diplôme français de sage-femme.

— Vous paraissez fatiguée.

Il changea brusquement de sujet comme pour me laisser entendre que je lui faisais perdre son temps à parler de ma carrière.

— J'ai eu des cauchemars, mais...

Je m'interrompis, ne souhaitant pas aborder ce sujet avec lui.

— Seriez-vous malheureuse, madame ? demanda-t-il avec plus de douceur.

— Non, non, je ne suis pas malheureuse, répondis-je d'une voix mal assurée.

Parfois, on pourrait le croire à me voir aussi lasse, ajoutai-je en mon for intérieur.

— Vous n'êtes pas sans savoir que le psoriasis peut venir d'un manque de sommeil.

Je hochai la tête. Comme analyse psychologique, disons que c'était plutôt sommaire...

Le médecin prescrivit une pommade à la cortisone, des suppositoires pour enrayer l'inflammation et des comprimés pour dormir au cas où les démangeaisons m'en empêcheraient, puis il me demanda de revenir au bout d'un mois. Au moment où je m'en allais, il ajouta :

— Et venez me voir quand vous serez enceinte, sachez que je suis également obstétricien.

Je rougis à nouveau.

Mon engouement pour Lisle-sur-Tarn s'émoussa peu après le début de mes insomnies.

Lisle-sur-Tarn était une jolie petite ville paisible, évoluant à un rythme que je savais plus sain que celui auquel j'avais été habituée aux États-Unis, la qualité de vie y était sans aucun doute meilleure. Les fruits et légumes du marché qui avait lieu chaque samedi sur la grand-place, la viande de la boucherie, le pain de la boulangerie avaient une merveilleuse saveur pour quelqu'un accoutumé à la fadeur des produits des grandes surfaces. À Lisle-sur-Tarn, le déjeuner était encore le grand repas de la journée, les enfants couraient librement dans les rues sans crainte des inconnus ni des voitures, les gens trouvaient toujours le temps de s'arrêter et de papoter, si pressés fussent-ils.

Avec tout le monde, sauf moi... Pour autant que je sache, Rick et moi étions les seuls étrangers en ville. Nous étions traités comme tels. Les conversations s'arrêtaient net sitôt que j'entrais dans une boutique et, quand elles reprenaient, je pouvais être sûre que le sujet en avait été neutralisé. Les gens se montraient polis envers moi, mais au bout de quelques semaines j'avais encore l'impression de ne pas avoir eu de véritable conversation avec qui que ce soit. Je veillais à saluer les personnes que je reconnaissais, on me répondait mais personne ne prenait l'initiative de me saluer ni ne s'arrêtait pour me parler. Je m'efforçais de suivre les conseils de Mme Sentier et de parler le plus possible, mais je recevais si peu d'encouragement que mon cerveau semblait se racornir... Ce n'est que lorsqu'il y avait transaction, quand j'achetais quelque chose ou demandais où se trouvait tel ou tel produit, que les natifs daignaient m'adresser la parole.

Un matin, assise au café de la grand-place, je prenais un espresso en lisant le journal, en compagnie d'autres clients éparpillés entre les diverses tables, quand le patron passa parmi nous, bavardant et plaisantant, distribuant des bonbons aux enfants. J'étais venue là plusieurs fois, lui et moi nous saluions de la tête, mais n'en étions pas encore au stade de la conversation. Qui sait, dans une dizaine d'années... pensai-je, non sans une pointe d'amertume.

À quelques tables de moi j'aperçus une femme plus jeune que moi avec un bébé de cinq mois qui, sanglé dans un siège pour enfants posé sur une chaise, agitait un hochet. La jeune femme portait un jean moulant et elle avait un rire exaspérant. Elle ne tarda pas à se lever et à rentrer à l'intérieur du café. Le bébé ne sembla pas se rendre compte de l'absence de sa mère.

Je me concentrai sur ma lecture du *Monde,* me forçant à lire toute la première page avant de m'autoriser à ouvrir l'*International Herald Tribune*. J'avais l'impression de patauger dans la gadoue, non seulement à cause de la langue, mais aussi à cause de tous ces noms que je ne reconnaissais pas et de ces situations politiques dont j'ignorais tout. Même si je comprenais un article, il ne m'intéressait pas nécessairement.

Je peinais au long d'une colonne sur une grève imminente des postes, phénomène inconnu aux États-Unis, quand j'entendis un bruit étrange, ou plutôt un silence. Le bébé avait cessé de jouer avec son hochet et l'avait laissé tomber sur ses genoux. Son visage se mit à se friper comme une serviette que l'on froisse après un repas. Ça y est, me dis-je, il va pleurer ! Je jetai un coup d'œil à l'intérieur du café : accoudée, au bar, sa mère parlait au téléphone tout en tripotant un dessous de verre.

L'enfant ne pleura pas, son visage devint de plus en plus rouge, comme s'il essayait de pleurer sans y parvenir, puis il vira subitement au violet et au bleu.

Je me levai d'un bond, ma chaise tomba par terre avec fracas.

— Cet enfant est en train d'étouffer ! hurlai-je.

J'étais à peine à trois mètres de lui, mais le temps que j'arrive, un cercle de clients s'était formé auprès du bébé. Accroupi devant lui, un homme tapotait ses joues toutes bleues. J'essayai de me faufiler jusqu'à l'enfant, mais le patron, qui me tournait le dos, s'entêtait à me barrer le passage.

— Attendez ! Il est en train d'étouffer ! hurlai-je.

J'avais devant moi un mur d'épaules. Je contournai le cercle.

— Je sais ce qu'il faut faire !

Les clients que je bousculais pour passer me regardèrent, l'air dur, glacial.

— Tapez-lui dans le dos : il suffoque par manque d'air.

Je m'arrêtai, j'avais dit tout cela en anglais.

La mère surgit, elle se coula à travers la barricade humaine. Elle se mit à cogner comme une forcenée dans le dos du bébé, trop fort à mon avis. Tous l'observaient dans un silence à vous donner le frisson. Je me demandais comment traduire la « manœuvre de Heimlich » en français quand, dans une quinte de toux, le bébé expectora un bonbon rouge en forme de losange. Il chercha à reprendre son souffle, puis il se remit à pleurer et son visage reprit ses couleurs habituelles.

Après un soupir de soulagement général, le cercle de clients se dispersa. Mon regard croisa celui du patron, il me regarda avec froideur. J'ouvris la bouche pour dire quelque chose, mais il se détourna, prit son plateau et rentra. Je ramassai mes journaux et m'en allai sans payer.

Après cet épisode, je me sentis mal à l'aise en ville, évitant et le café et la femme à l'enfant. Il m'était difficile de regarder les gens droit dans les yeux. J'avais perdu de mon assurance à m'exprimer en français, mon accent s'en ressentait.

Mme Sentier le remarqua aussitôt.

— Mais que s'est-il passé ? demanda-t-elle. Vous faisiez de tels progrès !

Je me tus, revoyant soudain cette barricade d'épaules encerclant l'enfant.

Un jour à la boulangerie, j'entendis la cliente qui était devant moi dire qu'elle se rendait à la bibliothèque. À en juger par son geste, celle-ci devait se trouver juste au coin de la rue. Madame lui tendit un livre recouvert de film plastique. Il s'agissait d'un roman à l'eau de rose. J'achetai à toute vitesse ma baguette et mes quiches, coupant court à ma conversation rituelle et laborieuse avec madame. Je m'esquivai et suivis la cliente pendant ses courses quotidiennes près de la grand-place. Depuis un banc, je la surveillais du coin de l'œil en lisant mon journal tandis qu'elle saluait des passants ou s'entretenait avec des commerçants. Elle s'arrêta à diverses reprises le long de trois côtés de la place avant d'entrer dans la mairie qui occupait le quatrième côté. Repliant mon journal, je lui courus après. C'est ainsi que je me retrouvai en train d'arpenter le hall de la mairie et d'étudier bans de mariage et permis de construire alors qu'elle gravissait avec effort une longue volée de marches. Je montai quatre à quatre et, profitant de la porte ouverte, me glissai. Je refermai derrière moi, me retournai et découvris le premier endroit de la ville qui me parut familier.

Cette bibliothèque distillait ce mélange de poussière et de calme rassurant, pour lequel j'affectionnais les bibliothèques municipales de mon pays. Malgré sa taille modeste – elle n'occupait que deux pièces – elle avait de hauts plafonds et des fenêtres dépourvues de volets, ce qui la rendait étonnamment lumineuse pour un vieux bâtiment. Plusieurs personnes levèrent le nez et me dévisagèrent, mais leur attention étant, Dieu merci, de courte durée, elles se replongèrent dans leur lecture ou reprirent leur conversation à voix basse.

Je regardai autour de moi avant de me diriger vers l'accueil pour demander une carte de lecteur. Une femme plaisante, d'une cinquantaine d'années, vêtue d'un élégant tailleur vert olive, me répondit qu'il me faudrait fournir un document précisant mon adresse en France, pour confirmer que j'étais bien résidente. Avec tact, elle pointa le doigt vers un dictionnaire français-anglais en plusieurs volumes et une étagère sur laquelle étaient alignés des ouvrages en anglais.

Elle n'était pas à l'accueil lors de ma deuxième visite, un homme la remplaçait. Debout, en pleine conversation téléphonique, ses yeux noirs perçants fixaient un point sur la place, un sourire sardonique flottait sur son visage anguleux. À peu près de ma taille, il portait un pantalon noir et une chemise blanche sans cravate, boutonnée au col et dont les manches étaient roulées jusqu'aux coudes. Un solitaire. Je souris intérieurement : un de ces êtres à éviter.

Je m'éloignai de lui et me dirigeai vers la section anglaise. Il semblait que des touristes s'étaient délestés de leurs lectures de vacances, les étagères regorgeaient de polars et de romans érotiques. On trouvait aussi une ample sélection d'ouvrages d'Agatha Christie, j'en repérai même un que je n'avais pas lu. J'allai ensuite fureter dans la section des romans français. Mme Sentier m'avait recommandé Françoise Sagan dont la lecture en français ne devrait pas me paraître trop rébarbative. J'optai pour *Bonjour tristesse*. Je me dirigeai vers l'accueil, jetai un coup d'œil sur le loup qui se tenait derrière le bureau, contemplai mes livres, deux ouvrages bien frivoles, et m'arrêtai. Je repartis fouiner dans la section anglaise, ajoutant *Portrait de femme* de Henry James à mes emprunts.

Je traînassai, plongée dans un numéro de *Paris Match*, et me décidai enfin à apporter mes emprunts au bibliothécaire. L'homme me dévisagea, se livra à je ne sais quelle supputation en regardant les livres et avec le plus vague des sourires, me demanda en anglais :

— Votre carte ?

Qu'il aille au diable, celui-là, me dis-je. Je détestais cette façon sarcastique de me jauger, de présumer que je ne parlais pas français, que j'étais, de toute évidence, américaine.

— J'aimerais demander une carte de lecteur, répondis-je en veillant à mon français, m'efforçant de bannir toute trace d'accent américain.

Il me tendit un formulaire.

— Remplissez ça, ordonna-t-il en anglais.

J'étais si contrariée que, dans la case réservée au nom de famille, j'écrivis Tournier au lieu de Turner, puis je lui tendis avec morgue la demande accompagnée de mon permis de conduire, d'une carte de crédit et d'une lettre de la banque portant notre adresse française. Il examina les documents et fronça les sourcils en lisant le formulaire.

— Qu'est-ce que c'est que ça : Tournier ? demanda-t-il, tapotant du doigt sur mon nom. C'est Turner, n'est-ce pas ? Comme Tina Turner ?

Je continuai à lui répondre en français.

— Oui, mais à l'origine mon nom de famille était Tournier. Mes ancêtres l'ont changé en émigrant aux États-Unis, au XIXe siècle. Ils ont supprimé le *o* et le *i* pour faire plus américain.

C'était le seul détail de l'histoire familiale que je connaissais et dont j'étais fière, mais cela ne sembla guère l'impressionner.

— Beaucoup de familles modifient leur nom en émigrant...

Ma voix s'estompa et je me détournai de son regard moqueur.

— Par conséquent, vous vous appelez Turner. Votre carte doit être établie au nom de Turner, d'accord ?

Je me remis à parler anglais.

— C'est que... puisque je vis maintenant ici, je m'étais dit que je pourrais commencer à me servir de Tournier...

— Mais vous n'avez aucun papier d'identité, ni aucune lettre au nom de Tournier, n'est-ce pas ?

Je secouai la tête et, les coudes plaqués contre les côtés, lançai un coup d'œil rageur à ma pile de livres. À ma grande honte, mes yeux s'emplirent de larmes.

— Ne vous inquiétez pas, ce n'est rien, marmonnai-je.

Je récupérai documents et formulaire en prenant soin de ne pas le regarder, fis demi-tour et sortis.

Ce soir-là, en ouvrant notre porte d'entrée pour chasser deux chats qui se battaient dans la rue, je trébuchai sur les livres, entassés sur le perron. Ma carte de lecteur était posée au-dessus, elle avait été établie au nom d'Ella Tournier.

J'évitai la bibliothèque, réprimant l'envie de m'y rendre à seule fin de remercier le bibliothécaire. Je n'avais pas encore appris à remercier à la française. Quand j'achetais quelque chose, les commerçants semblaient me remercier avec une telle insistance que je mettais toujours en doute leur sincérité. Le ton de voix ne permettait guère de tirer des conclusions. Cependant, le sarcasme du bibliothécaire avait été indéniable, je ne parvenais pas à l'imaginer acceptant des remerciements avec grâce.

Quelques jours après la découverte de la carte, je me promenais au bord de la rivière, quand je l'aperçus assis dans une flaque de lumière devant le café près du pont où j'allais boire un espresso. Il semblait fasciné par l'eau qui coulait au-dessous. Je m'arrêtai, essayant de décider si oui ou non je devrais lui dire un mot, me demandant si je pouvais passer sans bruit, afin qu'il ne me remarquât pas.

Il leva alors la tête et me surprit en train de l'observer. Son expression ne changea pas, il paraissait perdu dans ses pensées.

— Bonjour, dis-je, me sentant ridicule.

— Bonjour.

Il remua sur son siège et d'un geste m'indiqua la chaise à côté de lui.

— Café ?

J'hésitai.

— Oui, s'il vous plaît, répondis-je enfin.

Je m'assis, il fit signe au garçon. Me sentant, quelques instants, atrocement gênée, je contemplai le Tarn afin de ne pas avoir à le regarder lui. Le Tarn était une rivière imposante, large d'une centaine de mètres, verte et sereine et, semblait-il, immobile. Je finis toutefois par remarquer que l'eau ondulait paresseusement, et, à la longue, je vis miroiter des plaques couleur de rouille, qui remontaient à la surface en bouillonnant, puis disparaissaient. Je les observai, fascinée.

Le garçon apparut avec le café sur un plateau d'argent, s'interposant entre la rivière et moi. Je me tournai vers le bibliothécaire.

— Ce rouge, là-bas, sur le Tarn, qu'est-ce que c'est ? demandai-je en français.

Il me répondit en anglais :

— Des dépôts argileux en provenance des collines. Un récent glissement de terrain a mis à nu les bancs d'argile qui sont ainsi entraînés par les eaux.

Mon regard s'en retourna d'instinct vers la rivière. Hypnotisée par l'argile, je revins à l'anglais.

— Comment vous appelez-vous ? lui demandai-je.

— Jean-Paul.

— Merci pour ma carte de lecteur, Jean-Paul. C'est vraiment gentil.

Il haussa les épaules, je me félicitai de ne pas en avoir fait toute une affaire.

Nous restâmes un long moment sans parler, buvant notre café et contemplant la rivière. Il faisait bon en ce soleil d'un mois de mai qui tirait à sa fin et j'aurais volontiers enlevé ma veste, sans ces maudites plaques de psoriasis sur mes bras.

— Pourquoi n'êtes-vous pas à la bibliothèque aujourd'hui ? lui demandai-je de but en blanc.

Il leva la tête.

— C'est mercredi, jour de fermeture de la bibliothèque.

— Ah ! bon. Depuis combien de temps vous travaillez là-bas ?

— Trois ans. Avant, je travaillais dans une bibliothèque de Nîmes.

— C'est donc ça votre profession ? Vous êtes bibliothécaire ?

Il jeta sur moi un regard oblique en allumant une cigarette.

— Oui, pourquoi cette question ?

— C'est juste que... Vous n'avez pas l'air d'un bibliothécaire.

— De quoi ai-je donc l'air ?

Je le regardai de la tête aux pieds. Il portait un jean noir et une chemise en coton, couleur saumon. Un blazer noir reposait sur le dossier de sa chaise. Il avait les bras bronzés, les avant-bras couverts de poils noirs.

— D'un gangster, répondis-je. Si ce n'est qu'il vous manque les lunettes !

Jean-Paul esquissa un sourire, il laissa la fumée lentement s'échapper de sa bouche jusqu'à ce qu'elle entoure son visage d'un voile bleuté.

— Qu'est-ce que vous dites, vous, les Américains ?... On ne juge pas un livre à sa couverture ?

Je lui rendis son sourire.

— Touché !

— Alors, pourquoi êtes-vous en France, Ella Tournier ?

— Mon mari travaille dans un cabinet d'architectes de Toulouse.

— Et pourquoi êtes-vous ici ?

— Nous voulions essayer de vivre dans une petite ville plutôt qu'à Toulouse. Nous habitions à San Francisco et j'ai été élevée à Boston, je me suis donc dit qu'une petite ville serait un changement intéressant.

— Ma question c'est pourquoi êtes-vous ici ?

— Oh !...

Je me tus un instant.

— Parce que mon mari est ici.

Il leva les sourcils et écrasa sa cigarette.

— J'entends par là que je voulais venir. J'étais contente du changement.

— Vous étiez contente ou vous êtes contente ?

J'éludai la question.

— Votre anglais est très bon. Où l'avez-vous appris ?

— J'ai passé deux ans à New York. J'y ai préparé un diplôme de bibliothécaire à Columbia University.

— Vous avez vécu à New York et après ça vous êtes revenu ici ?

— D'abord à Nîmes puis ici, oui.

Il m'octroya un sourire discret.

— Qu'est-ce que cela peut avoir de si surprenant, Ella Tournier ? Ici, je me sens chez moi.

J'aurais bien voulu qu'il cesse de dire Tournier. Il me regardait avec ce petit air narquois que j'avais remarqué à la bibliothèque, impénétrable et arrogant. J'aurais voulu surprendre son expression tandis qu'il établissait ma carte de lecteur : fallait-il voir là aussi un geste de condescendance de sa part ?

Je me levai d'un bond et fouillai dans mon sac en quête de monnaie.

— J'ai été heureuse de bavarder avec vous, mais il faut que j'y aille.

Je posai les pièces sur la table. Jean-Paul les regarda et fronça les sourcils, secouant imperceptiblement la tête. Je rougis, ramassai les pièces et m'apprêtai à m'en aller.

— Au revoir, Ella Tournier. J'espère que vous allez passer de bons moments en compagnie de Henry James.

Je pivotai sur mes talons.

— Pourquoi faut-il que vous vous serviez à tout bout de champ de mon nom de famille ?

Il se pencha en arrière, le soleil dans ses yeux m'empêchait de voir son expression.

— Afin que vous vous y habituiez, et qu'à la longue il devienne votre nom.

Retardée par la grève de la poste, la réponse de mon cousin arriva le 1er juin, un mois après que je lui avais envoyé ma lettre. Jacob Tournier avait écrit deux pages d'un gribouillage aussi imposant qu'indéchiffrable. Armée de mon dictionnaire, je peinai sur la lettre, mais l'écriture était si difficile à lire qu'après avoir cherché plusieurs mots sans succès, je renonçai et décidai d'avoir recours au gros dictionnaire de la bibliothèque.

Assis à son bureau, Jean-Paul conversait avec un autre homme quand j'entrai. Je ne remarquai aucun changement ni dans son attitude ni dans son expression, mais je constatai, non sans une certaine satisfaction qui m'étonna, qu'il me gratifia d'un coup d'œil quand je passai. J'emportai les volumes du dictionnaire et m'installai à une table de lecture, lui tournant le dos, agacée de constater que je lui prêtais autant d'attention.

Le dictionnaire de la bibliothèque me fut d'un grand secours mais certains mots demeurèrent introuvables ou tout simplement illisibles. Après un quart d'heure sur un malheureux paragraphe, j'en restais là, hébétée, frustrée quand j'aperçus Jean-Paul qui, adossé au mur, m'observait d'un air amusé qui me donna envie de le gifler. Je me levai d'un bond et lui mis la lettre sous le nez en marmonnant :

— Allez-y, lisez-moi ça !

Il prit les feuilles de papier, les parcourut du regard et hocha la tête.

— Laissez-les-moi, dit-il. Retrouvez-moi mercredi au café.

Le mercredi matin, il était assis à la même table, sur la même chaise, mais cette fois le ciel était couvert et je ne vis pas d'argile bouillonner à la surface de l'eau. Je m'assis en face de lui et non à côté de lui, de sorte que la rivière était derrière moi et que nous étions forcés de nous regarder. Derrière lui, j'avais vue sur le café, il était vide. Plongé dans son journal, le garçon leva le nez quand je m'assis et il abandonna sa lecture lorsque je lui fis un signe de tête.

Ni Jean-Paul ni moi ne dîmes mot en attendant notre café. J'étais trop lasse pour m'abandonner à de menus propos. C'était le moment stratégique du mois et le rêve m'avait réveillée trois nuits de suite. Incapable de me rendormir, j'étais restée au lit à compter les heures, scandées par la respiration régulière de Rick. J'avais compensé par de courtes siestes l'après-midi, mais j'en ressortais mal en point et désorientée. J'avais enfin l'explication de cette expression hébétée, épuisée que j'avais remarquée sur les visages des jeunes mères avec lesquelles j'avais travaillé : le manque de sommeil.

Après avoir bu son café, Jean-Paul posa la lettre de Jacob Tournier sur la table.

— J'y ai repéré certaines expressions suisses qui vous échapperaient sans doute. Certes, l'écriture n'est pas facile à lire, mais j'ai vu pire.

Il me tendit sa traduction, écrite avec soin.

« Ma chère cousine,

» Quelle joie de recevoir votre lettre ! Je me rappelle fort bien la brève visite de votre père à Moutier il y a longtemps et je suis heureux d'entrer en contact avec sa fille.

» Je suis désolé de ne pas avoir répondu plus tôt à vos questions, mais il a fallu que je cherche dans les vieilles notes de mon grand-père concernant la famille Tournier. C'était lui qui s'intéressait beaucoup à la famille, voyez-vous, et il s'est lancé dans de nombreuses recherches. Il en a même établi l'arbre généalogique, qu'il m'est difficile de lire ou de reproduire pour vous dans cette lettre, aussi, pour le voir, va-t-il falloir que vous veniez nous trouver.

» Je puis néanmoins vous donner certains détails. Le premier Tournier dont il est fait mention à Moutier est un certain Étienne Tournier, il figure sur une liste d'enrôlement qui remonte à 1576. Un baptême a également été enregistré en 1590, il s'agit là d'un autre Étienne Tournier, fils de Jean Tournier et de Marthe Rougemont. Peu de documents officiels de cette époque nous sont parvenus, mais on retrouve par la suite plusieurs Tournier. L'arbre généalogique familial est particulièrement fourni à partir du XVIIIe siècle.

» Les Tournier ont exercé de nombreux métiers : tailleur, aubergiste, horloger, instituteur. Un Jean Tournier fut même élu maire au début du XIXe siècle.

» Vous me posez des questions sur les origines françaises de la famille. Mon grand-père disait parfois que les Tournier étaient originaires des Cévennes. J'ignore d'où il tenait cette information.

» Je suis heureux de voir que vous vous intéressez à la famille et j'espère que votre mari et vous-même viendrez bientôt nous rendre visite. Un nouveau membre de la famille Tournier est toujours le bienvenu à Moutier.

» Croyez, je vous prie, etc.

» Jacob Tournier. »

Je relevai la tête.

— Où se trouvent les Cévennes ? demandai-je.

Jean-Paul agita la main par-dessus mon épaule.

— Au nord-est. C'est une région située dans les montagnes au nord de Montpellier, à l'ouest du Rhône. Qui longe le Tarn et s'étire vers le sud.

Je m'accrochai au seul détail géographique qui m'était familier.

— Ce Tarn ? dis-je en pointant le menton en direction de la rivière, en espérant qu'il n'avait pas remarqué que j'avais pris les Cévennes pour une ville.

— Oui, c'est une rivière très différente plus à l'est. À mesure qu'on se rapproche de sa source, elle devient beaucoup plus petite, beaucoup plus rapide.

— Et le Rhône, où se trouve-t-il ?

Il jeta sur moi un regard furtif, puis il sortit de la poche de sa veste un stylo et esquissa les contours de la France sur une serviette. La forme me rappelait une tête de vache, l'Est et l'Ouest pointaient telles des oreilles, le Nord rappelait une houppe de poils entre les oreilles, et la frontière avec l'Espagne en était le mufle carré. Il indiqua par des points Paris, Toulouse, Lyon, Marseille, Montpellier, traça à l'emplacement du Rhône et du Tarn une ligne verticale et une ligne horizontale qui se tortillaient. Réflexion faite, il ajouta un point sur les bords du Tarn et à droite de Toulouse pour marquer l'emplacement de Lisle-sur-Tarn. Il entoura ensuite une partie de la joue gauche de la vache, juste au-dessus de la Riviera.

— Voilà les Cévennes, dit-il.

— Vous voulez dire qu'ils venaient de cette région ?

Jean-Paul gonfla ses lèvres en une moue sceptique.

— D'ici aux Cévennes, il y a au moins deux cents kilomètres. Vous trouvez ça la porte à côté, vous ?

— Ça l'est pour une Américaine, rétorquai-je, consciente que j'avais récemment repris mon père qui, en bon Américain, avait lui aussi tendance à sous-estimer les distances. Des Américains parcourront cent cinquante kilomètres en voiture pour se rendre à une soirée, mais ne trouvez-vous pas que ce soit là une étonnante coïncidence que dans votre grand pays – je montrai de la main la tête de vache – mes ancêtres soient originaires d'un endroit relativement proche de celui où je vis en ce moment.

— Une étonnante coïncidence... répéta Jean-Paul sur un ton qui me fit regretter de m'être servie de cet adjectif.

— Sans doute ne serait-il pas si difficile que ça d'en apprendre davantage à leur sujet, puisqu'ils viennent de la région.

Je me rappelais Mme Sentier en train de me dire qu'en savoir un peu plus long sur mes ancêtres m'aiderait à me sentir davantage chez moi.

— Je pourrais aller là-bas et...

Je m'arrêtai. Après tout, qu'irais-je faire là-bas ?

— Comme vous le savez, votre cousin a dit que c'était la légende familiale qui les présumait originaires de cette région. Il ne s'agit donc pas d'une information sûre et certaine. Il n'y a rien de précis.

Il se cala sur sa chaise, fit tomber une cigarette du paquet qui était sur la table et l'alluma d'un seul geste fluide.

— D'ailleurs, vous êtes déjà au courant de vos ancêtres suisses et il existe un arbre généalogique de la famille. Ils ont réussi à remonter jusqu'à 1576, ils en savent plus long sur leur famille que la plupart des gens. Cela suffit, non ?

— Mais ce serait amusant de chercher par ici. Je pourrais sans doute consulter les archives ou d'autres registres.

Il prit un air amusé.

— Quel genre d'archives, Ella Tournier ?

— Eh bien, celles où sont consignés les actes de naissance, les décès, les mariages. Ce genre de choses.

— Et où les trouverez-vous ?

J'esquissai un geste évasif.

— Je n'en sais rien. C'est votre travail. Après tout, c'est vous le bibliothécaire !

— D'accord.

Que j'en appelle à sa noble profession parut l'apaiser. Il se redressa sur sa chaise.

— Vous pourriez commencer par consulter les archives de Mende qui est le chef-lieu de la Lozère, l'un des départements des Cévennes. À mon avis, toutefois, vous ne comprenez pas le mot « recherche » même si vous l'employez à tout bout de champ. Il n'existe pas beaucoup de documents datant du XVIe siècle. À l'époque on ne gardait pas trace de l'état civil, ce n'est qu'après la Révolution que l'administration a commencé à l'enregistrer. Les paroisses possédaient toutefois des registres, mais beaucoup ont été détruits au cours des guerres de religion, surtout ceux des huguenots qui n'étaient pas gardés en lieux sûrs. Je doute fort que vous appreniez quoi que ce soit sur les Tournier si vous allez à Mende.

— Attendez une minute : comment savez-vous qu'ils étaient... huguenots ?

— La plupart des Français qui, à cette époque, ont émigré en Suisse étaient des huguenots en quête d'un endroit où ils pourraient vivre en sécurité ou qui voulaient être proches de Genève où habitait Calvin. Les deux vagues migratoires les plus importantes remontent à 1572 et 1685. La première a suivi le massacre de la Saint-Barthélemy, la seconde a suivi la révocation de l'édit de Nantes. Vous trouverez en bibliothèque des livres à ce sujet. Loin de moi l'intention de faire votre travail à votre place ! ajouta-t-il d'un ton persifleur.

Je ne relevai pas cette pointe, l'idée d'explorer une région de France où j'étais susceptible d'avoir eu des ancêtres commençait à me plaire.

— Vous estimez donc que ça vaudrait la peine que

j'aille consulter les archives de Mende ? demandai-je avec un optimisme innocent.

Il souffla un jet de fumée dans les airs.

— Non.

Ma déception devait avoir été manifeste car Jean-Paul se mit à tapoter sur la table avec impatience et remarqua :

— Courage, Ella Tournier. Ce n'est pas si facile de remonter dans le temps. Vous les Américains, qui venez ici dans l'espoir de retrouver vos racines, vous vous imaginez tout savoir en un jour sur vos ancêtres, n'est-ce pas ? Vous vous rendez donc sur place, vous prenez une photo et ça vous fait du bien : vous vous sentez français l'espace d'une journée, pas vrai ? Et le lendemain, vous partez à la recherche d'ancêtres dans d'autres pays. Vous pouvez ainsi vous targuer que le monde vous appartient !

Je pris mon sac et me levai.

— Vous y prenez un plaisir sadique, n'est-ce pas ? lançai-je d'un ton acerbe. Merci pour vos conseils. J'ai vraiment beaucoup appris sur l'optimisme français.

À dessein, je lançai une pièce sur la table, elle passa en roulant près du coude de Jean-Paul, tomba par terre et rebondit plusieurs fois sur le béton.

Il toucha mon bras au moment où je m'éloignais.

— Attendez, Ella, ne partez pas. Je ne voulais pas vous décourager. Je m'efforçais d'être réaliste, c'est tout.

Je me tournai vers lui.

— Pourquoi resterais-je ? Vous êtes aussi arrogant que pessimiste et vous tournez en dérision tout ce que je fais. J'éprouve une vague curiosité au sujet de mes ancêtres français et, à vous entendre, on croirait que je me tatoue le drapeau français sur les fesses. C'est déjà assez dur pour moi de vivre ici sans que vous me fassiez sentir davantage que je suis étrangère.

Je me détournai une fois de plus mais je fus étonnée de m'apercevoir que je tremblais. Prise d'un étourdissement, je dus m'accrocher à la table.

Jean-Paul se leva d'un bond et approcha une chaise. Tandis que je me laissais tomber sur celle-ci, il appela le garçon.

— Un verre d'eau, Dominique, vite, s'il te plaît.

Je bus le verre d'eau, respirai plusieurs fois bien à fond et me sentis mieux. De mes mains, je m'éventai le visage : j'étais toute rouge et je transpirais. Assis en face de moi, Jean-Paul me surveillait de près.

— Peut-être devriez-vous retirer votre veste ? suggéra-t-il calmement, et pour la première fois je perçus certaine douceur dans sa voix.

— Je...

Mais ce n'était pas le moment d'être pudique et j'étais trop lasse pour discuter. La colère que j'éprouvais à son égard s'était évanouie sitôt que je m'étais rassise. Je me débarrassai à contrecœur de ma veste.

— Je souffre de psoriasis, annonçai-je d'un ton dégagé, histoire de couper court à tout non-dit embarrassant relatif à l'état de mes bras. Le médecin prétend que c'est lié au stress et au manque de sommeil.

Jean-Paul examina les plaques de peau squameuse comme s'il s'agissait d'un étrange tableau contemporain.

— Vous avez du mal à dormir ? demanda-t-il.

— Ces temps derniers, je fais des cauchemars. Ou plutôt *un* cauchemar.

— Et vous en avez parlé à votre mari ? À vos amis ?

— Je n'en ai parlé à personne.

— Pourquoi n'en parlez-vous pas à votre mari ?

— Je ne voudrais pas qu'il s'imagine que je suis malheureuse ici.

Je n'ajoutai pas que Rick pourrait se sentir menacé par le rapport entre le cauchemar et le sexe.

— Êtes-vous malheureuse ?

— Oui, répondis-je en regardant Jean-Paul droit dans les yeux.

Je me sentis soulagée de le dire.

Il hocha la tête.

— Et qu'est-ce que c'est que ce cauchemar ? Racontez-le-moi.

Je laissai mon regard errer vers la rivière.

— Je ne me souviens que de certains moments. Il n'y a pas d'histoire à proprement parler. Il y a une voix, non, deux voix, l'une parle français, l'autre pleure, des pleurs convulsifs. Le tout se déroule dans un brouillard, on dirait que l'air est très lourd, comme de l'eau. À la fin, j'entends un bruit sourd, rappelant une porte qu'on referme. Et surtout, il y a du bleu partout. Partout. J'ignore ce qui me fait aussi peur, mais chaque fois que j'ai ce cauchemar, je veux retourner chez moi. C'est plutôt l'atmosphère qui m'effraie. Et le fait qu'il revienne sans arrêt, qu'il ne me lâche pas, cette impression que je vais l'avoir toute ma vie, c'est bien ça le pire.

Je m'arrêtai. Je n'avais pas perçu jusqu'ici à quel point je voulais en parler à quelqu'un.

— Vous souhaitez retourner aux États-Unis ?

— Ça m'arrive. Après quoi je m'en veux de m'être laissé effaroucher par un rêve...

— Et à quoi ce bleu ressemble-t-il ? À ça ?

Il pointa le doigt en direction d'une publicité de crème glacée en vente dans ce café. Je secouai la tête.

— Non, c'est trop vif. Je veux dire que le bleu de mon rêve est vif, lui aussi, et même très vif, mais il est à la fois vif et sombre. Je ne suis pas familière avec le vocabulaire technique qui me permettrait de le décrire, disons qu'il est très lumineux. Il est très beau et pourtant, dans mon rêve, il me rend triste. Et par moments, il me remplit de joie. Comme si cette couleur avait un endroit et un envers. C'est drôle que je me souvienne de cette couleur, moi qui avais toujours cru que je rêvais en noir et blanc !

— Et les voix ? À qui appartiennent-elles ?

— Je n'en sais rien. Parfois, je reconnais ma voix, il m'arrive ainsi de me réveiller et de me surprendre en train de répéter ces paroles. Je peux presque les entendre, comme si elles résonnaient dans le soudain silence de la chambre.

— Quelles sont ces paroles ? Que dites-vous ?

Je réfléchis un instant, puis je secouai la tête.

— Je ne m'en souviens pas.

Il fixa sur moi son regard.

— Essayez. Fermez les yeux.

J'obéis et demeurai sans bouger aussi longtemps que je le pus, avec, à mes côtés, Jean-Paul silencieux. J'allais rouvrir les yeux quand un passage de mon rêve me revint à l'esprit.

— Je suis un objet de rebut, dis-je soudain.

J'ouvris les yeux.

— Je suis un objet de rebut ? D'où cela m'est-il venu ?

Jean-Paul semblait très surpris.

— Parvenez-vous à vous rappeler autre chose ?

Je fermai à nouveau les yeux.

— Car mon rocher, mon rempart, c'est toi, finis-je par murmurer.

J'ouvris les yeux. Les traits de Jean-Paul étaient contractés à force de se concentrer, il semblait lointain. Je pouvais voir que son esprit s'activait, qu'il errait à travers une vaste plaine de souvenirs, les scrutant et les rejetant tour à tour. Soudain, intrigué par un détail, il revint à moi et, les yeux rivés sur la publicité pour la crème glacée, il se mit à réciter :

Tout ce que j'ai d'oppresseurs
Fait de moi un scandale
Pour mes voisins je ne suis que dégoût,
Un effroi pour mes amis.

Ceux qui me voient dans la rue
S'enfuient loin de moi,
Comme un mort oublié des cœurs,
Comme un objet de rebut.

Tandis qu'il parlait, je sentis ma gorge se serrer et mes yeux s'embrumer.

Je me cramponnai aux côtés de ma chaise, me plaquant contre le dossier pour ne pas m'effondrer. Quand il eut achevé, j'avalai ma salive pour dénouer ma gorge.

— Qu'est-ce que cela ? demandai-je calmement.

— Le psaume XXXI.

Je fronçai les sourcils.

— Un psaume ? Vous voulez dire un psaume de la Bible ?

— Oui.

— Comment pourrais-je le connaître ? Je ne connais pas un seul psaume par cœur ! Je les connais à peine en anglais, comment pourrais-je les connaître en français ? Mais ces paroles me sont très familières. J'ai dû les entendre quelque part. Et vous, comment le connaissez-vous ?

— Je l'ai appris à l'église. Quand j'étais enfant nous devions apprendre par cœur de nombreux psaumes. Je les ai également étudiés quand ils étaient à mon programme.

— Vous voulez dire que vous avez étudié les psaumes quand vous prépariez le diplôme de bibliothécaire ?

— Non, non, avant ça, à l'époque où j'étudiais l'histoire, l'histoire du Languedoc. À vrai dire, c'est ça ma vraie vocation.

— Qu'est-ce que le Languedoc ?

— Une région qui entoure la nôtre. Qui va de Toulouse aux Pyrénées et jusqu'au Rhône.

Il traça un autre cercle sur la carte qu'il avait esquissée sur sa serviette, ce cercle incluait les Cévennes ainsi qu'une bonne partie du cou et du mufle de la vache.

— Elle tient son nom de la langue qu'on y parlait jadis. Pour eux, oc signifiait oui. Langue d'oc, Languedoc.

— Quel peut être le rapport entre le psaume et le Languedoc ?

Il hésita.

— Disons que c'est étrange, il s'agit là d'un psaume que récitaient les huguenots dans l'adversité.

Ce soir-là, après le dîner, je me décidai enfin à raconter mon rêve à Rick. Je lui décrivis le bleu, les voix, l'atmosphère avec autant de précision que je le pouvais. Je laissai de côté certains détails : je ne lui dis pas que j'avais abordé le sujet avec Jean-Paul, que les paroles provenaient d'un psaume, que je n'avais ce rêve qu'après avoir fait l'amour. Compte tenu des restrictions que je lui imposais, mon récit y perdait en spontanéité, il était loin de produire l'effet thérapeutique qu'il avait eu lors de ma conversation avec Jean-Paul, quand il avait surgi de lui-même et sans apprêt. Maintenant que c'était pour Rick et non pour moi que je le racontais, je m'apercevais qu'il me fallait lui donner la tournure d'une histoire. Ainsi commença-t-il à se détacher de moi afin de poursuivre une vie de fiction.

— Rick, est-ce que tu m'écoutes ? finis-je par lui demander, tirant sur sa queue-de-cheval.

Rick le prit comme ça, lui aussi. Sans doute était-ce la façon dont je le lui racontai, toujours est-il qu'il ne prêta qu'une oreille distraite, son attention déviant vers une radio en fond sonore ou une conversation dans la rue. À l'inverse de Jean-Paul, il ne posa aucune question.

— Bien sûr que je t'écoute. Tu as eu des cauchemars ces temps derniers. Il y est question de la couleur bleue.

— Je voulais juste que tu saches. Voilà pourquoi j'ai été si fatiguée.

— Tu devrais me réveiller quand tu as ces cauchemars.

— Je sais…

Tout en sachant que cela m'aurait été impossible. Et pourtant, en Californie, je l'aurais réveillé aussitôt, dès la première fois que j'aurais fait ce rêve. Quelque chose avait changé. Puisque Rick semblait égal à lui-même, ce devait être moi qui avais changé.

— Comment se passent tes cours ?

Je haussai les épaules, agacée qu'il ait changé de sujet.

— Pas mal. Non. Très mal. Non. Je n'en sais rien... Par moments, je me demande si j'arriverai un jour à mettre au monde des bébés français. Impossible de trouver mes mots alors que ce bébé s'étouffait ! Si j'en suis là, comment pourrai-je jamais aider une femme en couches ?

— Rappelle-toi que tu as déjà accouché des femmes d'origine hispanique et tu t'es très bien débrouillée.

— C'est différent. C'est entendu, elles ne parlaient pas anglais, mais elles ne s'attendaient pas non plus à ce que je parle espagnol. Et ici, tout le matériel hospitalier, tous les médicaments, tous les dosages seront en français.

Rick se pencha en avant, les coudes calés sur la table, l'assiette repoussée sur le côté.

— Voyons, Ella, où est passé ton optimisme ? Tu ne vas pas te mettre à te comporter comme une Française, n'est-ce pas ? J'en ai ma dose au travail !

Consciente d'avoir récemment critiqué le pessimisme de Jean-Paul, je me surpris toutefois à répéter ses mots :

— J'essaie d'être réaliste, c'est tout.

— Ouais, celle-là aussi je l'ai entendue au travail.

J'ouvris la bouche pour une riposte acérée, mais m'arrêtai. Il était exact que mon optimisme avait baissé depuis que j'étais en France. Peut-être le cynisme de mon entourage déteignait-il sur moi. Rick, lui, voyait toujours le côté positif de la vie. Il devait sa réussite à son attitude positive. C'était à cause d'elle que ce cabinet d'architectes français l'avait contacté. C'était à cause d'elle que nous étions ici. Je me tus, ravalant mes mots empreints de pessimisme.

Cette nuit-là, nous fîmes l'amour, Rick veillant à éviter mon psoriasis. Après quoi, j'attendis patiemment et le sommeil et mon rêve. Ce dernier survint, moins subjectif et plus tangible que jamais. Le bleu pendait au-dessus de moi tel un drap lumineux qui ondulait, prenait une texture, une forme. Je m'éveillai les joues ruisselantes de larmes, ma voix vibrant encore dans mes oreilles. Je restai allongée sans bouger.

— Une robe, chuchotai-je. C'était une robe.

Au cours de la matinée, je me précipitai à la bibliothèque. Cette fois, la femme était à l'accueil, je me détournai pour cacher ma déception et ma contrariété de ne pas trouver Jean-Paul. Je déambulai dans les deux salles, la bibliothécaire ne me lâchait pas des yeux. À la fin, je lui demandai si Jean-Paul serait là dans la journée.

— Oh ! non, répondit-elle avec un léger froncement de sourcils. Il ne reviendra pas avant quelques jours. Il est à Paris.

— À Paris ? Mais pourquoi ?

Ma question parut l'étonner.

— Eh bien, sa sœur se marie. Il sera de retour après le week-end.

— Oh ! Merci ! lançai-je en m'en allant.

Cela faisait tout drôle d'imaginer Jean-Paul avec une sœur, avec une famille. Bon sang, me dis-je, en descendant rageusement l'escalier et en me retrouvant sur la place. À côté de la fontaine, Mme la boulangère bavardait avec la cliente qui m'avait fait découvrir la bibliothèque. Elles s'arrêtèrent, m'examinèrent un long moment puis elles reprirent leur conversation. Au diable, ces bonnes femmes ! pensai-je. Jamais de ma vie je ne m'étais sentie aussi seule et en proie aux regards.

Ce dimanche-là, nous fûmes invités à déjeuner chez un collègue de Rick, il s'agissait là de notre première sortie mondaine depuis notre installation en France, à l'exception de quelques verres pris avec des collègues de Rick. J'angoissais à l'idée de m'y rendre, concentrant mes inquiétudes sur ce que je porterais : je n'avais pas la moindre idée de ce qu'un déjeuner de dimanche signifiait pour des Français, j'ignorais si je devais opter pour une tenue habillée ou plutôt décontractée.

— Devrais-je mettre une robe ? ne cessais-je de répéter à Rick.

— Mets ce que tu voudras, avait-il la sagesse de me répondre à chaque fois. Ça leur sera égal...

Mais moi, je ne me sentirai pas à l'aise si ma tenue ne convient pas, me disais-je.

À cela venait s'ajouter le problème de mes bras : il faisait chaud et je ne pouvais supporter les regards furtifs sur mes lésions cutanées. Je finis par choisir une robe blanc cassé, sans manches, qui descendait à mi-mollets et une veste de lin blanc. Il me semblait que c'était le genre de tenue passe-partout, mais quand ils nous ouvrirent la porte de leur grande maison de banlieue et que je vis les jeans de Chantal et le short kaki d'Olivier, je me sentis à la fois trop habillée et mal ficelée. Ils m'accueillirent avec un sourire poli, sourirent à nouveau en voyant les fleurs et le vin que nous avions apportés, mais Chantal abandonna les fleurs sur un buffet de la salle à manger, sans même les retirer de leur cellophane, quant à notre bouteille de vin, choisie avec soin, elle n'apparut pas au déjeuner.

Ils avaient deux enfants, une fille et un garçon, si bien élevés et si calmes que je n'appris même pas leurs prénoms. À la fin du repas, ils se levèrent et disparurent, comme s'ils obéissaient à une cloche que seuls des enfants pouvaient entendre. Ils devaient être en train de regarder la télévision et je regrettai de ne pas pouvoir les rejoindre : notre conversation d'adultes était aussi lassante que démoralisante. Rick et Olivier passèrent la majeure partie de l'après-midi à discuter affaires en anglais tandis que Chantal et moi baragouinions dans un mélange franco-anglais. J'avais beau m'efforcer de ne parler que français, elle reprenait en anglais aussitôt qu'elle sentait que je ne suivais pas. Il eût été impoli de ma part de poursuivre en français, je revenais donc à l'anglais jusqu'à ce qu'une pause me permette de repartir sur un autre sujet en français. Nos échanges se muèrent en une joute courtoise : je la soupçonnai de prendre un malin plaisir à me montrer combien son anglais était supérieur à mon français. Et elle n'était pas du genre à parler pour ne rien dire, en dix minutes elle avait brossé le tableau de la scène politique internationale et me regardait de haut quand je n'apportais pas une réponse catégorique à tel ou tel problème.

Olivier et Chantal étaient tous deux suspendus aux lèvres de Rick, Dieu sait pourtant que je me donnais plus de mal que lui pour leur parler dans leur langue. C'était peine perdue, ils ne m'écoutaient que d'une oreille très distraite. Je répugnais à l'idée de comparer ma prestation à celle de Rick : je n'avais jamais fait cela aux États-Unis.

Nous prîmes congé de nos hôtes en fin d'après-midi avec les embrassades de rigueur et la promesse de les inviter à Lisle. Une partie de plaisir en perspective... pensais-je. Sitôt que nous fûmes hors de vue, je retirai ma veste humide de sueur. Si nous avions été aux États-Unis en compagnie d'amis, peu aurait importé l'état de mes bras. Par contre, si nous avions été aux États-Unis, je n'aurais pas eu de psoriasis...

— Charmants, n'est-ce pas ? ainsi Rick attaqua-t-il notre compte rendu de mission rituel.

— Ils n'ont touché ni au vin ni aux fleurs...

— Ouais, mais rien d'étonnant avec une cave aussi bien montée que la leur ! Quelle baraque !

— J'avoue que je ne pensais pas à leur train de vie.

Rick me lança un regard oblique.

— Tu n'avais pas l'air très à ton aise là-bas, ma chérie. Qu'est-ce qui ne va pas ?

— Je n'en sais rien. Je sens juste... Je sens juste que je n'arrive pas à m'intégrer, c'est tout. Comme si je ne pouvais pas parler aux gens de la façon dont je le fais aux États-Unis. Jusqu'à présent, la seule personne avec laquelle j'ai pu avoir une conversation prolongée, hormis Mme Sentier, c'est Jean-Paul, et il ne s'agissait même pas d'une véritable conversation. Cela tenait davantage de l'escarmouche, davantage de...

— Qui est Jean-Paul ?

J'affectai un ton désinvolte.

— Un bibliothécaire de Lisle. Il me guide dans mes recherches pour retrouver l'histoire de ma famille. Il est absent ces jours-ci, ajoutai-je, hors de propos.

— Et qu'avez-vous découvert à vous deux ?

— Pas grand-chose. Quelques éléments grâce à mon cousin qui vit en Suisse. Figure-toi que je m'imaginais qu'en savoir plus long sur mes ancêtres français m'aiderait à me sentir plus à l'aise dans ce pays, mais je crois que je me suis trompée. Les gens continuent à voir en moi une Américaine.

— Mais tu es américaine, Ella.

— Oui, je le sais. Mais je vais sûrement être amenée à changer un peu pendant mon séjour en France.

— Pourquoi ?

— Pourquoi ? Parce que, sinon, je détonne trop. Les gens veulent que je sois conforme à l'image qu'ils se font de moi, ils veulent que je sois comme eux. D'ailleurs, je ne puis m'empêcher d'être influencée par le paysage, par les gens, par leur façon de penser, par la langue. Cela va me rendre différente ou, du moins, un peu différente.

Rick prit un air perplexe.

— Mais tu es déjà toi-même, dit-il, changeant de file si brusquement que les conducteurs derrière nous protestèrent à coups de Klaxon indignés. Tu n'as pas besoin de changer pour être comme tout le monde.

— Ce n'est pas ce que je veux dire. Il s'agit plutôt d'une sorte d'adaptation. Vois-tu, par exemple... Les cafés ici ne servent pas de décaféiné, aussi j'essaie de m'accoutumer à boire soit moins de vrai café, soit à ne plus en boire du tout.

— J'ai fini par obtenir de ma secrétaire qu'elle prépare du décaféiné au bureau.

— Rick...

Je m'arrêtai et comptai jusqu'à dix. On aurait dit qu'il prenait plaisir à ne pas décoder mes métaphores, à colorer la vie en rose.

— Je crois que tu serais beaucoup plus heureuse si tu ne t'inquiétais pas autant d'entrer dans le moule. Les gens t'aimeront comme tu es.

— Peut-être.

Je regardai par la vitre. Rick avait l'art de ne pas essayer de s'intégrer, mais d'être accepté quoi qu'il en soit. Prenez sa queue-de-cheval : il la portait avec un tel naturel que personne ne la regardait ni ne le prenait pour un excentrique. Moi, par contre, malgré mes efforts pour m'intégrer, je me dressais tel un gratte-ciel dans ce paysage.

Rick dut s'arrêter une heure au bureau, j'avais prévu de passer ce temps à lire ou à m'amuser avec les ordinateurs, mais j'étais de si mauvaise humeur que je décidai d'aller faire un tour. Le bureau de Rick était au centre même de Toulouse, dans un quartier aux rues étroites, grouillantes de promeneurs du dimanche s'adonnant au lèche-vitrines. Je flânais, jetant un coup d'œil dans les vitrines, admirant les tenues élégantes, les bijoux en or, la lingerie coquine. Le culte que les Françaises vouent à la lingerie m'a toujours intriguée. Même d'aussi petites villes que Lisle-sur-Tarn avaient une boutique spécialisée en lingerie. Il m'était difficile de m'imaginer arborant les parures exposées avec leurs lacs et entrelacs de bretelles et dentelles et ces motifs qui soulignaient les zones érogènes. Ce côté sexy selon les règles de la bienséance dépassait la sensibilité américaine.

En fait, les Françaises de la ville étaient si différentes de moi que j'avais souvent l'impression d'être invisible parmi elles, un fantôme débraillé qui se plaquait contre les murs pour les laisser passer. Les femmes que je croisais dans Toulouse portaient des blazers ajustés, des jeans et de discrètes fantaisies en or massif aux oreilles ou au cou. Elles avaient toujours des talons. Leur coupe de cheveux était impeccable, l'œuvre d'un figaro de luxe, leurs sourcils épilés avec soin, leur peau soyeuse. Il était aisé de les imaginer en soutien-gorge ou chemise de nuit à frous-frous, en dessous de soie au maillot très échancré, en bas et jarretelles. Elles prenaient très au sérieux l'effet produit. Tandis que je me promenais, je sentais leurs regards furtifs examinant mes cheveux un peu trop longs sur mes épaules, mon visage non maquillé, le lin de mes vêtements obstinément froissé, mes nu-pieds dont la semelle claquait le sol, Dieu sait pourtant combien ils m'avaient paru élégants à San Francisco... J'étais sûre que j'entrevoyais un éclair de pitié dans leur regard.

Savent-elles que je suis américaine ? me disais-je. Est-ce que cela saute aux yeux ?

Eh oui, cela sautait aux yeux. Pour ma part, je pouvais repérer que ce couple d'un certain âge tout là-bas était un couple d'Américains, rien qu'à leurs vêtements et à leur façon de contempler la vitrine d'un chocolatier. Au moment où je passais, ils se demandaient s'ils devraient ou non revenir le lendemain afin d'en rapporter chez eux.

— Tu ne crois pas qu'ils fondront dans l'avion ? questionnait la femme.

Elle avait les hanches larges et basses, portait un chemisier ample, d'un ton pastel, un pantalon et des baskets. Elle était plantée là, les jambes écartées.

— Non, mon chou, il fait froid à onze mille mètres. Ils ne vont pas fondre, mais ils pourraient être écrabouillés. Peut-être qu'il y a autre chose dans cette ville qu'on pourrait rapporter à la maison.

Sa panse généreuse était soulignée par une ceinture qui

la coupait en deux et l'enserrait. Il ne portait pas de casquette de base-ball mais il aurait aussi bien pu : sans doute l'avait-il laissée à l'hôtel.

Ils levèrent la tête et me gratifièrent d'un sourire radieux, un espoir mélancolique éclairait leurs visages. Leur candeur me peina, je m'esquivai par une rue transversale. J'entendis derrière moi l'homme qui disait : « Excusez-moi, mademoiselle, s'il vous plaît... » mais je ne me retournai pas. Je me sentis comme la fillette qui a honte de ses parents devant ses amies.

J'aboutis à deux pas du musée des Augustins, vieil ensemble de bâtiments en briques renfermant une collection de tableaux et sculptures. Après un discret coup d'œil autour de moi pour m'assurer qu'ils ne m'avaient pas suivie, je me glissai dans le musée.

Après m'être acquittée du droit d'entrée, je poussai la porte et pénétrai dans le cloître, lieu paisible, ensoleillé. Le déambulatoire bordé de statues encadrait un jardin de fleurs, de légumes et d'herbes variées, arrangé avec art. Des chiens en pierre, le museau en l'air, aboyant joyeusement, longeaient une de ces galeries. Je fis le tour du cloître, me promenai dans le jardin, admirant les fraisiers, les laitues bien alignées, les carrés d'estragon, de sauge, les trois sortes de menthe, l'arbuste de romarin. Je m'assis là un moment, retirai ma veste, laissant mon psoriasis s'imprégner de soleil. Je fermai les yeux et ne pensai plus à rien.

Je finis par me lever et j'allai jeter un coup d'œil dans la chapelle. Elle était immense, de la taille d'une cathédrale, mais les chaises et l'autel en avaient été retirés et des tableaux étaient accrochés aux murs. Je n'avais jamais vu une église utilisée sans vergogne comme galerie d'art. Depuis le porche, j'étudiais l'effet de ce grand espace vide au-dessus des tableaux, il les écrasait, les affaiblissait.

Du coin de l'œil, j'aperçus une lueur qui me fit tourner la tête. Un rayon de lumière tombait sur un tableau accroché au mur opposé et tout ce que je voyais était une tache de couleur bleue. Je m'en approchai, clignant les paupières, l'estomac noué.

Il s'agissait d'une Descente de croix : le Christ gisait sur un drap, la tête sur les genoux d'un vieillard. Un homme et une jeune femme vêtue d'une robe jaune veillaient sur lui en compagnie de la Vierge Marie. Cette dernière, au centre du tableau, portait une robe de ce bleu que je voyais dans mon rêve, drapée autour d'un visage tout à fait étonnant. L'œuvre elle-même était statique, la scène était méticuleusement équilibrée, chaque personnage y occupait une place étudiée avec minutie. La moindre inclinaison de la tête, le moindre geste avaient été calculés en fonction de l'effet recherché. Seul le visage de la Vierge, point mort du tableau, semblait bouger et changer, ses traits exprimaient douleur et indéfinissable sérénité tandis que, sur un arrière-fond dont la couleur reflétait son agonie de mère, elle contemplait son fils qui gisait, mort.

Tandis que j'admirais ce tableau, ma main droite se redressa et traça spontanément le signe de la croix, geste que je n'avais jamais fait de ma vie.

Grâce à la notice placée près du tableau, j'appris le titre de l'œuvre et le nom du peintre. Je demeurai immobile un long moment, le vide de cette nef immense flottant autour de moi, puis je me signai à nouveau et suppliai : « Sainte Mère, aidez-moi ! » Là-dessus, je me mis à rire.

Jamais je n'aurais imaginé qu'il pût y avoir un peintre parmi nos ancêtres.

3

La fuite

Isabelle se redressa sur son siège et jeta un coup d'œil vers le lit des enfants. Jacob était déjà réveillé, les bras autour de ses jambes, le menton sur ses genoux. De tous, c'était lui qui avait l'oreille la plus fine.

— Un cheval, dit-il tout bas.

Isabelle donna un léger coup de coude à Étienne.

— Un cheval, murmura-t-elle.

Son mari se leva d'un bond, à moitié endormi, ses cheveux embrunis par la sueur. Remontant son pantalon, il se pencha et secoua Bertrand pour le tirer de son sommeil. Tous deux glissèrent en bas de l'échelle tandis que quelqu'un cognait à la porte. Isabelle lança un regard furtif par-dessus la rampe du grenier. Elle vit les hommes se rassembler, armés de haches et de couteaux. Hannah surgit de la remise avec une bougie. Jean murmura quelque chose par la fente dans la porte, puis il posa la hache et poussa le verrou.

L'intendant du duc de l'Aigle n'était pas un inconnu. Il apparaissait périodiquement pour s'entretenir avec Jean Tournier et utilisait la maison pour récolter la dîme des fermes des environs, qu'il enregistrait avec soin dans un cahier relié en veau. Court sur pattes, replet, chauve comme un œuf, il compensait sa petite taille par une voix tonitruante que, pour l'instant, Jean essayait en vain de couvrir. Comment pouvait-on garder des secrets avec une voix pareille !

— Le duc a été assassiné à Paris !

Le souffle coupé, Hannah laissa tomber la bougie. Quant à Isabelle, elle se signa, par réflexe, porta la main à son cou et regarda autour d'elle. Les quatre enfants étaient assis en rang, Susanne, perchée à côté d'eux sur la rampe, maintenait en équilibre précaire son ventre énorme et ballonné. Elle sera bientôt à terme, pensa Isabelle, évaluant par réflexe la date de la délivrance de Susanne. Elle avait beau ne jamais s'en servir, ses vieilles connaissances étaient encore là.

Petit Jean s'était mis à tailler un morceau de bois avec le couteau qu'il avait toujours sur lui, même au lit. Jacob se taisait, ses yeux étaient aussi grands et noirs que ceux de sa mère. Marie et Deborah étaient l'une contre l'autre, Deborah semblait avoir sommeil, Marie, pour sa part, était très alerte.

— Maman, assassiné, qu'est-ce que c'est ? cria-t-elle d'une voix qui résonnait comme une casserole en cuivre sur laquelle on cogne.

— Chut, murmura Isabelle.

Elle se déplaça vers le bout du lit afin d'écouter ce que disait l'intendant. Susanne vint s'asseoir à côté d'elle et toutes deux se penchèrent, les bras sur la rampe.

— ... Il y a dix jours, lors du mariage d'Henri de Navarre. Ils ont verrouillé les portes de la ville et des milliers de disciples de la Vérité ont ainsi été massacrés. Aussi bien Coligny que notre duc. Et ce carnage gagne nos campagnes. Dans tout le pays, ils tuent d'honnêtes gens.

— Mais nous sommes loin de Paris et nous sommes tous des disciples de la Vérité, reprit Jean. Ici, nous sommes à l'abri des catholiques.

— On raconte qu'une garnison arrive de Mende, mugit l'intendant. Ils profitent de la mort du duc. Ils viendront vous chercher car vous administrez les biens du duc. La duchesse est en train de s'enfuir à Alès, elle passera par ici dans quelques heures. Vous devriez vous joindre à nous si vous voulez sauver votre famille. Elle n'a pas proposé d'en emmener d'autres, rien que les Tournier.

C'était Hannah qui avait répondu. Elle avait rallumé la bougie et s'était campée au milieu de la pièce, le dos légèrement voûté, sa natte d'argent coulant le long de sa colonne vertébrale.

— Nous n'avons pas besoin de quitter cette maison, reprit-elle. Ici, nous sommes à l'abri.

— Et puis la moisson nous attend, ajouta Jean.

— Puissiez-vous changer d'avis ! Vous et les vôtres, ainsi que tout membre de votre famille, vous êtes les bienvenus si vous décidez de rejoindre la duchesse.

Isabelle crut saisir le coup d'œil que l'intendant jeta à Bertrand. Susanne changea péniblement de place, les yeux rivés sur son mari. Isabelle lui prit la main, elle était aussi froide que la rivière. Elle regarda les enfants. Trop jeunes pour comprendre, les filles s'étaient rendormies. Jacob était toujours assis, le menton sur ses genoux. Quant à Petit Jean, il s'était habillé ; accoudé à la rampe, il observait les hommes.

L'intendant s'en alla prévenir d'autres familles. Jean verrouilla la porte et posa la hache à côté de celle-ci tandis qu'Étienne et Bertrand couraient vers la grange pour la fermer de l'intérieur. Hannah s'approcha de la cheminée, plaça la bougie sur le chambranle et s'agenouilla près du feu, couvert pour la nuit par les cendres. Isabelle crut d'abord qu'elle allait le ranimer, mais la vieille femme n'y toucha pas.

Elle serra la main de Susanne et hocha la tête en direction de la cheminée.

— Que fait-elle ?

Susanne regarda sa mère s'essuyer la joue sur laquelle s'était égarée une larme.

— Le sortilège est dans la cheminée, finit-elle par

murmurer. Le sortilège qui protège cette maison. Maman est en train de l'invoquer.

Le sortilège... Au fil des ans, on l'avait mentionné par allusions détournées, mais ni Étienne ni Susanne n'avaient jamais daigné l'expliquer, et elle n'avait jamais osé interroger Jean et Hannah à ce sujet.

Elle tenta une fois de plus :

— Mais qu'est-ce que c'est ? Qu'y a-t-il ?

Susanne secoua la tête.

— Je n'en sais rien. Toujours est-il qu'en parler serait anéantir son pouvoir. J'en ai déjà trop dit.

— Mais pourquoi est-elle en train de prier ? M. Marcel dit que la prière n'a aucun pouvoir magique.

— C'est plus ancien que les prières, plus ancien que M. Marcel et tout ce qu'il enseigne.

— Mais pas plus ancien que Dieu. Pas plus ancien que la Vierge, acheva Hannah en silence.

Susanne ne répondit rien.

— Si nous partons, se contenta-t-elle de dire, si nous suivons la duchesse, nous ne serons plus protégés.

— Bien sûr que si, nous serons protégés par les hommes de la duchesse, par les armes, rétorqua Isabelle.

— Iras-tu ?

Isabelle ne répondit pas. Que faudrait il pour persuader Étienne ? L'intendant ne l'avait pas regardé quand il les avait suppliés de le suivre. Il savait qu'Étienne ne partirait pas.

Étienne et Bertrand revinrent de la grange, Étienne alla s'asseoir à table auprès de ses parents, Jean lança un coup d'œil en direction d'Isabelle et Susanne.

— Allez vous coucher, dit-il. Nous veillerons.

Mais elles ne détachaient pas leur regard de Bertrand qui se tenait, hésitant, au milieu de la pièce. Il leva les yeux vers Susanne, comme en quête d'un signe. Isabelle se pencha vers elle.

— Dieu vous protégera, souffla-t-il dans l'oreille de Susanne. Dieu et les hommes de la duchesse.

Elle se rassit, son regard croisa celui de Hannah, elle le soutint. Toutes ces années vous vous êtes moquée de moi à cause de mes cheveux, pensait-elle, et voilà que vous en êtes à invoquer les pouvoirs magiques ! Hannah et elle se dévisagèrent. Hannah détourna les yeux la première.

Isabelle ne remarqua ni le signe de tête de Susanne ni son résultat. Bertrand se tourna vers Jean, l'air déterminé.

— Susanne, Deborah et moi nous rendrons à Alès avec la duchesse de l'Aigle, déclara-t-il.

Jean regarda Bertrand.

— Tu as bien compris que tu perdras tout si tu t'en vas, dit-il avec calme.

— Nous perdrons tout si nous restons. Susanne est presque à terme, elle ne peut marcher bien loin, elle ne peut courir non plus. Elle n'aura aucune chance quand les catholiques arriveront.

— Tu ne crois pas en cette maison ? Une maison qui n'a vu mourir aucun enfant ? Une maison où les Tournier prospèrent depuis un siècle ?

— Je crois en la Vérité, répliqua-t-il. La Vérité, voilà ce en quoi je crois.

En disant ces mots, il semblait grandir, le défi lui donnait carrure et stature. Isabelle se rendit compte pour la première fois qu'il était plus grand que son beau-père.

— Quand nous nous sommes mariés, vous avez négligé la dot sous prétexte que nous habitions ici avec vous. Tout ce que je vous demande aujourd'hui, c'est un cheval. Il tiendra lieu de dot.

Jean le regarda d'un air incrédule.

— Tu veux que je te donne un cheval afin que tu puisses emmener ma fille et mes petits-enfants ?

— Je veux sauver votre fille et vos petits-enfants.

— Suis-je ou non le maître de cette famille ?

— Dieu est mon maître. Je dois suivre la Vérité et non pas cette magie à laquelle vous semblez si attaché.

Isabelle n'aurait jamais pu imaginer que Bertrand pût se montrer aussi rebelle. Après que Jean et Hannah l'avaient choisi pour Susanne, il avait travaillé dur et n'avait jamais contrarié Jean. Il avait contribué à détendre les relations familiales, se livrant à une partie quotidienne de bras de fer avec Étienne, apprenant à Petit Jean à tailler le bois, les faisant rire le soir au coin du feu avec ses histoires du loup et du renard. Il traitait Susanne avec une gentillesse qu'Isabelle enviait. Une ou deux fois, elle l'avait vu rentrer un élan de bravade qu'il avait sans doute nourri et gardé en réserve dans l'attente d'un moment comme celui-ci.

C'est alors que Jean étonna tout le monde.

— Vas-y, grommela-t-il. Mais prends l'âne, pas le cheval.

Il se retourna et s'en alla à grands pas vers la porte de la grange, l'ouvrit et disparut.

Étienne jeta un coup d'œil vers Isabelle avant de baisser les yeux pour regarder ses mains. Isabelle était sûre qu'ils ne suivraient pas Bertrand. L'épouser avait été le seul acte de défi d'Étienne : il ne lui restait plus assez de tempérament pour s'affirmer une nouvelle fois.

Isabelle se tourna vers sa belle-sœur.

— Quand tu monteras l'âne, chuchota-t-elle, assieds-toi sur le côté, afin de soutenir le bébé avec tes jambes. Ça l'empêchera d'arriver trop vite. N'oublie pas, assieds-toi sur le côté ! répéta-t-elle car Susanne avait le regard vague, on la sentait presque en état de choc.

Elle se tourna vers Isabelle.

— Tu veux dire comme la Vierge s'enfuyant en Égypte ?

— Oui, comme la Vierge.

Il y avait longtemps qu'elles ne l'avaient pas mentionnée.

Deborah et Marie dormaient, entortillées dans un drap, quand Susanne et Isabelle vinrent réveiller Deborah au point du jour. Elles veillèrent à ne pas déranger les autres, mais Marie ne put s'empêcher de demander à haute voix :

— Pourquoi Deborah s'en va-t-elle ? Pourquoi s'en va-t-elle ?

Jacob ouvrit les yeux, le visage tout fripé. Là-dessus, Petit Jean encore tout habillé s'assit à son tour.

— Dis, maman, où vont-ils ? murmura-t-il d'une voix rauque. Ils vont voir les soldats ? Et aussi les chevaux et les drapeaux ? Ils vont voir oncle Jacques ?

— Oncle Jacques n'est pas catholique, il se bat avec l'armée de Coligny, là-haut dans le Nord.

— Mais l'intendant a dit que Coligny avait été tué.

— C'est vrai.

— Il se pourrait donc qu'oncle Jacques revienne !

Isabelle ne répondit pas. Jacques Tournier avait rejoint l'armée dix ans plus tôt, en même temps que d'autres jeunes gens du mont Lozère. Il était revenu une fois au pays, avec des cicatrices, le verbe sonore, avec des histoires à n'en plus finir, dont l'une au sujet des frères d'Isabelle, empalés d'un même pieu. « Comme il se doit pour des jumeaux », avait-il ajouté avec brutalité, riant tandis qu'Isabelle se détournait. Petit Jean adulait Jacques. Isabelle le haïssait, lui dont les yeux la suivaient partout sans jamais se poser sur son visage. Il éveillait chez Étienne certain penchant bravache qui la dérangeait. Mais Jacques n'était pas resté longtemps : l'appel du sang et l'ivresse du combat l'avaient emporté sur les liens familiaux.

Les enfants descendirent l'échelle à la suite des femmes, puis ils sortirent dans la cour, où les hommes avaient bâté l'âne avec leurs quelques possessions et des provisions, du lait de chèvre, des miches de pain de châtaignes, dures et brunes, qu'Isabelle s'était hâtée de préparer durant les heures précédant le lever du jour.

— Viens, avait dit Bertrand à Susanne, avec geste à l'appui.

Susanne chercha sa mère du regard, mais Hannah n'était pas dehors. Elle se tourna vers Isabelle, l'embrassa trois fois, les bras autour de son cou.

— Monte sur le côté, lui rappela Isabelle dans le creux de l'oreille. Et demande-leur d'arrêter si tu ressens les premières douleurs. Puissent la Vierge et sainte Marguerite veiller sur toi jusqu'à Alès !

Ils soulevèrent Susanne et l'assirent sur l'âne, au milieu de leurs affaires, les jambes pendant d'un côté.

— Adieu, papa, adieu, les petits, dit-elle, avec un signe de tête à l'intention de Jean et des enfants.

Deborah grimpa sur le dos de Bertrand. Ce dernier saisit la corde attachée au collier de l'âne, gloussa, donna un coup de pied dans le derrière de la bête et attaqua d'un pas rapide le sentier de montagne. Étienne et Petit Jean suivaient, ils devaient les accompagner jusqu'à Alès où ils retrouveraient la duchesse. Susanne se retourna pour regarder Isabelle, dont le visage s'estompait.

— Grand-père, pourquoi ils s'en vont ? Pourquoi Deborah s'en va ? demanda Marie.

Nées à une semaine d'intervalle, les cousines étaient depuis toujours inséparables. Jean se détourna. Marie suivit Isabelle à l'intérieur et alla rejoindre Hannah qui s'activait près de l'âtre.

— Dis, grand-mère, pourquoi elle est partie, Deborah ? ne cessa-t-elle de répéter jusqu'à ce que Hannah la gifle.

Soldats ou non, la moisson les attendait. Les hommes s'en furent aux champs comme à l'habitude, mais Jean choisit de faucher un champ près de la maison et, cette fois, Isabelle ne le suivit pas avec le râteau : Marie et elle restèrent à la maison pour aider Hannah avec les confitures. Petit Jean et Jacob s'affairaient derrière leur père et leur grand-père, ils bottelaient le seigle. Jacob était à peine assez grand pour se servir du râteau.

Là-bas, à la maison, Isabelle et Hannah ne parlaient guère, le vide laissé par le départ de Susanne les rendait muettes. Par deux fois, Isabelle s'arrêta de remuer ce qui mijotait, restant là, le regard vague. Elle se mit à jurer quand de la prune bouillante éclaboussa ses bras. À la fin, Hannah l'éloigna du chaudron.

— Le miel est trop précieux pour le laisser gâcher par des mains engourdies, grommela-t-elle.

Occupée par la suite à faire bouillir les pots, Isabelle allait souvent jusqu'à la porte, afin de se rafraîchir et d'écouter le silence de la vallée. Une fois, Marie la suivit et vint se placer auprès d'elle sur le seuil, ses petites mains étaient violettes à force de remuer les prunes pour séparer celles qui n'étaient pas mûres ou qui étaient pourries.

— Maman... glissa-t-elle à Isabelle, ayant appris à parler tout bas. Dis, maman, pourquoi sont-ils partis ?

— Ils sont partis parce qu'ils avaient peur, répondit au bout d'un moment Isabelle, en essuyant la sueur sur ses tempes.

— Peur de quoi ?

— De méchants hommes qui veulent leur faire du mal.

— De méchants hommes vont venir ici ?

Isabelle ramena ses mains sous son tablier de façon à ce que Marie ne remarque pas qu'elles tremblaient.

— Non, ma chérie, je ne pense pas, mais ils étaient inquiets pour Susanne et le bébé.

— Est-ce que je reverrai bientôt Deborah ?

— Oui.

Marie avait les yeux bleu pâle de son père et, au grand soulagement d'Isabelle, elle avait hérité aussi des cheveux blonds de ce dernier. S'ils avaient été roux, Isabelle les aurait teints au brou de noix. Perturbée, inquiète, Marie la contemplait de ses yeux vifs. Isabelle n'avait jamais pu lui mentir.

Pierre La Forêt alla faire un tour aux champs à la mi-journée, au moment où Isabelle apportait aux hommes leur repas. Il leur dit quels étaient ceux qui avaient fui : ils n'étaient pas si nombreux, juste ceux qui avaient des biens susceptibles d'être la proie des pillards, des filles à violer ou des liens avec le duc.

Il garda pour la fin la nouvelle la plus étonnante.

— M. Marcel est parti, annonça-t-il avec une joie mal déguisée. Il s'en est allé vers le nord, du côté du mont Lozère.

Suivit un silence. Jean ramassa sa faux.

— Il reviendra, dit-il brusquement, se remettant à la tâche.

Pierre La Forêt le regarda reprendre son balancement rythmique, puis il jeta un regard apeuré autour de lui, comme s'il se rappelait soudain que des soldats pouvaient surgir à tout moment. Il siffla son chien et se hâta de repartir.

Ce matin-là, ils n'avaient guère progressé dans le champ. Certes, Bertrand et Susanne étaient absents, mais les journaliers que Jean avait embauchés ne parurent pas non plus, inquiets qu'ils étaient des rapports entre ceux de la ferme et le duc. Les jeunes garçons ne parvenaient pas à suivre le rythme des hommes, aussi Jean ou Étienne étaient-ils parfois contraints d'abandonner un moment leur faux au profit du râteau pour les aider à rattraper le retard.

— Laisse-moi ratisser, suggéra Isabelle, désireuse d'échapper à Hannah et de sortir de cette maison où l'on étouffait. Ta mère... maman peut se débrouiller seule avec les confitures. Jacob et Marie l'aideront. Oh ! S'il te plaît !

Il était rare qu'elle appelât Hannah « maman », elle réservait cela pour ces moments où elle devait se montrer un peu câline.

Elle éprouva un soulagement en voyant les hommes l'approuver et renvoyer Jacob à la maison. Petit Jean et elle suivaient les traces des faux, ils ratissaient aussi vite qu'ils le pouvaient et mettaient le seigle à sécher en bottes qu'ils dressaient les unes contre les autres. Ils étaient rapides et leurs vêtements étaient trempés de sueur. Parfois Isabelle s'arrêtait, regardait autour d'elle, l'oreille aux aguets. La brume jaunissait le ciel, aussi immense que vide. On aurait dit que le monde lui-même s'était arrêté et qu'il attendait avec elle.

C'est Jacob qui les entendit. L'après-midi tirait à sa fin quand il apparut, au bout du champ, courant à toutes jambes. Ils s'arrêtèrent pour le regarder, le cœur d'Isabelle commença à s'emballer. Quand il les rejoignit, il se pencha en avant, les mains sur les cuisses, haletant.

— Écoute, papa, fut tout ce qu'il dit une fois qu'il eut retrouvé son souffle, désignant d'un geste la vallée.

Ils écoutèrent. Isabelle n'entendit d'abord que les oiseaux et sa propre respiration, puis un grondement étouffé s'éleva de la campagne.

— Dix. Dix chevaux ! annonça Jacob.

Isabelle lâcha son râteau, attrapa Jacob par la main et s'enfuit en courant.

Petit Jean fut le plus rapide. À peine âgé de neuf ans, il n'eut aucun mal à distancer son père, même après une journée de travail. Sitôt parvenu à la grange, il s'empressa de verrouiller la porte. Étienne et Jean rapportèrent de l'eau du ruisseau tandis qu'Isabelle et Jacob s'empressaient de fermer les volets.

Debout au milieu de la pièce, Marie serrait une brassée de lavande contre sa poitrine. Hannah continuait à s'activer près du feu, oublieuse, semblait-il, de l'agitation autour d'elle. Une fois qu'ils furent réunis autour de la table, la vieille femme se retourna et se contenta de dire :

— Nous sommes saufs.

Telles furent les dernières paroles qu'Isabelle l'entendit jamais prononcer.

Ils prirent leur temps pour apparaître.

La famille était assise en silence autour de la table, chacun était à sa place habituelle, mais aucun repas n'était servi. Il faisait sombre, on n'avait pas allumé de bougie et la seule lumière provenait du jour qui se glissait entre les lattes des volets. Isabelle était perchée sur un banc, Marie, à ses côtés, lui tenait la main, la lavande posée sur ses genoux. Jean était assis au bout de la table droit comme un cierge. Étienne regardait ses mains jointes. Hormis un tic qui lui taquinait la joue, il était aussi impassible que son père. Hannah se frottait le visage et, les yeux clos, pinçait l'arête de son nez entre son pouce et son index. Petit Jean avait sorti son couteau et l'avait placé sur la table devant lui. Il ne cessait de le prendre, de l'exhiber, d'en essayer la lame et de le poser à nouveau. Jacob, affalé sur le banc où Bertrand et Deborah avaient coutume de s'asseoir, tenait à la main un galet rond, gardant les autres dans sa poche. Il avait toujours raffolé de ces galets de couleur vive que roulait le Tarn, sa prédilection allant à ceux d'un rouge intense ou d'un jaune éclatant. Il les gardait même après qu'en séchant leurs couleurs avaient viré, se teintant de bruns tristes ou de gris moroses. Si l'envie lui venait de retrouver leur teinte initiale, il les léchait.

Isabelle voyait dans les places vides sur le banc les places dévolues aux fantômes de sa famille, sa mère, sa sœur, ses frères. Elle secoua la tête et ferma les yeux, essayant d'imaginer où se trouvait Susanne, désormais à l'abri de tout danger avec la duchesse. N'y parvenant pas, elle songea au bleu de la Vierge, à cette couleur qu'elle n'avait pas revue depuis des années mais qui, à cet instant, lui revenait aussi nettement que si les murs de la maison en étaient peints. Elle respira à fond et ses battements de cœur ralentirent. Elle ouvrit les yeux : les espaces vides autour de la table scintillaient d'une lumière bleue.

Quand les chevaux arrivèrent, on entendit des cris et des sifflements suivis d'un grand coup dans la porte qui fit sursauter tout le monde.

— Chantons, dit Jean d'un ton qui n'admettait pas la réplique, et il entonna de sa voix de basse, profonde et puissante : *J'ai mis en toi mon espérance : Garde-moi donc, Seigneur, De l'éternel déshonneur. Accorde-moi la délivrance, Par ta grande bonté, Qui jamais ne fit faute.*

Tous se joignirent à lui, à l'exception de Hannah qui préférait en marmonner tout bas les paroles, chanter lui ayant toujours paru une occupation vaine et frivole. Les enfants chantaient de leurs voix haut perchées. Quant à Marie, sous l'effet de la peur, elle avait le hoquet.

Ils achevèrent le psaume sur un arrière-fond de volets qui claquaient et de coups rythmiques frappés à la porte. Ils venaient d'entonner un autre psaume quand les coups s'arrêtèrent. Au bout d'un moment, ils entendirent un raclement contre le bas de la porte, suivi d'un crépitement et d'une odeur de fumée. Étienne et Jean se levèrent et se dirigèrent vers la porte. Étienne prit un seau d'eau et hocha la tête. Jean ouvrit sans bruit le verrou et il entrebâilla la porte. Étienne lança le seau d'eau à l'instant où, la porte ayant été brutalement ouverte, les flammes s'engouffraient à l'intérieur. Deux mains attrapèrent Jean par le col de sa chemise, et le traînèrent au-dehors, claquant la porte derrière lui.

Étienne se rua vers la porte, l'ouvrit toute grande et fut assailli par la fumée et les flammes.

— Papa ! hurla-t-il et il disparut dans la cour.

À l'intérieur, ce fut le silence, un silence insolite, glacial. Isabelle se leva, sereine, se sentant protégée par un halo de lumière bleue. Elle prit Marie dans ses bras.

— Accroche-toi à moi, chuchota-t-elle.

Marie passa les bras autour du cou de sa mère. De ses petites jambes, elle lui enserra la taille, écrasant la lavande. Isabelle prit alors la main de Jacob et fit signe à Petit Jean de tenir l'autre main de son frère. Comme dans un rêve, elle guida les enfants à travers la pièce, retira le verrou et pénétra dans la grange. Ils contournèrent le cheval, qui se rangea sur le côté et se mit à hennir en sentant la fumée et en entendant les autres chevaux dans la cour. À l'autre bout de la grange, Isabelle retira le loquet d'une petite porte menant au potager. Ensemble, ils se frayèrent un chemin entre les choux, les tomates, les carottes, les oignons et les fines herbes. La jupe d'Isabelle effleura les plants de sauge, en réveillant l'arôme acidulé bien familier.

Parvenus au rocher en forme de champignon qui se dressait au bas du jardin, ils s'arrêtèrent. Jacob pressa un bref instant ses mains contre la pierre. Derrière le rocher s'étendait un champ en jachère que les chèvres avaient tondu, il était sec et brun après un été aussi ensoleillé. Tous quatre s'élancèrent au travers, les garçons devant, Isabelle suivant avec Marie qui se cramponnait toujours à elle.

Ils atteignirent sans problème les châtaigniers. Arrivés à la claie, Isabelle posa Marie par terre et se tourna vers Petit Jean. Au milieu du champ, elle se rendit compte que Hannah ne les avait pas suivis. Elle se mit à jurer haut et fort.

— Il faut que je retourne chercher grand-mère. Vous vous y connaissez pour vous cacher, restez ici jusqu'à ce que je revienne, et surtout n'allez pas dans la claie : ils pourraient y mettre le feu. Et si jamais ils arrivaient et que vous soyez contraints de vous enfuir, filez en direction de chez mon père, et passez par les champs, ne prenez pas le sentier. Compris ?

Petit Jean acquiesça d'un signe de tête et tira son couteau de sa poche, ses yeux bleus étincelaient.

Isabelle se tourna et regarda en arrière. La maison était en flammes. Les porcs hurlaient, les chiens gémissaient et tous les chiens de la vallée leur faisaient écho. Le village est au courant de ce qui se passe, se dit-elle. Vont-ils venir à notre aide ? Vont-ils aller se cacher ? Elle jeta un coup d'œil en direction des enfants. Marie et Jacob ouvraient de grands yeux, figés sur place. Petit Jean scrutait les bois.

— Allez, dit-elle.

Sans un mot, Petit Jean entraîna les deux autres vers le sous-bois.

Isabelle sortit de la forêt et contourna le champ. Au loin, elle aperçut celui qu'ils avaient moissonné pendant la journée : les bottes que Petit Jean et Jacob avaient rassemblées et liées étaient en train de brûler. Elle percevait des cris lointains, des rires, des échos qui hérissaient les poils de ses bras. En se rapprochant, elle sentit une odeur de chair brûlée, odeur à la fois familière et insolite. Les porcs, pensa-t-elle. Les porcs et... Elle se rendit alors compte des atrocités des soldats.

— Sainte Vierge, aide-nous, haleta-t-elle en se signant.

La fumée était si épaisse dans le bas du jardin qu'on aurait cru que la nuit était tombée. Elle se glissa dans le potager, se faufilant entre les légumes et, à mi-chemin, rencontra Hannah qui, à genoux, serrait un chou contre sa poitrine, les larmes creusant des sillons sur son visage couvert de suie.

— Viens, grand-mère, murmura Isabelle, posant les bras autour de ses épaules et l'aidant à se relever. Viens.

Pleurant en silence, la vieille femme laissa Isabelle l'aider à traverser le jardin et la guider jusqu'au champ. Elles entendirent les soldats pénétrer à bride abattue dans le jardin, mais l'écran de fumée les dissimulait. Elles longèrent le champ, suivant le mur de granit que Jean avait construit des années auparavant. Hannah s'arrêtait sans cesse pour regarder derrière elle, Isabelle devait la supplier de repartir, l'entourant de son bras, la tirant vers l'avant.

Le soldat surgit de façon si soudaine que l'on aurait cru que Dieu lui-même l'avait précipité ici-bas. Elles qui se seraient plutôt attendues à ce qu'il apparût derrière elles, le virent émerger des bois vers lesquels elles se dirigeaient. Il traversa le champ au grand galop, brandissant son épée et, comme Isabelle le constata lorsqu'il se trouva plus près d'elle, un sourire éclairait son visage. Elle gémit et entreprit de rebrousser chemin en trébuchant, entraînant Hannah.

Lorsque le cavalier fut assez proche pour qu'Isabelle puisse sentir l'odeur de sa transpiration, une masse grise s'élança, soulevant vivement le train arrière. Aussitôt, le cheval se cabra en hurlant. Désarçonné, le cavalier tomba comme une masse sur le sol. Quant au cheval, il se retourna et s'enfuit à folle allure à travers le champ et la châtaigneraie.

Le regard de Hannah allait du loup à Isabelle et d'Isabelle au loup. Ce dernier les observait, impassible, ses yeux jaunes aux aguets. Il ne jeta même pas un coup d'œil vers le soldat qui gisait immobile.

— Merci, murmura Isabelle en adressant un signe de tête au loup. Merci, maman.

Hannah écarquilla les yeux.

Elles attendirent que le loup décampe, franchisse d'un bond le mur peu élevé et disparaisse dans le champ suivant. Hannah se remit en route. S'apprêtant à la suivre, Isabelle regarda autour d'elle et, encore frissonnante, elle contempla le soldat. Revenant alors sur ses pas, elle s'approcha de lui avec prudence. C'est à peine si elle le regarda, préférant s'accroupir près de son épée qu'elle étudia de près. Hannah l'attendit, les bras croisés, la tête inclinée.

Isabelle se releva brusquement.

— Pas de sang, dit-elle.

Lorsqu'elles atteignirent la forêt, Isabelle se mit à appeler doucement les enfants. Elle entendait au loin le cheval sans cavalier foncer entre les arbres. Sans doute était-il parvenu à la lisière du bois, car le bruit cessa.

Les enfants n'apparurent pas.

— Ils ont dû poursuivre leur chemin, murmura Isabelle. Il n'y avait pas de sang sur l'épée. Faites qu'ils aient poursuivi leur chemin ! Ils ont continué, répéta-t-elle à voix haute afin que Hannah l'entendît.

Ne recevant aucune réponse, elle ajouta :

— Hé, grand-mère ? Vous croyez qu'ils ont continué ?

Hannah se contenta de hausser les épaules.

L'oreille attentive aux soldats, aux enfants, au cheval, à quiconque, elles s'engagèrent sur la partie du chemin qui menait à travers champs jusqu'à la ferme du père d'Isabelle. Elles ne rencontrèrent pas âme qui vive.

La nuit était tombée, elles avaient peine à mettre un pied devant l'autre lorsqu'elles entrèrent dans la cour de la ferme. La maison était plongée dans l'obscurité, portes et fenêtres étaient verrouillées, mais quand Isabelle frappa doucement à la porte et dit tout bas, Papa, c'est moi, on leur ouvrit la porte. Les enfants étaient assis dans le noir avec leur grand-père. Marie s'élança vers sa mère, enfouissant son visage contre le flanc d'Isabelle :

Henri du Moulin salua Hannah d'un signe de tête, celle-ci détourna son regard. Il s'adressa alors à Isabelle.

— Où sont-ils ?

Isabelle secoua la tête.

— Je n'en sais rien. À mon avis...

Elle regarda les enfants et s'arrêta.

— Nous attendrons, répondit son père d'un ton sinistre.

— Oui.

Ils attendirent pendant des heures, les enfants s'endormaient l'un après l'autre et les adultes étaient assis dans la pénombre, raides comme des mannequins, autour de la table. Les yeux clos, Hannah était assise très droite, les mains jointes posées sur la table. Au moindre bruit, elle ouvrait les yeux et agitait la tête en direction de la porte.

Isabelle et son père demeuraient silencieux. L'air triste, Isabelle regardait autour d'elle : même dans l'obscurité, il était évident que la maison tombait à l'abandon. En apprenant la mort de ses deux fils, Henri du Moulin avait délaissé la ferme : les champs étaient en jachère, les gouttières étaient engorgées, les chèvres avaient déserté, les souris avaient élu domicile dans les réserves de grain.

À l'intérieur, la maison était sale, les murs suintaient, l'humidité y régnait malgré la chaleur ou la sécheresse de la saison des moissons.

Isabelle écoutait trotter les souris dans le noir. Il te faut un chat, chuchota-t-elle.

— J'en avais un, répondit son père. Il est parti. Rien ne reste ici.

Peu avant l'aube, ils perçurent un mouvement dans la cour, le bruit assourdi d'un cheval. Jacob se redressa prestement.

— C'est notre cheval, dit-il.

D'abord, ils ne reconnurent pas Étienne. La silhouette qui tanguait dans l'embrasure de la porte n'avait pas de cheveux, hormis quelques épis noirs, brûlés, qui se dressaient sur son crâne. Ses sourcils clairs et ses cils avaient disparu, donnant l'impression que ses yeux flottaient à la dérive au milieu de son visage. Le feu s'en était pris à ses vêtements et il était couvert de suie.

Ils restèrent là, figés sur place, à l'exception de Petit Jean qui prit la main de la silhouette entre les siennes.

— Viens, papa, dit-il, accompagnant Étienne jusqu'à l'un des bancs autour de la table.

Étienne gesticulait derrière Petit Jean.

— Le cheval, souffla-t-il en s'asseyant.

Patient, le cheval attendait dans la cour, ses sabots enveloppés dans des lambeaux d'étoffe pour en étouffer le bruit. Sa crinière et sa queue avaient été brûlées, mais en dehors de cela, il paraissait indemne.

Quand les cheveux d'Étienne repoussèrent, quelques mois plus tard et à bien des lieues de là, ils étaient gris. Quant à ses sourcils et ses cils, jamais ils ne repoussèrent.

Étienne et sa mère étaient assis à la table d'Henri du Moulin, anéantis, incapables de penser ou d'agir. Toute la journée, Isabelle et son père essayèrent en vain de leur parler. Hannah refusait d'ouvrir la bouche et la conversation d'Étienne se limitait à des « J'ai soif » ou « Je suis fatigué », après quoi il refermait les yeux.

À la fin, Isabelle les secoua de leur torpeur en s'écriant, désespérée :

— Nous devons nous hâter de partir d'ici. Les soldats vont continuer à nous chercher et il se trouvera quelqu'un pour leur dire de regarder par ici.

Elle connaissait les villageois : ils étaient loyaux. Toutefois, pour peu que l'appât ou la menace fût conséquent, ils livreraient un secret, fût-ce à un catholique.

— Où irons-nous ? demanda Étienne.

— Vous pourriez vous cacher dans les bois jusqu'à ce que vous puissiez rentrer chez vous en toute sécurité, suggéra Henri du Moulin.

— Nous ne pouvons pas retourner là-bas, répliqua Isabelle. Les moissons sont détruites, la maison est en ruine. Sans le duc, nous n'avons aucune protection contre les catholiques. Ils continueront à nous chercher. Et – poursuivit-elle avec certaine hésitation, s'efforçant de les convaincre selon leurs propres termes –, sans la maison, l'endroit n'est plus sûr.

Et je refuse de retourner à cette vie de misère, ajouta-t-elle tout bas.

Étienne et sa mère échangèrent un regard.

— Nous pourrions nous rendre à Alès, continua Isabelle, nous y retrouverions Susanne et Bertrand.

— Non, rétorqua Étienne. Ils ont fait leur choix. Ils ont quitté cette famille.

— Mais ils...

Isabelle s'arrêta, soucieuse de ne pas gâcher par une discussion le peu d'influence qu'elle avait maintenant. Une vision soudaine du ventre de Susanne transpercé par le soldat dans le champ lui confirma qu'ils avaient pris la bonne décision.

— La route menant à Alès sera dangereuse, dit son père. Ce qui s'est produit par ici pourrait tout aussi bien se produire par là-bas.

Les enfants avaient écouté en silence, mais voici que Marie parla :

— Écoute, maman, où pouvons-nous être en sécurité ? demanda-t-elle. Dis à Dieu que nous voulons nous sentir en sécurité.

Isabelle approuva d'un signe de tête.

— Calvin... annonça-t-elle. Oui, nous pourrions aller trouver Calvin. À Genève, où l'on peut vivre en sécurité. Où chacun est libre de suivre la Vérité.

Épuisés par la chaleur, ils attendirent avec impatience la tombée de la nuit. Isabelle demanda aux enfants de nettoyer la maison tandis qu'elle enfournait le plus de miches de pain possible sur la plaque de la cheminée. Jadis, sa mère, sa sœur et elle se servaient chaque jour de cette plaque, mais aujourd'hui elle avait dû la laver afin de la débarrasser des crottes de souris et des toiles d'araignées. L'âtre donnait l'impression de ne pas être utilisé, aussi se demandait-elle ce que pouvait bien manger son père.

Henri du Moulin refusa de les accompagner, même si ses liens avec les Tournier faisaient de lui une cible éventuelle.

— C'est ma ferme, grogna-t-il. C'est pas un catholique qui m'en fera partir !

Il insista pour qu'ils emmènent sa charrette, seul bien de valeur qu'il possédait en dehors de sa charrue. Il l'épousseta, répara l'une des roues, remit la planche en place pour leur permettre de s'asseoir. Quand il fit noir, il l'amena dans la cour et y chargea une hache, trois couvertures et deux sacs.

— Des châtaignes et des pommes de terre, expliqua-t-il à Isabelle.

— Des pommes de terre ?

— Pour le cheval et pour vous.

Hannah l'entendit, elle se raidit. Petit Jean, qui était allé chercher le cheval dans la grange, se mit à rire.

— Mais les gens ne mangent pas de pommes de terre, grand-père ! Y a que les mendiants qui en mangent !

Le père d'Isabelle serra les poings.

— Crois-moi, tu seras bien content de pouvoir les manger toi aussi, mon petit. Tous les hommes sont des pauvres aux yeux de Dieu.

Lorsqu'ils furent prêts, Isabelle regarda attentivement le visage de son père, essayant d'en absorber le moindre trait pour le garder à jamais dans sa mémoire.

— Sois prudent, papa, souffla-t-elle, les soldats pourraient bien venir...

— Je me battrai pour la Vérité, répondit-il. Je n'ai pas peur.

Il la regarda et, relevant le menton, il ajouta :

— Courage, Isabelle.

Elle contracta les coins de sa bouche en un sourire qui l'aida à retenir ses larmes, puis elle posa la main sur les épaules de son père et, se dressant sur la pointe des pieds, elle l'embrassa trois fois.

— Bah ! Voilà que tu embrasses à la Tournier ! marmonna-t-il.

— Chut ! Papa. Je suis une Tournier maintenant !

— Mais tu t'appelles encore du Moulin, n'oublie pas ça.

— Non.

Elle se tut.

— Souviens-toi de moi, acheva-t-elle.

Marie, qui ne pleurait jamais, pleura une heure durant après qu'ils eurent laissé le vieil homme debout au milieu de la route.

Le cheval ne pouvait pas les tirer tous. Hannah et Marie étaient assises dans la charrette, les autres marchaient derrière. Étienne et Petit Jean guidaient le cheval. De temps en temps, l'un d'eux se reposait et la bête ralentissait.

Ils suivirent la route qui traversait le mont Lozère. La lune éclairait leur chemin, mais les rendait suspects. Au moindre bruit insolite, ils quittaient la route. Parvenus au col de Finiels, ils cachèrent la charrette ; Étienne partit avec le cheval à la recherche des bergers : ils sauraient comment se rendre à Genève.

Pendant que les autres dormaient, Isabelle attendit près de la charrette, l'oreille aux aguets. Elle savait que, tout près, le Tarn prenait sa source et commençait sa longue descente contre le flanc de la montagne. Jamais elle ne reverrait la rivière, jamais plus l'onde ne caresserait sa peau. En silence, elle se mit à pleurer pour la première fois depuis que l'intendant du duc les avait réveillés en pleine nuit.

Elle sentit alors un regard posé sur elle, un regard qui n'était pas celui d'un inconnu. Une sensation familière, telle la douceur de l'eau sur sa peau. Jetant un coup d'œil autour d'elle, elle l'aperçut, adossé à un rocher à deux pas de lui. Elle le regarda, il ne bougea pas.

Essuyant son visage humide, Isabelle alla vers le berger. Ils restèrent là, les yeux dans les yeux. Isabelle toucha la cicatrice sur la joue de l'homme.

— Comment vous êtes-vous fait cela ?

— La vie...

— Comment vous appelez-vous ?

— Paul.

— Nous partons. Pour la Suisse.

Il hocha la tête, l'apaisant de ses yeux de jais.

— Souvenez-vous de moi...

— Viens, Isabelle, entendit-elle Étienne murmurer derrière elle. Qu'est-ce que tu fais là ?

— Isabelle... répéta tout bas Paul.

Il sourit, ses dents brillaient au clair de lune. Après cela, il disparut.

— La maison. La grange. Notre lit. La grosse truie et ses quatre petits. Le seau dans le puits. Le châle brun de grand-mère. La poupée que Bertrand a fabriquée pour moi. La Bible.

Marie établissait la liste de tout ce qu'ils avaient perdu. Au début, avec le bruit des roues, Isabelle ne parvenait pas à l'entendre. Puis elle comprit.

— Chut ! s'écria-t-elle.

Marie s'arrêta. Ou, du moins, elle cessa de les énumérer à haute voix, car Isabelle voyait remuer ses lèvres.

Pas une fois elle ne mentionna Jean.

Rien que de penser à la Bible, Isabelle avait la gorge serrée.

— Se pourrait-il qu'elle soit encore là-bas ? demanda-t-elle tout bas à Étienne.

Ils avaient atteint le Lot au pied de l'autre versant du mont Lozère. Isabelle aidait Étienne à guider le cheval à travers l'eau.

— Cachée dans cette niche de la cheminée, peut-être a-t-elle été protégée des flammes, ajouta-t-elle. Ils ne l'auraient jamais trouvée.

Il la regarda, l'air las.

— Nous n'avons plus rien et papa est mort, répondit-il. La Bible ne nous est plus d'aucun secours. Désormais, elle n'a plus aucune valeur pour nous.

Mais ses paroles valent tout l'or de la terre, pensait Isabelle. N'est-ce pas précisément à cause de ces paroles que nous partons ?

Par moments, quand Isabelle se reposait dans la charrette, contemplant le trajet qu'ils avaient parcouru, elle croyait voir son père courir pour les rattraper. Elle fermait les yeux et, quand elle les rouvrait, il avait disparu. Parfois, un être vivant, en chair et en os, le remplaçait : une femme au bord de la route, des paysans en train de faucher, de ratisser ou de retourner les champs, un homme à dos d'âne. Tous restaient plantés là à les regarder passer.

Il arrivait aussi que des garçons de l'âge de Jacob leur jettent des pierres. Étienne devait empêcher Petit Jean de riposter. Debout, tout à l'arrière de la charrette, Marie regardait ces jeunes inconnus. Jamais les pierres ne l'atteignaient. En revanche, Hannah en reçut une et ce n'est que bien après le départ des gamins qu'en se tournant pour lui parler, Étienne vit du sang dégouliner du sommet de son crâne sur son visage. Elle regardait droit devant elle, l'air absent, tandis qu'Isabelle se penchait pour tamponner le sang avec un morceau de tissu humide.

Marie entreprit d'énumérer tout ce qu'elle apercevait :

— J'aperçois une grange. Et un corbeau. Et une charrue. Et puis un chien. Tiens, il y a un clocher. Et une meule de foin qui brûle. Voilà une clôture. Et je vois une bûche. Et une hache. Et aussi un arbre. Et dans l'arbre, je vois un homme.

Isabelle leva les yeux quand Marie s'arrêta.

L'homme avait été pendu à un petit olivier, bien frêle pour un tel poids. Ils s'arrêtèrent pour regarder le corps, nu à l'exception d'un chapeau noir enfoncé jusqu'aux sourcils. Son pénis pointait, raide comme une branche. Intriguée par ses mains toutes rouges, Isabelle regarda de plus près son visage : elle en eut le souffle coupé.

— C'est M. Marcel ! ne put-elle s'empêcher de s'écrier.

Étienne poussa un petit gloussement et se mit à courir, entraînant le cheval. Ils s'éloignèrent bien vite de ce sinistre spectacle. Seuls les garçons se retournèrent, osant quelques regards furtifs jusqu'à ce que le pendu soit hors de vue.

Au cours des heures qui suivirent, Marie demeura silencieuse. Quand elle reprit ses énumérations, elle se garda de mentionner tout ce qui était l'œuvre des hommes. Ainsi, lorsqu'ils atteignaient un village, se contentait-elle de répéter :

— Et ça, c'est la terre. Et ça c'est la terre, tel un refrain, jusqu'à ce que le village soit derrière eux.

Ils avaient fait halte au bord d'un ruisseau pour permettre au cheval de s'abreuver quand un vieillard apparut sur l'autre rive.

— Ne vous arrêtez pas ici, dit-il d'un ton brusque. Ne vous arrêtez sous aucun prétexte avant d'arriver à Vienne. C'est très dangereux par ici. Et ne vous approchez ni de Saint-Étienne ni de Lyon !

Là-dessus, il disparut dans les bois.

Cette nuit-là, ils ne s'arrêtèrent pas. Le cheval poursuivit son chemin, épuisé. Hannah et les enfants dormaient dans la charrette. Étienne et Isabelle se relayaient pour tenir les rênes. Ils passèrent la journée cachés dans une pinède. À la tombée du jour, Étienne attela le cheval et le ramena vers la route. Quelques instants plus tard, des hommes émergèrent des arbres et les encerclèrent.

Étienne arrêta le cheval. Un des hommes alluma une torche : Isabelle vit qu'ils avaient des haches et des fourches. Étienne confia les rênes à Isabelle, tendit le bras et attrapa une hache dans la charrette. Il posa avec soin la partie tranchante sur le sol et saisit la poignée.

Tous étaient figés sur place. Seules les lèvres de Hannah frémissaient une prière silencieuse.

Les hommes ne savaient pas trop comment attaquer, semblait-il. Isabelle observait celui qui tenait la torche, elle regardait sa pomme d'Adam monter et descendre frénétiquement. Elle perçut alors une sorte de chatouillement dans son oreille : Marie, qui s'était glissée sur le côté de la charrette, lui chuchotait quelque chose.

— Qu'y a-t-il ? souffla Isabelle, sans lâcher l'homme du regard et en veillant à ne pas remuer les lèvres.

— L'homme avec le feu. Parle-lui de Dieu. Dis-lui ce que Dieu attend de lui.

— Que Dieu attend-il de lui ?

— Qu'il soit un homme juste et bon et qu'il ne pèche plus, répondit-elle avec assurance. Dis-lui aussi que nous n'avons pas l'intention de rester ici.

— Monsieur, nous sommes en route pour Genève. Nous n'avons pas l'intention de nous arrêter ici. Laissez-nous passer, je vous prie.

Isabelle humecta ses lèvres : elle avait la bouche toute sèche.

Les hommes tapèrent du pied. Quelques-uns ricanèrent. L'homme à la torche parut interloqué.

— Et pourquoi ça ? demanda-t-il.

— Parce que Dieu ne veut pas que vous péchiez et que le meurtre est un péché.

Elle tremblait de tout son corps, incapable d'en dire davantage. L'homme à la torche fit un pas en avant, Isabelle entrevit le long couteau de chasse glissé dans sa ceinture.

Alors, Marie éleva la voix, une voix dont les accents métalliques vibraient à travers le bois.

— *Notre Père, qui es aux cieux, que ton nom soit sanctifié,* pria-t-elle.

L'homme s'arrêta.

— *Que ton règne vienne, que ta volonté soit faite sur la terre comme au ciel.*

Elle marqua une pause, après laquelle deux voix reprirent :

— *Donne-nous aujourd'hui notre pain quotidien.* La voix de Jacob crissait comme les cailloux sous ses pieds. *Pardonne-nous nos offenses comme nous pardonnons à ceux qui nous ont offensés.*

Isabelle respira bien à fond, puis elle joignit sa voix aux leurs.

— *Et ne nous soumets pas à la tentation, mais délivre-nous du mal, car c'est à toi qu'appartiennent le règne, la puissance et la gloire pour les siècles des siècles. Amen.*

L'homme à la torche se tenait entre eux et les hommes. Il fixait Marie du regard, le silence était plus dense que jamais.

— Si vous nous faites le moindre mal, dit-elle, Dieu vous le rendra. Il vous fera très très très mal.

— Et qu'entends-tu par là, ma petite ? demanda l'homme, amusé.

— Tais-toi, Marie, chuchota Isabelle.

— Il vous jettera au feu ! Et vous ne mourrez pas. Du moins pas tout de suite. Vous serez la proie des flammes, bientôt vos boyaux suinteront et bouillonneront, vos yeux gonfleront et gonfleront jusqu'à ce qu'ils explosent ! Oui, jusqu'à ce qu'ils explosent !

Ce n'était pas une des leçons de M. Marcel. Isabelle en reconnut les détails. Un jour, Petit Jean avait jeté une grenouille dans le feu et les enfants s'étaient rassemblés pour assister à sa fin.

L'homme eut une réaction qu'Isabelle n'aurait jamais

cru possible de la part d'un homme comme lui dans un lieu comme celui-ci : il se mit à rire.

— Tu es très courageuse, ma pauvre, mais un peu téméraire, dit-il à Marie. J'aimerais bien que tu sois ma fille.

Isabelle saisit la main de Marie et l'homme rit de plus belle.

— Mais pourquoi voudrais-je une fille ? ricana-t-il. À quoi diable sont-elles bonnes ?

Il fit un signe de tête à ses compagnons, puis il éteignit la torche. Tous s'évanouirent dans les bois.

Ils attendirent un long moment. Personne ne revint. À la fin, Étienne clappa de la langue et le cheval reprit sa route, plus lentement...

Le lendemain matin, Isabelle découvrit la première mèche rousse dans les cheveux de Marie. Elle l'arracha et la brûla.

4

La recherche

Je retournai en courant au cabinet d'architectes, une reproduction du tableau de Tournier à la main. Rick était assis sur un haut tabouret, face à sa planche à dessin, une lampe Tensor soulignait ses pommettes et la pointe de son menton. Il avait beau regarder l'esquisse en face de lui, il avait, de toute évidence, l'esprit ailleurs. Il lui arrivait souvent de passer des heures à essayer de visualiser dans le détail ce qu'il venait de concevoir : diverses installations, électricité, plomberie, fenêtres, aération. Il imaginait l'ensemble, l'avait parfaitement en tête, allait et venait au travers, s'y posait, l'habitait, le passait au crible, en quête de la moindre erreur.

Je l'observai, puis j'enfouis la carte postale dans mon sac et m'assis. Fini mon bel enthousiasme : soudain je n'avais plus envie de partager ma découverte avec lui.

Mais je devrais le lui dire... essayai-je de me persuader. Je vais le lui dire.

Rick leva le nez de sa planche à dessin.

— Salut ! me lança-t-il avec un sourire.

— Salut à toi aussi. Tout va bien ? La carcasse tiendra le coup ?

— Oui, pour autant que je sache ! Et j'ai de bonnes nouvelles !

Il agita un fax.

— Une firme allemande veut me rencontrer d'ici une semaine ou deux. Si tout se passe bien, nous décrocherons un énorme contrat. Des années de travail en perspective pour le cabinet !

— C'est vrai ? Mais tu es une vedette ! m'exclamai-je en souriant et je le laissai me parler de ses espoirs pendant quelques minutes. Écoute, Rick, commençai-je après qu'il eut fini. J'ai trouvé quelque chose dans un musée à deux pas d'ici ! Regarde.

Je sortis la carte postale et la lui tendis. Il l'examina sous son spot.

— C'est le bleu dont tu me parlais, n'est-ce pas ?

— Oui.

Debout derrière lui, je passai les bras autour de son cou. Il se raidit un instant, je m'assurai qu'aucune de mes plaques de psoriasis n'était en contact avec sa peau.

— Et devine de qui c'est ? poursuivis-je, posant le menton sur son épaule.

Il s'apprêtait à retourner la carte mais je l'en empêchai.

— Devine !

Rick eut un petit rire.

— Allons, ma petite fille, tu sais très bien que je n'y connais rien en peinture !

Il étudia la reproduction.

— Un de ces peintres de la Renaissance italienne, je suppose.

— Non ! Il s'agit d'un Français.

— Oh ! Dans ce cas, ça doit être un de tes ancêtres.

— Rick !

Je lui donnai un coup dans le bras.

— Tu as triché !

— Non, ce n'est pas vrai ! Je plaisantais, c'est tout.

Il retourna la carte.

— Il s'agit réellement de quelqu'un de ta famille ?

— Oui. Quelque chose m'incite à le croire.

— Mais c'est fantastique !

— Ça l'est, tu ne trouves pas ?

Je lui répondis par un grand sourire. Rick glissa un bras

autour de ma taille et m'embrassa pendant qu'il cherchait à défaire la fermeture Éclair de ma robe. Il m'avait déshabillée jusqu'à la taille avant que je me rende compte qu'il était sérieux.

— Attends une minute... haletai-je. Attendons d'être à la maison !

Il se mit à rire et attrapa une agrafeuse.

— Comment ça ? Tu n'aimes pas mon agrafeuse ? Et que dis-tu de mon équerre ?

Il dirigea le faisceau du Tensor vers le plafond.

— Ma lumière d'ambiance ne t'excite pas ?

Je l'embrassai et remontai ma fermeture Éclair.

— Ce n'est pas ça, c'est juste que je crois que nous devrions... Peut-être que ce n'est pas le bon moment pour parler de ça, mais j'ai réfléchi et je me suis dit qu'après tout je n'étais pas si sûre que ça pour cette histoire de bébé... Sans doute devrions-nous attendre encore un peu avant d'essayer...

Il parut étonné.

— Mais nous avons pris une décision.

Rick aimait s'en tenir aux décisions.

— Oui, mais les choses ont été plus traumatiques que je ne l'aurais pensé.

— Traumatiques ?

— Peut-être que le terme est un peu trop fort...

Attends une minute, Ella, me dis-je : les choses ont été traumatiques. Pourquoi essaies-tu de le protéger ?

Rick s'attendait à ce que je poursuive. Devant mon silence, il soupira.

— Eh bien, d'accord, Ella, si c'est ce que tu ressens.

Là-dessus, il se mit à ranger ses crayons.

— Je ne veux pas que tu donnes suite à ce projet si tu ne te sens pas sûre de ta décision.

Pendant le retour, nous étions de curieuse humeur, chacun étant excité pour des raisons qui lui étaient propres, et inhibé par mon manque d'à-propos. Nous venions de traverser la grand-place de Lisle quand Rick arrêta la voiture.

— Attends une seconde, dit-il.

Il sauta de la voiture et disparut au coin de la rue. Quand il revint, il lança une petite boîte sur mes genoux. J'éclatai de rire.

— Oh ! non, tu n'as pas fait ça ! m'écriai-je.

— Eh si, je l'ai fait ! répondit-il avec un sourire malicieux.

Nous avions souvent plaisanté au sujet du distributeur de préservatifs situé dans l'une des rues principales, nous complaisant à imaginer les sortes d'urgence qui inciteraient quelqu'un à y avoir recours.

Ce soir-là, nous fîmes l'amour et nous dormîmes à poings fermés.

Le jour où Jean-Paul rentrait de Paris, je me montrai si distraite pendant ma leçon de français que Mme Sentier se mit à me taquiner.

— Vous êtes dans la lune, m'apprit-elle.

En échange, je lui enseignai l'expression anglaise : « Les lumières sont allumées, mais la maison est vide. » Des explications s'imposèrent, mais une fois qu'elle eut compris elle se mit à rire et commenta mon humour américain qu'elle trouvait si *drôle*.

— Je ne sais jamais ce que vous allez me sortir, dit-elle, mais au moins votre accent s'améliore.

Elle finit par me renvoyer, me donnant du travail à faire chez moi afin de compenser le temps perdu de cette leçon.

Je me dépêchai d'aller prendre le train qui me ramenait à Lisle. Une fois sur la grand-place et face à l'hôtel de ville, j'hésitai soudain à le revoir, étant aux prises avec un sentiment proche de celui qui vous donne envie de décommander vos invités une heure avant le dîner. Je dus me forcer à traverser la place, à pénétrer dans les bâtiments, à monter l'escalier et à ouvrir la porte.

Plusieurs lecteurs attendaient l'aide des bibliothécaires. Tous deux levèrent les yeux, Jean-Paul me salua poliment de la tête. J'allai m'asseoir à l'une des tables, déconcertée. Je n'avais pas pensé qu'il me faudrait attendre, que je devrais lui parler avec tout ce monde autour de nous. Je me lançai sans grand enthousiasme dans le travail que m'avait donné Mme Sentier.

Au bout d'un quart d'heure, la bibliothèque se vida un peu et Jean-Paul vint me trouver.

— Puis-je vous aider, madame ? me demanda-t-il en anglais, d'une voix posée, se penchant vers moi, une main sur la table.

Je n'avais jamais été aussi proche de lui et quand, en relevant la tête, je perçus cette odeur de peau hâlée qui lui était particulière et vis sa barbe de plusieurs jours, je me dis : Oh ! non ! Non, pas ça ! Ce n'est pas pour ça que je suis venue ici. Un frisson de panique me saisit.

Je me secouai et murmurai :

— Oui, Jean-Paul, j'ai...

Un léger mouvement de tête de sa part m'arrêta.

— Oui, monsieur, rectifiai-je. J'ai quelque chose à vous montrer.

Je lui tendis la carte postale. Il jeta un coup d'œil dessus, la retourna et hocha la tête.

— Ah ! Le musée des Augustins. Vous avez vu les sculptures romanes, n'est-ce pas ?

— Mais non, mais non, regardez donc le nom ! Le nom du peintre !

Il lut à mi-voix :

— Nicolas Tournier, 1590-1639.

Il me regarda en souriant.

— Regardez ce bleu, chuchotai-je, c'est ce bleu-là ! Et vous vous rappelez ce rêve dont je vous ai parlé ? Eh bien, j'avais compris avant même de voir ça qu'il s'agissait d'une robe. D'une robe bleue. De ce bleu-là.

— Ah ! Le bleu de la Renaissance. Vous savez, il y a du lapis-lazuli dans ce bleu. Il coûtait si cher qu'on ne l'employait que pour les détails les plus importants comme la robe de la Vierge.

Toujours prêt à vous faire un cours...

— Ne voyez-vous pas ? C'est mon ancêtre !

Jean-Paul jeta un coup d'œil autour de lui, déplaça sa main qui était posée sur le bureau, examina à nouveau la carte.

— Pour quelle raison pensez-vous que ce peintre est votre ancêtre ?

— À cause de son nom, bien sûr, et aussi des dates, mais surtout à cause du bleu. Ce tableau correspond parfaitement au rêve. Et outre la couleur, il y a aussi le sentiment qui s'en dégage, l'expression de ce visage.

— Vous n'aviez pas vu ce tableau avant de faire ce rêve ?

— Non.

— Mais votre famille était en Suisse à l'époque. Ce Tournier est français, n'est-ce pas ?

— Oui, mais il est né à Montbéliard. J'ai vérifié et vous savez où est située cette ville ? À une quarantaine de kilomètres de Moutier, figurez-vous ! À la frontière entre la France et la Suisse, du côté français. Ses parents auraient donc très bien pu déménager de Moutier à Montbéliard.

— On ne mentionnait rien au sujet de sa famille ?

— Non, on ne disait pas grand-chose à son sujet au musée, mis à part qu'il était né à Montbéliard en 1590 et qu'il avait ensuite séjourné en Italie avant de s'installer à Toulouse où il était mort en 1639. C'est tout ce qu'on sait de lui.

Jean-Paul tapotait la carte postale contre ses phalanges.

— Si l'on connaît sa date de naissance, on peut

connaître le nom de ses parents. Les actes de naissance et de baptême font toujours état des parents.

Je m'agrippai à la table : quelle différence entre la réponse de Rick et la sienne ! pensai-je.

— Je vais me renseigner pour vous à son sujet.

Là-dessus, il se leva et me rendit la carte.

— Non, je ne le souhaite pas, dis-je tout haut.

Plusieurs personnes levèrent la tête, l'autre bibliothécaire fronça les sourcils.

Jean-Paul parut intrigué.

— Voyez-vous, monsieur, je m'en chargerai. J'ai l'intention de mener ma propre enquête.

— Je comprends... Très bien, madame.

Il s'inclina légèrement et s'éloigna, me laissant désemparée.

— Qu'il aille au diable, marmonnai-je, les yeux rivés sur la Vierge. Oui, qu'il aille au diable !

Le scepticisme de Jean-Paul m'affecta plus que je n'aurais voulu l'admettre. En découvrant le peintre, il ne me vint pas à l'esprit d'en apprendre davantage à son sujet. Je savais qui il était, mon intuition était à mes yeux la plus fiable des preuves. Les noms, les dates et les lieux ne changeraient rien à cette certitude. Du moins le pensais-je.

... Mais il suffit d'une remarque pour jeter un doute. Deux jours durant, je m'efforçai d'oublier ce qu'il avait dit, mais lors de mon voyage suivant à Toulouse, j'emportai la carte postale et, sitôt ma leçon de français terminée, je me dirigeai vers la bibliothèque de l'université. Je m'y étais déjà rendue pour consulter des ouvrages de médecine mais je ne m'étais jamais aventurée dans la section réservée aux beaux-arts. Elle était bondée d'étudiants préparant leurs examens, écrivant des mémoires ou discutant avec fougue dans les cages d'escalier.

Il me fallut plus longtemps que prévu pour apprendre

quelque chose sur Nicolas Tournier. Il appartenait à une école dite des caravagesques, rassemblant des Français formés à Rome au début du XVIIe siècle, adeptes des clairs-obscurs contrastés du Caravage. Souvent ces peintres ne signaient pas leur œuvre, d'où ces interminables débats pour savoir qui avait peint quoi. Tournier était brièvement cité à diverses reprises. Il n'était pas célèbre, bien que deux de ses tableaux fussent au Louvre. Le peu de renseignements que je récoltai ainsi était différent de ce que j'avais lu au musée : la source la plus ancienne le mentionnait sous le nom de Robert Tournier, né à Toulouse en 1604, mort vers 1670. Ce qui me conforta dans ma certitude qu'il s'agissait du même peintre, c'est que je reconnus les tableaux. D'autres sources donnaient encore d'autres dates et avaient changé son nom en Nicolas.

Pour finir, je choisis trois ouvrages qui constituaient les références les plus récentes. Je voulus aller les prendre sur les étagères, mais ils étaient sortis. J'interrogeai un étudiant préposé à l'accueil qui ne savait pas où donner de la tête et devait être lui-même en pleine préparation d'examens. Il consulta son ordinateur et confirma qu'ils étaient en prêt.

— Nous sommes débordés en ce moment, comme vous pouvez le constater, dit-il. Sans doute que quelqu'un les a empruntés pour un mémoire.

— Pourriez-vous savoir qui les a ?

Il jeta un coup d'œil sur l'écran.

— Une autre bibliothèque les a demandés.

— Celle de Lisle-sur-Tarn ?

— Oui.

Il parut étonné, et carrément abasourdi quand il m'entendit marmonner :

— Salaud ! Non, ce n'est pas de vous que je parle... Merci beaucoup.

J'aurais dû savoir que Jean-Paul ne resterait pas là à se

tourner les pouces en me laissant me débrouiller. Il était trop fureteur pour cela, trop déterminé à démontrer ses propres théories. Restait à savoir si, oui ou non, je voulais lui courir après pour en savoir davantage.

En fin de compte, le hasard en décida pour moi. En sortant de la gare de Lisle, je tombai sur Jean-Paul qui rentrait du travail. Il inclina la tête et me dit « Bonsoir ». Sans réfléchir une seconde, je lâchai :

— Vous avez les livres que j'ai passé tout l'après-midi à chercher : pourquoi avez-vous fait cela ? Je vous avais demandé de ne pas entreprendre à ma place des recherches au sujet de ce tableau, mais vous n'avez tenu aucun compte de mon souhait !

Il avait presque l'air de s'ennuyer.

— Et qui vous dit que c'est pour vous que je me suis lancé dans cette recherche, Ella Tournier ? Il m'intriguait, alors j'ai décidé de me renseigner de mon côté. Si vous le désirez, vous pourrez consulter ces ouvrages à la bibliothèque à partir de demain.

Je m'adossai au mur et croisai les bras.

— Très bien, très bien, vous avez gagné. Dites-moi juste ce que vous avez découvert. Et dépêchez-vous, qu'on en finisse.

— Êtes-vous sûre que vous ne voulez pas voir ces livres vous-même ?

— Racontez-moi, c'est tout.

Il alluma une cigarette, inhala la fumée et la souffla vers ses pieds.

— D'accord. Sans doute constaterez-vous qu'on est resté longtemps sans savoir grand-chose au sujet de Nicolas Tournier, mais qu'en 1951 on a découvert son acte de baptême, daté de juillet 1590, dans une église protestante de Montbéliard. André Tournier, son père, était un peintre originaire de Besançon, ville qui n'est pas très éloignée de Montbéliard. Son grand-père s'appelait Claude Tournier. André Tournier était venu s'établir à

Montbéliard en 1572 pour fuir les guerres de religion, sans doute à la suite des massacres de la Saint-Barthélemy, il avait eu plusieurs enfants dont Nicolas, votre peintre. On mentionne que Nicolas Tournier a séjourné à Rome entre 1619 et 1626. Il a ensuite vécu à Carcassonne en 1627 avant de s'installer à Toulouse en 1632. On a longtemps cru qu'il était mort dans la seconde moitié du XVIIe siècle, après 1657, mais en 1974 on a découvert son testament daté du 30 décembre 1638. Il a dû mourir peu après.

Les yeux rivés sur le trottoir, je demeurai si longtemps silencieuse que Jean-Paul commença à s'agiter, jetant sa cigarette dans le caniveau.

Je rompis enfin le silence :

— Dites-moi, à l'époque, on baptisait les enfants aussitôt après la naissance ?

— En principe, oui, mais pas toujours.

— Le baptême aurait donc pu être reporté pour une raison ou pour une autre, n'est-ce pas ? La date de baptême n'indique pas forcément la date de naissance. Pour autant que nous le sachions, Nicolas Tournier pouvait aussi bien avoir un mois que deux ans, voire dix ans à son baptême. Peut-être même était-il adulte !

— C'est peu probable.

— Je suis d'accord avec vous, mais c'est de l'ordre du possible. Ce que je cherche à dire, c'est que la source ne nous dit pas tout. Et ce testament dont vous parlez porte bien la date que vous avez mentionnée, mais il n'atteste pas pour autant la date de sa mort. Et s'il était mort dix ans après l'avoir fait ?

— Voyons, Ella, il était malade, il a fait son testament et il est mort. C'est en général ainsi que ça se passe.

— Oui, mais nous n'en sommes pas sûrs à cent pour cent. Nous ne savons pas au juste ni quand il est né ni quand il est mort. Ces actes ne prouvent rien. Toutes les références à son sujet sont ponctuées de points d'interrogation.

Je m'arrêtai, sentant que mon ton de voix devenait véhément.

Il s'adossa au mur et croisa les bras.

— Vous refusez donc d'entendre que le père de ce peintre s'appelait André Tournier et qu'il n'avait rien à voir avec vos ancêtres. Ni avec Étienne ni avec Jean. Qu'il n'était originaire ni des Cévennes ni de Moutier. Qu'il ne vous est pas apparenté.

— Regardez plutôt les choses de cette façon, repris-je, radoucissant le ton. Jusqu'à une époque récente, les années cinquante, pour être précise, personne ne savait rien de lui. Mis à part son prénom, sa date de naissance et la ville où il est mort, ses données biographiques sont erronées. Et tous ces renseignements inexacts ont été publiés : j'ai pu le constater en bibliothèque. Si je n'avais pas découvert d'autres sources plus récentes, j'aurais eu tout faux à son sujet. J'en serais réduite à l'appeler par un prénom qui n'était pas le sien ! Même à notre époque, les spécialistes de l'histoire de l'art ne sont pas d'accord entre eux lorsqu'il s'agit de savoir quels tableaux lui attribuer. S'ils ne parviennent pas à rétablir l'exactitude des données biographiques, si tout doit reposer sur la simple spéculation, baptême signifiant naissance et testament signifiant mort, on est dans le flou. Ce ne sont là que des conjectures, alors pourquoi y accorderais-je crédit ? En revanche, la seule donnée concrète à mes yeux, c'est que son nom de famille est mon nom de famille, qu'il ne travaillait qu'à une quarantaine de kilomètres de l'endroit où je vis, qu'il se servait de ce bleu que je ne cesse de voir dans mes rêves. Voilà ce que j'appelle du concret.

— Non, il s'agit là de coïncidences. Vous vous laissez leurrer par des coïncidences.

— Et vous par des spéculations.

— Que vous habitiez près de Toulouse et qu'il ait

habité lui aussi Toulouse ne signifie pas pour autant que vous soyez apparentés. Le nom de Tournier n'est pas si rare que cela. Et que son bleu revienne dans vos rêves... Disons que c'est un bleu dont il est aisé de se souvenir car il est très vif. Il serait plus difficile de se souvenir d'un bleu plus foncé, n'est-ce pas ?

— Écoutez, pourquoi vous donnez-vous tant de mal à essayer de me persuader que Nicolas Tournier n'est pas l'un de mes ancêtres ?

— Pour la simple raison que toutes vos preuves reposent sur des coïncidences et sur votre intuition plutôt que sur une évidence solide. Vous êtes vivement impressionnée par un tableau, par un certain bleu et, sous prétexte que le peintre porte le même nom que vous, vous décidez qu'il est l'un de vos ancêtres ! Non, non ! Ce ne devrait pas être à moi de vous convaincre que Nicolas Tournier n'est pas l'un de vos ancêtres, ce devrait être à vous de me convaincre qu'il l'est !

Il faut que je l'arrête, me dis-je, sinon j'aurai bientôt perdu tout espoir.

Sans doute mon visage refléta-t-il ma pensée, car sa voix s'était radoucie lorsqu'il reprit la parole :

— Je pense que ce Nicolas Tournier ne sera pour vous d'aucune aide, qu'il est sans doute, pour reprendre votre expression, un éperlan.

— Comment ça, un éperlan ?

Je me mis à rire.

— Vous voulez dire un capelan ? Vous voulez dire qu'il est là comme un leurre, pour brouiller les pistes. Peut-être avez-vous raison.

Je me tus.

— J'avoue qu'il a pris la relève. Je n'arrive même plus à me rappeler ce que j'allais faire au sujet de cette histoire de généalogie avant qu'il ne surgisse.

— Vous aviez l'intention de retrouver dans les

Cévennes des parents dont vous aviez depuis longtemps perdu la trace.

— Il se pourrait que je me lance tout de même dans cette recherche.

L'expression de son visage me fit rire.

— Oui, j'y tiens. À vrai dire, tous vos arguments ne font que renforcer mon envie de vous prouver que vous avez tort. Je veux trouver la preuve, oui, la preuve concrète, irréfutable, de l'existence de ces ancêtres dont on a perdu la trace depuis longtemps, ne serait-ce que pour vous montrer que les intuitions ne sont pas toujours erronées...

Nous demeurâmes un moment silencieux. Je basculai mon poids sur l'autre hanche. Jean-Paul plissa les yeux, gêné par le soleil couchant. Je pris conscience de sa présence, là, près de moi, dans cette petite rue de France. Nous ne sommes séparés que par quelques bouffées d'air, pensai-je. Je pourrais juste...

— Et votre rêve ? demanda-t-il. Il revient ?

— Euh, non... Il semblerait qu'il ait disparu.

— Vous voudriez donc que j'appelle les archives de Mende pour les prévenir de votre arrivée ?

— Non, m'exclamai-je.

Mon cri fit se retourner les banlieusards qui regagnaient leurs pénates.

— C'est précisément ce que je veux éviter, m'écriai-je. Ne vous mêlez pas de ça, sauf si je vous le demande. Compris ? Si j'ai besoin d'aide, je saurai vous la demander.

Jean-Paul leva les mains comme s'il avait un pistolet braqué sur lui.

— Très bien, Ella Tournier. Voilà, nous traçons une ligne de démarcation, je reste de mon côté, d'accord ?

Il recula d'un pas de la ligne imaginaire, accroissant la distance entre nous.

Le lendemain soir, tandis que nous dînions sur le patio, je fis part à Rick de mon intention de me rendre dans les Cévennes pour y consulter des archives concernant ma famille.

— Tu te souviens de ma lettre à Jacob Tournier qui vit en Suisse ? expliquai-je. Figure-toi qu'il m'a répondu en me disant que les Tournier étaient originaires des Cévennes. Sans doute.

Je souris en mon for intérieur, j'étais en train d'apprendre à nuancer mes affirmations.

— J'aimerais mener ma petite enquête.

— Mais je croyais que tu avais déjà retrouvé les origines de ta famille avec ce peintre et tout et tout.

— Oh ! disons qu'il n'y a rien de certain, pas encore, du moins, m'empressai-je d'ajouter. Peut-être que je découvrirai là-bas un document qui me permettra de le prouver.

À mon grand étonnement, il fronça les sourcils.

— Je suppose que c'est Jean-Pierre qui a concocté ça...

— Jean-Paul. Non, pas du tout. Ce serait plutôt l'opposé. Il prétend que j'en reviendrai bredouille.

— Tu veux que je t'accompagne ?

— Il faut que j'y aille en semaine, quand les archives sont accessibles au public.

— Je pourrais prendre un ou deux jours et y aller avec toi.

— J'envisageais de m'y rendre la semaine prochaine.

— Impossible pour moi. C'est la folie au cabinet en ce moment à cause de cette histoire de contrat avec les Allemands. Peut-être plus tard cet été quand ce sera plus calme. En août, par exemple.

— Je ne peux pas attendre jusqu'en août !

— Ella, pourquoi cet intérêt subit pour tes ancêtres ? Jusqu'ici, tu t'en moquais pas mal.

— C'est que je n'avais jamais vécu en France !

— Ouais, mais tu sembles beaucoup t'investir dans cette recherche, où crois-tu que cela va te mener ?

J'allais lui avouer mes espoirs d'être ainsi acceptée par les Français, d'avoir enfin l'impression d'appartenir à ce pays... Au lieu de cela, je me surpris à lui répondre :

— Je veux me débarrasser de ce cauchemar bleu...

— Tu t'imagines qu'en savoir davantage sur ta famille te débarrassera d'un mauvais rêve ?

— Oui.

Je me laissai aller en arrière sur ma chaise et contemplai les vignes. De petites grappes de raisin vert commençaient à poindre. Je savais que cela n'avait aucun sens, qu'il n'existait aucun lien entre le rêve et mes ancêtres, mais mon esprit avait néanmoins établi un lien, aussi m'obstinai-je dans ma décision.

— Est-ce que Jean-Pierre t'accompagne ?

— Non ! Écoute, pourquoi es-tu si négatif ? Ça ne te ressemble pas. Figure-toi que cela m'intéresse. C'est la première chose que j'aie vraiment voulu faire depuis notre arrivée ici. Tu pourrais au moins me soutenir un peu.

— Je croyais que ce que tu voulais avant tout, c'était un bébé. Tu ne peux pas dire que je ne t'ai pas soutenue dans ce projet !

— Oui, mais...

Tu ne devrais pas te contenter de me soutenir dans un projet tel que celui-là, pensai-je. Tu devrais vouloir un enfant, toi aussi.

Ces derniers temps, il m'était venu bien des pensées que j'avais aussitôt censurées.

Rick me fixa du regard en fronçant les sourcils, puis il fit un effort pour se détendre.

— Tu as raison. Vas-y, bien sûr, ma chérie. Si c'est ça qui te rend heureuse, alors cours-y !

— Oh ! Rick, ne...

Je m'arrêtai. À quoi bon le critiquer, il essayait de me

soutenir sans toutefois comprendre. Au moins, il essayait...

— Écoute, je ne serai partie que quelques jours, c'est tout. Si je découvre quelque chose, très bien, si je ne découvre rien, ce ne sera pas une catastrophe. D'accord ?

— Si tu rentres bredouille, je t'emmènerai dans le meilleur restaurant de Toulouse.

— Oh ! là, là ! Merci ! Je me sens tout de suite beaucoup mieux.

Selon ma mère, le sarcasme était une forme d'humour au rabais. Ce qui dévalua encore davantage ma remarque fut la peine que je lus dans son regard.

Le matin de mon départ, l'air était vif et le soleil brillait. Au cours de la nuit, des orages avaient allégé l'atmosphère. J'embrassai Rick lorsqu'il me quitta pour se rendre à la gare, puis je montai dans la voiture et m'engageai dans la direction opposée. Je me sentais soulagée de partir et je fêtai cet instant en mettant de la musique à tue-tête, baissant les deux vitres et ouvrant le toit pour laisser le vent me revigorer.

La route longeait le Tarn jusqu'à Albi, ville dotée d'une cathédrale et grouillante de touristes en ce mois de juin, puis je remontai vers le nord, m'éloignant de la rivière.

Je devais retrouver le Tarn dans les Cévennes, alors que je remontais vers sa source. Au-delà d'Albi, le paysage évolua, l'horizon commença par s'ouvrir à mesure que je m'élevais, puis il se rétrécit tandis que les collines se refermaient autour de moi et que le ciel passait du bleu au gris. Les coquelicots et les reines-des-prés se partageaient le bord de la route avec des fleurs à peine écloses, des arums roses, des carottes sauvages, des marguerites et surtout des genêts exhalant une odeur âcre de moisi. Les arbres s'assombrissaient. Les champs cultivés le cédaient à des prairies où paissaient chèvres brunes et vaches. Les cours d'eau s'amenuisaient, ils devenaient plus rapides et plus bruyants. Soudain, les maisons changèrent : à la pierre crayeuse et pâle succéda le granit dur et sombre, la pente des toits s'accentua, les ardoises plates remplacèrent les tuiles en terre cuite arrondies. Tout rétrécissait, tout s'obscurcissait, tout devenait plus dramatique.

Je remontai les vitres, refermai le toit, éteignis la radio. Mon humeur semblait s'assortir au paysage. Je n'aimais pas ce paysage à la beauté mélancolique, il me rappelait le bleu de mon rêve.

Mende paracheva et le paysage et mon humeur. Ses rues étroites étaient cernées d'un boulevard périphérique qui donnait l'impression qu'elle était assiégée. Pelotonnée au cœur de la ville, la cathédrale était flanquée de deux flèches différentes qui lui donnaient l'air balourd d'un assemblage. de fortune. À l'intérieur, elle était sombre et lugubre. J'en ressortis presque aussitôt et, du haut des marches, je contemplai les bâtiments en pierre grise. C'est ça les Cévennes ? me demandai-je. Je souris intérieurement : j'avais, bien sûr, présumé que les Tournier ne pouvaient être originaires que d'une région dotée d'un certain charme...

Le trajet entre Lisle et Mende m'avait paru long, même les grandes routes grimpaient en zigzaguant, exigeant une plus grande concentration que les autoroutes américaines toujours toutes droites. J'étais lasse et d'une humeur massacrante que ne constituèrent pas à améliorer ma chambre d'hôtel aussi sombre qu'exiguë et un dîner en solitaire dans une pizzeria dont les seuls clients étaient des couples ou des vieillards. Je faillis appeler Rick, mais je me dis qu'au lieu de me remonter le moral, il me le saperait davantage en me rappelant la brèche qui s'élargissait entre nous.

Les archives départementales se trouvaient dans un édifice tout neuf, alliant une pierre crème et rose saumon à un châssis métallique bleu, vert et rouge. La salle de recherche était vaste et aérée, les trois quarts des tables étaient occupées par des lecteurs consultant des documents. Tous semblaient là dans un but précis. Je ressentis ce que j'avais souvent ressenti à Lisle, à savoir qu'en ma qualité d'étrangère, ma place était sur le côté, où je pouvais observer et admirer les autochtones sans participer.

La grande blonde préposée à l'accueil leva le nez et me sourit. Les cheveux courts, lunettée de jaune, elle devait avoir à peu près mon âge. Miséricorde, pas une autre madame ! me dis-je. Je me dirigeai vers son bureau et posai mon sac.

— Je n'ai aucune idée de ce que je fabrique ici, lui avouai-je. Auriez-vous la gentillesse de m'aider ?

Son éclat de rire ne manqua certes pas de surprendre dans un lieu aussi paisible.

— Alors, que cherchez-vous ? me demanda-t-elle en riant, ses yeux bleus grossis par ses verres épais.

C'était la première fois que je voyais quelqu'un porter des lunettes aussi épaisses avec autant de classe.

— J'ai un ancêtre du nom d'Étienne Tournier qui a sans doute vécu dans les Cévennes au XVIe siècle, j'aimerais essayer d'en savoir davantage à son sujet.

— Connaissez-vous sa date de naissance ou celle de son décès ?

— Non, tout ce que je sais, c'est que la famille est allée s'installer en Suisse, mais j'ignore au juste quand. Sans doute était-ce avant 1576.

— Vous ne connaissez ni sa date de naissance ni celle de sa mort ? Et en ce qui concerne ses enfants ? Ou même ses petits-enfants ?

— Eh bien, il a eu un fils, Jean, qui lui-même a eu un enfant en 1590.

Elle hocha la tête.

— Par conséquent, Jean aurait dû naître, disons, entre

1550 et 1575, quant à son père, Étienne, il aurait dû voir le jour entre une vingtaine et une quarantaine d'années plus tôt, soit après 1510. Votre recherche porte donc sur une période qui s'étend, en gros, de 1510 à 1575, n'est-ce pas ?

Elle parlait en français à une telle vitesse que je ne pus lui répondre sur-le-champ, m'embrouillant dans ses calculs.

— Je crois que oui, finis-je par répondre, me demandant si je devrais, du même coup, mentionner les peintres Tournier, Nicolas, André et Claude.

Elle ne m'en donna pas l'opportunité.

— Il va vous falloir consulter les registres d'état civil en quête d'actes de baptême, de mariage et de décès, déclara-t-elle, et sans doute aussi les compoix, ces cadastres visant à établir l'impôt foncier. Dites-moi, de quel village sont-ils originaires ?

— Je n'en sais rien.

— Ah ! c'est un problème. C'est grand, les Cévennes, vous savez ! Bien entendu, peu de registres de cette époque nous sont parvenus. En ce temps-là, ils étaient tenus par l'Église, mais nombre d'entre eux ont été brûlés ou égarés lors des guerres de religion. Aussi se pourrait-il que les éléments nécessaires à votre recherche soient assez limités. Si vous connaissiez le village, je pourrais vous dire d'emblée ce que nous avons et ce que nous n'avons pas, mais qu'importe, nous verrons bien...

Elle parcourut une liste de documents conservés là et dans d'autres dépôts d'archives du département. Elle avait raison : elle ne trouva pour toute la région que de rares documents datant du XVIe siècle. Dieu seul sait pourquoi ces registres avaient survécu.

Je demandai à consulter les registres conservés sur place, qui avaient trait à la période qu'elle avait mentionnée. À vrai dire, je ne savais guère à quoi m'attendre : Je m'étais servie du terme « registre » de manière assez libre, y voyant quelque équivalent, façon XVIe siècle, de mon acte de naissance ou de mariage, bien lisiblement tapé à la machine. Cinq minutes plus tard, la femme réapparut avec des coffrets de microfiches, un livre recouvert de papier kraft et une énorme boîte. Elle me gratifia d'un sourire encourageant et me laissa devant ses trouvailles. Je jetai un coup d'œil dans sa direction tandis qu'elle retournait à son bureau et souris en moi-même à la vue de ses chaussures à semelles compensées et de sa minijupe en cuir.

Je commençai par le livre. Il était relié en box blanc cassé, et sur sa couverture graisseuse étaient calligraphiés une page de musique ancienne et un texte latin. La première lettre de chaque ligne dominait les autres, elle était peinte en rouge et en bleu. Je l'ouvris à la première page que je lissai de la main, toucher quelque chose d'aussi ancien me donnait des frissons. Le scripteur s'était servi d'encre brune, et si régulière que fût son écriture, elle semblait privilégier l'esthétique plutôt que le message. Je ne parvins pas à déchiffrer un mot. Certains caractères étaient pour ainsi dire identiques, et quand je réussis à saisir un mot par-ci par-là, je me rendis compte que je perdais mon temps, le texte était en langue étrangère.

C'est alors que je fus prise d'éternuements.

La femme revint une vingtaine de minutes plus tard pour voir où j'en étais. J'avais achevé dix pages, glanant des dates et sélectionnant au fil des lignes ce qui me semblait être des noms.

Je levai la tête et lui demandai :

— Ce document est en français ?

— En ancien français.

— Oh ! Je n'avais pas pensé à ça.

Elle jeta un coup d'œil sur la page, laissant un ongle rose en parcourir quelques lignes.

— Une femme enceinte se noie dans le Lot, mai 1574. Une inconnue, la pauvre, murmura-t-elle, ces décès ne vous sont pas d'un grand secours, n'est-ce pas ?

— Non, je ne pense pas, répondis-je, éternuant sur le livre.

La femme se mit à rire et s'excusa.

— Ça arrive à tout le monde d'éternuer. Regardez autour de vous : des mouchoirs, rien que des mouchoirs !

En entendant le discret éternuement d'un vieillard à l'autre bout de la salle, nous partîmes toutes deux d'un fou rire.

— Éloignez-vous donc un moment de cette poussière, dit-elle. Venez prendre un café avec moi. Je m'appelle Mathilde.

Elle me tendit la main avec un grand sourire.

— C'est très américain, n'est-ce pas, de se serrer la main quand on se rencontre ?

Nous allâmes nous asseoir dans un café au coin de la rue et ne tardâmes pas à bavarder comme de vieilles copines. Malgré son débit précipité, il était aisé de parler avec Mathilde. Je n'avais pas perçu combien la compagnie féminine m'avait manqué. Elle me bombarda de questions sur les États-Unis et en particulier sur la Californie.

— Mais que fais-tu ici ? soupira-t-elle enfin. Moi, si je le pouvais, je filerais illico en Californie !

Je me raidis, réfléchissant à une réponse qui préciserait que je n'avais pas juste suivi Rick en France, ainsi que Jean-Paul l'avait laissé entendre. Mais Mathilde reprit sans me donner la chance de placer un mot et je compris qu'elle ne s'attendait pas à ce que je m'explique.

Elle ne parut aucunement étonnée de mon intérêt pour de lointains ancêtres.

— Les gens viennent à longueur de journée se documenter sur l'histoire de leur famille, dit-elle.

— Je me sens un peu ridicule de me lancer là-dedans, avouai-je. Mes chances de découvrir quoi que ce soit sont si restreintes...

— C'est exact, admit-elle. À vrai dire, il en va ainsi de

tous ceux qui veulent remonter aussi loin, mais ne te décourage pas. D'ailleurs, les archives sont intéressantes, tu ne trouves pas ?

— Oui, mais cela me prend tellement de temps pour comprendre ce qu'elles racontent ! Tout ce que je réussis à trouver, ce sont des dates et, le cas échéant, des noms.

Mathilde sourit.

— Si ce livre te paraît difficile à lire, que diras-tu des microfiches !

Elle rit en voyant ma mine affolée.

— La journée est relativement calme, reprit-elle, continue à lire ton livre et moi je vais consulter les microfiches à ta place, j'ai l'habitude de ces écritures d'autrefois !

J'appréciai sa proposition. Pendant qu'elle était devant l'ordinateur, j'attaquai le coffret qui, m'avait-elle expliqué, était un compoix, un registre de la redevance sur les moissons. Entièrement écrit de la même main, il était, pour ainsi dire, incompréhensible. Il me fallut le reste de la journée pour en venir à bout. Parvenue à la fin, j'étais épuisée, mais Mathilde, elle, était déçue de n'avoir rien d'autre à consulter.

— Est-ce vraiment tout ? demanda-t-elle, feuilletant une fois de plus l'inventaire ? Attends ! La mairie du Pont-de-Montvert possède un compoix qui date de 1570. J'y pense : M. Jourdain, bien sûr ! Je l'ai aidé l'an dernier à dresser l'inventaire de ces archives.

— Et qui est ce M. Jourdain ?

— Le secrétaire de mairie.

— Tu crois que ça en vaut la peine ?

— Bien sûr ! Même si tu ne trouves rien. Le Pont-de-Montvert est un coin splendide, un petit village au pied du mont Lozère.

Elle consulta sa montre.

— Mon Dieu ! Il est déjà l'heure d'aller chercher Sylvie !

Elle attrapa son sac et me poussa dehors, riant tandis qu'elle fermait la porte derrière moi.

— Je te garantis que tu ne t'ennuieras pas avec M. Jourdain ! S'il ne te mange pas toute crue, bien sûr !

Le lendemain matin, je me mis en route de bonne heure et je pris la route pittoresque menant au Pont-de-Montvert. À mesure que je gravissais le mont Lozère, le paysage s'épanouissait, dévoilant une beauté radieuse mais stérile. Je traversai de minuscules villages poussiéreux, dont les maisons, et même les tuiles des toits, étaient en granit, c'est à peine si une discrète touche de couleur les distinguait de la terre. Nombre d'entre elles avaient été abandonnées, leurs toits s'en étaient allés, leurs cheminées croulaient, leurs volets pendaient de guingois. Bientôt je ne vis plus que de gros rochers de granit, des genêts et de la bruyère et par-ci par-là un bouquet de pins.

C'est plutôt ça, pensai-je.

Je m'arrêtai près du sommet, au lieu-dit Col-de-Finiels et je m'assis sur le capot de la voiture. Au bout de quelques minutes, le ventilateur s'arrêta et je pus jouir d'un calme délicieux que seuls troublaient des oiseaux et les sourds mugissements du vent. Selon ma carte, à l'est, par-delà une petite pinède et une colline, le Tarn prenait sa source. Je fus tentée de m'y rendre.

Au lieu de cela, je descendis l'autre flanc de la montagne par une route en lacets jusqu'à ce qu'un ultime virage me ramène au Pont-de-Montvert. Un hôtel, une école, un restaurant, des magasins et des bars bordaient l'autre côté de la chaussée. Des sentiers en partaient pour aller se perdre entre les maisons sur la colline. Au-dessus, je repérai le toit d'une église, dont la cloche pendait dans son clocher en pierre.

J'entrevis de l'eau de l'autre côté de la route, là où coulait le Tarn, caché par un petit mur. Je me garai près d'un vieux pont de pierre, m'avançai au-dessus de celui-ci et contemplai la rivière.

Le Tarn était méconnaissable : il avait perdu son imposante lenteur, était large de sept mètres tout au plus et sa fougue rappelait celle d'un jeune ruisseau. J'étudiai les galets dont les rouges et les jaunes intenses scintillaient au fond de l'eau, j'avais peine à en éloigner mes yeux.

Cette eau va jusqu'à Lisle, pensai-je, jusqu'à chez moi. Nous étions mercredi, il était dix heures du matin. Peut-être que Jean-Paul était assis au café, à regarder lui aussi la rivière.

Ça suffit, Ella, me dis-je avec fermeté. Pense à Rick ou ne pense pas, un point c'est tout.

Vue de l'extérieur, la mairie – bâtisse grisâtre aux volets bruns, dont le drapeau français pendait avec mollesse devant l'une des fenêtres – semblait à peu près présentable. L'intérieur rappelait toutefois une boutique de brocanteur. Le soleil se glissait à travers une brume de poussière. Assis à un bureau, dans le coin opposé de la pièce, M. Jourdain lisait son journal. Il était court sur pattes et replet, avait l'œil globuleux, le teint olivâtre et sa mâchoire était mangée par une de ces barbes clairsemées qui s'épuisent au milieu du cou. Il jeta sur moi un regard méfiant tandis que je cherchais mon chemin à travers de vieux meubles mal en point et des montagnes de paperasse.

— Bonjour, monsieur Jourdain, lançai-je.

Il grommela et regarda son journal.

— Je suis Ella Turner-Tournier, poursuivis-je, polissant mon français. J'aurais aimé consulter certaines archives que vous gardez à la mairie, entre autres un compoix datant de 1570. Me serait-il possible de le voir ?

Il jeta sur moi un coup d'œil rapide, puis il se replongea dans son journal.

— Monsieur ? Vous êtes bien monsieur Jourdain,

n'est-ce pas ? On m'a dit à Mende que c'était à vous que je devrais m'adresser.

M. Jourdain passa la langue sur ses dents. Je baissai les yeux : il lisait un magazine sportif, ouvert à la page des courses.

Il marmonna quelque chose que je ne compris pas.

— Pardon ? lui dis-je.

Il se remit à parler de façon inintelligible, j'en vins à me demander s'il n'était pas ivre. Quand je le priai une nouvelle fois de répéter, il agita les mains et me postillonna dessus, lâchant un torrent de mots. Je reculai d'un pas.

— Nom de Dieu ! Quel con ! marmonnai-je en anglais.

Il plissa les yeux avec un grognement. Je fis demi-tour et sortis de la mairie. J'allai m'asseoir en rageant dans un café puis, retrouvant le numéro de téléphone des archives de Mende, j'appelai Mathilde depuis une cabine téléphonique.

Elle poussa un cri lorsque je lui expliquai ce qui s'était passé.

— Laisse-moi faire, me conseilla-t-elle. Retournes-y dans une demi-heure.

J'ignore ce que Mathilde put dire à M. Jourdain par téléphone, mais elle parvint à ses fins car, même s'il darda sur moi un regard furieux, il me fit signe de le suivre dans un couloir menant à une pièce exiguë dans laquelle se trouvait un bureau disparaissant sous des monceaux de papiers. « Attendez ! » marmonna-t-il, puis il sortit. J'avais l'impression de me trouver dans un débarras, je tuai le temps en furetant autour de moi. Des cartons de livres étaient empilés dans tous les coins, certains très anciens. Des papiers qui ressemblaient à des documents officiels étaient entassés sur le sol, et des enveloppes non ouvertes jonchaient le bureau, toutes étaient adressées à Abraham Jourdain.

Il revint au bout d'une dizaine de minutes avec un

grand carton qu'il laissa tomber sur le bureau, puis, sans un mot, ni même un regard, il sortit de la pièce.

Le carton contenait un registre semblable au compoix de Mende mais encore plus imposant et en plus mauvais état. La reliure en box partait en lambeaux, elle ne parvenait plus à retenir les feuillets. J'avais beau manier cet ouvrage avec le plus grand soin, les coins des pages tombaient en poussière et se détachaient, je les cachai discrètement dans mes poches, de peur que M. Jourdain ne les trouvât et s'emportât contre moi.

À midi, il me mit à la porte. Il y avait à peine une heure que j'étais en train de travailler, quand il apparut dans l'embrasure de la porte, me fustigea du regard en maugréant je ne sais trop quoi. Je ne compris son message qu'en le voyant tapoter sa montre. Martelant le couloir de ses pas pesants, il alla ouvrir la porte d'entrée, la referma derrière moi avec un bruit mat et la verrouilla. Je me retrouvai en plein soleil, clignant les paupières, tout éblouie au sortir de cette pénombre poussiéreuse.

Une nuée d'enfants, évadés d'une cour de récréation voisine, m'assaillit.

Je respirai enfin ! Dieu soit loué, me dis-je.

J'achetai de quoi déjeuner juste avant la fermeture des magasins : du fromage, des pêches et une sorte de pain rouge sombre, spécialité locale, à base de châtaignes, au dire de l'épicier. Une venelle qui se faufilait entre des maisons de granit m'amena à l'église qui dominait le village.

Bâtisse en pierre, sans prétention aucune, l'église était presque aussi large que haute. La porte que je pris pour l'entrée était fermée, mais sur le côté, j'en repérai une ouverte au-dessus de laquelle était inscrit 1828. J'y pénétrai. Des bancs en bois étaient alignés dans la nef, des stalles garnissaient le chœur. Je remarquai un orgue en bois, une chaire et une table sur laquelle était ouverte une bible imposante. C'était tout. Aucune ornementation, ni statues, ni croix, ni vitraux. Je n'avais jamais vu une église aussi dépouillée. Il n'y avait même pas d'autel pour marquer la place de l'officiant par rapport aux fidèles.

Je me dirigeai vers la bible, seul objet dont la raison d'être n'était pas de l'ordre du purement fonctionnel. Elle semblait ancienne, mais moins ancienne que le compoix que j'avais consulté. Je la feuilletai. Il me fallut un moment, car j'ignorais l'ordre des livres de la Bible, mais je finis par trouver ce que je cherchais. Je commençai à lire le psaume XXXI : *J'ai mis en toi mon espérance : Garde-moi donc, Seigneur.* Le temps que j'arrive à la première ligne du troisième verset : *Car mon rocher, mon rempart, c'est toi*, les larmes embuaient mes yeux. Je m'arrêtai et me précipitai dehors.

Grosse sotte, me dis-je, tandis que, assise sur le petit mur qui entourait l'église, je séchai mes larmes. Je me forçai à déjeuner, plissant les paupières à cause du soleil. Sec et sucré, le pain aux châtaignes eut du mal à franchir mon palais. Il resta coincé au fond de ma gorge jusqu'à la fin de la journée.

À mon retour, M. Jourdain était assis à son bureau, les mains jointes devant lui. Il ne lisait pas son journal, à vrai dire, il donnait presque l'impression de m'attendre.

— Bonjour, monsieur, dis-je avec précaution, pourrais-je avoir le compoix, s'il vous plaît ?

Il ouvrit un fichier à côté de son bureau, en sortit le fameux carton et me le tendit, puis il scruta mon visage.

— Comment vous appelez-vous ? demanda-t-il avec une pointe de curiosité dans la voix.

— Tournier. Ella Tournier.

— Tournier, répéta-t-il, m'étudiant toujours.

Il contorsionnait sa bouche, mâchonnant l'intérieur de sa joue. Il contemplait mes cheveux.

— La Rousse, murmura-t-il.

— Quoi ? rétorquai-je haut et fort.

J'en avais la chair de poule.

M. Jourdain écarquilla les yeux, puis, avançant la main, il toucha une de mes boucles.

— C'est roux. Alors, La Rousse.

— Mais mes cheveux sont bruns, monsieur...

— Roux, répéta-t-il avec fermeté.

— Bien sûr que non, ils sont...

J'amenai une mèche de cheveux devant mes yeux et retins mon souffle ; il avait raison, la mèche avait des reflets cuivrés. Dieu sait pourtant qu'elle était brune quand je m'étais regardée dans la glace ce matin-là. Il était déjà arrivé que le soleil fît ressortir des reflets dans mes cheveux, mais jamais de façon aussi rapide ni aussi spectaculaire.

— Qu'est-ce que c'est que La Rousse ? repris-je avec véhémence.

— C'est le surnom que l'on donne dans les Cévennes aux filles qui ont les cheveux roux, s'empressa-t-il d'ajouter. Jadis, on appelait la Vierge La Rousse car on l'imaginait avec des cheveux roux.

— Oh !

Voici que la tête me tournait, que j'avais la nausée et que je mourais de soif.

— Écoutez, madame.

Il passa la langue sur ses dents.

— Si vous souhaitez vous servir de ce bureau-là... poursuivit-il en me montrant le bureau en face du sien.

— Non merci, répondis-je, la voix tremblante. L'autre bureau me va très bien.

M. Jourdain hocha la tête, il avait l'air soulagé de ne pas avoir à partager une pièce avec moi.

Je repris à l'endroit où j'en étais restée, m'arrêtant à tout instant pour examiner mes cheveux. Je finis par me raisonner : de toute façon, tu ne peux rien y faire pour le moment, Ella, me dis-je. Mène à bien la tâche que tu as entreprise.

Je m'activais, consciente que mieux valait ne pas compter trop longtemps sur la tolérance toute neuve de M. Jourdain. Au lieu de chercher à quelles fins les impôts étaient perçus, je me concentrai sur les noms et les dates. Plus j'approchais de la fin de ce livre, plus je me décourageais. Pour me forcer à avancer, j'avais recours à des petits paris avec moi-même, du style : je sens qu'il y aura un Tournier dans l'un des dix paragraphes suivants. Ou encore : j'en trouverai dans moins de cinq minutes.

Je jetai un regard rageur à la dernière page : il s'agissait d'un reçu établi au nom d'un certain Jean Marcel, et il n'était question que de châtaignes, mot qui revenait souvent dans le compoix. Châtaignes... châtain... la nouvelle couleur de mes cheveux.

Je soulevai le registre, le replaçai dans son carton puis je suivis lentement le couloir jusqu'au bureau de M. Jourdain. Toujours assis à son bureau, il tapait à toute allure avec deux doigts sur une vieille machine à écrire. Lorsqu'il se penchait en avant, une chaîne en argent sortait de sa chemise au col ouvert et le pendentif qui y était accroché allait tinter contre les touches. Levant la tête, il me surprit en train d'étudier son pendentif ; il s'en saisit et le frotta avec son pouce.

— La croix huguenote, dit-il. Vous la connaissez ?

Je fis non de la tête. Il me la montra. C'était une croix carrée avec une colombe aux ailes déployées accrochée à la branche inférieure.

Je posai la boîte sur le bureau vide en face de lui.

— Voilà, dis-je. Merci de m'avoir laissée le regarder.

— Avez-vous trouvé quoi que ce soit ?

— Non.

Je tendis la main.

— Merci beaucoup, monsieur.

Il me serra la main, non sans une vague hésitation.

— Au revoir, La Rousse, me lança-t-il au moment où je m'en allais.

Il était trop tard pour revenir à Lisle, je passai donc la nuit dans l'un des deux hôtels du village. Après dîner, j'essayai d'appeler Rick, mais sans succès. Je téléphonai ensuite à Mathilde qui m'avait donné son nom en me faisant promettre de la tenir informée de l'issue de mes recherches. Elle fut déçue d'apprendre que je n'avais rien trouvé, tout en sachant que c'était pour ainsi dire perdu d'avance.

Je lui demandai comment elle avait opéré ce revirement de M. Jourdain à mon égard.

— Oh ! Je lui ai donné mauvaise conscience, c'est tout. Je lui ai rappelé que tu recherchais des huguenots. Il est lui-même d'une famille huguenote, il descend en fait de l'un des meneurs de la révolte des camisards, un certain René Laporte, si j'ai bonne mémoire.

— Voilà donc un huguenot.

— Pur sang. À quoi t'attendais-tu ? Ne sois pas trop dure à son égard, Ella. Il vient de traverser des moments difficiles. Sa fille est partie avec un Américain il y a trois ans. Un touriste. Et catholique par-dessus le marché ! Je ne sais pas ce qui a été le plus dur pour lui, que l'homme soit américain ou qu'il soit catholique. Il est clair qu'il en a été très affecté. Auparavant, c'était un homme astucieux, un employé consciencieux. On m'a envoyée là-bas l'année dernière afin que je l'aide à remettre un peu d'ordre.

Je revis la pièce encombrée de livres et de papiers dans laquelle j'avais travaillé et je me mis à rire.

— Qu'est-ce qui te fait rire ?

— As-tu jamais mis les pieds dans le petit bureau qui est à l'arrière ?

— Non, il m'a dit qu'il en avait égaré la clef et que, de toute façon, il n'y avait rien dedans.

Je le lui décrivis.

— Merde, je savais bien qu'il me faisait des cachotteries ! J'aurais dû insister...

— Quoi qu'il en soit, merci pour ton aide.

— Oh ! je t'en prie.

Elle se tut avant de reprendre :

— Dis-moi, qui est Jean-Paul ?

Je rougis.

— Un bibliothécaire de Lisle, l'endroit où j'habite. Comment le connais-tu ?

— Il m'a appelée cet après-midi.

— Il t'a appelée ?

— Oui. Il voulait savoir si tu avais pu mener à bien tes recherches.

— Vraiment ?

— Cela te surprend à ce point ?

— Oui... Non... Je n'en sais rien. Que lui as-tu répondu ?

— Que c'était à toi qu'il fallait poser la question. Mais quel charmeur celui-là !

Je tressaillis.

Pour regagner Lisle, j'optai pour la route touristique, celle qui longeait le Tarn, au travers de ses gorges sinueuses. Le ciel était très couvert et je n'étais pas d'humeur à conduire. Tous ces virages me donnaient la nausée et je finissais par me demander pourquoi diable j'avais entrepris ce périple.

Rick n'était pas à la maison quand je rentrai et je n'obtins pas de réponse en appelant son bureau. La maison semblait sans vie. J'errai d'une pièce à l'autre incapable de lire ou de regarder la télévision. Je passai un long moment à examiner mes cheveux dans le miroir de la salle de bains. Mon coiffeur de San Francisco essayait depuis longtemps de me convaincre de me teindre les cheveux en acajou, sous prétexte que cela irait bien avec mes yeux bruns. J'avais toujours écarté cette suggestion, mais, cette fois, il avait gagné : de toute évidence, mes cheveux viraient au roux.

Minuit arriva, j'étais inquiète : Rick avait raté le dernier train en partance de Toulouse. Je ne connaissais pas les numéros de téléphone personnels de ses collègues, seules personnes en compagnie desquelles je pouvais imaginer qu'il était sorti. Nous n'avions pas d'amis dans le coin que je puisse appeler, pas d'oreille compatissante pour m'écouter, me rassurer. Il me vint à l'esprit d'appeler Mathilde, mais il était tard et je ne la connaissais pas assez pour lui infliger un appel au secours à minuit.

Du coup, j'appelai ma mère à Boston.

— Es-tu bien sûre qu'il ne t'a pas dit où il allait ? ne cessa-t-elle de me répéter. Où étais-tu encore passée ? Dis-moi, Ella, t'es-tu montrée assez attentive à son égard ?

Ma recherche concernant les origines de la famille Tournier ne l'intéressait pas : ce n'était plus sa famille, les Cévennes et les peintres français ne signifiaient rien pour elle.

Je changeai de sujet.

— Écoute, maman, mes cheveux sont devenus roux, lui dis-je.

— Comment ça ? Tu les as rincés au henné ? C'est joli ?

— Non, je ne les ai pas...

Je ne pouvais pas lui dire qu'ils avaient viré comme ça au roux : ça n'avait aucun sens.

— C'est pas mal, finis-je par lui dire. En fait, ce n'est pas mal du tout, ça fait très naturel.

J'allai me coucher, mais demeurai longtemps éveillée, guettant la clef de Rick dans la serrure, me demandant si je devais ou non m'inquiéter, me disant qu'il était grand et vacciné mais aussi qu'en général il me disait toujours où le joindre.

Je me levai de bon matin et restai assise devant un bol de café jusqu'à sept heures et demie, lorsqu'une réceptionniste du cabinet de Rick répondit au téléphone. Elle ignorait où il se trouvait, mais elle promit de demander à sa secrétaire de me téléphoner dès son arrivée. Quand elle m'appela à huit heures et demie, j'étais sur les nerfs à cause du café et la tête me tournait un peu.

— Bonjour, madame Middleton, chantonna-t-elle. Comment allez-vous ?

J'avais renoncé à lui expliquer que je ne portais pas le nom de Rick...

— Savez-vous où est Rick ? lui demandai-je.

— Oui, il est à Paris pour affaires, répondit-elle, il a dû y partir à l'improviste avant-hier, il devrait être de retour ce soir. Ne vous a-t-il pas prévenue ?

— Non. Non, il ne m'a pas prévenue.

— Je vais vous donner le numéro de téléphone de son hôtel au cas où vous souhaiteriez le joindre.

J'appelai l'hôtel, mais Rick avait déjà réglé sa note ce qui, je ne sais pourquoi, me mit dans tous mes états.

Quand il rentra à la maison ce soir-là, c'est tout juste si je pus lui parler. Il parut étonné, mais heureux, de me voir.

Je ne lui dis même pas bonjour.

— Pourquoi ne m'as-tu pas dit où tu étais ? lançai-je.

— Je ne savais pas où tu étais.

Je fronçai les sourcils.

— Tu savais très bien que j'allais consulter les archives de Mende. Tu aurais pu me joindre là-bas.

— À vrai dire, je ne sais pas au juste ce que tu as fabriqué ces derniers jours...

— Que veux-tu dire par là ?

— Où tu es allée, où tu devais aller. Pas même un coup de téléphone. Tu étais très évasive quant à ton lieu de destination et la longueur de ton séjour. Je n'avais pas la moindre idée que tu serais de retour aujourd'hui. D'après ce que j'avais compris, tu ne devais pas être de retour avant plusieurs semaines...

— Oh ! N'exagère rien.

— Je n'exagère rien. Cette fois, fiche-moi la paix ! Tu ne vas tout de même pas t'attendre à ce que je te dise où je suis si tu ne me dis pas où toi tu te trouves !

Les yeux rivés sur le sol, je pestai : son approche était si rationnelle et si légitime que j'avais envie de le frapper. Je répondis en soupirant :

— Tu as raison, pardon. Je suis désolée. Mes recherches n'ont abouti à rien, vois-tu, du coup, je suis rentrée, je ne t'ai pas trouvé et... Oh ! J'ai bu trop de café aujourd'hui, ça me donne la nausée.

Rick se mit à rire et m'enlaça.

— Raconte-moi ce que tu n'as pas trouvé.

J'enfouis ma tête dans son épaule.

— Des tas de choses... À l'exception d'une femme charmante et d'un vieux bonhomme grincheux.

Je sentis la joue de Rick glisser contre mon crâne. Je reculai pour voir son visage. Il fronçait les sourcils.

— Tu t'es teint les cheveux ?

Le lendemain, le bras posé sur mes épaules, Rick m'accompagna au marché du samedi. C'était la première fois en deux mois que je me sentais aussi détendue. Pour célébrer cette impression et, semblait-il, la régression de mon psoriasis, j'avais mis ma tenue préférée, une robe droite jaune pâle.

À l'approche de l'été, le marché devenait de plus en plus important. Jamais je n'y avais vu pareille activité, il occupait toute la place. Les fermiers avaient débarqué avec des camions entiers de fruits et légumes, de fromages, de miel, de lard, de pain, de pâtés, de poulets, de lapins, de chèvres. J'aurais pu y acheter tous les bonbons que je voulais, un peignoir comme celui de Madame, et même un tracteur.

Toute la ville s'y pressait : nos voisins, la femme aperçue à la bibliothèque, Madame qui, sur un banc de l'autre côté de la place, taillait une bavette avec deux copines, des élèves d'un cours de yoga auquel je m'étais inscrite, la mère du bébé qui avait failli s'étouffer, et tous les commerçants chez qui j'avais pu faire des achats.

Malgré cette foule, je le repérai aussitôt. Il semblait en âpre discussion avec un marchand de tomates, à la fin tous deux échangèrent un grand sourire et se donnèrent mutuellement une tape dans le dos. Jean-Paul ramassa un sac de tomates, se retourna, me rentrant pour ainsi dire dedans. Je bondis en arrière pour éviter que les tomates n'atterrissent sur ma robe et trébuchai. Rick et Jean-Paul me rattrapèrent chacun par un coude et tous deux me soutinrent un bref instant, le temps que je retrouve mon équilibre.

— Bonjour, Ella Tournier, dit-il, avec un signe de tête, en levant légèrement les sourcils.

Il portait une chemise bleu pâle, j'éprouvai soudain le besoin de tendre la main pour la toucher.

Les deux hommes échangèrent une poignée de main. « Bonjour », dit Rick. « Salut », répondit Jean-Paul. J'avais envie de rire, Dieu qu'ils étaient différents ! Ce grand gaillard de Rick, lumineux, avenant, Jean-Paul de petite taille, fluet, sombre, calculateur. Le lion et le loup, pensai-je, comme ils se méfient l'un de l'autre...

— Salut, Jean-Paul, répondis-je avec calme.

Je me souvins alors d'avoir lu quelque part que la personne à laquelle vous vous adressez en premier et que vous présentez à l'autre est la plus importante, je me tournai donc vers Rick et lui dis :

— Rick, je te présente Jean-Paul. Jean-Paul, je vous présente Rick, mon mari.

Un silence embarrassant s'ensuivit. Se tournant vers moi, Jean-Paul me dit en anglais :

— Qu'ont donné vos recherches à Mende ¿

Je haussai les épaules avec insouciance.

— Pas grand-chose. Rien de concret. Rien du tout, en fait.

Une insouciance feinte car je pensais avec un plaisir teinté de remords que Jean-Paul avait téléphoné à Mathilde et que je ne l'avais pas rappelé. Je pensais aussi que l'anglais maladroit de Jean-Paul était le seul indice d'une tempête intime, que Rick et lui étaient complètement différents l'un de l'autre, que tous deux m'épiaient.

— Vous avez donc l'intention de vous rendre dans d'autres villes pour vous documenter ?

Je m'efforçai de ne pas regarder Rick.

— Je suis aussi allée au Pont-de-Montvert, mais il n'y avait rien. Il ne reste guère de documents datant de cette époque, mais cela n'est pas si important. En réalité, tout cela n'a pas grand intérêt.

Vous mentez, vous étiez persuadée que ce serait facile, je vous avais prévenue... tel était le triple message du sourire sardonique de Jean-Paul.

Mais il n'en souffla mot, se contentant d'étudier mes cheveux avec grande attention.

— Vos cheveux virent au roux, déclara-t-il.

— Oui, lui répondis-je avec un sourire.

Il avait bien formulé sa remarque : ni une question ni un reproche. Un moment, Rick et le marché disparurent de la scène.

Rick passa la main dans mon dos et la posa sur mon épaule. J'eus un petit rire nerveux.

— Bref, nous devons nous dépêcher. Ravie de vous avoir vu, dis-je.

— Au revoir, Ella Tournier, répondit Jean-Paul.

Rick et moi restâmes un instant silencieux. Je feignis d'être absorbée par l'achat d'un pot de miel tandis que Rick soupesait des aubergines dans ses paumes.

— C'est donc lui, n'est-ce pas ? dit-il enfin.

Je lui décochai un regard incendiaire.

— C'est le bibliothécaire, Rick. C'est tout.

— Promis ?

— Oui.

Je ne lui avais pas menti depuis bien longtemps.

Un après-midi, alors que je rentrais d'un cours de yoga, j'entendis sonner le téléphone. Je me précipitai pour répondre et réussis à émettre un « Allô ? » essoufflé, quand je fus assaillie par une voix haut perchée, au débit si rapide que je dus m'asseoir et attendre qu'elle ait terminé. À la fin, je parvins à placer un « Qui est à l'appareil ? ».

— Mathilde, c'est Mathilde. Écoute, c'est fantastique, il faut que tu voies ça !

— Par pitié, Mathilde, parle plus lentement ! Je ne comprends pas un mot de ce que tu dis. Qu'est-ce qui est fantastique ?

Mathilde reprit son souffle.

— Nous avons trouvé quelque chose sur ta famille, sur les Tournier.

— Attends une minute. Qui est ce « nous » ?

— M. Jourdain et moi. Tu te rappelles que je t'avais dit que j'avais travaillé avec lui, au Pont-de-Montvert ?

— Oui.

— Eh bien, figure-toi que je ne travaillais pas à l'accueil aujourd'hui, du coup je me suis dit que je pourrais bien aller lui rendre une petite visite et jeter un coup d'œil à cette pièce dont tu m'as parlé. Un vrai dépotoir ! Du coup, M. Jourdain et moi nous sommes mis à trier toute cette paperasse et là, dans un des cartons, il a retrouvé ta famille !

— Que veux-tu dire : un livre sur ma famille ?

— Non, non, quelque chose d'écrit dans un livre, une bible. À la première page d'une bible. C'était là que les familles inscrivaient les naissances, les décès, les mariages, oui, ils inscrivaient tout ça dans leur bible, si tant est qu'ils en possédaient une.

— Mais que faisait-elle là ?

— C'est une bonne question. Ah ! Il est impossible M. Jourdain ! Comment peut-on laisser traîner des documents aussi anciens ! De toute évidence, quelqu'un a apporté un carton bourré de vieux registres de la paroisse, de vieux actes, mais la bible est ce qu'il contenait de plus précieux. Oh ! Peut-être pas si précieux que cela, vu son état...

— Que veux-tu dire par là ?

— Elle a été brûlée. La plupart de ses pages sont toutes noires, mais elle mentionne de nombreux Tournier et ils sont de ta famille, M. Jourdain est formel.

Je me tus, le temps d'enregistrer tout cela.

— Par conséquent, tu peux venir jeter un coup d'œil ?

— Bien sûr. Où es-tu ?

— Encore au Pont-de-Montvert, mais je peux te retrouver à mi-chemin. À Rodez, par exemple, d'ici trois heures.

Elle réfléchit un instant.

— J'ai une idée : donnons-nous rendez-vous au Joe's Bar. Il est situé à deux pas de la cathédrale, dans le vieux quartier. Tu pourras prendre un Martini !

Elle éclata de rire et raccrocha.

En sortant de Lisle je passai devant l'hôtel de ville. Allons, continue, Ella, il n'a rien à voir avec ça.

Je m'arrêtai, bondis de la voiture, pénétrai en courant dans le bâtiment et grimpai l'escalier quatre à quatre. J'ouvris la porte de la bibliothèque et passai la tête. Jean-Paul était seul. Assis à son bureau, il lisait un livre. Il me regarda, mais ne bougea pas.

Je restai dans l'embrasure de la porte.

— Vous étiez occupé ? demandai-je.

Il haussa les épaules. Après ce qui s'était passé au marché quelques jours plus tôt, une certaine froideur n'avait rien d'étonnant.

— J'ai trouvé quelque chose, lui confiai-je. Ou, plus

exactement, quelqu'un a trouvé quelque chose pour moi. Une preuve concrète. Quelque chose qui vous plaira.

— S'agit-il de votre peintre ?

— Je ne le pense pas. Venez donc voir ça avec moi.

— Où ?

— Ils ont déniché ce document au Pont-de-Montvert, mais je dois les retrouver à Rodez.

Je gardai les yeux rivés au sol.

— Je veux que vous m'accompagniez.

Jean-Paul me regarda un instant, puis il hocha la tête.

— D'accord, je vais fermer un peu plus tôt. Pouvez-vous me retrouver à la station-service Fina sur la route d'Albi dans un quart d'heure ?

— La station-service ? Pourquoi ? Comment vous y rendrez-vous ?

— Avec ma voiture. Je vous y retrouverai et nous ne prendrons qu'une seule voiture.

— Et qu'est-ce qui vous empêche de venir avec moi maintenant ? Je vous attendrai dehors.

Jean-Paul poussa un soupir.

— Écoutez-moi, Ella Tournier, vous n'avez jamais vécu dans une petite ville avant de vous installer à Lisle, je suppose ?

— Non, mais...

— Je vous expliquerai pendant le trajet.

Jean-Paul arriva dans la station-service au volant d'une vieille 2 CV Citroën ferraillante, une de ces voitures qui tiennent à la fois de la frêle Coccinelle Volkswagen et de la boîte à sardines à cause de leur toit en toile que l'on peut rouler. Son moteur avait un bruit bien particulier, un gémissement sympathique qui m'amusait à chaque fois. J'imaginais Jean-Paul au volant d'une voiture de sport, mais son choix d'une 2 CV était logique.

Il se coula si furtivement de sa voiture dans la mienne que je ne pus m'empêcher de rire.

— Vous croyez donc que les langues vont s'activer ! remarquai-je en prenant la route d'Albi.

— Lisle est une petite ville. La plupart des petites vieilles n'ont rien d'autre à faire que de regarder ce qui se passe autour d'elles et papoter.

— Oh ! Ça ne doit pas tirer à conséquence...

— Écoutez, Ella, laissez-moi vous décrire la journée d'une de ces femmes. Elle se lève, prend son petit déjeuner devant son balcon de façon à regarder les passants. Elle va ensuite faire ses courses, s'arrête dans chaque boutique, parle aux autres femmes et observe les faits et gestes des gens. De retour chez elle, elle s'installe sur le pas de sa porte, bavarde avec ses voisines, l'œil toujours aussi vigilant. Elle s'accorde une sieste d'une heure, quand elle sait que tout le monde dort et qu'elle est sûre de ne rien manquer. Elle revient s'asseoir à son balcon et semble passer le reste de son après-midi plongée dans son journal, alors qu'en réalité elle suit tout ce qui se passe dans la rue. Le soir venu, nouvelle petite promenade, nouveaux commérages. On peut dire qu'elle ne garde pas sa langue et ses yeux dans sa poche pendant la journée ! C'est sa façon de tuer le temps.

— Mais je n'ai rien fait en public qui puisse donner matière à cancaner.

— Elles trouveront n'importe quoi et le déformeront.

Je négociai un grand virage.

— Il n'y a rien que j'aie fait dans cette ville que l'on puisse trouver le moins du monde intéressant ou scandaleux, ou appelez ça comme vous voudrez.

Jean-Paul se tut.

— Vous aimez bien vos quiches à l'oignon, n'est-ce pas ? reprit-il.

Je me raidis puis j'éclatai de rire.

— Oui, on peut dire que j'y suis accro ! Je parierais que les langues des vieilles pies tournent à plein !

— Elles pensaient que vous étiez... Il s'arrêta, je le regardai, il avait l'air gêné... enceinte, acheva-t-il enfin.

— Comment ?

— Que vous aviez des envies...

— Mais c'est ridicule ! m'esclaffai-je. Pourquoi iraient-elles s'imaginer ça ? Et qu'est-ce que ça pourrait bien leur faire ?

— Dans une petite ville comme celle-ci, chacun est au courant des moindres faits et gestes du voisin. Elles estiment que c'est leur droit de savoir si vous attendez un bébé. Toujours est-il qu'elles savent maintenant que vous n'êtes pas enceinte.

— Tant mieux, marmonnai-je, puis je jetai un coup d'œil dans sa direction. Comment peuvent-elles savoir que je ne suis pas enceinte ?

À ma grande surprise, Jean-Paul parut encore plus embarrassé.

— Oh ! Rien... Rien du tout... C'est juste que...

Sa voix s'estompa, il fouilla dans la poche de sa chemise.

— Alors quoi ?

Je finissais par être révoltée par ce qu'ils pouvaient savoir. Jean-Paul tira un paquet de cigarettes de sa poche.

— Vous connaissez le distributeur de préservatifs à côté de la place ? me demanda-t-il enfin.

— Ah !

Quelqu'un avait dû apercevoir Rick en train d'en acheter, ce fameux soir ! Mon Dieu ! me dis-je, que n'ont-ils pas flairé ? Est-ce que chaque visite du docteur fait l'objet d'un bulletin de santé officiel ? Vont-ils fouiller dans nos ordures ?

— Et quels sont les autres bruits qui courent à mon sujet ?

— Vous n'avez pas besoin de le savoir.

— Quels sont les autres bruits qui courent à mon sujet ?

Jean-Paul laissa son regard errer par la fenêtre.

— Elles remarquent tout ce que vous achetez dans les magasins. Le facteur les prévient de chaque lettre que vous recevez. Elles savent quand vous sortez dans la journée et elles remarquent le nombre de fois où vous sortez avec votre mari. Et comme vous ne fermez pas vos volets, elles en profitent pour jeter un coup d'œil à l'intérieur.

On aurait cru qu'il m'en voulait davantage à moi de ne pas fermer mes volets qu'à elles de regarder ce qui se passait chez moi !

Je frissonnai, pensant à ce bébé qui s'étouffait, à ce mur d'épaules hostiles.

— Et que racontent-elles plus précisément ?

— Vous voulez vraiment le savoir ?

— Oui.

— Eh bien, il y a eu les quiches et ces envies. Et puis, elles vous prennent pour une snob car vous avez acheté une machine à laver.

— Mais pourquoi ?

— Elles estiment que vous devriez laver votre linge à la main, comme elles. Que seules les mères de famille devraient posséder des machines à laver. Elles trouvent aussi que la couleur dont vous avez repeint vos volets est vulgaire et détonne dans une ville comme Lisle. Elles trouvent que vous manquez de finesse. Que vous ne devriez pas porter de robes sans manches. Que vous êtes mal élevée de parler anglais aux gens. Que vous êtes une menteuse car vous avez dit à Mme Rodin, la boulangère, que vous habitiez ici alors qu'en réalité vous n'y habitiez pas encore. Et que vous avez cueilli de la lavande sur la place, chose que personne ne fait. Telle a été leur première impression : il sera difficile d'y remédier.

Nous continuâmes en silence pendant quelques minutes. J'avais tout à la fois envie de pleurer et de rire. Il ne m'était arrivé qu'une seule fois de parler anglais en public, mais cela les avait beaucoup plus marquées que toutes les fois où j'avais parlé français. Jean-Paul alluma une cigarette et entrouvrit sa fenêtre.

— Et vous, trouvez-vous que je suis mal élevée et que je manque de finesse ?

— Non, répondit-il avec un sourire. Et je trouve aussi que vous devriez porter des robes sans manches plus souvent.

Je rougis.

— Bref, ont-elles dit quoi que ce soit de gentil à mon égard ?

Il réfléchit.

— Elles trouvent que votre mari est très bel homme, même avec sa...

De la main, il montra sa nuque.

— ... queue-de-cheval.

— Oui, mais elles ne comprennent pas pourquoi il fait de la course à pied et elles trouvent son short bien court...

Je souris en mon for intérieur. Certes, dans un village français, la course à pied pouvait surprendre, mais Rick se moquait pas mal du regard d'autrui. C'est alors que mon sourire disparut...

— Dites, comment en savez-vous aussi long sur mon compte ? demandai-je. Sur les quiches, sur cette histoire de grossesse, mes volets, et ma machine à laver ? À vous voir vous donnez l'impression d'être bien au-dessus de ces ragots, mais à vous entendre on s'aperçoit que vous en savez autant que tout le monde.

— Je ne suis pas cancanier, rétorqua Jean-Paul, exhalant la fumée de sa cigarette par la fenêtre. On me l'a répété en guise d'avertissement.

— D'avertissement contre quoi ?

— Ella, toute la ville jase chaque fois que vous et moi nous rencontrons. Il n'est pas correct pour une femme comme vous d'aller me retrouver. On m'a rapporté que les langues tournaient à notre sujet. J'aurais dû me montrer plus vigilant. En ce qui me concerne, peu m'importe, mais vous, vous êtes une femme et on a beaucoup moins de pitié à l'égard d'une femme. Vous allez dire que ce n'est pas exact, continua-t-il alors que je tentais de l'interrompre, mais que ce soit vrai ou faux, c'est néanmoins ce que l'on raconte. Et vous êtes une femme mariée. Et qui plus est, une étrangère. Tous ces éléments ne font qu'aggraver les choses.

— Mais je trouve insultant qu'à vos yeux leur jugement prévale sur le mien. Qu'y a-t-il de mal à vous voir ? Je ne fais rien de honteux, nom de Dieu ! Je suis l'épouse de Rick, mais cela ne m'interdit pas d'adresser la parole à un autre homme !

Jean-Paul ne répondit rien.

— Comment vivez-vous cela ? repris-je avec impatience. Comment supportez-vous ces ragots de village ? Est-on au courant de tous vos faits et gestes ?

— Non. J'avoue que cela a été pour moi un choc, habitué que j'étais aux grandes villes, mais j'ai appris à rester discret.

— Et vous appelez ça discret, vous, de filer ainsi en cachette pour me retrouver ? Reconnaissons que nous avons l'air d'être surpris en flagrant délit.

— Il n'en est pas tout à fait ainsi. Ce qui les offusque par-dessus tout, c'est quand ça se passe devant eux, sous leurs narines.

— Sous leur nez, rectifiai-je en souriant malgré tout.

— Leur nez, oui, sous leur nez.

Il me rendit un lugubre sourire.

— C'est une tout autre psychologie...

— Toujours est-il que l'avertissement n'a pas produit l'effet souhaité. Nous sommes tous les deux ici, après tout.

Nous demeurâmes silencieux pendant le reste du trajet.

La couverture avait été à moitié consumée par les flammes, les pages étaient calcinées, illisibles, à l'exception de la première. On pouvait lire, écrit d'une main tremblée, à l'encre brune, passée :

Jean Tournier, né le 16 août 1507.
Épouse Hannah Tournier, le 18 juin 1535.
Jacques, né le 28 août 1536.
Étienne, né le 29 mai 1538.
Épouse Isabelle du Moulin, le 28 mai 1563.
Jean, né le 1er janvier 1563.
Jacob, né le 2 juillet 1565.
Marie, née le 9 octobre 1567.
Susanne, née le 12 mars 1540.
Épouse Bertrand Bouleaux, le 29 novembre 1565.
Deborah, née le 16 octobre 1567.

Quatre paires d'yeux étaient rivées sur moi : celle de Jean-Paul, de Mathilde, de M. Jourdain qui, à mon grand étonnement, buvait un whisky à côté de Mathilde quand nous arrivâmes, et enfin celle d'une fillette blonde. Perchée sur un tabouret, un Coca-Cola à la main, cette dernière avait les yeux ronds comme des soucoupes, tant elle était excitée. On me la présenta comme Sylvie, la fille de Mathilde.

La tête me tournait, mais, serrant la bible contre mon cœur, je leur souris.

— Oui, dis-je simplement. Oui.

5

Les secrets

Les montagnes étaient la plus évidente différence.

Isabelle contemplait les pentes environnantes, la roche à nu près du sommet donnait l'impression qu'elle pouvait se détacher à tout moment. Ces arbres lui étaient étrangers. Serrés les uns contre les autres comme de la mousse, ils laissaient entrevoir ici et là une radieuse coulée de prairie.

Les Cévennes ressemblent à un ventre de femme, songeait-elle. Ces monts du Jura seraient ses épaules. Plus abruptes, plus anguleuses, elles semblent moins accueillantes. Ma vie ne sera pas la même dans des montagnes comme celles-ci. Elle en eut des frissons.

Ils se trouvaient au bord d'une rivière, à l'entrée de Moutier, ils appartenaient à un groupe venu de Genève en quête d'un endroit où s'installer. Isabelle voulait les supplier de ne pas s'arrêter là, de poursuivre leur route jusqu'à ce qu'ils parviennent à un lieu plus clément où ils se sentiraient chez eux. Personne ne partageait ses craintes. Étienne et les deux autres hommes les laissèrent au bord de la rivière et se rendirent à l'auberge du village pour chercher du travail.

Fluette et sombre, la rivière se faufilait dans la vallée entre des bouleaux argentés. Si l'on faisait abstraction des arbres, la Birse rappelait le Tarn, mais ses abords n'étaient pas plaisants. En décrue, maintenant, elle triplerait de volume au printemps. Abandonnant les adultes à leur discussion, les enfants coururent jusqu'à l'eau. Petit Jean et Marie y trempèrent leurs mains, quant à Jacob, il s'accroupit au bord, étudiant les cailloux qui gisaient au fond. Tendant le bras avec précaution, il ramena à la surface un galet noir dont la forme rappelait un cœur de guingois, il le saisit entre deux doigts pour le leur montrer.

— Eh ! Bravo, mon petit ! s'écria Gaspard, un homme jovial qui était borgne.

Sa fille Pascale et lui avaient tenu une auberge à Lyon, ils avaient fui avec une charrette bourrée de provisions qu'ils partageaient avec les nécessiteux. Les Tournier les avaient rencontrés sur la route qui les ramenait de Genève, alors qu'ils n'avaient plus de châtaignes et qu'il ne leur restait que juste assez de pommes de terre pour le lendemain. Gaspard et Pascale les avaient nourris, refusant tous remerciements ou promesses de remboursement.

— Dieu le veut ainsi, disait Gaspard en riant, comme s'il venait de sortir une plaisanterie.

Pascale se contentait de sourire. Avec son visage paisible et sa douceur, elle rappelait Susanne à Isabelle.

Les hommes revinrent de l'auberge. Étienne avait l'air intrigué ; sans cils ni sourcils pour retenir son regard, ses yeux paraissaient immenses et farouches.

— Il n'y a pas de duc de l'Aigle par ici, déclara-t-il en secouant la tête. Pas de propriétaire à qui l'on puisse louer des terres ou pour qui l'on puisse travailler.

— Pour qui travaillent-ils ? demanda Isabelle.

— Pour eux.

Il semblait hésitant.

— Certains des fermiers ont besoin d'aide pour la récolte du chanvre. Nous pourrions rester là quelque temps.

— Qu'est-ce que c'est du chanvre ? demanda Petit Jean.

Étienne haussa les épaules.

Il refuse d'admettre qu'il ne sait pas, se dit Isabelle.

Ils s'arrêtèrent à Moutier. Le temps qu'arrivent les premières neiges, les Tournier avaient été embauchés par une série de fermiers. Le premier jour, on les mena à un champ de chanvre qu'ils étaient censés couper et mettre à sécher. Ils regardèrent ces plantes fibreuses et résistantes, aussi hautes qu'Étienne.

Marie finit par dire ce qu'ils pensaient tous :

— Dis, maman, comment ça se mange ?

Le fermier se mit à rire.

— Non, non, ma petite fleur, dit-il, cette plante ne se mange pas. Nous la filons, nous en faisons de la toile et de la corde. Tu vois cette chemise ?

Il montra sa chemise grise.

— Eh bien, elle est en chanvre. Tiens, touche !

Isabelle et Marie passèrent leurs doigts sur la toile, elle était épaisse et rêche.

— Cette chemise durera jusqu'à ce que mon petit-fils ait des enfants.

Il leur expliqua qu'ils coupaient le chanvre, le mettaient à sécher puis à macérer dans un bassin d'eau afin de le ramollir pour séparer plus aisément la fibre de la tige. Ils le remettaient ensuite à sécher avant de battre une dernière fois les plantes pour achever de les décortiquer. On cardait alors la fibre et on la filait.

— C'est ce que vous ferez tout l'hiver, dit-il, ponctuant cela d'un signe de tête à Isabelle et Hannah. Voilà qui vous donnera une poigne solide.

— Mais qu'est-ce que vous mangez ? insista Marie.

— Plein de choses ! Nous troquons le chanvre au marché de Bienne contre du blé, des chèvres, des cochons et tout ce qu'il nous faut. Ne crains point, Fleurette, tu ne mourras pas de faim.

Étienne et Isabelle ne disaient mot. Dans les Cévennes il ne leur était arrivé que rarement de troquer au marché, car ils vendaient l'excédent de leurs récoltes au duc de l'Aigle. Isabelle porta les mains à son cou, elle avait peine à accepter l'idée que l'on pût faire croître quoi que ce soit qui ne fût pas destiné à être mangé.

— Nous avons des potagers, leur assura le fermier. Et certains font même pousser du blé d'hiver. N'ayez crainte, vous trouverez tout ce que vous voudrez. Regardez ce village... Est-ce qu'il donne l'impression qu'on y meurt de faim ? Vous y voyez des malheureux ? Dieu pourvoit à nos besoins. Nous travaillons dur et Il pourvoit.

Il était exact que Moutier était plus riche que leur village de jadis. Isabelle saisit une faux et s'avança dans le champ. Elle s'imaginait dérivant sur le dos, au gré de la rivière, osant espérer qu'elle flotterait.

À l'est de Moutier, la Birse se dirigeait vers le nord. Se frayant un passage à travers les montagnes, elle laissait derrière elle une imposante gorge, creusée dans des roches gris-jaune, solides par endroits, friables à d'autres. En l'apercevant pour la première fois, Isabelle voulut s'agenouiller : elle avait l'impression de se trouver dans une église.

La ferme dans laquelle ils s'installèrent n'était pas au bord de la Birse, elle était près d'un cours d'eau un peu plus à l'est. Ils longeaient la gorge chaque fois qu'ils se rendaient à Moutier ; si d'aventure Isabelle était seule, elle se signait.

Leur maison avait été bâtie avec une pierre qu'ils ne connaissaient pas, plus légère, plus douce au toucher que le granit des Cévennes. Des fissures apparaissaient là où le mortier s'était désagrégé, favorisant les courants d'air et rendant la maison humide. La fenêtre et le châssis des portes étaient en bois, tout comme le plafond bas, aussi Isabelle redoutait-elle que la maison ne prît feu. La ferme des Tournier, elle, était tout en pierre.

Le plus étrange, c'est que ni celle-ci ni les autres fermes de la vallée n'avaient de cheminée. La fumée s'accumulait donc entre le faux plafond en bois et le toit, s'évacuant par de petits orifices sous l'auvent. C'était dans cet espace que l'on suspendait la viande pour la fumer, mais cela semblait son seul avantage. Dans la maison, tout était couvert de suie et l'air devenait épais, irrespirable, sitôt que portes et fenêtres étaient closes.

Parfois, au long de ce premier hiver, quand Isabelle, enturbannée d'un linge graisseux et gris, filait le chanvre pendant des heures, veillant à ne pas tacher le fil râpeux avec ses doigts en sang, ou quand, toussant et haletant, elle allait s'asseoir à table dans la pénombre fumeuse, sachant que, dehors, le ciel était bas et lourd de neige et qu'il le resterait des mois durant, elle pensait devenir folle. Elle avait la nostalgie du soleil sur les rochers, des genêts figés par le gel, de ces journées d'une radieuse fraîcheur, de l'âtre gigantesque des Tournier qui diffusait sa chaleur, renvoyant la fumée au-dehors. Elle ne disait rien : ils avaient trop de chance d'avoir un toit !

— Un jour, je construirai une cheminée, promit Étienne par une de ces sombres journées d'hiver au cours de laquelle les enfants n'avaient cessé de tousser.

Il jeta un coup d'œil en direction de Hannah qui acquiesça d'un signe de tête.

— Une maison a besoin d'une cheminée et d'un âtre convenable, poursuivit-il. Mais nous devons commencer par cultiver la terre. Dès que je le pourrai, je la construirai, la maison sera alors achevée et nous y serons en sécurité.

Son regard alla errer au fond de la pièce, mais il ne croisa pas celui d'Isabelle.

Elle sortit de la pièce, pénétra dans le devant-huis, espace situé entre la maison, la grange et l'étable, et partageant le même toit. Là, au moins, elle pouvait regarder au-dehors sans être ni fouettée par le vent ni couverte de neige. Elle aspira une bolée d'air frais et poussa un soupir. La porte était exposée au midi, mais le soleil n'avait ni éclat ni ardeur. Elle contemplait les pentes blanches en face d'elle, quand elle aperçut une silhouette grise, accroupie dans la neige. Reculant dans la pénombre du devant-huis, elle la regarda s'éloigner en bondissant dans les bois.

— Je me sens en sécurité maintenant, glissa-t-elle tout bas à Étienne et Hannah. Et ça n'a rien à voir avec votre magie.

Tous les deux ou trois jours, Isabelle descendait le sentier gelé qui longeait la gorge de la Birse et menait au four communal de Moutier. Au pays, elle avait toujours cuit le pain dans la cheminée des Tournier ou chez son père, mais ici, tous le cuisaient dans ce four. Elle attendit que la porte du four s'ouvrît et soufflât sur elle sa chaleur avant d'y glisser ses miches. Autour d'elle, les femmes coiffées de toques de laine parlaient tout bas. L'une d'elles lui sourit.

— Comment vont Petit Jean, Jacob et Marie ? demanda-t-elle.

Isabelle lui rendit son sourire.

— Ils veulent sortir : ils n'aiment pas rester enfermés si longtemps. Chez nous, il ne faisait pas aussi froid. Ici, ils se querellent davantage.

— Mais c'est ici chez vous, désormais, reprit la femme avec douceur. Dieu veillera sur vous ici. Et, croyez-moi, cette année, il vous a donné un hiver clément.

— Bien sûr, admit Isabelle.

— Dieu vous garde, madame, dit la femme en s'éloignant, ses miches de pain calées sous ses bras.

— Et vous aussi.

Ici, les gens m'appellent madame, se dit-elle. Personne ne voit mes cheveux roux. Personne n'en sait rien. Je suis dans un village de trois cents âmes, et personne ne m'appelle La Rousse. Personne ne sait rien sur les Tournier, si ce n'est que nous sommes des disciples de la Vérité. Le jour où je partirai, ils n'iront rien raconter sur moi par-derrière.

Pour cela, elle était reconnaissante, pour cela, elle était prête à endurer ces montagnes arides et escarpées, ces étranges récoltes, ces rudes hivers. Peut-être arriverait-elle même à se passer d'une cheminée...

Isabelle retrouvait souvent Pascale au four communal et à l'église. Au début, Pascale ne parlait guère, mais peu à peu sa langue se délia, jusqu'à ce qu'elle parvienne à raconter, dans le détail, sa vie passée à Isabelle.

— À Lyon, je travaillais à la cuisine autant que je le pouvais, lui confia-t-elle un dimanche, au milieu de la foule amassée sur le parvis de l'église. Mais quand maman est morte de la peste, il a bien fallu que je me mette à servir. Je n'aimais pas me retrouver au milieu de tous ces inconnus qui me touchaient partout.

Elle frissonna.

— Je n'aimais pas non plus être forcée de servir tout ce vin alors que nous ne devons pas en boire, cela me semblait mal. Je préférais rester cachée. Quand je le pouvais.

Elle se tut.

— Mais papa, il adore ça, poursuivit-elle. Tu sais, il espère reprendre le Cheval-Blanc si les propriétaires s'en vont. Il entretient avec eux des rapports amicaux à tout hasard. À Lyon, l'auberge s'appelait aussi le Cheval-Blanc. Il y voit un signe.

— Et tu ne regrettes pas votre vie à Lyon ?

— Je suis heureuse ici. Je m'y sens plus en sécurité qu'à Lyon. Là-bas, il y avait tellement de monde, tellement de gens dont nous devions nous méfier.

— En sécurité, oui, mais le ciel me manque, répondit Isabelle. Le ciel immense qui s'étire jusqu'à l'horizon. Ici, les montagnes bouchent le ciel. Chez nous, elles l'ouvraient.

— Les châtaignes me manquent, déclara Marie, s'appuyant contre sa mère.

Isabelle approuva d'un signe de tête.

— Nous finissions par ne plus les apprécier, nous trouvions tout naturel d'en avoir. Il en va de même pour l'eau. Il vous paraît tout naturel d'en avoir... Jusqu'au jour où on a soif et on n'en trouve pas !

— Mais vous étiez en danger, chez vous là-bas, n'est-ce pas ?

— Oui.

Sa gorge se serra en se rappelant l'odeur de chair brûlée. Elle préféra garder ce souvenir pour elle et changer de sujet.

— Ne trouves-tu pas que leurs toques rondes sont plutôt drôles ? dit-elle, désignant d'un geste un groupe de femmes. Tu t'imagines avec une de ces toques au-dessus de ton foulard ?

Elles rirent.

— Qui sait, peut-être qu'un jour nous en porterons et que les nouvelles venues se moqueront de nous ! ajouta Isabelle.

La voix de Gaspard retentit dans la foule :

— ... Soldats ! Je peux vous raconter deux ou trois anecdotes au sujet des soldats catholiques, de quoi vous faire dresser les cheveux sur la tête !

Le sourire de Pascale s'évanouit. Elle baissa les yeux, figée sur place, les poings serrés. Elle ne parlait jamais de leur fuite, mais Isabelle avait déjà entendu à plusieurs reprises Gaspard la raconter par le menu. Cette fois, il se livrait à cet exercice au bénéfice d'un nouvel ami.

— En apprenant le massacre, les catholiques se sont déchaînés. Ils ont pénétré dans l'auberge, prêts à nous mettre en pièces, expliquait Gaspard. Voyant les soldats se ruer à l'intérieur, je me suis dit : la seule façon de sauver notre peau, c'est de sacrifier notre vin. Alors, sans hésitation aucune, je leur ai aussitôt offert du vin à tous. La tournée du patron ! hurlais-je à qui voulait m'entendre. Eh bien, croyez-moi, ça les a arrêtés. Vous savez, les catholiques, ils aiment bien lever le coude ! Voilà qui arrangeait bien nos affaires à l'époque... Ils furent vite saouls comme des bourrins, jusqu'à ne plus se souvenir d'où ils venaient. Profitant de ce que Pascale les tenait occupés, je me suis dépêché d'entasser dans la voiture tout ce que nous possédions, là, sous leur nez !

Pascale abandonna soudain Isabelle et disparut derrière l'église. Comment est-il possible que Gaspard ne se rende pas compte que sa fille a un problème ? se demandait Isabelle alors que Gaspard continuait à parler et à rire.

Au bout d'un moment, elle partit à la recherche de Pascale. Cette dernière avait eu un malaise. Adossée au mur, elle s'essuyait les lèvres en tremblant. Isabelle remarqua sa pâleur et ses traits tirés, elle hocha la tête : trois mois... songea-t-elle. Et pas de mari...

— Dis-moi, Isabelle, tu étais sage-femme, n'est-ce pas ? finit par dire Pascale.

Isabelle acquiesça d'un signe de tête.

— Je tiens ça de ma mère, mais Étienne... sa famille n'a pas voulu que je continue après notre mariage.

— Mais tu t'y connais pour ce qui est des bébés... Et...

— Oui.

— Et si... Et si le bébé disparaît, tu sais aussi, ce qu'il faut faire ?

— Tu veux dire, si Dieu veut que le bébé disparaisse ?

— Je... Oui, c'est ce que je veux dire. Si Dieu en a ainsi décidé.

— Oui, je sais ce qu'il faut faire.

— Existe-t-il une prière juste pour ça ?

Isabelle réfléchit un moment.

— Retrouve-moi dans deux jours là-bas, à la gorge de la Birse, et nous prierons ensemble.

Pascale hésitait.

— C'était à Lyon, lâcha-t-elle brusquement. Quand

nous tentions de nous échapper... Ils avaient tellement bu ! Papa n'en sait rien.

— Et il n'en saura rien.

Isabelle s'enfonça au plus profond de la forêt pour trouver un genévrier et des fleurs de cette plante dite rue fétide. Lorsque Pascale la retrouva deux jours plus tard, au milieu des rochers au sommet de la gorge de la Birse, Isabelle lui donna une bouillie à avaler, puis elle s'agenouilla à côté d'elle et pria sainte Marguerite jusqu'à ce que le sol soit rouge de sang.

Tel fut le premier secret de sa nouvelle vie.

Lors de leur premier Noël à Moutier, Isabelle découvrit que la Vierge l'attendait.

Moutier possédait deux églises. Les disciples de Calvin s'étaient approprié l'église catholique Saint-Pierre, ils avaient brûlé les images des saints patrons et renversé l'autel. Les chanoines avaient fui, fermant l'abbaye, vieille de plusieurs siècles, qui avait été témoin de nombreux miracles. L'église de Chalières, chapelle attenante à l'abbaye, accueillait les fidèles de Perrefitte, hameau voisin de Moutier. Quatre fois par an, lors des grandes fêtes, les villageois de Moutier assistaient aux offices du matin à Saint-Pierre et à ceux de l'après-midi à Chalières.

En ce premier Noël, portant les vêtements noirs que leur avaient prêtés Pascale et Gaspard, les Tournier se glissèrent avec peine dans la minuscule chapelle. Elle était si pleine qu'Isabelle dut se mettre sur la pointe des pieds pour apercevoir le pasteur. Elle y renonça vite et laissa son regard errer sur les fresques dans les tons vert, rouge, jaune et brun qui recouvraient les murs du chœur. Sur la voûte trônait le Christ tenant le Livre de Vie, les douze apôtres figurant sur des panneaux au-dessous de lui. Elle n'avait pas vu d'ornementation dans une église depuis le vitrail et la statue de la Vierge à l'Enfant qui avait marqué son enfance.

Se hissant sur la pointe des pieds pour regarder les personnages des fresques, elle étouffa un cri : à la droite du pasteur, elle venait de remarquer une image délavée de la Vierge dont le regard triste semblait lointain. Les yeux d'Isabelle s'embuèrent de larmes, mais elle n'en laissa rien paraître. Elle observait le pasteur, s'autorisant, de temps en temps, un coup d'œil en direction de la fresque.

La Vierge lui sourit, puis elle reprit son air éploré. Isabelle fut la seule à voir ce sourire.

Ce fut là son deuxième secret.

Après cela, les jours de fête, elle se précipitait à Chalières pour se placer le plus près possible de la Vierge.

Le soleil printanier fut messager du troisième secret. En l'espace d'une nuit, la neige fondit, formant des cascades qui ruisselèrent des montagnes et firent déborder la rivière. Le soleil réapparut, le ciel redevint bleu, herbe et fleurs surgirent de terre. Ils pouvaient désormais laisser porte et fenêtres ouvertes, enfants et fumée s'échappaient au-dehors. Étienne s'étirait au soleil tel un chat, tout en adressant de brefs sourires à Isabelle. Ses cheveux gris le vieillissaient.

Isabelle appréciait le soleil, mais il l'incitait aussi à la vigilance. Chaque jour, elle emmenait Marie dans les bois pour inspecter ses cheveux, arrachant le moindre cheveu roux. Marie supportait cela avec patience, ne pleurant pas malgré la douleur. Elle avait demandé à sa mère la permission de garder ses cheveux, les amassant en une petite boule qu'elle dissimulait au fond d'un trou dans un arbre voisin.

Un jour, Marie accourut vers Isabelle et enfouit sa tête sur ses genoux.

— Mes cheveux ont disparu, murmura-t-elle en sanglotant, tout en comprenant que, même en pareilles circonstances, elle ne devait en souffler mot aux autres.

Isabelle regarda Étienne, Hannah et les garçons. Certes

Hannah avait sa mine revêche, mais rien sur leurs visages ne justifiait le moindre soupçon.

Elle aidait Marie à fouiller l'arbre quand, levant la tête, elle aperçut un nid qui brillait au soleil.

— Regarde ! s'exclama-t-elle en le montrant du doigt.

Marie se mit à rire en battant des mains.

— Prenez ! cria-t-elle aux oiseaux, attrapant ses cheveux et les laissant retomber en une gracieuse cascade. Prenez-les, ils sont à vous ! Maintenant je saurai toujours où les trouver !

Elle tournoya sur elle-même et se laissa tomber par terre en riant.

Le sifflement aigu s'éleva et retomba avant de s'achever en une sorte de trille d'oiseau. On l'entendit par toute la vallée. Au bout d'un moment, on distingua le ferraillement, les tintements et les grincements d'une charrette bringuebalant sur les rochers au-dessus d'eux pour les rejoindre dans les champs où ils semaient du lin. Étienne envoya Jacob voir ce qui arrivait. À son retour, il prit Isabelle par la main et l'emmena, avec toute la famille à sa suite, sur le sentier menant à l'entrée du village. La charrette était là, une foule grouillait autour.

Le camelot était un homme de petite taille au teint basané. Il portait la barbe et de longues moustaches retroussées en volutes compliquées. Il était coiffé d'un bonnet à rayures rouges et jaunes en forme de seau renversé, qui lui couvrait les oreilles. Il les dominait tous, perché sur la charrette qui croulait sous ses marchandises et qu'il escaladait en tanguant avec l'assurance d'un homme qui connaît le moindre cale-pied, la moindre poignée. Tout en grimpant, il ne cessait de bonimenter par-dessus son épaule avec un accent bizarre et chantonnant qui faisait sourire Isabelle tandis qu'Étienne l'observait, ébahi.

— Oranges ! Oranges ! Je vous montre des oranges,

des olives, des citrons de Séville ! Voilà votre beau chaudron en cuivre. Et voici votre sac en cuir ! Et vos boucles pour vos chaussures ! Tu veux des boucles pour tes chaussures, ma jolie dame ? Mais oui, tu en veux ! Et je te donnerai des boutons assortis ! Et ton fil et ta dentelle ici, oui, la plus fine des dentelles ! Approchez ! Approchez ! Allez, touchez, n'ayez pas peur. Ah ! Jacques La Barbe, bonjour encore ! Ton frère raconte qu'il viendra bientôt de Genève, mais ta sœur, il dit qu'elle vit près de Lyon. Pourquoi elle vient pas vous rejoindre dans ce joli endroit ? Tant pis. Et Abraham Rougemont, y a un cheval qui t'attend à Bienne. Bonne affaire, je l'ai vu de mes yeux vu. Tu fais faire le tour du village à cette petite mignonne qu'est ta fille... Et vous, monsieur le Régent, je rencontre votre fils...

Et il parlait, et il parlait, transmettant des messages tout en vendant sa camelote. Les gens riaient et le taquinaient. Il constituait un spectacle aussi familier qu'attendu, arrivant chaque année après le plus dur de l'hiver et revenant lors des fêtes de la moisson.

Au milieu de l'excitation générale, il se pencha vers Isabelle.

— *Che bella*, je t'avais pas vue avant ! cria-t-il. Tu veux la voir ma marchandise ?

Il tapotait les rouleaux d'étoffe.

— Regarde-moi ça !

Isabelle esquissa un sourire timide, elle inclina la tête. Étienne fronça les sourcils. Ils n'avaient rien à troquer, et même moins que rien, n'étaient-ils pas les obligés de tous les habitants de Moutier ? À leur arrivée, on leur avait donné deux chèvres, chacun d'eux avait également reçu un petit sac de graines de lin et de chanvre, ainsi que des couvertures et des vêtements. Ils n'avaient pas à rendre quoi que ce soit, mais on attendait d'eux qu'ils se montrent à leur tour généreux le jour où arriveraient d'autres réfugiés aussi démunis qu'ils l'avaient été. Ils restèrent un long moment à contempler les achats des autres, admirant la dentelle, le harnais tout neuf, les blouses en lin blanc.

Isabelle entendit le camelot mentionner Alès.

— Peut-être qu'il sait... murmura-t-elle à Étienne.

— Ne lui demande pas, siffla-t-il.

Il ne veut pas savoir, mais moi je veux savoir, se dit-elle.

Elle attendit qu'Étienne et Hannah soient partis et que Petit Jean et Marie, las de courir autour de la charrette, soient descendus jusqu'à la rivière, avant de l'approcher.

— Dites, monsieur... dit-elle tout bas.

— Ah ! *Bella !* Tu veux regarder ! Viens ! Viens !

Elle secoua la tête.

— Non... Je voulais vous demander... Êtes-vous déjà allé à Alès ?

— À Noël, oui. Pourquoi ça ? Vous avez un message pour moi ?

— Ma belle-sœur et son mari sont là-bas... Devraient être là-bas... Susanne Tournier et Bertrand Bouleaux. Ils ont une fille du nom de Déborah et peut-être même un bébé, si Dieu le veut...

Pour la première fois, le camelot s'était tu, il réfléchissait. Il semblait chercher à travers tous ces visages qu'il avait croisés, tous ces noms qu'il avait entendus au cours de ses voyages et engrangés dans sa mémoire.

— Non, finit-il par répondre. Je ne les ai pas vus. Mais je les chercherai. À Alès. Et comment vous appelez-vous ?

— Isabelle. Isabelle du Moulin. Et mon mari s'appelle Étienne Tournier.

— Isabella, *che bella.* Un nom parfait, je n'oublierai pas !

Il lui sourit.

— Et pour vous, je vous montre la chose parfaite. J'ai la chose juste pour vous.

Il baissa la voix.

— Très cher... Je montre pas ça à tout le monde.

Il emmena Isabelle faire le tour de sa charrette, fouilla dans les rouleaux d'étoffe et en extirpa une balle de lin blanc. Jacob surgit aux côtés d'Isabelle et le camelot lui fit signe d'approcher.

— Viens ! Viens ! Tu aimes ça regarder ! Je vois que tes yeux sont grands ouverts. Eh bien, regarde-moi ça !

Debout au-dessus d'eux, il déploya l'étoffe blanche. Et voici qu'en tomba le quatrième secret, cette couleur qu'Isabelle avait cru ne jamais revoir. Elle poussa un cri, tendit la main et frotta l'étoffe entre ses doigts. La laine était toute douce, elle était teinte à cœur. Baissant la tête, elle porta l'étoffe à sa joue.

Le camelot hocha la tête.

— Vous connaissez cette couleur, dit-il avec satisfaction. Je savais que vous connaissiez ce bleu. Le bleu de la Vierge de San Zaccaria.

— Où est-ce ? demanda Isabelle en caressant l'étoffe.

— Ah ! Une belle église de Venise. Il a une histoire ce bleu, vous savez. Le tisserand a essayé de reproduire le bleu de la robe que porte la Vierge dans un tableau qui se trouve à San Zaccaria. Il voulait la remercier pour le miracle.

— Quel miracle ?

Jacob observait le camelot, il écarquillait ses yeux noirs.

— Le tisserand avait une enfant qu'il aimait tendrement, et voici qu'un jour la fillette a disparu, ce qui arrive souvent aux enfants de Venise. Ils tombent dans les canaux, vois-tu, et ils se noient.

Le camelot se signa.

— Ainsi donc, la petite fille ne revint pas et le tisserand s'en est allé à San Zaccaria prier pour son âme. Il a prié la Vierge pendant des heures et des heures, et à son retour chez lui, il a retrouvé sa fille là, bien en vie ! Du coup, pour remercier, il a fabriqué cette étoffe, de ce bleu particulier, tu vois, pour sa fille, afin qu'elle la porte et qu'elle reste à jamais sous la protection de la Vierge. D'autres ont voulu l'imiter, mais personne n'y est arrivé. Il y a un secret dans la teinture, tu vois, et il n'y a que son fils qui le connaisse. C'est un secret de famille.

Isabelle contempla le tissu, puis elle releva la tête et regarda le camelot, les yeux embués de larmes.

— Je n'ai rien, dit-elle.

— Pour toi, alors, *Bella*... Je te donne un petit quelque chose... Du bleu.

Il se pencha vers l'étoffe, en saisit le bord effrangé et en tira un fil long comme son doigt. Il le lui offrit avec une grande courbette.

Isabelle pensait souvent à l'étoffe bleue. Elle n'avait pas les moyens de l'acheter et, de toute façon, Étienne et Hannah n'en auraient jamais voulu sous leur toit.

— Une étoffe catholique ! grommellerait Hannah pour peu qu'elle pût parler.

Elle cacha le fil dans l'ourlet de sa robe, ne le sortant que si elle était seule ou en compagnie de Jacob, peu disert, qui ne soufflerait mot de ce brin de couleur qu'ils partageaient.

Un jour une jeune chèvre venait de mettre bas deux chevreaux, elle les avait léchés jusqu'à ce qu'ils soient tout propres, les avait allaités, avant de s'endormir en les gardant blottis contre sa mamelle gonflée. Quand Isabelle quitta les champs pour aller voir comment se portait la chèvre, elle remarqua la membrane rouge qui se distendait sous l'effort d'une autre tête. Elle extirpa le corps minuscule, et le présenta à la chèvre afin qu'elle le léchât. Tandis que le dernier-né tétait, Isabelle s'assit, le contempla et réfléchit. Ses secrets la rendaient audacieuse.

Les bois environnant Moutier étaient si vastes qu'elle connaissait des endroits où jamais quiconque ne s'aventurait. Elle construisit un abri de bois et de paille et durant tout l'été nourrit et le chevreau veilla sur lui, à l'insu de tous.

De tous ou presque... Elle le regardait un jour téter une gourde qu'elle avait remplie du lait de la mère quand Jacob surgit de derrière un hêtre. Accroupi derrière elle, il posa la main sur le dos du jeune animal.

— Papa veut savoir où tu es, lui dit-il en caressant le chevreau.

— Comment as-tu su que je venais ici ?

Il haussa les épaules, jouant avec la toison du chevreau, tour à tour la lissant puis la caressant à rebrousse-poil.

— Tu veux bien m'aider à m'en occuper ?

Il la regarda.

— Bien sûr, maman.

Ses sourires étaient si rares qu'en voir un était un cadeau.

Cette fois, Isabelle était prête lorsqu'elle entendit le sifflement du camelot. Ce dernier la gratifia d'un grand sourire qu'elle lui rendit. Laissant Isabelle et Hannah examiner les étoffes, Jacob grimpa sur la charrette pour montrer ses galets au camelot, lui glissant à voix basse le message de sa mère. Le camelot hocha la tête, tout en admirant les formes et les couleurs surprenantes des pierres.

— Tu as bon œil, *mio bambino*, dit-il. Bonnes couleurs, bonnes formes ! Tu observes mais tu ne dis pas grand-chose, pas comme moi ! Moi, j'aime les mots, mais toi, tu aimes regarder ce qu'il y a autour de toi, pas vrai ?

Le camelot commença à réciter ses messages, ses yeux se mirent à briller dès qu'il aperçut Isabelle et il fit claquer ses doigts.

— Ah ! C'est vrai, je me rappelle maintenant ! Oui, j'ai trouvé ta famille à Alès !

Étienne et Hannah relevèrent la tête malgré eux,

suspendus à ses lèvres, ce qui encouragea le camelot à continuer.

— Oui, oui, reprit-il en se livrant à de savants moulinets des deux bras. Voilà que je les vois au marché d'Alès, ah ! *Bella famiglia !* Et je leur parle de vous et ils sont heureux que vous alliez bien.

— Et eux, ils vont bien ? demanda Isabelle. Et il y a un bébé ?

— Oui, oui, un bébé. Bertrand, et Deborah et Isabella, maintenant, je me rappelle.

— Non, Isabelle, c'est moi. Vous voulez dire Susanne.

Isabelle n'aurait jamais cru que le camelot pouvait se tromper.

— Non, non, c'est Bertrand et les deux filles, Deborah et Isabella, juste un bébé, Isabella.

— Mais qu'en est-il de Susanne ? La mère ?

— Ah !

Le camelot se tut, il baissa les yeux, les regarda et se mit à lisser nerveusement sa moustache.

— Ah ! Bien... Elle est morte en donnant naissance au bébé, vous voyez. À Isabella.

Il se détourna, mal à l'aise d'être le messager d'une triste nouvelle, et s'occupa à déballer des brides de harnais en cuir pour un client. Isabelle baissa la tête, le regard brouillé par les larmes. Étienne et Hannah s'éloignèrent de la foule et ils demeurèrent silencieux, la tête inclinée.

Marie prit la main d'Isabelle.

— Dis, maman, chuchota-t-elle. Un jour je reverrai Deborah, n'est-ce pas ?

Le camelot retrouva plus tard Jacob sur la route, à quelque distance. L'échange eut lieu dans la pénombre : un chevreau pour le bleu. Le jeune garçon alla cacher l'étoffe dans les bois. Le lendemain, Isabelle la déroula et contempla un long moment ce flot de couleur. Elle l'enveloppa ensuite dans un morceau de toile de lin qu'elle cacha sous la paillasse que Jacob partageait avec Marie et Petit Jean.

— Sois sûr que nous en ferons quelque chose, lui promit Isabelle. Dieu me dira quoi.

À l'automne, ils moissonnèrent leur première récolte. Un jour, Étienne envoya Petit Jean dans la forêt pour y tailler de grosses verges en chêne pour battre le chanvre. Les autres installèrent des tréteaux et commencèrent à y déposer des brassées rapportées de la grange. Petit Jean réapparut avec cinq bâtons sur son épaule et le nid fabriqué avec les cheveux de Marie.

— Hé ! grand-mère ! Regarde ce que j'ai trouvé, s'écria-t-il en tendant le nid à Hannah, la couleur rousse resplendissant dans l'éclat de la lumière.

— Oh ! ne put s'empêcher de s'exclamer Marie.

Isabelle tressaillit.

Le regard d'Étienne passa de Marie à Isabelle. Hannah étudia le nid, puis les cheveux de Marie. Elle lança un regard furieux à Isabelle et tendit le nid à Étienne.

— Allez à la rivière, ordonna Étienne aux enfants.

Petit Jean posa les verges puis, tendant la main, il tira de toutes ses forces sur les cheveux de Marie. Elle éclata en sanglots. Petit Jean sourit, d'un sourire derrière lequel Isabelle crut revoir Étienne à l'époque où ils commençaient à se fréquenter. Il s'éloigna, tenant son couteau par la pointe et le lança. Le couteau alla se loger dans un tronc d'arbre.

Il n'a que dix ans, songeait-elle, mais il agit et pense déjà comme un homme. Jacob prit Marie par la main et l'emmena, se retournant pour regarder Isabelle avec de grands yeux.

Étienne se tut jusqu'à ce que les enfants aient disparu puis, d'un geste, il montra le nid.

— Qu'est-ce que c'est ?

Isabelle jeta un coup d'œil vers le nid puis elle baissa

les yeux. Elle n'était pas encore assez habituée à garder des secrets pour savoir ce qu'il convenait de faire quand ils étaient révélés.

Elle avoua donc la vérité.

— Ce sont les cheveux de Marie, murmura-t-elle. Elle s'est mise à avoir des cheveux roux, je les lui arrache là-bas dans les bois. Les oiseaux les ont pris et ils s'en sont fabriqué un nid.

Sa gorge se serra.

— Je ne voulais pas qu'on se moque d'elle. Qu'on la juge...

En surprenant le regard qu'Étienne et Hannah échangèrent, son estomac se noua, Isabelle eut l'impression d'avoir avalé des pierres. Elle regretta de ne pas leur avoir menti.

— Je voulais l'aider ! cria-t-elle. C'était pour nous aider tous ! Je ne voulais faire aucun mal !

Étienne contemplait l'horizon.

— Des bruits ont couru, reprit-il lentement. J'ai entendu certaines choses...

— Quelles choses !

— Jacques La Barbe, le bûcheron, raconte qu'il t'a aperçue dans les bois avec un chevreau. Et un autre a trouvé une flaque de sang sur le sol. Ils parlent de toi, La Rousse. C'est ce que tu cherches ?

Ils parlent de moi, se disait-elle. Partout. Après tout, mes secrets n'ont pas à rester secrets. Et ils mènent à d'autres secrets. Les découvriront-ils aussi ?

— Une dernière chose. On t'a vue avec un homme quand nous avons quitté le mont Lozère. Un berger.

— Qui a dit ça ?

C'était là un secret qu'elle gardait au tréfonds d'elle-même, se refusant de penser à lui. Son secret.

Elle se tourna vers Hannah et comprit soudain. Elle peut parler, songea Isabelle. Elle est capable de parler et elle parle à Étienne. Elle nous a aperçus au mont Lozère. Elle fut prise de violents frissons rien que d'y penser.

— Alors, La Rousse, qu'as-tu à répondre à tout ça ?

Elle se tut, consciente que les mots ne pouvaient l'aider, craignant que d'autres secrets ne s'envolent si elle ouvrait la bouche.

— Que nous caches-tu ? Qu'as-tu fait de ce chevreau ? Tu l'as tué ? Tu l'as sacrifié au diable ? Ou l'as-tu troqué avec ce camelot catholique qui te faisait les yeux doux ?

Il ramassa une des verges, attrapa Isabelle par le poignet et la traîna dans la maison. Il la mit debout dans un coin, le temps de fouiller la maison de fond en comble, lançant par terre casseroles et marmites, remuant le feu, défaisant leur paillasse, puis celle de Hannah. Quand il arriva devant celle des enfants, Isabelle retint son souffle.

Maintenant, c'est la fin, se dit-elle. Sainte Mère, aidez-moi.

Il retourna la paillasse et en vida la paille.

L'étoffe n'était pas dedans.

La gifle fut une surprise, jamais il ne l'avait frappée. Son poing l'expédia à l'autre bout de la pièce.

— Écoute, La Rousse, tu ne vas pas causer notre perte à tous avec tes sorcelleries, dit-il doucement.

Là-dessus, il saisit la verge que Petit Jean avait coupée et il la battit jusqu'à ce que la pièce fût plongée dans la pénombre.

6

La bible

Était-ce la fumée ou était-ce l'air frais se glissant par la fenêtre entrouverte qui me réveilla, je l'ignore. Ouvrant les yeux, j'entrevis le bout incandescent d'une cigarette, puis la main qui la tenait, posée avec nonchalance sur le volant. Sans bouger la tête, je laissai mon regard remonter le long de son bras jusqu'à l'épaule puis jusqu'à son profil. Il regardait au loin, par-dessus le volant, comme s'il conduisait, mais la voiture n'avançait pas, le moteur était arrêté, il ne cliquetait même plus comme si l'on venait de l'éteindre. Je n'avais aucune idée du temps que nous avions passé là.

J'étais recroquevillée dans le siège du passager, face à lui, la joue écrasée contre la toile rugueuse de l'appuie-tête. Mes cheveux me couvraient le visage et collaient à mes lèvres. Je jetai un coup d'œil entre les sièges : la bible était sur la banquette arrière, enveloppée dans un sac en plastique.

Bien que je n'aie ni bougé ni parlé, Jean-Paul tourna la tête et me regarda. Nous échangeâmes un long regard sans mot dire. Si énigmatique fût-il, le silence ne me pesait pas : son visage n'était pas sans expression, mais il n'était pas pour autant communicatif.

Combien de temps faut-il pour s'affranchir de deux années de mariage et d'une relation de deux années ? Jusqu'ici, je n'en avais jamais été tentée, m'étant retirée du marché après avoir trouvé Rick. J'avais écouté mes amies qui me contaient leur quête de l'homme idéal, leurs rendez-vous catastrophiques, leurs peines de cœur, mais à aucun moment je ne m'étais mise à leur place. Cela revenait un peu à regarder un programme de télévision sur un pays où vous saviez pertinemment que vous ne mettriez jamais les pieds, l'Albanie, la Finlande ou Panamá, par exemple. Et pourtant, maintenant, il me semblait tenir dans la main un billet d'avion à destination d'Helsinki.

Je posai la main sur son bras. Sa peau était tiède. Je laissai glisser mes doigts au-dessus du pli de son coude et du brassard de toile que formait sa manche retroussée. Parvenue à mi-hauteur de son bras, je ne savais trop que faire, il me couvrit la main de la sienne, l'arrêtant à la saillie de son biceps.

M'agrippant à son bras, je me redressai sur mon siège et chassai mes cheveux de mon visage. J'avais encore dans la bouche le goût des olives qui avaient accompagné les Martini que Mathilde avait commandés pour moi au cours de la soirée. La veste noire de Jean-Paul était posée sur mes épaules, elle était toute douce et sentait la cigarette, les feuilles et la peau tiède. Jamais je ne portais les vestes de Rick : il était tellement plus grand et plus large de carrure que moi que j'avais l'air d'un pantin sortant de sa boîte, en outre, leurs manches m'empêchaient de remuer les bras. Au moins, cette fois, j'avais l'impression de porter un vêtement qui m'appartenait depuis toujours.

Plus tôt, alors que nous étions avec les autres au bar, Jean-Paul et moi avions parlé français toute la soirée et je m'étais bien promis de continuer sur cette lancée. Je me surpris à demander : « Nous sommes arrivés chez nous ? » et m'en voulus aussitôt. Ce que je venais de dire était grammaticalement correct, mais le *chez nous* laissait accroire que nous vivions ensemble. Comme c'en était souvent le cas avec mon français, je maîtrisais le sens littéral mais non point la connotation précise des mots.

Si Jean-Paul perçut cette nuance grammaticale, il n'en laissa rien paraître.

— Non, nous sommes chez Fina, répondit-il.

— Merci d'avoir conduit, poursuivis-je en français.

— Ce n'est rien. Vous prenez le volant ?

— Oui.

Brusquement dégrisée, je me concentrai sur la pression de sa main sur la mienne.

— Jean-Paul, commençai-je, voulant dire quelque chose sans savoir quoi.

Il resta un moment silencieux, puis il me dit :

— Tiens, vous ne portez jamais de couleurs vives.

Je m'éclaircis la voix.

— Non, c'est vrai, pas depuis le lycée.

— Ah ! Si l'on en croit Goethe, seuls les enfants et les êtres simples aiment les couleurs vives.

— Dois-je voir là un compliment ? J'aime les matières naturelles, c'est tout. Surtout le coton et la laine. Comment dites-vous cela en français ?

Je lui montrai ma manche. Jean-Paul retira sa main de la mienne pour tâter l'étoffe entre son pouce et son index, effleurant ma peau de ses autres doigts.

— Le lin. Et en anglais ?

— *Linen.* J'aime porter du lin, surtout en été. La toile de lin rend mieux dans des couleurs naturelles telles que le blanc, le brun et...

Ma voix s'estompa. La palette des couleurs de vêtements dépassait mon vocabulaire français, comment traduire gris-de-lin, caramel, rouille, écru, sépia ou ocre... ?

Jean-Paul lâcha ma manche et posa la main sur le volant. Je regardai ma propre main dériver sur son bras : pensant à toutes les inhibitions dont elle avait dû triompher pour arriver là, je me sentis au bord des larmes. Je la retirai à contrecœur et la glissai sous mon aisselle. Pourquoi étions-nous là en train de parler fripes ? J'avais froid, je voulais rentrer chez moi.

— Goethe... grognai-je, enfonçant les talons dans le plancher de la voiture tout en calant mon dos contre le siège.

— Qu'est-ce qu'il a donc, Goethe ?

Je revins à l'anglais.

— C'est bien vous, ça, de citer un auteur comme Goethe en des moments pareils !

Jean-Paul expédia son mégot par la vitre qu'il referma. Il ouvrit la portière, s'extirpa de la voiture et remua les jambes pour les dégourdir. Je lui tendis sa veste et m'installai dans le siège du conducteur. Il enfila sa veste puis s'appuya contre la voiture, une main au-dessus de la portière, l'autre sur le toit. Il me regarda, secoua la tête en soupirant, laissant entendre un sifflement désespéré entre ses dents.

— Je n'aime pas m'immiscer dans un ménage, marmonna-t-il en anglais. Même si je ne puis détacher mon regard d'elle, même s'il faut qu'elle passe son temps à ergoter avec moi, attisant et ma rogne et mon désir.

Se penchant, il me planta un baiser sur les deux joues. Il commençait à se redresser quand ma main, hardie et perfide, s'élança autour de son cou, l'enlaça, amenant son visage à hauteur du mien.

Cela faisait des années que je n'avais pas embrassé un autre que Rick. J'avais oublié combien chaque être est différent. Les lèvres de Jean-Paul étaient douces mais fermes, ne donnant qu'une vague idée de ce qu'il y avait par-derrière. Son odeur était enivrante. Je m'écartai de sa bouche, frottai mes joues contre ce véritable papier de verre qu'était sa mâchoire, enfouis mon nez au creux de son cou et j'aspirai. Il s'agenouilla, tira ma tête en arrière, peignant mes cheveux de ses doigts. Il me sourit.

— Vous faites davantage française avec vos cheveux roux, Ella Tournier.

— Je ne les ai pas teints, honnêtement !

— Je n'ai jamais dit que vous les avez teints.

— C'était Ri...

Nous nous figeâmes, les doigts de Jean-Paul s'immobilisèrent.

— Pardon... Je ne voulais pas...

Je soupirai puis me lançai :

— Vous savez, je ne me suis jamais sentie malheureuse avec Rick, mais j'ai maintenant l'impression que quelque chose n'est pas... Un peu comme un puzzle dont les morceaux parfaitement imbriqués reconstitueraient une image qui ne serait pas la bonne.

Sentant ma gorge se serrer, je m'arrêtai.

Jean-Paul laissa retomber ses mains de mes cheveux.

— Ella, nous avons échangé un baiser, cela ne signifie pas pour autant que votre ménage batte de l'aile.

— Non, mais...

Je m'arrêtai. Si j'avais des doutes au sujet de notre relation à Rick et moi, c'est à Rick que je devrais m'en ouvrir.

— Je veux continuer à vous voir, dis-je. Est-ce toujours possible ?

— À la bibliothèque, oui, mais pas à la station-service Fina.

Il souleva ma main et en baisa la paume.

— Au revoir Ella Tournier. Bonne nuit.

— Bonne nuit.

Il se releva. Je refermai la portière et le regardai se diriger vers sa boîte à sardines de voiture. Il s'installa, démarra, donna un discret coup de Klaxon et s'éloigna. Je fus soulagée qu'il n'ait pas insisté pour que je parte la première. Mes yeux suivirent sa voiture jusqu'à ce que ses feux arrière s'évanouissent au terme d'une longue route bordée d'arbres. Je respirai bien à fond, attrapai la bible des Tournier sur le siège arrière, la posai sur mes genoux et restai là, assise à contempler la route devant moi.

Je fus ahurie de voir combien il était aisé de mentir à Rick. Je m'étais toujours dit qu'il saurait aussitôt si je le trompais, consciente que je ne pourrais jamais cacher mon sentiment de culpabilité, qu'il me connaissait trop bien. Mais chacun voit ce qu'il veut voir. Rick me voulait conforme à une certaine image qu'il avait, c'était donc ainsi qu'il me voyait. Lorsque j'arrivai, la bible sous le bras, après avoir quitté Jean-Paul à peine une trentaine de minutes plus tôt, Rick leva le nez de son journal et me lança un joyeux : « Salut, ma belle ! » comme si de rien n'était. Tel est ce que je ressentis, chez nous, en compagnie de Rick, astiqué, ambré sous les feux de sa lampe de bureau, bien loin de la voiture sombre, de la fumée, de la veste de Jean-Paul. On le sentait ouvert et candide : il ne me cachait rien. Oui, j'aurais presque pu dire que ce n'était pas arrivé. La vie pouvait être étrangement compartimentée.

Il jeta son journal par terre et se redressa sur son siège. Je m'assis à ses côtés, sortis la bible du sac et la laissai tomber sur ses genoux. Tout serait tellement plus simple si Rick était un pauvre type, pensai-je. Mais je dois dire que je n'aurais jamais épousé un pauvre type... Je l'embrassai sur le front.

— J'ai quelque chose à te montrer, dis-je.

— Ça alors ! s'exclama-t-il en passant la main sur la couverture. Où as-tu déniché ça ? Au téléphone, tu étais un peu évasive quant à tes faits et gestes.

— Le vieil homme qui m'a aidée au Pont-de-Montvert, M. Jourdain, l'a retrouvée dans les archives et me l'a donnée.

— Tu veux dire qu'elle est à toi ?

— Oui. Tiens, regarde la première page. Tu vois ? Mes ancêtres. C'est eux.

Rick parcourut la liste, hocha la tête et me sourit.

— Tu y es parvenue ! Tu les as retrouvés !

— Oui, avec beaucoup d'aide et tout autant de chance, mais oui, j'y suis arrivée !

Je ne pus m'empêcher de remarquer qu'il n'examina pas la bible avec une aussi méticuleuse tendresse que Jean-Paul. Les remords engendrés par cette seule pensée me nouèrent l'estomac : ces comparaisons étaient totalement injustes. Ça suffit, décidai-je avec fermeté. Fini avec Jean-Paul. Un point c'est tout.

— Tu en connais la valeur, reprit Rick. Es-tu bien sûre qu'il te l'ait donnée ? Lui as-tu demandé une attestation écrite ?

Je le regardai, incrédule.

— Non, je ne lui ai pas demandé d'attestation ! Est-ce que tu me réclames une attestation chaque fois que je te fais un cadeau ?

— Du calme, Ella, j'essaie de t'aider, c'est tout. Tu n'as pas envie, je suppose, de le voir changer d'avis et venir te la réclamer ? Si tu avais un document écrit, tu n'encourrais aucun risque. Bref, nous devrions mettre cette bible dans un coffre-fort. Sans doute à Toulouse, je doute que la banque locale en possède un.

— Je refuse de la mettre dans un coffre ! Je la garde ici, avec moi !

Je le fustigeai du regard. Et c'est ainsi que, telle l'une de ces créatures monocellulaires qui, sous le microscope, se divisent soudain en deux sans raison apparente, je sentis que nous nous séparions en deux entités distinctes, aux perspectives différentes. Si surprenant que cela puisse paraître, il fallut que nous soyons à des lieues l'un de l'autre pour que je perçoive combien nous avions été proches.

Rick ne sembla pas remarquer le changement, je l'observai jusqu'à ce qu'il fronce les sourcils.

— Que se passe-t-il ? demanda-t-il.

— Je... Bon... Je n'ai pas la moindre intention de la mettre dans un coffre, elle est bien trop précieuse.

Je la pris et la serrai contre moi.

À mon grand soulagement, Rick devait partir en Allemagne le lendemain. Cette brèche entre nous me déstabilisait, j'avais besoin de me retrouver seule. Il m'embrassa pour me dire au revoir, oublieux de mon émoi. De mon côté, je me demandai si j'étais aussi aveugle à sa vie intime qu'il semblait l'être à la mienne.

C'était mercredi et j'avais grande envie de me rendre au café près de la rivière pour y revoir Jean-Paul. Mais la raison l'emporta sur les sentiments : je savais que mieux valait prendre un peu de distance. J'attendis délibérément de le savoir plongé dans son journal au café avant de partir faire mes courses. Il était clair qu'une rencontre fortuite dans la rue sous le regard de tous ces gens épiant nos faits et gestes n'avait rien de plaisant. Je n'avais aucune intention de jouer ce drame devant toute la ville. En approchant de la grand-place, je croyais réentendre Jean-Paul me décrivant les habitants de Lisle et m'avouant ce qu'ils pensaient de moi : cela suffit presque à m'inciter à regagner mes pénates au plus vite et même à fermer mes volets.

Je me forçai, néanmoins, à continuer. La marchande de journaux qui me vendit le *Herald Tribune* et *Le Monde* se montra charmante, elle ne me regarda pas d'un drôle d'air, allant jusqu'à faire des commentaires sur le temps. Elle ne semblait se préoccuper ni de ma machine à laver, ni de mes volets, ni de mes robes sans manches.

Le moment de vérité fut ma visite à Madame. Je me dirigeai d'un pas décidé vers la boulangerie. « Bonjour, madame », chantonnai-je en entrant. Interrompue au milieu d'une conversation avec une cliente, Madame fronça légèrement les sourcils. Je jetai un coup d'œil sur son auditoire et me retrouvai nez à nez avec Jean-Paul. Il cacha sa surprise, mais pas assez vite au gré de Madame, qui nous toisa avec un mépris triomphant : elle jubilait.

Oh ! Pour l'amour de Dieu, pensai-je, cette fois, c'est assez !

— Bonjour, monsieur, dis-je d'une voix guillerette.

— Bonjour, madame, répondit-il.

Pas un muscle de son visage ne bougea, même si l'intonation laissait accroire qu'il n'était pas resté tout à fait impassible...

Je me tournai vers Madame.

— Madame, j'aimerais vingt quiches, s'il vous plaît. Voyez-vous, je les adore. J'en mange tous les jours au petit déjeuner, au déjeuner et au dîner.

— Vingt quiches, répéta-t-elle.

Elle en resta bouche bée.

— Oui, s'il vous plaît.

Madame referma la bouche, pinçant si fort ses lèvres qu'elles disparurent et, les yeux rivés sur moi, elle saisit un sac en papier derrière elle. J'entendis Jean-Paul se racler discrètement la gorge. Au moment où Madame se baissait pour fourrer les quiches dans le sac, je jetai un coup d'œil furtif en direction de Jean-Paul : il contemplait un étalage de dragées. La bouche hermétiquement fermée, il frottait sa mâchoire avec son index et son pouce. Je me tournai vers Madame et souris. Elle sortit de sa vitrine, se redressa, puis elle tortilla les extrémités du sac en papier pour le fermer.

— Il n'y en a que quinze, marmonna-t-elle en me fustigeant du regard.

— Oh ! Quel dommage ! Il va falloir que j'aille à la pâtisserie voir s'il y en a d'autres.

Je soupçonnais que Madame n'affectionnait guère la pâtisserie voisine, ce qu'ils y vendaient devait paraître bien frivole à une boulangère de sa trempe... Je ne m'étais pas trompée : elle écarquilla les yeux, retint son souffle, lâcha un bruit malsonnant.

— Ils n'ont pas de quiches, s'exclama-t-elle. Je suis la seule à faire des quiches à Lisle-sur-Tarn !

— Ah ! répliquai-je. Eh bien, dans ce cas, j'irai à Intermarché.

Jean-Paul émit un son confus, et Madame faillit laisser tomber le sac de quiches. J'avais commis le péché de mentionner et son grand rival et la pire menace à son commerce : le supermarché à la périphérie de la ville, lieu dépourvu d'histoire, de dignité, de classe. Un peu comme moi... Je souris.

— Combien vous dois-je ? demandai-je.

Madame ne répondit pas tout de suite elle semblait sonnée.

Jean-Paul en profita pour s'éclipser en murmurant « Au revoir, Mesdames ».

À cet instant même, la passe d'armes avec la boulangère perdit tout intérêt et lorsqu'elle me réclama une somme qui me parut exorbitante, je la lui tendis docilement. Cela en valait la peine.

Dehors, Jean-Paul se mit à mon diapason.

— Vous êtes diabolique, Ella Tournier, murmura-t-il en français.

— Aimeriez-vous quelques-unes de ces quiches ?

Nous partîmes tous deux d'un éclat de rire.

— Moi qui croyais que nous ne devions pas nous voir en public... Disons que c'est... dis-je en faisant d'un geste le tour de la place... tout ce qu'il y a de plus public.

— Oui, mais j'ai une raison professionnelle de vous parler : dites, avez-vous regardé votre bible de près ?

— Pas encore. Franchement, vous ne vous arrêtez jamais ? Ne vous arrive-t-il pas de dormir ?

Il rit.

— Je n'ai jamais eu de gros besoins de sommeil. Apportez-la demain à la bibliothèque. J'ai découvert des détails intéressants concernant votre famille.

La bible avait un format bizarre : elle était longue et étonnamment étroite. Elle n'était toutefois pas trop lourde et je trouvais réconfortant de la tenir dans mes bras. La reliure en était fatiguée, craquelée, l'estampage avait perdu son relief, le cuir en était lissé et tavelé de mouchetures brunes.

Le cuir était fendillé et ridé, des insectes l'avaient perforé de trous minuscules. Le revers était tout noirci, il avait été à moitié consumé par les flammes mais, sur la couverture, un entrelacs de lignes, de feuilles et de points surdorés demeurait intact. Des fleurs avaient été frappées au dos de l'ouvrage, et une version de ce motif avait été martelée, en marge des pages.

Je l'ouvris au début du livre de la Genèse : « *Au commencement Dieu créa le ciel et la terre.* » Le texte était disposé en deux colonnes, l'œil des caractères était net et, malgré certaines particularités orthographiques, j'en comprenais le français, ou plutôt ce qu'il restait du texte : les pages du milieu étant calcinées au point d'être illisibles.

Au bar du Crazy Joe, Mathilde et M. Jourdain étaient en grande discussion sur les origines de la bible, Jean-Paul y ajoutait de temps à autre son grain de sel. J'avais peine à les comprendre, compte tenu de l'accent de M. Jourdain et du débit accéléré de Mathilde. Il m'était difficile de suivre une conversation en français à laquelle je restais extérieure. J'en déduisis que cette bible avait sans doute été publiée à Genève et traduite par un certain Lefèvre d'Étaples. M. Jourdain insista tout particulièrement sur ce nom.

— Qui était-ce ? demandai-je d'une voix hésitante.

M. Jourdain gloussa.

— La Rousse veut savoir qui était Lefèvre, ne cessait-il de répéter.

À ce point, il avait descendu trois whiskys. Je hochai patiemment la tête, les Martini m'avaient rendue plus tolérante aux taquineries.

Il finit par expliquer que Lefèvre d'Étaples avait été le premier à traduire la Bible du latin en français vernaculaire pour permettre à d'autres que les prêtres de la lire.

— Ce fut le commencement, déclara-t-il. Le commencement de tout. Le monde se trouva scindé en deux !

Avec cette déclaration, il tomba la tête la première de son tabouret et atterrit au milieu du bar.

Je m'efforçai de rester impassible, Mathilde se couvrit la bouche de la main. Sylvie éclata de rire, quant à Jean-Paul il sourit en feuilletant la bible. Je me souvins alors qu'il avait étudié un long moment la page où étaient mentionnés les Tournier, et qu'il avait griffonné quelque chose au dos d'une enveloppe. J'étais alors trop éméchée pour lui poser des questions.

À la grande frustration de Mathilde et à ma vive déception, M. Jourdain ne parvint pas à se rappeler qui lui avait remis cette bible.

— C'est bien pour cette raison, que vous devez tenir des registres ! le tança-t-elle. Ce sont là des questions importantes pour quelqu'un comme Ella !

M. Jourdain prit un air de chien battu et il écrivit le nom de tous les membres de la famille Tournier mentionnés dans cette bible, y compris ceux dont le nom de famille était différent de Tournier, il promit aussi d'essayer de se renseigner à leur sujet.

Je supposais que la bible provenait de la région du Pont-de-Montvert, tout en sachant qu'elle avait également pu être apportée par des gens venus s'installer dans les environs. À cette dernière suggestion, Mathilde et M. Jourdain hochèrent la tête de concert.

— Ils ne l'auraient pas déposée à la mairie s'ils n'étaient pas du pays, expliqua Mathilde. Seule une famille de pure souche cévenole l'aurait confiée à M. Jourdain. Par ici, le sens de la famille est très développé et des souvenirs de famille tels que cette bible ne quittent pas les Cévennes.

— Mais les familles s'en vont. La mienne est partie.

— La religion... répliqua-t-elle avec un geste évasif. Bien sûr que tes ancêtres sont partis et que de nombreuses familles ont suivi leur exemple, après 1685. Tu sais, il est curieux que ta famille ait choisi de s'en aller à cette époque, car la situation se détériora bien davantage pour les protestants des Cévennes une centaine d'années plus tard. Le massacre de la Saint-Barthélemy fut un...

Elle s'arrêta, haussa les épaules, puis fit un signe à Jean-Paul.

— À toi d'expliquer, Jean-Paul.

— ... Un événement plus ou moins bourgeois, acheva-t-il d'une voix égale, en lui souriant. Qui a décimé la noblesse protestante, toutefois les huguenots cévenols étaient des paysans et les Cévennes étaient une région trop isolée pour être menacée. À mon avis, il devait y avoir certaines tensions avec les catholiques du coin. Rappelez-vous que la cathédrale de Mende était restée catholique. Peut-être avaient-ils décidé d'aller terroriser une poignée de huguenots ? Qu'en pensez-vous, mademoiselle ? demanda-t-il à Sylvie.

Elle le regarda d'égal à égal, puis elle étira ses jambes, remua ses orteils et s'exclama :

— Regardez ! Maman a peint mes ongles de pied en blanc !

Je me plongeai alors dans la liste des Tournier et l'étudiai. J'avais là, sous les yeux, la famille qui avait dû se retrouver à Moutier : Étienne Tournier, Isabelle du Moulin et leurs enfants, Jean, Jacob et Marie. D'après la note de mon cousin, Étienne avait figuré sur une liste de recrutement en 1576 et Jean s'était marié en 1590. Je vérifiai les dates, elles correspondaient. Et ce Jacob était l'un des Jacob mentionnés dans cette longue lignée qui s'achevait avec mon cousin. Il aimerait savoir cela, me dis-je. Je vais lui écrire.

Mon regard fut attiré par une inscription que personne n'avait remarquée, à l'intérieur de la couverture. L'écriture en était poussiéreuse et estompée, mais je parvins à déchiffrer : « Mas de la Baume du Monsieur ». Je sortis ma carte d'état-major de la région du Pont-de-Montvert et me mis à chercher, scrutant des cercles concentriques tracés à partir du village du même nom. Cinq minutes plus tard, j'avais repéré l'endroit à environ deux kilomètres au nord-est du Pont-de-Montvert. Il s'agissait d'une colline au nord du Tarn, à moitié recouverte de forêts. Je hochai la tête. J'avais là de quoi impressionner Jean-Paul.

Il n'avait pas dû voir le nom de la ferme la veille au soir, car il n'aurait pas manqué de me le signaler. De quoi parlait-il lorsqu'il disait qu'il savait quelque chose au sujet de ma famille ? J'épluchai les noms et les dates de la liste, mais je ne découvris que deux détails insolites : un Tournier avait épousé une Tournier et l'un des Jean était né un jour de l'an.

Lorsque j'arrivai à la bibliothèque l'après-midi suivant, ma bible dans un sac en plastique, Jean-Paul affecta de me présenter à l'autre bibliothécaire. À peine eut-elle posé les yeux sur la bible qu'elle oublia sa méfiance à mon égard.

— M. Piquemal est un bibliophile émérite et un historien, psalmodia-t-elle. C'est son domaine. En revanche, je m'y connais davantage pour ce qui est des romans, des histoires d'amour et tous ces machins-là. Les livres plus populaires, dirons-nous.

Je perçus que c'était en quelque sorte une pierre dans le jardin de Jean-Paul, mais je me contentai d'un signe de tête et d'un sourire. Jean-Paul attendit que nous ayons terminé, puis il m'accompagna jusqu'à une table dans l'autre pièce. J'ouvris la bible au moment où il sortait son bout d'enveloppe.

— Alors ? dit-il, l'air d'attendre quelque chose. Qu'avez-vous découvert ?

— Que vous deviez vous appeler Piquemal !

— Pourquoi ça ?

— Pique mal. Parfait !

Je le gratifiai d'un grand sourire et il fronça les sourcils.

— Pique signifie aussi lance, murmura-t-il.

— C'est encore mieux !

— Alors, répéta-t-il, qu'avez-vous trouvé ?

Je lui montrai du doigt le nom de la ferme à l'intérieur de la couverture, puis j'ouvris la carte et lui montrai l'endroit. Jean-Paul hocha la tête.

— Bon, dit-il en étudiant la carte. Il ne reste plus de bâtiments à l'heure actuelle, mais au moins on est sûr que la bible provient de la région. Quoi d'autre ?

— Un mariage entre deux Tournier.

— Oui, sans doute des cousins. Ce n'était pas aussi rare à l'époque. Et quoi d'autre encore ?

— Oh ! L'un d'eux est né un jour de l'an.

Il leva les sourcils. Je regrettai d'avoir parlé.

— Rien d'autre ? insista-t-il.

— Non.

Il redevenait agaçant, je trouvais malgré tout difficile de rester assise à côté de lui, et de feindre qu'il ne s'était rien passé l'autre soir. Son bras était si près du mien sur la table que je pouvais aisément l'effleurer. C'est le plus près que nous serons l'un de l'autre, pensai-je. Ça n'ira pas plus loin. Être assise à ses côtés semblait futile, triste.

— Vous n'avez rien trouvé d'autre qui soit digne d'intérêt, ronchonna Jean-Paul. Ah ! L'éducation américaine ! Vous feriez un piètre détective, Ella Tournier.

En voyant mon air dépité, il s'arrêta, gêné.

— Je vous demande pardon, dit-il, passant du français à l'anglais pour me rasséréner. Vous n'appréciez pas mes taquineries.

Je hochai la tête et gardai les yeux rivés sur la bible.

— Ce n'est pas ça. Si je n'acceptais pas que vous me taquiniez, je ne pourrais jamais vous parler ! Non, c'est juste que...

J'agitai la main comme pour écarter le sujet.

— Après l'autre soir... expliquai-je d'une voix posée, c'est difficile de me retrouver assise ici comme ça...

— Ah !

Assis l'un à côté de l'autre, nous épluchions la liste des membres de la famille Tournier, très conscients de notre mutuelle présence.

— C'est drôle, dis-je, rompant le silence. Je viens de remarquer qu'Étienne et Isabelle se sont mariés la veille de l'anniversaire d'Étienne, le 28 ou le 29 mai.

— Oui, répondit Jean-Paul en tapotant le doigt sur ma main. Oui, c'est ce que j'ai constaté en premier. Bizarre. Je me suis alors demandé s'il s'agissait d'une coïncidence. C'est là que j'ai remarqué son âge. Il devait avoir vingt-cinq ans le lendemain de son mariage.

— Un quart de siècle.

— Oui. En ce temps-là, chez les huguenots, à vingt-cinq ans accomplis, un homme pouvait se marier sans le consentement de ses parents.

— Mais Étienne avait vingt-quatre ans quand il s'est marié, il devait donc avoir leur consentement.

— C'est entendu, mais il paraît étrange qu'il se soit marié si près de son vingt-cinquième anniversaire. Pour laisser planer un doute sur la position de ses parents quant à son choix. Du coup, j'ai regardé de plus près.

D'un geste, il montra la page.

— Regardez la date de naissance de leur fils aîné.

— Oui, le jour de l'an. Et alors ?

Il me regarda en fronçant les sourcils.

— Regardez de plus près, Ella Tournier. Faites donc travailler vos méninges !

Je contemplai la page et finis par comprendre. Comment ne l'avais-je pas remarqué plus tôt, surtout moi ! J'effectuai un rapide calcul à rebours sur mes doigts.

— Vous pigez, maintenant.

Je hochai la tête, évaluant jusqu'à quelle date il nous faudrait remonter, puis j'annonçai :

— Elle avait dû concevoir aux alentours du 10 avril.

Jean-Paul prit un air amusé.

— Du 10 avril ? Tiens... Qu'est-ce que ça veut dire ?

Il feignit de compter sur ses doigts.

— On établit la date de naissance à environ deux cent soixante-six jours de la conception. Bien entendu, la durée de gestation varie d'une femme à l'autre, et sans doute était-elle un peu différente à cette époque : l'alimentation était différente, le physique était différent. Bref, elle remonte à coup sûr au mois d'avril, autrement dit à sept bonnes semaines avant leur mariage.

— Et comment connaissez-vous cette histoire des deux cent soixante-six jours, Ella Tournier ? Vous n'avez pas d'enfants, que je sache ? Ou en auriez-vous caché quelque part ?

— Je suis sage-femme.

Il parut intrigué, je lui répétai donc en français :

— Une sage-femme. Je suis sage-femme.

— Vous ? Sage-femme ?

— Oui. Vous n'avez même pas pris la peine de me demander ce que je faisais dans la vie !

Il avait l'air tout penaud, une expression qui lui seyait mal. Je triomphais : pour une fois, j'avais le dessus.

— Vous me réservez toujours une surprise, Ella, dit-il, secouant la tête avec un sourire.

— Allons, allons, pas de flirt sinon votre collègue ira en faire des gorges chaudes par toute la ville.

D'instinct, nous nous tournâmes vers la porte et nous redressâmes. Je m'écartai de lui.

— Si je comprends bien, c'était un mariage forcé, lançai-je, histoire de reprendre le fil de notre conversation.

— Un mariage forcé ?

— Oui, c'est l'expression consacrée : vous imaginez le père armé d'un fusil le forçant à épouser sa fille sitôt qu'il a su qu'elle était enceinte.

Jean-Paul réfléchit un instant.

— Peut-être en a-t-il été ainsi.

Il ne semblait pas convaincu.

— Mais ?

— Mais ce... mariage forcé, comme vous dites, n'explique pas qu'ils se soient mariés à la veille de son anniversaire.

— D'accord, c'était une coïncidence qu'ils se marient la veille de son anniversaire. Et alors ?

— Oh ! Vous et vos coïncidences, Ella Tournier... Vous avez l'art de choisir celles dans lesquelles vous voulez voir davantage qu'une pure et simple coïncidence. Disons que c'est là une coïncidence mais qu'en revanche, Nicolas Tournier n'en est pas une.

— Je pourrais en dire autant de vous ! rétorquai-je. Chacun de nous s'intéresse à des coïncidences différentes, c'est tout.

J'étais sur les nerfs : nous n'avions pas reparlé du peintre depuis notre discussion houleuse à son sujet.

— Je me suis intéressé à Nicolas Tournier jusqu'à ce que je me rende compte qu'il ne vous était pas apparenté. Je lui ai donné une chance. Et je donne aussi une chance à cette coïncidence.

— D'accord, mais pourquoi s'entêter à voir là davantage qu'une simple coïncidence ?

— Il s'agit et de la date et du jour du mariage, l'un et l'autre sont proscrits.

— Comment ça, proscrits ?

— Dans le Languedoc, une vieille superstition veut que l'on ne se marie ni en mai ni en novembre.

— Et pourquoi pas ?

— Mai est le mois de la pluie et des larmes, novembre est celui des défunts.

— Mais il ne s'agit là que d'une superstition, moi qui croyais que les huguenots s'efforçaient de ne pas être superstitieux, la superstition étant un vice propre aux catholiques.

Cela lui en boucha un coin. Après tout, il n'était pas le seul à avoir lu des ouvrages à ce sujet.

— Bref, il est exact qu'on se mariait moins au cours de ces deux mois. Ajoutons à cela que le 28 mai 1563 était un lundi et que la plupart des mariages étaient célébrés le mardi ou le samedi.

— Une minute ! Comment pouvez-vous savoir qu'il s'agissait d'un lundi ?

— J'ai trouvé un calendrier sur Internet.

J'étais à des lieues de l'imaginer en internaute, celui-là ! Je poussai un soupir.

— Vous avez donc, de toute évidence, une théorie sur ce qui s'est passé. Je ne sais pourquoi je m'escrime à croire que j'ai mon mot à dire là-dedans.

Il me regarda.

— Pardon. Je vous ai coupé l'herbe sous les pieds, c'est ça ?

— Oui. Remarquez, j'apprécie votre aide mais j'ai l'impression que quand vous vous en mêlez, ça vient de la tête et non pas du cœur. Vous comprenez ce que je veux dire ?

Il fit une espèce de moue.

— J'aimerais malgré tout connaître votre théorie, mais il ne s'agit que d'une théorie, n'est-ce pas ? Je puis continuer à penser qu'il s'agissait là d'un mariage forcé.

— Oui. Qui sait, peut-être que ses parents à lui étaient opposés au mariage jusqu'à ce qu'ils apprennent qu'un enfant était en route. Du coup, ils se sont dépêchés de les marier pour faire croire aux voisins que les parents étaient depuis toujours consentants.

— Mais ne pensez-vous pas que les gens auraient flairé anguille sous roche, compte tenu des dates ?

Je pouvais aisément imaginer une Madame la boulangère, version XVIe siècle, déjouant cette énigme.

— Sans doute, mais mieux vaudrait donner l'impression que l'on consent.

— Afin de sauver les apparences ?

— Oui.

— Rien n'a donc vraiment changé au cours des quatre derniers siècles...

— Vous vous attendiez au contraire ?

L'autre bibliothécaire apparut sur le seuil de la porte. Nous devions avoir l'air fort absorbés par nos recherches car elle sourit et s'éclipsa.

— Encore une chose, reprit Jean-Paul. Oh ! Un détail... Le nom de Marie. N'est-ce pas là un prénom plutôt surprenant pour une fille de huguenots ?

— Pourquoi ça ?

— Calvin voulait mettre fin au culte de la Vierge Marie. Il croyait à un contact direct avec Dieu sans intermédiaire. Elle était perçue comme une façon de nous détourner de Dieu. Et elle appartient au catholicisme. Il est étrange qu'ils lui aient donné le nom de la Vierge.

— Marie, répétai-je.

Jean-Paul referma la bible. Je le regardai en toucher la couverture, suivre du doigt le motif de la feuille dorée.

— Jean-Paul.

Il se tourna vers moi, l'œil brillant.

— Venez chez moi.

Je ne m'étais même pas rendu compte que j'allais le dire.

Rien ne parut sur son visage, mais le changement entre nous fut comparable au vent changeant de direction.

— Ella, je travaille.

— Après votre travail.

— Et votre mari ?

— Il est en voyage.

Je commençai à me sentir humiliée.

— Laissez tomber, marmonnai-je. Oubliez même que je vous ai dit ça.

J'allais me lever, mais il posa sa main sur la mienne et m'arrêta. Au moment où je me rasseyais, il jeta un regard vers la porte et retira sa main.

— Accepteriez-vous d'aller quelque part, ce soir ? demanda-t-il.

— Où ça ?

Jean-Paul écrivit quelque chose sur un bout de papier.

— Ça serait bien si vous pouviez venir vers onze heures du soir.

— Mais qu'est-ce que c'est ?

Il secoua la tête.

— Une surprise. Venez, c'est tout. Vous verrez.

Je pris une douche et passai un temps fou à me pomponner, même si je n'avais aucune idée de l'endroit où j'allais : Jean-Paul avait juste griffonné une adresse à Lavaur, ville distante d'une vingtaine de kilomètres. Pour autant que je sache, ce pouvait être un restaurant, chez des amis ou un bowling.

J'avais encore en tête sa remarque, la veille au soir, au sujet de mes vêtements. J'avais beau ne pas être sûre qu'il s'agissait là d'une critique de sa part, je cherchai dans ma garde-robe une tenue de couleur gaie. Je finis par opter pour la robe jaune pâle sans manches, c'était ce qui se rapprochait le plus d'une couleur vive. Au moins, je me sentirais à l'aise et, avec des chaussures ouvertes derrière et une touche de rouge à lèvres, je n'aurais pas si mauvaise allure. Pas question de rivaliser avec ces Françaises qui ont de la classe en jean et tee-shirt, mais j'étais convenable.

À peine avais-je refermé la porte que le téléphone sonna. Je dus me précipiter pour devancer le répondeur.

— Salut, Ella, je t'ai tirée du lit ?

— Salut, Rick. Non, en fait, j'allais, euh... J'allais faire un tour. Du côté du pont.

— Faire un tour à onze heures du soir ?

— Oui, il fait chaud et je m'ennuyais. Et toi, où es-tu ?

— À l'hôtel.

J'essayai de me rappeler : était-il à Hambourg ou à Francfort ?

— Ta réunion s'est bien passée ?

— Formidable !

Il me raconta sa journée, me donnant le temps de me reprendre. Lorsqu'il me demanda quelles avaient été mes occupations, j'avoue que je ne trouvai rien à lui dire qu'il eût souhaité entendre.

— Pas grand-chose, me hâtai-je de répondre. Alors, quand reviens-tu ?

— Dimanche. Au retour, il va falloir que je m'arrête à Paris. Et toi, ma belle, qu'est-ce que tu portes ce soir ?

C'était un de ces vieux jeux auxquels nous nous amusions par téléphone : l'un racontait ce qu'il portait et l'autre se décrivait en train de le déshabiller. Je ne pouvais lui dire ni ce que je portais, ni pourquoi je ne voulais pas jouer à ce jeu.

Par chance, c'est Rick lui-même qui me sauva la mise en disant :

— Attends une minute, j'ai un autre appel, il vaut mieux que je le prenne.

— Bien sûr. À un de ces prochains jours !

— Je t'aime, Ella.

Il raccrocha.

J'attendis quelques minutes pour m'assurer qu'il ne rappellerait pas, je ne me sentais pas bien.

Dans la voiture, je ne cessais de me répéter : tu peux encore rebrousser chemin, Ella. Tu n'as pas besoin de faire ça. Tu peux aller jusque là-bas, te garer, arriver à la porte de je ne sais trop où et repartir. Tu peux même l'apercevoir, passer un moment avec lui, en toute innocence, et revenir chez toi pure et intacte. Au sens littéral.

Lavaur était un évêché d'environ trois fois la taille de Lisle-sur-Tarn. Elle possédait un vieux quartier et un semblant de vie nocturne : un cinéma, des restaurants, deux ou trois bars. Je consultai un plan, me garai près de la cathédrale, lourdaude construction en briques dotée d'une tour octogonale, puis je me dirigeai dans la vieille ville. En dépit de toutes ces tentations nocturnes, il n'y avait pas un chat dans les rues, pas une persienne qui ne fût close, pas une lumière.

Je n'eus aucun mal à trouver l'adresse : impossible de rater l'endroit, une taverne signalée par une éblouissante enseigne au néon. L'entrée donnait sur une impasse. Sur les volets de la fenêtre à côté de la porte étaient peints des soldats sans visage servant de garde du corps à une femme en robe longue. Troublée par cette vision, je me précipitai à l'intérieur.

Le contraste entre l'extérieur et l'intérieur n'aurait pu être plus frappant. C'était un petit bar, à peine éclairé, bruyant, bondé et enfumé. Les quelques bars de petites villes françaises où j'avais mis les pieds étaient, en général, des endroits plutôt sinistres, peu accueillants, fréquentés par une clientèle masculine. Celui-ci était une lueur au milieu des ténèbres. On s'attendait si peu à le trouver que je restai sur le pas de la porte, ébahie.

Juste devant moi, une femme d'une beauté saisissante, en jean et chemisier de soie bordeaux, chantait *Every time we say goodbye*, avec un accent français à couper au couteau. Même de dos, je reconnus tout de suite Jean-Paul, penché au-dessus du clavier. Il gardait les yeux rivés sur ses mains, jetant à l'occasion un regard en direction de la chanteuse, concentré mais serein.

Les gens entraient derrière moi et je dus me glisser dans la foule. Impossible de détacher mon regard de Jean-Paul. Des cris et des applaudissements prolongés saluèrent la fin de la chanson. Jean-Paul regarda autour de lui, m'aperçut et me sourit. Un homme qui se tenait à ma droite me tapota l'épaule.

— Vous feriez bien d'être prudente, c'est un tombeur

de femmes celui-là ! hurla-t-il en riant, hochant la tête en direction du piano.

Me sentant devenir rouge comme une pivoine, je m'éloignai. Lorsque Jean-Paul et la femme attaquèrent une nouvelle chanson, je me faufilai jusqu'au bar et, par miracle, trouvai un tabouret pour m'asseoir.

La peau olivâtre de la chanteuse semblait éclairée de l'intérieur, l'arc de ses sourcils noirs était parfait. En chantant, elle attirait l'attention sur ses longs cheveux châtains, épars et bouclés, les peignant de ses doigts, rejetant la tête en arrière, plaquant ses poignets contre ses tempes dans les hautes envolées. Jean-Paul était moins exubérant qu'elle, son calme compensait les grands effets de la femme, son accompagnement soulignait sa voix pétillante. Ils étaient excellents, ils étaient détendus et assez sûrs d'eux-mêmes pour plaisanter et se taquiner. Je sentis les affres de la jalousie.

Deux chansons plus tard, ils firent une pause et Jean-Paul s'avança vers moi, s'arrêtant pour parler à une personne sur deux. Je tirai nerveusement sur ma robe, regrettant qu'elle ne me descende pas au-dessous des genoux.

S'approchant de moi, il me dit : « Salut, Ella », et m'embrassa sur les deux joues comme il avait embrassé dix autres personnes. Je repris mes esprits, à la fois soulagée et déçue de ne pas avoir eu droit à toute son attention. Mais enfin, que veux-tu, Ella ? m'acharnais-je à me demander. Sans doute Jean-Paul lut-il mon malaise sur mon visage.

— Viens, je vais te présenter à des amis, se contenta-t-il de me dire.

Je me laissai glisser du tabouret, pris ma chope de bière et l'attendis le temps que le barman lui tende un whisky. Il agita la main en direction d'une table à l'autre bout de la salle, posa sa paume dans mon dos pour me guider tandis que nous nous frayions un chemin à travers la foule, ne la retirant qu'après avoir rejoint ses amis.

Six personnes, y compris la chanteuse, étaient assises sur des bancs des deux côtés d'une longue table. Ils se serrèrent pour nous laisser de la place. Je me retrouvai à côté de la chanteuse, en face de Jean-Paul, nos genoux se touchaient tant nous étions à l'étroit. Je regardai la table, encombrée de bouteilles de bière et de verres de vin et je souris en mon for intérieur.

Le groupe parlait musique, citant des chanteurs français dont je n'avais jamais entendu parler, riant aux éclats à la mention de références culturelles qui ne signifiaient rien pour moi. Ils étaient si bruyants et ils parlaient si vite que je finis par ne plus prêter attention. Fumant une cigarette, Jean-Paul ponctuait les plaisanteries d'un petit rire, mais il demeurait silencieux. Je sentais parfois ses yeux se poser sur moi. Une fois, quand je lui retournai son regard, il me dit :

— Ça va ?

Je lui répondis d'un signe de tête. Janine la chanteuse se tourna vers moi et me demanda :

— Alors, qui préfères-tu : Ella Fitzgerald ou Billie Holiday ?

— Oh ! Je dois dire que je ne les écoute pas beaucoup ni l'une ni l'autre.

Ma réponse était peu aimable : après tout, elle me tendait une perche pour que je participe à la conversation. Je cherchais aussi à me convaincre que je n'étais pas jalouse d'elle, de sa beauté, de son aise, de ses liens avec Jean-Paul.

— J'apprécie Frank Sinatra, m'empressai-je d'ajouter.

Un homme à la calvitie naissante, au visage poupin et à la barbe de deux jours qui était assis à côté de Jean-Paul grommela :

— Trop sentimental. Trop « show-biz ».

Il employa l'expression anglaise et agita les mains contre ses oreilles en arborant un sourire figé.

— Parlez-moi de Nat King Cole, ça, c'est autre chose !

— Oui, mais... commençai-je.

Tous se tournèrent vers moi, suspendus à mes lèvres. Une remarque de mon père au sujet de la technique de Sinatra me revenait soudain à l'esprit et j'essayais désespérément de la traduire dans ma tête, ce que Mme Sentier m'avait recommandé d'éviter à tout prix...

— Frank Sinatra chante sans respirer, repris-je, puis je m'arrêtai.

Les mots m'avaient trahie : je cherchais à dire qu'il chantait avec une telle aisance que vous ne l'entendiez pas respirer, hélas, mon français m'avait joué un tour...

— Ses...

Mais la conversation avait continué, j'avais raté la balle. Je fronçai les sourcils et secouai la tête, m'en voulant, aussi embarrassée que le narrateur qui s'aperçoit que personne ne l'écoute.

Jean-Paul tendit le bras et me toucha la main.

— Tu me rappelles mon séjour à New York, dit-il en anglais. Parfois, dans les bars, je n'entendais rien, tout le monde braillait et se servait de mots que je ne connaissais pas.

— Je n'arrive pas encore à penser assez vite en français, il ne me faut rien de trop compliqué.

— Ça viendra, si tu restes ici assez longtemps, ça viendra.

L'homme au visage poupin nous entendit parler anglais, il me regarda de haut en bas.

— Vous êtes américaine ? me demanda-t-il.

— Oui.

Ma réponse produisit l'effet bizarre d'une décharge électrique se propageant autour de la table. Tous se redressèrent sur leur siège et Jean-Paul et moi fûmes pris sous un feu croisé de regards. Je le regardai aussi, intriguée par cette réaction. Jean-Paul tendit la main pour prendre son verre et, d'un coup de poignet provocateur, il acheva son whisky.

L'homme eut un sourire sarcastique.

— À ce que je vois, vous n'êtes pas bien grosse, pourquoi n'êtes-vous pas comme une Américaine sur deux ?

Il gonfla ses joues, plaça ses mains autour d'une bedaine imaginaire.

Je découvris ainsi que la rage pouvait me délier la langue en français.

— Il existe peut-être des Américains gros et gras, mais ils n'ont pas d'aussi grandes gueules que les Français.

La table éclata de rire, y compris l'homme. En réalité, il semblait prêt à continuer. La barbe, me dis-je. J'ai mordu à l'hameçon, il va me harceler pendant des heures.

Il se pencha en avant.

Allons, Ella, la meilleure défense, c'est l'attaque... La phrase préférée de Rick, je croyais presque l'entendre.

J'interrompis l'homme avant qu'il ait le temps d'ouvrir la bouche.

— Et maintenant revenons à l'Amérique. Bien sûr que vous allez mentionner... Attendez, il faut que je mette ça dans l'ordre. Le Viêt-nam. Non, commençons plutôt par les films américains et la télévision, Hollywood, le McDonald's des Champs-Élysées...

J'énumérai sur mes doigts.

— Puis le Viêt-nam. Viennent ensuite la violence, les armes à feu. Et la CIA, oui, vous devez mentionner plusieurs fois la CIA. Et peut-être que si vous êtes communiste... – oui, seriez-vous par hasard communiste, monsieur ? – vous mentionnerez Cuba... Vous terminerez par la Seconde Guerre mondiale, précisant que les Américains sont arrivés en retard et qu'eux-mêmes n'ont jamais connu l'occupation allemande comme ces malheureux Français. C'est la pièce de résistance, n'est-ce pas ?

Cinq personnes m'adressaient de larges sourires tandis que l'homme faisait la moue. Jean-Paul porta son verre à ses lèvres pour cacher son rire.

— Et maintenant, poursuivis-je, étant donné que vous êtes français, sans doute devrais-je vous demander si, en tant que colons, les Français se sont mieux comportés à l'égard des Vietnamiens ¿ Dites-moi, êtes-vous fier de ce qui s'est passé en Algérie ¿ Et le racisme à l'encontre des populations d'Afrique du Nord ¿ Et les essais nucléaires dans le Pacifique ¿ Voyez-vous, en tant que Français, vous représentez votre gouvernement, vous êtes donc d'accord avec tout ce qu'il fait, n'est-ce pas ¿ Espèce de petit merdeux, va ! ajoutai-je tout bas en anglais.

Jean-Paul fut le seul à saisir. Il me regarda, ahuri. Je souris. Voilà qui surprenait chez une femme bien élevée...

L'homme baissa les bras en signe de défaite.

— Nous étions donc en train de parler de Frank Sinatra et de Nat King Cole. Excusez mon français, il me faut parfois un peu de temps pour m'exprimer. Ce que je voulais dire c'est qu'on n'entend pas, comment appelle-t-on ça ¿...

La main sur ma poitrine, je respirai à fond.

— La respiration... suggéra Janine.

— Oui, c'est impossible de l'entendre respirer quand il chante. On raconte que c'est grâce à une technique respiratoire que lui a enseignée...

À l'autre extrémité de la table, un homme venait de s'esquiver, à mon vif soulagement.

Jean-Paul se leva.

— Il faut que je retourne au piano, me glissa-t-il. Tu restes ¿

— Oui.

— Tant mieux. Tu t'y t'entends, toi, pour défendre ton coin, pas vrai ¿

— Comment ¿

— Tu comprends... Défendre ton...

Il montra du doigt le fond de la salle.

— Tu veux dire allumer une querelle d'ivrognes ?

— Mais non, mais non...

Il laissa courir son doigt le long de l'angle de la table.

— Oh ! Tu veux dire défendre mon angle ! Oui, ne t'en fais pas, je suis capable de me tirer d'affaire.

Et tout se passa bien. Personne ne ressortit d'autres clichés concernant l'Amérique ou les Américains. Je me débrouillais pour intervenir de temps en temps et, lorsque je ne comprenais pas de quoi ils parlaient, j'écoutais la musique.

Jean-Paul joua un peu de musique bastringue, puis Janine se joignit à lui. Ils se lancèrent dans un pot-pourri de chansons : Gershwin, Cole Porter et plusieurs chansons françaises. À un moment, ils échangèrent quelques mots, puis après un coup d'œil dans ma direction, Janine se mit à chanter *Let's call the whole thing off*, tandis que Jean-Paul souriait devant son clavier.

Plus tard, quand les gens commencèrent à s'en aller, Janine vint s'asseoir en face de moi. Nous n'étions plus que trois autour de la table et nous avions sombré dans le silence douillet de la fin de soirée où tout a été dit. Même l'homme à la calvitie naissante se taisait.

Jean-Paul continuait à jouer une musique sereine, contemplative, soulignant de quelques accords une phrase mélodique. Il passait du classique au jazz, une combinaison d'Erik Satie et de Keith Jarrett.

Je me penchai vers Janine.

— Que joue-t-il ?

Elle sourit.

— Des airs de sa composition.

— C'est beau.

— Oui, il ne les joue que tard le soir.

— Quelle heure est-il ?

Elle regarda sa montre. Il était presque deux heures du matin.

— Je n'avais pas idée qu'il était si tard !

— Tu n'as pas de montre ?

Je lui montrai mes poignets.

— Je l'ai laissée à la maison.

Nos regards à toutes deux s'allumèrent à la vue de mon alliance. D'instinct, je retirai mes mains. Cet anneau était tellement une part de moi-même que je l'avais oublié. Et même si je m'en étais souvenue, je ne l'aurais sans doute pas retiré, c'eût été trop calculé.

Mon regard croisa le sien, je rougis, ce qui n'arrangea pas les choses. J'envisageai un instant d'aller le retirer dans les toilettes, mais je savais qu'elle remarquerait son absence, j'enfouis donc mes mains sur mes genoux et changeai de sujet, lui demandant sur un ton plein de sous-entendus où elle avait trouvé son chemisier. Elle comprit.

Quelques minutes plus tard, le reste de la table se leva pour partir. À ma surprise, Janine s'en fut avec l'homme chauve. Ils m'adressèrent un joyeux au revoir de la main, Janine envoya un baiser à Jean-Paul et ils disparurent dans ce qui restait de la foule. Nous nous retrouvâmes en la seule compagnie du serveur qui ramassait les verres et essuyait les tables.

Jean-Paul acheva son morceau et resta un moment silencieux. Le serveur sifflotait en empilant les chaises sur les tables.

— Hé ! François, deux whiskies si tu n'es pas trop près de tes sous, sers-nous donc deux whiskies !

François eut un petit sourire narquois, mais il alla derrière le bar et servit trois verres. Il en posa un devant moi avec une rapide courbette et plaça l'autre sur le piano, puis il retira le tiroir de la caisse et, le tenant en équilibre dans une main et le verre dans l'autre, il disparut dans les coulisses.

— Il y a un joli effet de lumière sur ta tête, Ella Tournier.

Je regardai le faisceau de lumière au-dessus de moi, il caressait mes cheveux de reflets mordorés. Je me tournai vers Jean-Paul, il plaqua un accord grave et langoureux. Nous trinquâmes en buvant.

— Tu as fait du piano ?

— Oui, dans ma jeunesse.

— Tu connais Érik Satie ?

Il posa son verre et se lança dans un morceau que je reconnus, à cinq temps, un air à la mélodie suave et sobre. Il ne pouvait mieux convenir à cette ambiance, à cette heure. Pendant qu'il jouait, je posai mes mains sur mes genoux, retirai mon alliance et la glissai dans la poche de ma robe.

À la fin, il laissa un instant ses mains sur le clavier, puis il prit son verre et le vida.

— Partons, dit-il en se levant. François a besoin de son sommeil.

Affronter l'extérieur revenait à retrouver le monde après avoir été confiné chez soi une semaine avec la grippe : le monde semblait aussi vaste qu'étrange et j'étais toute désorientée. À cette heure, la température s'était rafraîchie et des étoiles pailletaient le ciel. Nous longeâmes les volets sur lesquels étaient peints la femme et des soldats.

— Qui est-ce ? demandai-je.

— C'est la Dame du Plô, une martyre cathare du XIIIe siècle. Des soldats la violèrent, puis la jetèrent dans un puits qu'ils remplirent de pierres.

J'en eus le frisson, il m'entoura de son bras.

— Allons, viens, dit-il, sinon tu vas me reprocher d'aborder des sujets inappropriés aux moments les plus inappropriés.

Je ris.

— Comme Goethe...

— Oui, comme Goethe.

Je m'étais demandé plus tôt si viendrait un temps où il nous faudrait prendre une décision, en discuter, l'analyser. L'heure était venue et il était clair que nous avions débattu en silence pendant toute la soirée et qu'une décision avait déjà été prise. Ce fut un soulagement de ne rien dire, de nous contenter d'aller jusqu'à sa voiture et d'y monter. Nous n'ouvrîmes pour ainsi dire pas la bouche pendant le trajet du retour. En passant devant la cathédrale de Lavaur, il aperçut ma voiture, solitaire sur le parking.

— Ta voiture, dit-il, une constatation plutôt qu'une question.

— Je reviendrai demain en train.

C'était tout, rien à ajouter.

Une fois dans la campagne, je lui demandai de rouler le toit de la 2 CV. Il l'enleva d'un geste, en une seule fois. Je posai la tête sur son épaule, il passa le bras autour de moi, laissant courir sa main le long de mon bras nu, tandis que je renversais la tête en arrière et regardais défiler les sycomores.

En traversant le Tarn avant d'entrer en ville, je me redressai. Même à trois heures du matin, il semblait souhaitable de se plier aux règles de la bienséance. Jean-Paul habitait un appartement à l'autre bout de la ville par rapport à notre maison, presque à l'orée de la campagne. Il n'était qu'à une dizaine de minutes à pied de chez moi, une réalité que je m'efforçais d'oblitérer.

Nous nous garâmes, sortîmes de la voiture et refermâmes le toit. Autour de nous, les maisons étaient plongées dans l'obscurité et les volets étaient clos. Je grimpai quelques marches derrière lui pour accéder à sa porte, à l'extérieur d'une maison. Debout sur le seuil, j'attendis qu'il allume une lampe, éclairant ainsi une pièce accueillante, aux murs tapissés de livres.

Il se retourna et me tendit la main. Je déglutis, j'avais la gorge serrée. Une fois au pied du mur, j'étais terrifiée.

Je finis par lui tendre la main, pris la sienne, et me serrai contre lui, le nez enfoui dans son cou. C'est alors que la peur s'évanouit.

La chambre était meublée de façon plutôt sommaire, mais dotée du plus grand lit que j'avais jamais vu. Une fenêtre donnait sur les champs, je l'empêchai de fermer les volets.

Ce fut comme un mouvement au ralenti. À aucun moment je ne me dis, et maintenant je fais ceci, et maintenant il fait cela. Pas la moindre pensée, juste deux corps qui se reconnaissaient, qui se complétaient.

Nous ne nous endormîmes qu'au lever du jour.

Je m'éveillai par un soleil radieux dans un lit vide. Je m'assis et regardai autour de moi. Je vis deux tables de chevet, dont l'une disparaissait sous les livres. Dans un cadre au-dessus du lit, une affiche noire et violette annonçait un concert de piano-jazz. Une natte couleur des blés, grossièrement tissée, était posée sur le sol. Dehors, derrière la maison, les champs vert vif s'étiraient jusqu'à une allée de sycomores et une route. Je retrouvais dans cette chambre la même simplicité que dans les vêtements de Jean-Paul.

La porte s'ouvrit, Jean-Paul entra, vêtu de noir et de blanc. Il tenait à la main une petite tasse de café. Il la posa sur la table de chevet et s'assit sur le bord du lit, à côté de moi.

— Merci pour le café.

Il acquiesça d'un signe de tête.

— Écoute, Ella, il faut que je parte au travail.

— Tu en es bien sûr ?

Il me sourit en guise de réponse.

— J'ai l'impression de ne pas avoir fermé l'œil de la nuit, repris-je.

— Tu as dormi trois heures. Tu peux continuer si le cœur t'en dit.

— Ça me ferait tout drôle d'être dans ce lit sans toi.

Il passa la main sur ma jambe.

— Si tu veux, tu peux attendre ici qu'il y ait moins de monde dans la rue...

— C'est une idée.

J'entendis les cris des enfants qui passaient : c'était la première intrusion du monde extérieur, une barrière venait de tomber, donnant libre accès aux regards furtifs, incitant à la méfiance. Je n'étais pas sûre d'être prête à cela, je n'étais pas sûre non plus qu'il pût être aussi raisonnable.

Anticipant mes pensées, il me regarda droit dans les yeux et me dit :

— C'est à toi que je pense, ce n'est pas à moi. Pour moi, c'est différent. Par ici, c'est toujours différent pour un homme.

Il n'y allait pas par quatre chemins, cela me força à réfléchir.

— Ce lit...

Je marquai un temps d'arrêt...

— Il est beaucoup trop grand pour une personne... Et tu n'aurais pas deux lampes de chevet si tu étais le seul à dormir ici.

Jean-Paul scruta mon visage, puis il haussa les épaules, nous ramenant ainsi bel et bien sur terre.

— J'ai vécu quelque temps avec une femme. Elle est partie, il y a environ dix-huit mois. C'est elle qui avait eu l'idée de ce lit.

— Étiez-vous mariés ?

— Non.

Je posai la main sur son genou et le serrai.

— Pardon, repris-je en français, je n'aurais pas dû poser ces questions.

Il haussa à nouveau les épaules puis il me sourit.

— Tu sais, Ella Tournier, je suis persuadé que toutes ces conversations en français hier soir ont fini par te dilater la bouche !

Il m'embrassa, ses cils scintillaient au soleil.

Lorsque la porte d'entrée se referma derrière lui, tout sembla changer. Jamais je ne m'étais sentie aussi peu à mon aise chez quelqu'un d'autre. Je m'assis avec raideur, buvant mon café à petites gorgées. J'écoutai les enfants au-dehors, les voitures qui passaient, à l'occasion une Vespa. Il me manquait terriblement : je n'avais qu'une envie, partir le plus vite possible, mais j'avais la sensation d'être piégée par tous ces bruits extérieurs.

Je finis par me lever et pris une douche. Ma robe jaune était toute froissée, elle dégageait une odeur de tabac et de transpiration. En la passant, j'eus l'impression d'être une dragueuse. Je voulais rentrer à la maison, mais je décidai d'attendre que les rues soient plus calmes, en profitant pour regarder ses livres dans la salle de séjour. Il possédait beaucoup d'ouvrages sur l'histoire de France, beaucoup de romans et des livres en anglais d'auteurs tels que John Updike, Virginia Woolf, Edgar Allan Poe. Un assortiment bien insolite. Je fus étonnée de voir que ses livres n'étaient pas classés : fiction et non-fiction étaient mélangés et ils n'étaient même pas rangés par ordre alphabétique. De toute évidence, ses bonnes habitudes de travail ne franchissaient pas le seuil de sa porte.

Une fois assurée que la rue était sans danger, j'éprouvai certaine hésitation à partir, sachant que je ne pourrais pas revenir. Après un dernier tour des pièces, j'ouvris le placard de la chambre et j'en sortis la chemise bleu pâle que Jean-Paul avait portée la veille au soir, en fis une boule que je fourrai dans mon sac.

Mettre le pied dehors produisit sur moi l'effet d'une entrée en scène, même si, apparemment, les spectateurs n'étaient pas au rendez-vous. Je dévalai l'escalier et me dirigeai d'un pas rapide vers le centre de la ville. Ayant atteint le quartier où j'aimais à flâner le matin, je respirai plus librement, même si je me savais exposée aux regards. J'étais sûre que les passants n'avaient d'yeux que pour moi, que pour mes cernes. Voyons, Ella, tu devrais en avoir l'habitude : il faut toujours qu'ils te regardent, me répétais-je pour me rassurer. C'est parce que tu es étrangère et non point parce que tu viens de... Je ne pouvais me résoudre à achever ma phrase.

Ce n'est qu'une fois dans notre rue que je compris que je ne voulais pas retourner chez nous : la seule vue de notre maison me donna la nausée. Je m'arrêtai et m'adossai à celle de ma voisine. En pénétrant à l'intérieur, me disais-je, il me faudra affronter mon sentiment de culpabilité.

Je restai là un long moment, puis je rebroussai chemin et me dirigeai vers la gare : je pouvais, en tout cas, commencer par aller rechercher la voiture, cela me fournissait une excuse valable pour remettre à plus tard le reste de ma vie.

C'est en proie à une sorte de stupeur douce-amère que je pris place dans le train, me souvenant de justesse qu'à la prochaine gare je devrais prendre la correspondance à destination de Lavaur. Je me retrouvai entourée d'hommes d'affaires, de ménagères rentrant du marché, d'adolescents en train de se conter fleurette. Je trouvais vraiment étrange qu'il se soit passé quelque chose d'extraordinaire sans que personne autour de moi ne fût au courant. Je mourais d'envie de demander à la sinistre tricoteuse en face de moi : « Avez-vous la moindre idée de ce que je viens de faire ? Auriez-vous fait de même ? »

Mais les événements de ma vie n'importaient pas plus aux autres voyageurs qu'au reste de l'humanité. On continuait à cuire du pain, à pomper de l'essence, à faire des quiches, et les trains étaient à l'heure. Même Jean-Paul était au travail, dispensant à des petites vieilles ses conseils en matière de romans à l'eau de rose. Quant à

Rick, il participait à ses réunions en Allemagne dans un état de béate ignorance. Soudain, je retins mon souffle : après tout, s'il y avait quelqu'un qui ne tournait pas rond, c'était moi. Moi qui n'avais rien d'autre à faire que d'aller rechercher ma voiture et d'avoir mauvaise conscience...

Je bus un espresso dans un café de Lavaur avant de retourner à ma voiture. Au moment où j'allais monter dans celle-ci, j'entendis un « Hé ! l'Américaine ! » sur ma gauche et, me retournant, j'aperçus l'homme au crâne dégarni avec lequel j'avais eu cette altercation la veille qui se dirigeait vers moi. Il arborait cette fois une barbe de trois jours. J'ouvris tout grand la portière, m'appuyai contre elle, en faisant un écran de protection entre lui et moi.

— Salut, dis-je.

— Salut, madame.

Son « madame » ne tomba pas dans l'oreille d'une sourde.

— Je m'appelle Ella, rétorquai-je avec froideur.

— Claude.

Il me tendit la main, nous nous donnâmes une poignée de main dans les formes. Je me sentis un peu ridicule. Tous les indices révélateurs de mon aventure étaient là, sous ses yeux, comme dans une vitrine : la voiture toujours au même endroit, ma robe froissée de la veille au soir, mon visage las, l'amèneraient à une seule et unique conclusion. Restait à savoir s'il aurait le tact de ne pas la mentionner. D'une façon ou d'une autre, j'en doutais.

— Prendrais-tu une tasse de café ?

— Non merci, je viens d'en boire une.

Il sourit.

— Allons, tu boiras bien un café avec moi !

D'un geste, il fit mine de m'emmener avec lui et s'éloigna. Je ne bougeai pas. Il se retourna, s'arrêta et se mit à rire.

— Oh ! Toi alors ! On peut dire que tu es difficile ! On croirait un petit chat avec ses griffes comme ça...

Il mima des pattes aux griffes rigides et recourbées... et son poil tout hérissé.

— Si je comprends bien, tu ne veux pas de café, mais viens donc tout de même t'asseoir un moment sur ce banc. D'accord ? C'est tout. J'ai quelque chose à te dire...

— Quoi donc ?

— Je veux t'aider. Non, ce n'est pas exact. Je veux aider Jean-Paul. Alors, assieds-toi. Juste une seconde.

Il s'assit sur un banc voisin et me regarda, avec espoir. Je finis par refermer la portière et aller m'asseoir à ses côtés. Je ne le regardai pas, lui préférant le jardin en face de nous, dont les massifs de fleurs disposés avec art commençaient à éclore.

— Que voulez-vous me dire ?

Je veillai à répondre avec une certaine distance à sa familiarité, mais en vain.

— Tu sais, Jean-Paul est un bon ami de Janine et moi. De nous tous, à la Taverne.

Il sortit un paquet de cigarettes et me le tendit. Je fis non de la tête. Il en alluma une, s'installa confortablement sur le banc, croisant les jambes à hauteur des chevilles, puis il s'étira.

— Tu n'es pas sans savoir qu'il a vécu pendant un an avec une femme, poursuivit-il.

— Oui, et alors ?

— T'a-t-il dit quoi que ce soit à son sujet ?

— Non.

— Elle était américaine.

Je lançai un regard en direction de Claude, pour voir quelle réaction il attendait de ma part mais, les yeux rivés sur les voitures qui passaient, il ne laissa rien paraître.

— Et elle était grosse ?

Claude éclata de rire.

— Toi alors ! hurla-t-il. Tu es... Je comprends pourquoi Jean-Paul a un faible pour toi. Une vraie petite chatte !

— Pourquoi est-elle partie ?

Il haussa les épaules, son rire alla decrescendo.

— Elle avait le mal du pays et elle ne se sentait pas dans son élément. Elle prétendait que les gens n'étaient pas gentils avec elle, elle avait l'impression d'être tenue à l'écart.

— Nom de Dieu ! lâchai-je en anglais.

Claude se pencha en avant, les jambes écartées, les coudes sur ses genoux, les mains pendantes.

— L'aime-t-il encore ? demandai-je.

Il haussa les épaules.

— Elle est mariée, maintenant.

Ce n'est pas une réponse, eh ! regarde-moi, pensai-je.

— Tu vois, reprit-il, nous protégeons un peu Jean-Paul. Nous rencontrons une charmante jeune femme américaine, pleine de vie, une vraie petite chatte, qui trouve Jean-Paul à son goût, mais qui est mariée et nous nous disons – il haussa à nouveau les épaules – peut-être que ce n'est pas si bon que ça pour lui, tout en sachant que lui ne verra pas les choses ainsi. Ou qu'il les voit ainsi... mais qu'elle demeure malgré tout une tentation.

— Mais...

Je ne pouvais discuter. Si je ripostais que toutes les Américaines ne s'enfuient pas chez elles la queue entre les jambes – non que je n'aie pas envisagé cette option en ces moments où je me sentais plus que jamais à l'écart –, Claude arguerait que j'étais mariée. J'ignorais quel argument il favoriserait, sans doute cela était-il une partie de sa stratégie. Je le détestais trop pour chercher à savoir.

Ce qu'il disait, assurément, c'était que je n'étais pas bonne pour Jean-Paul.

À cette seule pensée, je finis par craquer, fragilisée par le manque de sommeil et l'absurdité de me trouver sur ce banc en compagnie de cet individu qui me ressassait des évidences. Je me penchai, les coudes sur mes genoux, les paumes en visière, comme pour protéger mes yeux d'un soleil trop vif et je me mis à pleurer en silence.

Claude se redressa.

— Je suis navré, Ella, je n'ai pas dit cela pour te faire de la peine.

— Comment vous attendiez-vous à ce que je réagisse ? rétorquai-je.

Il eut le même geste de défaite que la veille.

J'essuyai mes mains humides sur ma robe et me levai.

— Il faut que j'y aille, marmonnai-je, chassant mes cheveux de mon visage.

Je ne pus me résoudre à le remercier ni à lui dire au revoir.

Je pleurai pendant tout le trajet de retour.

La bible trônait, amer reproche, sur mon bureau. Je ne pouvais supporter d'être seule dans une pièce, mais je n'avais guère le choix. J'avais besoin de parler à une amie : c'était en général des femmes qui m'avaient aidée à traverser les périodes de crise. Hélas, c'était le milieu de la nuit aux États-Unis, et puis, par téléphone tout est différent. Ici, je n'avais personne à qui me confier. Celle dont je m'étais sentie le plus proche, c'était Mathilde mais elle avait pris un tel plaisir à flirter avec Jean-Paul qu'elle n'aimerait sans doute pas entendre ce qui s'était passé.

À la fin de la matinée, je me souvins que j'avais une leçon de français à Toulouse dans l'après-midi. J'appelai Mme Sentier pour annuler, lui disant que j'étais souffrante. Elle me demanda ce que j'avais, je lui répondis qu'il s'agissait d'une poussée de fièvre.

— Ah ! Il vous faut quelqu'un qui puisse veiller sur vous, s'écria-t-elle.

Je croyais entendre mon père, toujours inquiet que je me retrouve seule et abandonnée dans ce pays. « Appelle

Jacob Tournier si tu as le moindre problème, dirait-il. Quand on a un problème, c'est bon de sentir qu'on a de la famille dans les environs. »

« Jean-Paul...

» Je pars dans ma famille. Je pense que c'est ce que j'ai de mieux à faire. Si je reste ici, je sombrerai dans le remords.

» J'emporte ta chemise bleue.

» Pardonne-moi.

» Ella. »

Rick n'eut pas droit à un petit mot, j'appelai sa secrétaire et lui laissai le plus concis des messages.

7

La robe

Elle n'était jamais seule. Il y avait toujours quelqu'un avec elle, que ce soit Étienne, Hannah ou Petit Jean. En général, c'était Hannah, ce qu'Isabelle préférait, car Hannah ne pouvait ni ne voulait lui parler et elle était trop âgée et trop chétive pour lui faire mal. Désormais, les bras d'Étienne se déchaînaient sous l'effet de la rage et elle n'avait plus confiance en Petit Jean avec son couteau et ce sourire dans ses yeux.

Comment cela a-t-il pu arriver ? songeait-elle, les mains croisées sur sa nuque, les coudes pressés contre sa poitrine. Oui, comment se fait-il que je ne puisse même plus avoir confiance en mon petit garçon ? Debout sur le porche, elle promenait son regard sur les champs d'une morne blancheur jusque vers les montagnes obscures et le ciel gris.

Hannah rôdait derrière elle, dans le devant-huis. Isabelle savait que, depuis le début, Étienne était au courant de ses moindres faits et gestes et pourtant elle n'avait jamais surpris Hannah en train de lui parler.

— Grand-mère, ferme la porte ! criait Petit Jean depuis l'intérieur de la maison.

Isabelle jeta un coup d'œil par-dessus son épaule vers la pièce sombre, enfumée, elle frissonna. Ils avaient couvert les fenêtres et gardaient la porte fermée. La fumée s'était transformée en un nuage épais, étouffant. Ses yeux et sa gorge piquaient. Elle se mit à arpenter la pièce d'un pas pesant, puis elle ralentit comme si elle se mouvait dans l'eau. Le devant-huis était le seul endroit où elle pouvait respirer normalement, en dépit du froid.

Hannah toucha le bras d'Isabelle, d'un signe de tête elle lui montra la cheminée et s'écarta pour la faire rentrer.

L'hiver, on filait toute la journée, jamais on ne voyait la fin des tiges de chanvre entassées dans la grange. Tout en travaillant, Isabelle songeait à la douceur de l'étoffe bleue, elle l'imaginait entre ses mains au lieu de la fibre rêche qui raclait la peau, laissant sur ses doigts une dentelle arachnéenne de minuscules entailles. Elle ne parvenait pas à filer le chanvre aussi fin qu'elle filait la laine dans les Cévennes.

Elle savait que Jacob avait dû cacher l'étoffe, soit dans les bois soit dans la grange, mais elle n'avait jamais posé de question. Elle n'en avait jamais eu l'occasion, et même s'ils s'étaient trouvés seuls un moment, elle l'aurait laissé garder le secret. Sinon, Étienne aurait pu le lui arracher en la rouant de coups.

Elle avait peine à penser dans cette fumée, face à ce tas de chanvre dont elle ne voyait pas la fin, dans ce silence ténébreux et feutré. Étienne posait souvent son regard sur elle. Privés de cils, les yeux d'Étienne paraissaient durs, elle ne pouvait les rencontrer sans se sentir menacée et coupable.

Elle parlait de moins en moins et se taisait, le soir, au coin du feu. Elle ne contait plus d'histoires aux enfants, elle ne chantait plus, elle ne riait plus. Elle avait l'impression de se ratatiner, elle se disait que si elle n'ouvrait pas la bouche, elle deviendrait sans doute moins visible, et qu'elle échapperait ainsi aux soupçons et à la menace indéfinissable qui planait sur elle.

Elle commença par rêver au berger dans un champ de genêts. Il arrachait les fleurs jaunes, les pressait entre ses doigts. Mets ça dans de l'eau chaude et bois-le, disait-il.

Voilà qui te remettra d'aplomb. Sa cicatrice avait disparu : quand elle lui demanda où elle se trouvait, il lui répondit qu'elle s'en était allée dans une autre partie de son corps.

Elle rêva ensuite que son père fourrageait dans les cendres d'une cheminée qui s'était écroulée, les ruines d'une maison fumaient autour de lui. Elle l'appela, il était si absorbé par sa recherche qu'il ne leva pas les yeux.

Là-dessus, apparut une femme. Isabelle ne put jamais la regarder droit dans les yeux. Elle se tenait dans l'embrasure des portes, près des arbres, elle l'aperçut une fois au bord d'une rivière qui ressemblait au Tarn. Sa présence était un réconfort, même si elle ne disait rien et ne s'approchait pas assez d'Isabelle pour que celle-ci pût la voir nettement.

Après Noël, ces rêves s'arrêtèrent.

Au matin de Noël, la famille revêtit les habits noirs de circonstance, bien à eux, cette fois, tissés avec leur propre chanvre. La toile était aussi raide que rêche, mais elle durerait longtemps. Les enfants se plaignirent qu'elle grattait et piquait. En son for intérieur, Isabelle en convint, mais elle n'en dit rien.

Sur le parvis de l'église Saint-Pierre, ils aperçurent Gaspard au milieu des fidèles, ils allèrent le saluer.

— Écoute, Étienne, dit Gaspard, figure-toi qu'à l'auberge, j'ai rencontré un homme qui prétend savoir où trouver du granit pour ta cheminée. Là-bas, en France, aux environs de Montbéliard, à une journée d'ici, ils ont une carrière de granit. Au printemps, il pourra t'apporter une grosse dalle. Donne-moi la taille et je lui ferai parvenir un message par le prochain d'entre nous qui ira dans cette direction.

Étienne hocha la tête.

— Tu l'as prévenu que je le payerais en chanvre ?

— Bien sûr.

Étienne se tourna vers les femmes.

— Nous construirons une cheminée au printemps, dit-il tout bas pour que leurs voisins suisses n'en prennent pas ombrage.

— Dieu soit loué, répondit automatiquement Isabelle.

Il jeta un regard vers elle, pinça les lèvres et s'éloigna au moment où Pascale se joignait à eux... Cette dernière fit un signe de tête à Hannah et adressa un vague sourire à Isabelle. Elles s'étaient vues à diverses reprises à l'église mais n'avaient jamais pu se parler.

Le pasteur, Abraham Rougemont, s'approcha. Profitant de ce qu'il saluait Hannah, Isabelle s'entretint à mi-voix avec Pascale.

— Je regrette de n'avoir pu venir te trouver, mais les choses sont... difficiles en ce moment.

— Sont-ils au courant de... de...

— Non, ne t'inquiète pas.

— Isabelle, j'ai...

Pascale s'arrêta net, troublée : Hannah avait surgi aux côtés d'Isabelle, avec une moue déterminée. Elle la dévisageait.

Mal à l'aise, Pascale se contenta d'ajouter :

— Que Dieu te protège cet hiver !

Isabelle lui répondit par un sourire las.

— Et toi aussi.

— Tu viendras nous trouver ?

— Bien sûr.

— Je m'en réjouis. Et maintenant, Jacob, qu'est-ce que tu as pour moi cette fois, mon chéri ?

Il sortit de sa poche un galet d'un vert terne, en forme de pyramide, et le lui tendit.

Isabelle se tourna pour entrer, elle surprit alors Jacob en train de murmurer à l'oreille de Pascale.

Après le service du matin, Étienne se pencha vers Isabelle.

— Maman et toi, vous allez rentrer à la maison, marmonna-t-il.

— Et le service qui est prévu à Chalières... ?

— Tu n'iras pas, La Rousse.

Isabelle ouvrit la bouche mais elle s'arrêta à la vue de ses robustes épaules et de son regard. Cette fois, je ne reverrai plus Pascale, se dit-elle. Cette fois, je ne reverrai plus la Vierge de la chapelle. Elle ferma les yeux, plaqua ses bras contre ses tempes, comme si elle s'attendait à recevoir un coup.

Étienne l'attrapa par le coude, et l'éloigna lestement de la foule.

— File ! ordonna-t-il en la poussant en direction de la ferme.

Hannah vint se placer à côté d'elle.

Tendant une main raidie par l'effroi, Isabelle cria :

— Marie !

Sa fille se précipita à ses côtés.

— Maman, s'exclama-t-elle, saisissant la main tendue vers elle.

— Non, Marie ira à l'église avec nous. Allez, viens, Marie.

Marie regarda sa mère puis elle se tourna vers son père. Lâchant la main d'Isabelle, elle alla se placer entre ses parents.

— Ici.

Étienne lui intima du doigt de venir à côté de lui.

Marie le regarda de ses grands yeux bleus.

— Papa, dit-elle haut et fort, si tu me frappes aussi fort que tu frappes maman, je vais saigner !

Sous l'effet de la colère, Étienne paraissait plus grand. Il fit un pas vers elle, mais s'arrêta en secouant la tête quand, d'un geste, Hannah le mit en garde. La foule s'était tue. Après un regard furieux en direction de Marie, il se tourna et s'éloigna à grandes enjambées vers la maison dc Gaspard.

Hannah prit le sentier menant à la ferme. Isabelle ne bougea pas.

— Marie, dit-elle, viens avec nous.

Marie demeura là jusqu'à ce que Jacob la prenne par la main.

— Allons à la rivière, dit-il.

Marie se laissa emmener. Ni l'un ni l'autre ne se retournèrent.

Jacob jouait avec Marie les jours où le froid les contraignait à rester enfermés. Il inventait des jeux avec ses galets, lui apprenant à compter ou à les classer par couleur, par taille ou par origine. Un de leurs jeux consistait à poser un objet sur le sol, une faux par exemple, et à en délimiter les contours avec les pierres. Ils ramassaient ensuite l'outil, laissant les cailloux ainsi disposés sur le sol. Râteaux, pelles, pots, tout y passait, y compris le banc, leurs haut-de-chausses, leurs mains.

— À ton tour, suggéra-t-il un soir.

Marie battit des mains et se mit à rire. Elle s'allongea sur le plancher, il veilla à tirer sur sa robe pour ne rien perdre de sa silhouette. Cette fois, il choisit avec soin les galets : granit des Cévennes autour de la tête et du cou, cailloux blancs autour de la robe, vert foncé pour les jambes, les pieds et les mains. Il suivit méticuleusement les contours de la robe, allant jusqu'à marquer le creux de la taille, les bras qui s'affinaient vers le poignet. Ayant terminé, il aida Marie à se relever sans déranger les pierres. Tous admirèrent la silhouette de la fillette, allongée de tout son long sur le sol de terre battue. Isabelle leva la tête et remarqua avec quelle attention Jacob et Étienne en détaillaient les contours. Les lèvres d'Étienne remuaient imperceptiblement.

Il compte, se dit Isabelle. Pourquoi compte-t-il ? Elle sentit la peur la submerger.

— Arrête ! hurla-t-elle, en se précipitant vers la silhouette, dispersant les pierres à coups de pied.

Les mois sombres qui suivirent Noël furent les plus durs. En raison du froid, ils n'ouvraient la porte qu'une fois par jour pour aller chercher du bois et du chanvre. Le ciel était gris, lourd de neige et il faisait presque aussi sombre à l'extérieur qu'à l'intérieur. Isabelle regardait au-dehors, dans l'espoir de s'évader un moment. Hélas, ni le ciel gris ni la couche de neige bien lisse que crevaient à l'horizon les sommets noirs des sapins ou les arêtes des rochers ne lui étaient d'aucun réconfort. Le froid lui donnait l'impression qu'on lui enfonçait une barre de métal dans la peau.

Elle commença du même coup à trouver aux aliments certain goût de métal, qu'il s'agît du pain de seigle dur que Hannah cuisait une fois par semaine au four communal ou de l'éternelle soupe aux légumes. Elle devait se forcer à manger, essayer de ne pas remarquer le goût de sang, cacher ses haut-le-cœur. Elle laissait souvent Marie terminer à sa place la nourriture qu'elle avait dans son assiette.

Et voici que ses bras et ses jambes se mirent à la démanger, dans le pli des coudes et derrière les genoux. Au début, elle se grattait à travers ses vêtements : par un froid pareil, elle ne pouvait se déshabiller pour attraper les poux, jusqu'au jour où, apercevant du sang à travers l'étoffe, elle remonta ses manches et regarda les plaies : la peau desséchée s'en allait par lambeaux argentés, laissant des plaques rouges de chair à vif, mais aucune trace de pou. Elle cacha les taches couleur de rouille, redoutant les accusations qu'Étienne pourrait faire peser sur elle s'il voyait le sang.

La nuit, allongée sur son lit, elle contemplait l'obscurité, se grattant le plus discrètement possible pour qu'Étienne ne remarquât rien. Elle écoutait sa respiration régulière, craignant qu'il ne s'éveillât, préférant se priver de sommeil afin de se tenir prête, pour une éventualité qu'elle ignorait. Toujours est-il qu'elle attendait dans la pénombre, respirant à peine.

Elle croyait avoir pris toutes les précautions... Jusqu'au soir où, saisissant sa main, il découvrit le sang. Il la battit puis il la pénétra brutalement par l'arrière. Ce fut pour elle un soulagement de ne pas avoir à regarder son visage.

Un soir, Gaspard vint s'asseoir au coin de leur feu.

— Le granit est commandé, annonça-t-il à Étienne en sortant sa pipe de sa poche et en approchant sa pierre pour l'allumer. Nous sommes convenus du prix et je lui ai transmis les dimensions que tu m'as données. Il l'apportera avant Pâques. Dis-moi, en veux-tu d'autres ? Pour la cheminée elle-même ?

Étienne hocha la tête.

— Je n'aurai pas de quoi payer. Et de toute façon, la pierre à chaux qui est ici suffira pour la cheminée, c'est l'âtre lui-même où la chaleur est le plus intense qui a besoin de la pierre la plus robuste.

Gaspard partit d'un petit rire.

— Là-bas, à l'auberge, ils te croient fou. Pourquoi veut-il une cheminée ? demandent-ils. Sa maison est déjà très bien comme ça !

Un silence s'ensuivit, Isabelle lisait leurs pensées : ils se souvenaient de la cheminée des Tournier.

Marie s'accrochait au bras de Gaspard, attendant qu'il la chatouille. Il tendit la main, lui caressa le menton, lui tira les oreilles.

— Eh ! Tu veux une cheminée, ma petite souris, c'est bien ça que tu veux ? Tu n'aimes pas cette fumée ?

— C'est maman qui la déteste le plus, répondit Marie en pouffant de rire.

— Ah ! Isabelle ?

Gaspard se tourna vers elle.

— Tu n'as pas l'air en forme. Manges-tu assez ?

Hannah fronça les sourcils. Étienne répondit à sa place.

— Il y a tout plein à manger dans cette maison pour ceux qui en ont envie, grommela-t-il.

— Bien sûr.

Gaspard s'essuya les mains sur son ventre, comme s'il lissait un morceau de tissu.

— Vous avez eu une bonne récolte de chanvre, vous avez des chèvres, tout va bien. Si ce n'est qu'il vous faut une cheminée pour Madame.

Il fit un signe de tête en direction d'Isabelle.

— Et Madame finit toujours par avoir ce qu'elle veut.

Isabelle cligna des yeux et le regarda d'un air interrogateur à travers la fumée. Un autre silence s'ensuivit jusqu'à ce que Gaspard parte d'un rire hésitant.

— Je plaisantais ! s'écria-t-il. Je te taquinais, c'est tout.

Après son départ, Étienne arpenta la pièce, examinant la cheminée sous tous les angles.

— Le foyer sera là, contre ce mur, expliquait-il à Petit Jean, tout en tapotant le mur le plus éloigné de la porte. Par là, nous pouvons traverser le toit. Tu vois ? Ici s'élèveront quatre piliers, dit-il en pointant le doigt vers leurs emplacements, ils soutiendront une chape en pierre qui retiendra la fumée et la dirigera vers l'orifice que nous aurons taillé tout en haut.

— Et le manteau de la cheminée, il sera de quelle taille, papa ? s'enquit Petit Jean. Aussi grand que celui de la vieille ferme ?

Étienne parcourut la pièce du regard avant de poser les yeux sur Marie.

— Oui, dit-il, il sera grand. Tu ne crois pas, Marie ?

Il était rare qu'il l'appelât par son nom. Il détestait ce nom, Isabelle le savait. Elle avait menacé de jeter un sort sur leurs moissons s'il ne la laissait pas appeler son bébé Marie. Au cours de toutes ces années vécues avec les Tournier, c'était la seule fois qu'elle avait osé se servir de la peur qu'elle leur inspirait. Aujourd'hui la peur s'en était allée, laissant place à la colère.

Marie regarda Étienne en fronçant les sourcils. Voyant qu'il continuait à la fixer de ses grands yeux glacials, elle fondit en larmes. Isabelle entoura sa fille de son bras.

— Ce n'est rien, chérie, ne pleure pas, murmura-t-elle en lui passant la main dans les cheveux. Cela ne fera qu'envenimer les choses. Ne pleure pas.

Par-dessus la tête de Marie, elle aperçut Hannah perchée à l'autre bout de la pièce. Elle crut un instant qu'elle n'était pas bien. Son visage semblait différent, le lacis de ses rides était plus marqué. Elle comprit alors que le sourire de la vieille femme en était cause.

Isabelle s'arrangeait pour garder Marie auprès d'elle. Elle lui apprit ainsi à filer, à mettre le fil en pelotes, à tricoter des robes pour sa poupée. Isabelle la touchait souvent, elle lui prenait le bras, caressait ses cheveux comme pour s'assurer que la fillette était bien là. Elle veillait à ce que Marie ait toujours le visage propre, le lui frottant chaque jour avec un torchon pour qu'il brille derrière le voile de fumée.

— J'ai besoin de te voir, ma petite, expliquait-elle, même si Marie ne demandait jamais d'explication.

Isabelle veillait à tenir Hannah à distance de l'enfant, allant jusqu'à se placer entre elles deux.

Elle n'y réussissait pas toujours. Un jour, Marie vint trouver Isabelle avec des lèvres toutes luisantes.

— Grand-mère a tartiné mon pain avec de la graisse de porc ! cria-t-elle.

Isabelle fronça les sourcils.

— Et peut-être qu'elle t'en donnera demain, poursuivit l'enfant, pour t'engraisser toi aussi. Tu maigris trop, maman. Et tu as l'air si fatigué...

— Pourquoi grand-mère veut-elle que tu sois grosse ?

— Parce que je suis sa préférée.

— Il n'y a pas de préféré aux yeux de Dieu, reprit Isabelle avec gravité.

— Mais c'était bon, la graisse de porc, maman. Si bon que j'en veux encore.

Un matin, le bruit de l'eau la réveilla, elle sut que c'était enfin terminé.

Étienne ouvrit la porte pour laisser pénétrer le soleil et cette bonne chaleur qui revigorait son corps de femme. La neige fondait, formant des ruisselets qui couraient vers la rivière. Les enfants se précipitèrent au-dehors comme si jusque-là ils avaient été ligotés à l'intérieur. Ils couraient partout, riaient aux éclats, traînant des paquets de boue autour de leurs chaussures.

Isabelle alla s'agenouiller dans le potager, laissant ses genoux s'enfoncer dans la boue. Pour la première fois depuis des mois elle était seule, tous étaient si occupés par l'arrivée du printemps qu'elle était restée sans surveillance. Inclinant la tête, elle se mit à prier à haute voix.

— Sainte Mère, je ne pourrai pas passer un autre hiver ici, murmura-t-elle. Un hiver comme celui-ci est tout ce que je puis endurer. Je vous en supplie, chère Sainte Vierge, ne permettez pas que cela recommence.

Elle pressa les bras sur son estomac.

— Protégez-moi et protégez ce bébé. Vous êtes la seule à savoir...

Isabelle n'était pas retournée à Moutier depuis Noël. Tout l'hiver, Hannah avait porté le pain au four communal. Quand il faisait beau, Étienne avait emmené les enfants à l'église, mais Isabelle était toujours forcée de rester avec Hannah. Lorsqu'ils entendirent les coups de sifflet du camelot annonçant sa visite de printemps, Isabelle s'attendit à ce qu'on lui dise qu'elle ne pourrait y aller, à ce qu'on la batte si elle posait seulement la question. Elle resta donc dans le jardin à planter des herbes aromatiques.

Marie vint la chercher.

— Maman, dit-elle, tu viens ?

— Non, ma petite, je suis occupée, vois-tu.

— Mais papa m'a envoyée te chercher, te dire de venir.

— Ton père veut que j'aille en ville ?

— Oui.

Marie baissa la voix.

— Je t'en supplie, maman, viens. Ne dis rien et viens, c'est tout.

Isabelle regarda le visage de l'enfant dont les yeux bleus et vifs la fixaient, claire au-dessus, sombre au-dessous, sa chevelure rappelait celle de son père autrefois. Les cheveux roux avaient réapparu, un par jour, et désormais Hannah elle-même les lui arrachait.

— Tu es bien jeune pour être aussi raisonnable.

Marie virevolta, cueillit un brin de lavande et s'en fut en riant.

— Nous partons pour la ville, tous autant que nous sommes, criait-elle.

Isabelle s'efforça de sourire lorsqu'ils atteignirent la foule amassée autour de la charrette du camelot. Elle sentait qu'on la regardait. Elle n'avait pas idée de ce que les gens pouvaient penser d'elle. Elle ignorait si Étienne avait encouragé ou étouffé les bruits qui couraient sur son compte, elle ignorait même si l'on parlait d'elle.

M. Rougemont l'aborda.

— C'est un plaisir de vous revoir, Isabelle, dit-il sèchement en lui prenant la main. Vous serez des nôtres dimanche, j'espère ?

— Oui, répondit-elle.

Même une sorcière, il la traiterait mieux que ça, se dit-elle.

Pascale vint vers elle, son visage reflétait son inquiétude à son égard.

— Dis-moi, Isabelle, tu étais souffrante ?

Isabelle jeta un regard vers Hannah, debout à côté d'elle, mal à l'aise.

— Oui, répondit-elle. Oh ! L'hiver... Mais je crois que je vais mieux maintenant.

— *Bella !* entendit-elle.

Elle se retourna et aperçut le camelot dans sa charrette, au-dessus d'elle. Il tendit le bras, lui prit la main et la baisa.

— Ah ! Quelle joie de vous revoir, madame ! Oui, une joie !

Gardant sa main dans la sienne, il se mit à fouiller dans ses affaires, lui fit faire le tour de la voiture, l'éloignant d'Étienne, de Hannah et des enfants qui les regardaient mais ne les suivirent pas. Comme si le camelot avait jeté sur eux un sort qui les avait figés sur place.

Il lui lâcha la main, s'accroupit sur le bord de sa charrette et la contempla.

— Mais vous semblez si triste, *Bella,* dit-il avec douceur. Que vous est-il arrivé ? Comment peut-on être aussi triste quand on a cette belle étoffe bleue à regarder ?

Isabelle hocha la tête, incapable d'expliquer. Elle ferma les yeux pour cacher ses larmes.

— Écoutez, *Bella,* reprit-il tout bas. Écoutez, j'ai quelque chose à vous demander.

Elle ouvrit les yeux.

— Vous avez confiance en moi, n'est-ce pas ?

Elle le regarda au plus profond de ses yeux bruns.

— Vous devez me dire de quelle couleur sont vos cheveux.

Isabelle porta aussitôt la main à son foulard.

— Pourquoi ?

— J'ai peut-être un message pour vous, mais je n'en serai sûr que lorsque vous m'aurez dit de quelle couleur sont vos cheveux.

Isabelle secoua lentement la tête.

— Votre dernier message m'annonçait la mort de ma belle-sœur, pourquoi voudrais-je en entendre un autre ?

Le camelot se pencha plus près d'elle.

— Parce que vous êtes toute triste et que ce message vous rendra sans doute heureuse, qu'il chassera votre tristesse. Je vous le promets, *Bella*, pas de mauvaise nouvelle. Et puis...

Il s'arrêta et regarda son visage.

— Cet hiver a été rude, n'est-ce pas ? Rien de ce que je vous dirai ne saurait être pire que ce que vous venez de vivre.

Isabelle baissa les yeux et regarda la boue autour de ses chaussures. Elle respira bien à fond.

— Roux, dit-elle. Ils sont roux.

Il sourit.

— Mais c'est beau le roux, n'est-ce pas ? La couleur des cheveux de la Vierge, bénie soit-elle ! Pourquoi en avoir honte ? Et c'est aussi la bonne réponse ! Je peux donc vous transmettre le message. Il vient d'un berger que j'ai rencontré cet hiver à Alès. Il vous a décrite et il m'a demandé de vous guetter. Il a les cheveux noirs et une cicatrice sur la joue. Vous voyez ?

La surprise immobilisa Isabelle. Une aube naissait de cette fumée, de son épuisement, de cette peur qui lui brouillait l'esprit.

— Paul, murmura-t-elle.

— *Si, si*, c'est bien son nom ! Il m'a chargé de vous dire – le camelot ferma les yeux pour se rappeler – qu'il vous attendra encore cet été près de la source du Tarn. Qu'il vous attendra toujours.

Isabelle se mit à pleurer. Heureusement, ce fut Marie plutôt qu'Étienne ou Hannah qui vint se placer à ses côtés et lui prit la main.

— Qu'est-ce qui ne va pas, maman ? Que t'a dit ce méchant homme ? demanda-t-elle en fustigeant le camelot du regard.

— Non, ce n'est pas un méchant homme, répondit Isabelle à travers ses larmes.

Le camelot se mit à rire tout en ébouriffant les cheveux de Marie.

— Toi, *bambina*, tu es comme un petit bateau, une gondole. Tu te balances au gré des vagues et tu ne sombres pas, tu es très petite mais courageuse.

Il continuait à passer les doigts dans ses cheveux quand il trouva une mèche rousse que Hannah n'avait pas repérée.

— Vous voyez, dit-il à Isabelle, sans le moindre embarras. C'est beau.

— Dites-lui que je suis toujours là-bas en pensée, reprit Isabelle.

Le regard de Marie alla de l'un à l'autre.

— À qui faut-il le dire ?

— Ce n'est rien, Marie. Nous parlions, c'est tout. Merci, dit-elle au camelot.

— Soyez heureuse, *Bella*.

— J'essaierai.

Le jeudi saint, la dalle de la cheminée arriva.

Étienne et les garçons labouraient pendant que Hannah et Isabelle faisaient le ménage, chassant de la maison fumées et ombres de l'hiver. Elles frottèrent les planchers, les murs, échaudèrent les marmites, firent la lessive, changèrent les paillasses, nettoyèrent la grange. Elles ne passèrent toutefois pas les murs à la chaux, comme c'était l'habitude dans la vallée à chaque printemps, les Tournier ayant décidé d'attendre que la cheminée soit construite.

Isabelle remuait une cuve pleine de linge fumant quand elle vit arriver la charrette que tirait avec peine un cheval.

— Marie, va dire à papa que le granit est là, dit-elle.

Marie lâcha le bâton qui lui servait à remuer la lessive trempée et s'élança vers les champs.

Le temps qu'Étienne et les garçons arrivent, l'homme

était assis à la table toute propre, un bol de ragoût devant lui. Il mangeait vite, la bouche collée au bol. Quand il eut terminé, il leva la tête.

— Nous aurons besoin de deux autres hommes pour soulever ça.

Étienne fit un signe de tête à Petit Jean.

— Va chercher Gaspard, ordonna-t-il.

En attendant Gaspard, Étienne lui expliqua comment il envisageait de construire la cheminée.

— Je vais commencer par creuser à l'emplacement de la dalle afin qu'elle soit à niveau avec le sol, dit-il.

Hannah qui se tenait derrière Étienne prit le bol de l'homme, le remplit à nouveau puis le posa bruyamment devant lui.

— Pourquoi ne vous mettez-vous pas tout de suite à creuser ? Comme ça, nous pourrions installer la dalle.

— Ça prendrait trop de temps, répondit Étienne mal à l'aise. Le sol est encore gelé, voyez-vous. Je ne veux pas vous faire attendre.

De son pied, l'homme frappa le sol.

— Ça ne m'a pas l'air gelé.

— C'est encore très dur. J'étais aux champs, je n'ai pas eu le temps de creuser. En outre, j'étais persuadé que vous viendriez plus tard. Après Pâques.

Ce n'est pas vrai, pensait Isabelle, les yeux rivés sur Étienne qui regardait le petit trou que l'homme avait laissé dans le sol avec la pointe de son pied. Gaspard leur avait dit que le granit leur parviendrait avant Pâques. Il était rare qu'il mente aussi effrontément.

L'homme du granit acheva le deuxième bol de ragoût.

— À ce que je vois, cuisiner sur ce feu ne pose pas de problème pour vos femmes, dit-il en indiquant d'un signe de tête les flammes dans le coin de la pièce. Pourquoi changer ?

Étienne haussa les épaules.

— Nous avons l'habitude d'avoir une cheminée.

— Mais vous êtes maintenant dans un pays nouveau, aux coutumes nouvelles. Vous devriez les adopter.

— Que voulez-vous, certaines vieilles habitudes resteront toujours avec nous, où que nous allions, dit Isabelle. Elles sont parts de nous-mêmes. Rien ne saurait les remplacer complètement.

Tous la dévisagèrent. Étienne, lui, la regarda d'un sale œil.

Pourquoi diantre ai-je parlé ? se demandait-elle. Je sais pourtant que le silence est mon meilleur allié. Pourquoi ai-je dit pareille chose ? Il va me battre comme cet hiver. Et il pourrait faire du mal au bébé. Elle toucha son ventre.

À l'arrivée des hommes, Étienne était trop occupé pour se laisser aller à la colère. Ils durent s'y mettre à quatre solides gaillards, pour soulever la dalle de la charrette et la transporter en chancelant dans la maison où ils la déposèrent contre le mur près de la porte. Jacob la caressait, Marie se plaquait contre elle, comme si c'était un lit.

— Il fait bon, maman, dit-elle. On se croirait à la maison.

Pâques était un temps de rédemption, où les rigueurs de l'hiver trouvaient leur justification. Isabelle sortit leurs habits noirs pour se rendre à l'église, elle se changea avec une aisance qu'elle croyait avoir perdue.

Voilà ce qu'on appelle l'espoir, se disait-elle. C'est cela que j'avais oublié...

Elle s'était demandé si Étienne lui interdirait d'aller à l'église à cause de la remarque qu'elle avait faite à l'homme qui avait apporté le granit, mais il n'en dit mot. Le mensonge d'Étienne compensait sa propre hardiesse.

Elle aida Marie à enfiler sa robe. La fillette ne tenait pas en place, elle sautillait dans toute la pièce, riant aux éclats. Au moment de partir, Marie prit la main d'Isabelle, Jacob prit l'autre et tous trois descendirent de front l'allée étroite, derrière Étienne et Hannah. Petit Jean les précédait en courant.

Isabella n'osait penser à la Vierge de Chalières. J'ai déjà bien de la chance de pouvoir assister au premier service, de voir les autres, et de marcher par ce beau soleil, se disait-elle. Je m'en contenterai.

À la fin du service du matin qui avait lieu à l'église Saint-Pierre, Étienne s'en fut chez Gaspard sans adresser la parole à Isabelle. Le reste de la famille le suivit. Pascale vint cheminer à côté d'elle en souriant.

— Je me réjouis que tu viennes assister au deuxième service, chuchota-t-elle. Quelle chance que tu sois ici aujourd'hui !

Une fois chez eux, Isabelle s'assit près de Pascale au coin du feu, écoutant tous les ragots de l'hiver dont elle n'avait rien su.

— Pour sûr que vous êtes au courant ! s'écriait Gaspard sitôt qu'il se lançait dans une nouvelle histoire. Hannah en aura entendu parler pendant qu'elle cuisait son pain, je suis persuadé qu'elle vous l'a raconté ! Oh !

Il porta la main à sa bouche, trop tard pour retenir les mots et jeta un regard en direction de Hannah, assise sur l'autre banc, les yeux fermés, aux côtés d'Étienne. Rouvrant soudain les paupières, elle se tourna vers Gaspard qui partit d'un petit rire nerveux.

— Eh, Hannah, s'empressa-t-il d'ajouter, vous les connaissez tous les ragots, n'est-ce pas ? Vous avez de bonnes oreilles, mais la langue n'obéit pas.

Hannah haussa les épaules et referma les yeux.

Elle vieillit, songeait Isabelle. Elle est âgée et elle est lasse, mais je suis persuadée qu'elle peut encore parler.

Petit Jean s'esquiva avec les fils d'un voisin, mais Jacob et Marie, désœuvrés, s'agitaient dans la pièce, le regard brillant, impatient. Pascale finit par leur dire d'une voix haut perchée :

— Venez avec moi, je vais vous montrer les cabris. Non, pas toi, Isabelle. Juste eux.

Elle emmena les enfants à la grange.

À leur retour, ils riaient comme des petits fous, surtout Marie. Elle fit le tour de la pièce, la tête haute, comme si elle portait une couronne.

— Et à quoi ils ressemblaient ces cabris ? demanda Isabelle.

— Ils étaient tout doux, tout doux, répondit Jacob.

Marie et lui repartirent d'un grand éclat de rire.

— Viens ici, petite souris, dit Gaspard, ou je te flanque dans la rivière !

Marie poussait des hurlements tandis qu'il la poursuivait dans la pièce. Il l'attrapa et se mit à la chatouiller.

— Si tu continues, elle ne tiendra pas en place pendant le service, remarqua sèchement Étienne.

Gaspard lâcha Marie.

Pascale revint s'asseoir à côté d'Isabelle. Elle arborait un grand sourire qu'Isabelle ne comprit pas. Elle ne posa pas de question, elle avait appris à ne pas en poser.

— Vous allez donc avoir bientôt une cheminée, dit Pascale.

— Oui, Étienne posera la dalle dès qu'il aura fini de planter. Il demandera à Gaspard de l'aider, bien sûr. Le granit est si lourd. Après cela, il construira la cheminée.

— Plus de fumée.

La voix de Pascale reflétait une certaine envie, Isabelle sourit.

— Eh oui, plus de fumée !

Pascale reprit à voix basse :

— Tu as meilleure mine que la dernière fois que je t'ai vue.

Isabelle regarda autour d'elle : Étienne et Gaspard étaient en grande conversation, Hannah somnolait.

— Oui, j'ai pu sortir plus souvent de chez nous,

répondit-elle avec une pointe de méfiance. Un peu d'air frais m'a fait du bien.

— Il n'y a pas que ça. Tu sembles plus heureuse. Comme si quelqu'un t'avait confié un secret.

Isabelle pensa au berger.

— Ça se pourrait.

Pascale écarquilla les yeux. Isabelle rit.

— Oh ! Je ne sais pas vraiment pourquoi, reprit-elle. C'est juste le printemps et la cheminée...

— Les enfants ne t'ont donc rien dit...

Isabelle se redressa sur son siège.

— Et qu'auraient-ils dû me dire ?

— Rien. Nous devrions déjeuner, il va bientôt falloir nous mettre en route pour Chalières.

Pascale se leva sans laisser à Isabelle le temps d'ouvrir la bouche.

Après le repas, ils se dirigèrent vers la chapelle en une sorte de procession : Étienne et Gaspard allaient en tête, avec Hannah aux côtés d'Étienne, suivaient les femmes avec Marie tenant la main d'Isabelle. Derrière eux, Petit Jean et ses amis se bousculaient, exubérants et braillards. Les mains dans les poches, un sourire aux lèvres, Jacob fermait la marche.

Ils arrivèrent de bonne heure, la chapelle n'était qu'à moitié pleine, aussi purent-ils se placer assez près pour voir le pasteur. Isabelle gardait les yeux baissés mais elle s'arrangea pour se mettre à un endroit d'où elle pourrait apercevoir la Vierge lorsqu'elle oserait lever la tête. Marie resta à ses côtés, elle ne cessait de se tortiller en riant.

— Dis, maman, murmura-t-elle, tu l'aimes ma robe ?

Isabelle la regarda.

— Ta robe est la tenue qui convient, ma fille. Pour les fêtes, on s'habille en noir.

Marie pouffa de rire, puis se mordit la lèvre en voyant l'œil noir que lui lançait Jacob.

— Vous jouez à un jeu, vous deux, déclara Isabelle.
— Oui, maman, répondit Jacob.
— Ici, on ne joue pas, c'est la maison de Dieu.

Pendant le service Isabelle put jeter plusieurs coups d'œil en direction de la Vierge. Elle sentit à plusieurs reprises le regard d'Étienne posé sur elle, mais elle demeura impassible, cachant sa joie.

M. Rougemont parla longtemps du sacrifice du Christ et de la nécessité de mener une vie irréprochable.

— Dieu a déjà choisi parmi vous ceux qui suivront son Fils au ciel, déclara-t-il d'emblée. Votre conduite ici-bas détermine Sa décision. Si vous choisissez la voie du péché, si vous persévérez dans vos vieilles habitudes, vous à qui l'on a montré les chemins de la Vérité, si vous continuez à adorer les faux dieux – Isabelle laissa retomber son regard sur le sol –, si vous entretenez des pensées impures, vous n'aurez aucune chance de recevoir le pardon de Dieu. Mais si vous menez une vie pure et irréprochable, de rude labeur et si c'est du cœur et non point des lèvres que vous l'adorez, peut-être serez-vous parmi les élus de Dieu qui vous jugera digne du sacrifice de son Fils. Prions, mes frères.

Isabelle avait les joues en feu. C'est à moi qu'il s'adresse, se disait-elle. Sans bouger la tête, elle jeta un coup d'œil inquiet du côté d'Étienne et Hannah. Elle fut surprise de lire certaine peur sur leurs visages. Elle laissa errer son regard et nota cette même expression de crainte dans l'assistance, à l'exception des enfants qui demeuraient sereins.

Peut-être qu'il ne se trouve aucun élu parmi nous, et que nous le savons, pensait-elle.

Elle regarda la Vierge.

— Aidez-moi, pria-t-elle. Intercédez pour que je sois pardonnée.

M. Rougemont acheva le service en apportant la coupe de vin et les hosties pour la communion.

— D'abord les enfants, dit-il. Bienheureux ceux qui ont le cœur pur.

— Allez-y.

Isabelle donna à Marie un petit coup, alors Jacob, Petit Jean et elles rejoignirent les enfants agenouillés devant le pasteur.

Tandis qu'ils attendaient, Isabelle posa à nouveau les yeux sur la Vierge. Daignez me regarder, suppliait-elle dans le silence de son cœur. Montrez-moi que mes péchés ont été pardonnés.

La Vierge avait les yeux baissés, Isabelle suivit son regard jusqu'à Marie. Sa fille, agenouillée, attendait patiemment son tour, sa robe noire rassemblée autour de ses jambes. Au lieu d'être blanc, le jupon était bleu : Marie portait l'étoffe bleue.

Isabelle se mit à suffoquer, ce qui lui valut d'attirer l'attention de ses voisins ainsi que celle d'Étienne et Hannah. Malgré ses efforts, elle ne parvenait pas à détourner son regard de ce bleu.

D'autres le repérèrent à leur tour. Discrets coups de coude et murmures parcoururent la chapelle. À genoux à côté de Marie, Jacob se retourna et aperçut les jambes de Marie. Il tendit la main pour tirer sur la robe noire de Marie mais il s'arrêta.

Étienne finit par se rendre compte de ce qui se passait, son visage devint blême puis écarlate. Il se fraya un passage à travers l'assemblée et, d'une main leste, il releva Marie. Elle le regarda, son sourire s'évanouit. On sentait qu'elle ne savait plus où se mettre. Étienne l'entraîna jusqu'à la porte, et ils disparurent au-dehors.

Debout, immobile devant les enfants agenouillés, Jacob avait les yeux rivés sur la porte de l'église. Au moment où Isabelle s'apprêtait à les suivre, son regard croisa celui de Pascale, elle fondit en larmes.

Elle se faufila jusqu'à la porte. Sur le parvis, Étienne

avait relevé la jupe noire de Marie, exposant le jupon bleu.

— Qui t'a donné ça ? Qui t'a habillée ce matin ? demanda-t-il.

Marie ne répondit rien. Étienne la fit tomber à genoux.

— Qui t'a donné ça ? Qui ?

Voyant que Marie ne lui répondait toujours pas, il la frappa sur la nuque. Elle tomba, et son visage heurta le sol.

— C'est moi qui le lui ai donné, mentit Isabelle.

Étienne se retourna.

— J'aurais pu deviner que tu nous jouerais ce tour, La Rousse. Sache que, cette fois, c'est fini, tu ne pourras plus nous faire de mal. Relève-toi, ordonna-t-il à Marie.

Marie se releva lentement. De son nez, le sang coulait sur son menton.

— Maman, murmura-t-elle.

Étienne se plaça entre elles.

— Ne la touche pas, siffla-t-il à Isabelle.

Il tira Marie par la main et regarda autour d'eux.

— Viens, Petit Jean, dit-il en voyant leur fils apparaître à la porte.

Petit Jean se dirigea vers lui.

— Pascale, déclara-t-il à Étienne. C'était Pascale, papa.

Il prit Marie par l'autre bras et ils l'emmenèrent entre eux. Elle tourna la tête et regarda Isabelle.

— Maman, s'il te plaît... dit-elle.

Elle trébucha, Étienne et Petit Jean resserrèrent leur étreinte.

Hannah et Jacob apparurent dans l'embrasure de la porte. Jacob alla se placer à côté d'Isabelle.

— Les galets par terre... dit-elle sans le regarder. C'était les contours de la robe.

— Oui, répondit-il tout bas. C'était pour la protéger.

Comme avait dit le camelot. Pour l'empêcher de se noyer.

— Pourquoi ton père comptait-il lui aussi ces galets ? Pour quelle raison voulait-il connaître la taille de Marie ?

Jacob la regarda avec de grands yeux.

— Je n'en sais rien.

8

La ferme

Je me rendis en avion de Toulouse à Genève, où je pris un train pour Moutier. Tout se passa vite et aisément, l'avion, le train puis Jacob apparemment plus heureux que surpris de voir que j'étais venue au pied levé. Je ne l'avais prévenu qu'à la dernière minute : je lui avais téléphoné à midi et à six heures du soir j'entrais en gare de Moutier.

Dans le train qui m'emmenait de Genève à Moutier, mon cerveau se remit à fonctionner. C'est dans une espèce de brume de l'esprit que j'avais fait le trajet depuis Toulouse, et voici que le rythme du train, plus naturel que celui de l'avion, me tirait de ma torpeur. Je commençai à regarder le monde qui m'entourait.

En face de moi était assis un couple d'une cinquantaine d'années. L'homme portait un blazer couleur chocolat et une cravate rayée, il lisait un journal méthodiquement plié. La femme était vêtue d'une robe de laine grise et d'une veste d'un gris plus soutenu, elle avait aux oreilles des rosettes dorées et aux pieds des chaussures italiennes. Elle sortait de chez le coiffeur, ses cheveux bouffants frais colorés d'un brun-roux qui rappelait le mien, à cette seule différence qu'il paraissait artificiel. Un sac à main élégant posé sur ses genoux, elle écrivait dans un calepin.

Sans doute préparait-elle déjà sa liste de cartes de vœux, me dis-je, mal à mon aise dans ma robe de lin, informe et froissée.

Ils ne s'adressèrent pas la parole pendant toute l'heure que je passai en leur compagnie. Au moment où je me levais pour changer de train à Neufchâtel, l'homme détacha brièvement les yeux de son journal et, avec un signe de tête et cette gracieuse politesse, apanage de ceux qui ont dépassé la cinquantaine, il me dit :

— Bonne journée, madame.

Je leur souris, les saluant d'un signe de tête, lui et sa compagne. Un nouveau monde...

Les trains étaient silencieux, propres et à l'heure. Quant aux voyageurs, ils étaient tout aussi propres et silencieux, vêtus sans ostentation, déterminés à lire leur journal ou leur livre, mesurés dans leurs mouvements. Pas de couple en train de se peloter, pas d'homme en train de vous dévisager, pas de robes trop moulantes ni de seins à moitié nus, pas d'ivrognes vautrés sur deux sièges, spectacles habituels dans le train de Lisle à Toulouse. Ce n'était pas un pays où l'on se vautrait : les Suisses n'occupaient jamais deux sièges s'ils n'en avaient payé qu'un.

Sans doute était-ce à cette harmonie structurée que j'aspirais après le chaos d'où je sortais. À l'étranger j'avais la manie de définir les traits de caractère nationaux en moins d'une heure. J'excellais à émettre des opinions aisément modifiables, adaptables aux gens que je rencontrais. Pour peu que je m'en donne la peine, j'aurais pu découvrir dans ces trains quelque horreur d'une saleté repoussante, des vêtements en lambeaux, des éclats de voix, des romans à l'eau de rose, quelqu'un en train de se shooter dans les toilettes, des passions, des peurs. Au lieu de cela, je regardais autour de moi, ancrée à la normalité apparente.

Ce nouveau paysage me fascinait : les robustes montagnes du Jura se dressaient à pic, loin de la voie ferrée, des remblais plantés de sapins, les silhouettes anguleuses des maisons, les champs et les fermes bien ordonnés.

J'étais frappée par le contraste avec la France, mais j'aurais dû m'y attendre car, ainsi que je l'avais fait remarquer à mon père, il s'agissait d'un pays différent. La véritable surprise fut de constater que le paysage français que j'avais laissé derrière moi, les douces collines, les vignes vert vif, la terre couleur de rouille, la lumière argentée ne m'étaient plus étrangers.

Jacob avait dit au téléphone qu'il viendrait me chercher à la gare. Je ne savais rien de lui, je n'avais aucune idée de son âge, même si je supposais qu'il était plus proche de celui de mon père que du mien. En descendant sur le quai de Moutier, je le repérai tout de suite : il me rappelait mon père bien que ses cheveux ne fussent pas gris mais bruns, de la couleur dont étaient jadis les miens. Très grand, il arborait un pull-over couleur crème déformé jeté sur ses épaules tombantes. Son visage était long et mince : presque émacié, avec un menton délicat et des yeux noisette, pétillants. Il avait l'allure dynamique d'un homme à l'aube de la soixantaine, dont le travail demeurait la principale motivation, qui n'avait pas encore rejoint le club des retraités, mais savait que c'était imminent et se demandait comment employer tout ce temps libre.

Il s'avança vers moi, prit ma tête entre ses grandes mains et m'embrassa trois fois sur les joues.

— Ella, tu es le portrait craché de ton père, dit-il en un français intelligible.

— Dans ce cas, je dois te ressembler, car tu es toi aussi le portrait craché de mon père ! répondis-je avec un grand sourire.

Il ramassa mon sac de voyage, m'entoura de son bras et me précéda dans l'escalier qui nous mena jusqu'à la rue.

— Bienvenue à Moutier, s'écria-t-il, et, joignant le geste à la parole, il fit décrire à mon sac un demi-cercle dans les airs.

J'avançai d'un pas et parvins juste à dire :

— C'est très...

Avant de me retrouver par terre.

Je me réveillai dans une pièce toute blanche, rectangulaire, aussi spartiate qu'une cellule de moine, meublée d'un lit, d'une table, d'une chaise et d'un bureau. Derrière ma tête, il y avait une fenêtre. Quand je roulais les yeux pour regarder par la fenêtre, j'entrevoyais un clocher blanc, la pointe en bas, et son cadran noir en partie caché par un arbre.

Jacob était assis sur la chaise à côté du lit. La tête d'un inconnu au visage rond apparut dans l'embrasure de la porte. Je gisais là, incapable de parler. Jacob me dit avec douceur :

— Ella, tu t'es évanouie.

Je n'avais jamais entendu ce mot, mais je compris aussitôt ce qu'il signifiait.

— Lucien, reprit-il en désignant d'un geste l'homme qui se tenait derrière lui, passait dans son camion à cet instant précis, il t'a ramenée ici. Nous étions inquiets car tu es restée un long moment sans connaissance.

— Combien de temps ?

Voyant que, malgré mes efforts, je n'arrivais pas à m'asseoir, Jacob m'aida en me prenant par les épaules.

— Dix minutes, pendant tout le trajet jusqu'à la maison.

Je secouai la tête.

— Je n'en ai pas le moindre souvenir.

Lucien s'approcha avec un verre d'eau et me le tendit.

— Merci, murmurai-je.

Il me répondit par un sourire, remuant à peine les lèvres. Je bus à petites gorgées puis me tâtai le visage : il était humide et poisseux.

— Pourquoi mon visage est-il humide ?

Jacob et Lucien échangèrent un regard.

— Tu pleurais, répondit Jacob.

— Pendant que j'étais évanouie ?

Il acquiesça de la tête. Je me rendis alors compte que mon nez endolori coulait, que ma gorge était rauque, que j'étais épuisée.

— Est-ce que je parlais ?

— Tu récitais quelque chose.

— *J'ai mis en toi mon espérance : garde-moi donc, Seigneur.* C'est ça ?

— Oui, répondit Lucien, c'était...

— Tu as besoin de sommeil, interrompit Jacob. Repose-toi, nous parlerons plus tard.

Il étendit sur moi une couverture légère. Lucien leva la main en un geste d'adieu immobile. Je lui répondis d'un signe de tête et il disparut.

Je fermai les yeux et ne les rouvris qu'au moment où Jacob fermait la porte.

— Dis-moi, Jacob, elle a des volets, ta maison ?

Jacob s'arrêta, passa la tête dans la pièce.

— Oui, mais je ne m'en sers pas : je n'aime pas ça.

Il sourit et referma la porte.

La nuit était tombée quand je me réveillai, baignée de sueur et désorientée. Dehors, on entrevoyait de la lumière derrière la plupart des fenêtres, de toute évidence personne ne fermait ses volets. Le clocher de l'église était éclairé par un projecteur. À cet instant, les cloches sonnèrent l'heure, je comptai mécaniquement... dix coups : j'avais dormi quatre heures. Ces heures me semblaient des jours...

Tendant la main, j'allumai la lampe de chevet. L'abat-jour jaune teintait la pièce d'une lumière ambrée. C'était la première fois que je me trouvais dans une pièce aussi nue : si étrange que cela pût paraître, cette sobriété était rassurante. Je restai un moment allongée, étudiant l'éclairage de la pièce, ne sachant trop si je voulais ou non me lever. Je finis par m'y décider, sortis de la chambre et descendis à tâtons l'escalier obscur. J'atterris dans une antichambre carrée, face à trois portes closes. Je choisis celle dont le bas était ourlé d'un rai de lumière, l'ouvris et accédai à une cuisine au plancher ciré, toute pimpante en ses tons jaunes. Une rangée de fenêtres courait le long d'un mur. Assis devant une table ronde en bois, Jacob lisait un journal, posé contre un compotier contenant des pêches. Penchée au-dessus de l'évier, une jeune femme aux cheveux noirs crépus récurait une casserole. À mon entrée, elle se retourna. Sa ressemblance avec Jacob me frappa : elle avait son visage émacié, son menton pointu, qu'adoucissaient des mèches sur le front et de longs cils autour des mêmes yeux bruns. Elle était plus grande que moi et très menue, avait des mains effilées et des poignets fins.

— Ah ! Te voilà, Ella ! dit Jacob tandis que la femme m'embrassait trois fois. Je te présente ma fille, Susanne.

Je souris à la jeune femme.

— Pardonnez-moi, leur dis-je, je n'avais pas idée qu'il était si tard. J'ignore ce qui m'est arrivé.

— Ne t'inquiète pas. Tu avais besoin de dormir. Aimerais-tu manger quelque chose ?

Jacob approcha une chaise pour moi, puis Susanne et lui disposèrent sur la table du fromage, du saucisson, du pain, des olives et de la salade. C'était tout simple, juste ce dont j'avais envie : je ne voulais pas qu'ils mettent les petits plats dans les grands.

Nous ne parlâmes guère au cours du repas. Susanne me demanda dans un français aussi intelligible que celui de son père si j'aimerais un verre de vin, Jacob se livra à des commentaires au sujet du fromage, mais en dehors de cela nous gardâmes le silence.

Une fois que nous eûmes poussé nos assiettes sur le côté et que Jacob eut rempli à nouveau mon verre, Susanne s'esquiva de la pièce.

— Tu te sens mieux ? me demanda-t-il.

— Oui.

Une phrase musicale nous parvint d'une autre pièce, sa subtile harmonie rappelait, en plus fluide, le timbre d'un piano. Jacob écouta un instant.

— C'est du Scarlatti, déclara-t-il avec une certaine satisfaction. Vois-tu, Susanne étudie le clavecin au Concertgebouw d'Amsterdam.

— Es-tu musicien, toi aussi ?

Il répondit oui de la tête.

— J'enseigne au conservatoire qui se trouve à deux pas d'ici, sur la colline, répondit-il en agitant la main derrière lui.

— De quel instrument joues-tu ?

— Plusieurs instruments, mais je suis surtout professeur de piano et de flûte. Tous les garçons veulent apprendre à jouer de la guitare et toutes les filles de la flûte. Tous étudient le violon ou la flûte à bec. Quelques-uns le piano.

— As-tu de bons élèves ?

Il haussa les épaules.

— La plupart prennent des leçons parce que leurs parents les y forcent. Ils ont aussi d'autres intérêts tels que l'équitation, le football ou le ski. Chaque hiver quatre ou cinq élèves se cassent le bras en faisant du ski et se trouvent donc dans l'incapacité de jouer. Un de mes élèves de piano joue très bien Bach. Peut-être poursuivra-t-il ailleurs des études musicales.

— Susanne a appris le clavecin avec toi ?

Il hocha la tête.

— Avec mon épouse.

Mon père m'avait expliqué que Jacob avait perdu sa femme mais je ne savais ni quand ni dans quelles circonstances elle était décédée.

— Un cancer, reprit-il, comme si je lui avais posé la question à haute voix. Il y a cinq ans qu'elle est morte.

— Oh ! J'en suis désolée, dis-je.

Puis j'ajoutai, tout en percevant combien les mots étaient des instruments limités :

— Elle te manque encore, n'est-ce pas ?

Il sourit avec tristesse.

— Bien sûr. Es-tu mariée toi-même ?

— Oui, répondis-je mal à l'aise, avant de changer de sujet. Aimerais-tu jeter un coup d'œil sur la bible ?

— Attendons plutôt demain matin, on y verra mieux. Tu parais en meilleure forme mais tu es encore toute pâle. Serais-tu enceinte, par hasard ?

Je tressaillis, étonnée qu'il me pose la question de façon aussi directe.

— Non, je ne le suis pas. Je... Je ne sais pas pourquoi je me suis évanouie, mais ça n'a rien à voir avec ça. Je ne dors pas bien depuis quelques mois, et la nuit dernière je n'ai pour ainsi dire pas fermé l'œil.

Je m'arrêtai, revoyant en pensée le lit de Jean-Paul, et je secouai lentement la tête : il m'était impossible de lui décrire ma situation.

Nous venions, de toute évidence, de pénétrer en terrain miné. Jacob me sauva la mise en changeant délibérément de sujet.

— Que fais-tu dans la vie ?

— Je suis... Oh ! Disons que j'étais sage-femme aux États-Unis.

— Pas possible !

Son visage s'éclaira.

— Quel métier merveilleux !

Je regardai en souriant le compotier rempli de pêches, sa réponse était la même que celle de Mme Sentier.

— Oui, dis-je. C'était un beau métier.

— Tu serais donc la première à savoir si jamais tu étais enceinte !

— Oui, je crois ! répondis-je avec un petit rire.

En général, je sentais dès les premiers jours si une

femme était ou non enceinte. Cela se voyait à son port assuré, son corps protégeant, tel du papier-bulle, ce petit être dont elle ignorait la présence. Je l'avais ainsi repéré chez Susanne, à son air distrait, comme si elle écoutait au tréfonds d'elle-même une conversation dans une langue étrangère, dont les termes ne la réjouissaient pas forcément même si leur sens lui échappait.

Je regardai le visage ouvert de Jacob. Il ne sait pas encore, pensais-je. C'était drôle : il se sentait avec moi des liens familiaux assez proches pour me poser des questions personnelles, mais pas au point d'avoir peur d'entendre la réponse. Jamais il ne poserait à sa fille de questions aussi directes.

Je passai une mauvaise nuit, j'en revenais toujours à Rick et Jean-Paul, j'étais harcelée par le remords. Ces pensées n'aboutirent à rien, sinon à me mettre dans tous mes états. J'eus du mal à m'endormir mais ne m'en réveillai pas moins tôt.

Je descendis la bible avec moi. Jacob et Susanne étaient déjà à table en train de lire le journal en compagnie d'un homme aux cheveux carotte plutôt qu'acajou comme les miens. Ses cils et ses sourcils étaient roux eux aussi, lui donnant un air désorienté, indécis. À mon arrivée, il se leva et me tendit la main.

— Ella, je te présente Jan, mon copain, dit Susanne.

Elle semblait lasse, elle n'avait pas trempé les lèvres dans son café dont la surface commençait à se rider de mousse.

Voilà donc le futur père, pensai-je. Sa poignée de main était molle.

— Je regrette de n'avoir pu être là hier soir pour vous accueillir, dit-il dans un anglais parfait. Je jouais dans un concert à Lausanne et je ne suis rentré que très tard.

— De quel instrument jouez-vous ?

— De la flûte.

Je souris à cause de son anglais soigné et aussi parce que son corps me rappelait une flûte : des membres fins, véritables chalumeaux, une certaine raideur dans les jambes et un torse, tel celui de l'homme de fer dans *Le Magicien d'Oz*.

— Vous n'êtes pas suisse, n'est-ce pas ?

— Non, je suis hollandais.

— Oh ! m'exclamai-je, incapable de trouver autre chose à lui dire, son air guindé me glaçait.

Jan restait debout. Mal à l'aise, je me tournai vers Jacob.

— Je vais mettre la bible dans une autre pièce afin que tu puisses l'examiner après le petit déjeuner, d'accord ? lui dis-je.

Jacob acquiesça d'un signe de tête. Je retournai dans l'antichambre et j'essayai une autre porte. Elle me mena dans une pièce ensoleillée, dans les tons crème, toute en longueur, dont les plinthes en bois n'étaient pas encore peintes. Le sol était couvert de dalles noires luisantes. Elle avait pour tout meuble un canapé et deux fauteuils qui en avaient vu de rudes. Les murs étaient aussi nus que ceux de la chambre. À l'autre bout de la pièce trônait un piano à queue noir, fermé, un clavecin en palissandre lui faisait face. Je posai la bible sur le piano à queue puis j'allai à la fenêtre pour une première vue d'ensemble de Moutier.

Les maisons étaient éparpillées au hasard autour de nous et sur la colline derrière la maison. Elles étaient grises ou crème, coiffées de toits d'ardoises pentus dont le rebord rappelait l'ourlet d'une jupe évasée. Les maisons étaient plus hautes et plus récentes que celles de Lisle, leurs volets venaient d'être repeints en une palette discrète de rouges, verts ou bruns, même si la maison d'en face en exhibait deux d'un bleu électrique. J'ouvris la fenêtre et me penchai pour voir de quelle couleur étaient ceux de Jacob : ils n'étaient pas peints, le bois avait gardé sa teinte caramel d'origine.

Entendant un bruit de pas derrière moi, je rentrai la tête. Une tasse de café dans chaque main Jacob me regardait en riant.

— Tu es déjà en train d'épier nos voisins ! s'exclama-t-il en me tendant une des tasses.

Je souris.

— À vrai dire, j'étudiais tes volets, je voulais voir de quelle couleur tu les avais peints.

— Ils te plaisent ?

Je hochai la tête.

— Et maintenant, où se trouve la fameuse bible ? Ah ! elle est là, très bien, tu peux donc repartir chez toi, lança-t-il, taquin.

Je m'assis à côté de lui sur le canapé tandis qu'il ouvrait le livre à la première page. Il contempla les noms un long moment, l'air satisfait. Il tendit alors le bras derrière lui et d'une étagère tira une liasse de papiers retenus par du ruban adhésif. Il commença à les déplier et les étaler sur le sol. Ils étaient jaunis et le ruban adhésif en mauvais état.

— Voici l'arbre généalogique qu'a établi mon grand-père, expliqua-t-il.

L'écriture était bien lisible, l'arbre avait été tracé avec soin, même s'il paraissait plutôt embrouillé, partant en tangentes puis se ramifiant soudain, présentant des blancs aux endroits où les lignes s'épuisaient. Une fois disposées par Jacob, les feuilles formèrent non point un rectangle ordonné ou même une pyramide, mais un patchwork irrégulier avec des feuilles agrafées çà et là visant à le compléter.

Nous nous accroupîmes à côté. Les prénoms de Susanne, Étienne, Hannah, Jacob ou Jean revenaient sans cesse. Vers le sommet, l'arbre devenait plus sommaire, mais il commençait par Étienne et Jean Tournier.

— Où ton grand-père a-t-il trouvé ces renseignements ?

— À divers endroits, certains dans le livre de bourgeoisie de l'hôtel de ville, archives où ont été enregistrés certains actes remontant, je crois, au XVIIIe siècle. Avant cela, je n'en ai pas idée. Il a passé des années à étudier des documents. Et maintenant, tu as contribué à son travail, tu as fait le saut et tu t'es installée en France ! Raconte-moi comment tu as déniché cette bible des Tournier.

Je lui donnai une version abrégée de ma recherche, mentionnant Mathilde et M. Jourdain, mais laissant Jean-Paul à l'écart.

— Quelle coïncidence ! Tu as eu de la chance, Ella. Et tu es venue jusqu'ici pour me la montrer !

Jacob caressa la reliure en cuir. Une question demeurait en suspens derrière ses paroles, mais je n'y répondis pas. Il avait dû juger excessif que je débarque si brusquement, juste pour lui montrer cette bible. Je ne sentais pas toutefois que je pouvais me confier à lui : il me rappelait trop mon père. Jamais au grand jamais je n'aurais mis mes parents au courant de ce que je venais de faire, de la situation que j'avais laissée derrière moi.

Un peu plus tard, Jacob et moi allâmes faire un tour en ville. Au centre se dressait l'hôtel de ville, doté de volets gris et d'un beffroi. C'était une bâtisse dont aucun détail n'avait été laissé au hasard. Des boutiques se pressaient tout autour, formant ce que l'on appelait la vieille ville, qui paraissait bien récente comparée à Lisle. Nombre de maisons étaient modernes, toutes avaient été rénovées, leurs façades ravalées, leurs toits de tuiles refaits. Je remarquai un bâtiment insolite flanqué d'un dôme en forme d'oignon au-dessous duquel, dans une niche, un moine en pierre éclairait de sa lanterne le coin de la rue. La simplicité du style des bâtiments soulignait leur ressemblance.

Au cours du siècle précédent, la population avait atteint les huit mille habitants, il avait donc fallu bâtir sur les collines entourant la vieille ville pour loger tout ce monde. Moutier donnait l'impression d'avoir été construite au hasard des besoins, un flagrant contraste après avoir vécu à Lisle qui, avec son quadrillage de rues, donnait l'impression d'être un tout organique. À quelques exceptions près, les maisons étaient plus fonctionnelles qu'esthétiques ; à l'inverse de Lisle, leurs façades n'étaient agrémentées ni de briques, ni de colombages, ni de tuiles.

Nous écartant un peu du centre, nous empruntâmes un sentier longeant la Birse. Plus proche par sa taille d'un ruisseau que d'une rivière, celle-ci était bordée de bouleaux argentés. Voir de l'eau couler ainsi à travers une ville, la relier au reste du monde, avait un côté réconfortant, c'était un rappel de la vie autour de vous.

Partout, Jacob me présenta comme une Tournier de la branche américaine et comme telle on m'accueillit, ce à quoi je ne m'attendais pas. Un accueil bien différent de celui que j'avais reçu à Lisle. Je fis part de mon impression à Jacob.

— Et si c'était toi qui étais différente ? me répondit-il avec un sourire.

— Peut-être, repris-je.

Je n'ajoutai pas que si l'attitude des gens me flattait, je ne pouvais m'empêcher d'éprouver certaines réticences concernant cette caution sans réserve accordée à un nom de famille. Si tu me connaissais mieux, me disais-je, tu ne trouverais pas que tous les Tournier sont des êtres si merveilleux...

Jacob avait cours. En se rendant au conservatoire, il s'arrêta dans une chapelle du cimetière aux abords de la ville et me laissa l'étudier. Il m'expliqua qu'à partir du VIIe siècle, plusieurs monastères avaient été fondés à Moutier. La chapelle de Chalières, elle, remontait au Xe siècle. Elle était sans prétention et de taille modeste, les murs du chœur étaient ornés de fresques byzantines, dans les tons rouille et ivoire, estompées par le temps. Le reste avait été badigeonné au blanc de chaux. J'étudiai docilement les personnages, le Christ debout, les bras ouverts, une rangée d'apôtres derrière lui, la tête entourée d'auréoles pâles, certains des visages étaient si délavés que l'on n'en distinguait plus l'expression. À l'exception des vestiges de la face d'une femme éplorée, ces fresques me laissèrent froide.

En sortant, j'aperçus Jacob à mi-hauteur de la colline, immobile devant une stèle, la tête inclinée, les yeux clos. Je l'observai un instant, honteuse de m'apitoyer sur mon propre sort face à l'authentique tragédie d'un homme pleurant sur la tombe de sa femme. Par respect pour sa douleur, je retournai dans la chapelle. Un nuage avait voilé le soleil, assombrissant l'intérieur. Les silhouettes de la fresque flottaient autour de moi tels des fantômes. Je me plaçai devant les vagues contours de la femme pour l'étudier de plus près. Il n'en restait pas grand-chose, des yeux aux lourdes paupières, un nez épaté, une bouche pincée, elle était parée d'une robe de cérémonie et d'une auréole. Des éléments rudimentaires qui cernaient avec minutie sa détresse...

— Mais c'est la Vierge, bien sûr, dis-je tout bas.

Quelque chose dans son expression la rendait différente de la Vierge de Nicolas Tournier. Fermant les yeux, j'essayai de me remémorer cette dernière, de revoir la douleur, la résignation, l'étrange sérénité de son visage. Rouvrant les yeux, je contemplai à nouveau le visage, là, devant moi et je compris : la différence était dans la bouche, dans ces petits plis aux commissures de lèvres. Cette Vierge était en colère.

Quand je ressortis de la chapelle, le soleil avait réapparu et Jacob s'en était allé. Je me dirigeai vers la ville, traversant les quartiers plus récents, et j'aboutis au temple protestant, que j'avais aperçu dès mon arrivée, en me réveillant chez Jacob. C'était une grande bâtisse en pierre à chaux, entourée d'arbres séculaires. Elle me rappelait un peu celle du Pont-de-Montvert : toutes deux étaient situées dans un emplacement comparable par rapport à la ville, non point au centre, mais bien en vue, sur le versant nord d'une colline. Toutes deux possédaient un porche herbu et un mur sur lequel on pouvait s'asseoir pour contempler la ville. J'en fis le tour, la porte était ouverte. L'intérieur me parut plus élaboré que celui de l'église du Pont-de-Montvert, le sol était dallé de marbre et quelques vitraux ornaient le chœur. Il en émanait malgré tout une impression d'austère dénuement et, après la chapelle de Chalières, elle semblait imposante et impersonnelle. Je ne m'y attardai guère.

Je m'assis sur le mur, en plein soleil, comme auparavant au Pont-de-Montvert. Il faisait bon, je retirai ma veste. Mes bras étaient à nouveau couverts de psoriasis.

— La barbe, murmurai-je.

Je ramenai les bras contre ma poitrine, puis je les étendis et les exposai au soleil. Ce simple mouvement fit saigner une des taches que j'avais sur mon bras.

À ce moment précis, un labrador noir bondit vers moi, grimpa à moitié sur le mur, fourrant sa tête contre mon flanc. Je le caressai en riant.

— Tu ne pouvais pas mieux tomber, mon brave chien, lui dis-je. Empêche-moi de m'apitoyer sur mon sort !

Lucien apparut de l'autre côté de la pelouse. Tandis qu'il approchait, je pus mieux voir ses cheveux noirs crépus, ses grands yeux noisette. Il devait avoir la trentaine, mais il donnait l'impression de ne jamais avoir été effleuré par la moindre inquiétude ou tragédie. Un innocent à la suisse... Je baissai les yeux, exhibant mon psoriasis. Je remarquai une nouvelle plaque sur ma cheville et m'en voulus d'avoir oublié d'emporter ma crème à la cortisone.

— Salut, Ella, dit-il, planté là, l'air godiche, jusqu'à ce que je l'invite à s'asseoir.

Il portait un vieux short et un tee-shirt criblés de taches

de peinture. Le labrador nous observait, haletant, remuant la queue ; quand il fut assuré que nous n'allions nulle part, il alla flairer les arbres voisins.

— Êtes-vous peintre ? demandai-je pour rompre le silence, curieuse de savoir s'il avait entendu parler de Nicolas Tournier.

— Oui, répondit-il. Je travaille là-bas.

De la main il montra un endroit derrière nous, sur la colline.

— Vous la voyez, cette échelle ?

— Ah oui !

Un peintre en bâtiment... Cela ne devrait pas faire de différence, me répétai-je. Mais mes questions se tarirent, j'étais à court de conversation.

— Je construis aussi des maisons, et je répare tout ce qu'on veut.

Lucien parcourait la ville du regard, mais je repérais des coups d'œil furtifs sur mes bras.

— Où habitez-vous ? demandai-je.

Il pointa le doigt en direction d'une maison sur la colline, et regarda à nouveau mes bras.

— C'est du psoriasis, dit-il brusquement.

Il hocha la tête, il n'était guère loquace. Ses cheveux étaient striés de mèches de peinture blanche et ses bras étaient mouchetés de blanc, comme lorsqu'on peint au rouleau. Cela me rappela les emménagements avec Rick : à chaque fois que nous nous installions, nous commencions par repeindre chaque pièce en blanc. Rick prétendait que cela lui permettait de mieux percevoir les dimensions des pièces, quant à moi, cela m'aidait à en chasser les fantômes. Ce n'est qu'après avoir vécu un certain temps quelque part, quand l'endroit prenait une âme et que nous nous y sentions à l'aise, que nous commencions à peindre les pièces de diverses couleurs. Notre maison de Lisle était encore toute blanche.

L'appel téléphonique arriva le lendemain. J'ignore pourquoi il me prit au dépourvu : je savais que mon autre vie resurgirait d'une façon ou d'une autre, mais je n'avais rien fait pour m'y préparer.

Nous étions en train de déguster une fondue. Amusée de savoir que, pour les Américains, la fondue arrivait en quatrième place sur la liste des spécialités nationales suisses, Susanne avait insisté pour m'en préparer une.

— À partir d'une vieille recette de famille, bien sûr, ajouta-t-elle, moqueuse.

Jacob et elle avaient invité quelques amis. Jan était évidemment là, tout comme un ménage suisse-allemand, en fait les propriétaires de la maison voisine aux volets bleus, et Lucien, assis à mes côtés, que je surpris plusieurs fois à étudier mon profil. En tout cas, j'avais pris soin de me couvrir les bras pour l'empêcher de contempler le psoriasis.

Je n'avais mangé qu'une seule fois de la fondue, quand j'étais petite. Ma grand-mère l'avait préparée. Il ne m'en restait que peu de souvenirs. Celle de Susanne était délicieuse mais très alcoolisée. Qui plus est, nous avions copieusement arrosé la soirée, aussi la conversation devenait-elle de plus en plus bruyante et de moins en moins sensée. À un moment, je laissai tomber mon pain dans le fromage fondu. Ma fourchette en ressortit sans rien au bout. Tous se mirent à rire et à applaudir.

— Attendez une minute, que se passe-t-il ?

C'est alors que je me souvins de la tradition qu'avait mentionnée ma grand-mère : le premier qui perd son pain dans la fondue ne se mariera jamais. Je me mis à rire à mon tour.

— Oh non ! Cette fois, ça y est, je ne me marierai jamais ! Mais attendez une seconde : je suis mariée !

Les rires continuèrent.

— Non, non, Ella, s'écria Susanne. Si tu laisses tomber

ton pain la première, ça veut dire au contraire que tu te marieras, et bientôt !

— Non ! Dans notre famille ça veut dire que tu ne te marieras pas.

— Mais c'est ta famille ! reprit Jacob, et la tradition veut que tu te maries !

— Alors tu n'as pas dû bien comprendre, je suis sûre et certaine que ma grand-mère disait...

— Oui, tu auras mal compris, tout comme vous avez mal compris le nom de famille, déclara Jacob. Teurrneurr... prononça-t-il d'un ton lugubre, faisant traîner chaque syllabe. Où sont passées les voyelles pour vous colorer ça, pour vous embellir ça ? Écoute : Tour-ni-er. Bref, qu'importe, ma cousine, tu sais très bien comment tu t'appelles. Et vous, poursuivit-il en s'adressant à ses voisins, savez-vous que ma cousine est sage-femme ?

— Ah ! C'est un bon métier, répliqua mécaniquement le mari.

Je sentis le regard de Susanne posé sur moi, quand je jetai un coup d'œil dans sa direction, elle baissa la tête. Son verre de vin était encore plein et elle avait à peine touché à la fondue.

Le téléphone sonna, Jan se leva pour y répondre, il parcourut la table du regard et ses yeux se posèrent sur moi. Il me tendit le téléphone.

— Ella, c'est pour toi, dit-il.

— Pour moi ? Mais...

Je n'avais pas donné leur numéro de téléphone à qui que ce soit. Je me levai, pris l'appareil, tous les regards rivés sur moi.

— Allô ? dis-je d'une voix mal assurée.

— Ella, c'est toi ? Que diable fabriques-tu là-bas ?

— Rick ?

Je tournai le dos aux autres convives, afin de créer une illusion d'intimité.

— Tu as l'air plutôt surprise de m'entendre...

Il ne m'avait jamais parlé avec une telle dureté.

— Non, c'est juste que... Je n'avais pas laissé de numéro de téléphone...

— Non, c'est exact, mais ce n'est pas bien sorcier de trouver le numéro de téléphone d'un Jacob Tournier habitant Moutier. Il y en avait deux, j'ai appelé le premier, ce n'était pas le bon, mais au moins il m'a dit que tu étais ici.

— Il était au courant ? Un autre Jacob Tournier ? répétai-je sottement, étonnée que Rick se soit souvenu du nom de mon cousin.

— Ouais.

— Oh ! c'est une petite ville.

Je regardai autour de moi. Tous avaient le nez plongé dans leur assiette, feignant de ne pas écouter, sans toutefois en perdre un mot, à l'exception de Susanne qui se leva soudain, se dirigea vers l'évier et respira bien à fond devant la fenêtre ouverte.

Ils connaissent tous ma vie, me dis-je. Même un Tournier à l'autre bout de la ville la connaît.

— Dis-moi, Ella, pourquoi es-tu partie ? Que se passe-t-il ?

— Vois-tu, Rick, je... Écoute, ne pourrions-nous pas en reparler une autre fois ? Ce n'est pas le bon moment.

— J'en conclus que tu as laissé ton alliance sur le plancher de la chambre pour me signifier quelque chose.

J'ouvris ma main gauche et la contemplai, ayant peine à croire que je n'avais pas remarqué l'absence de l'alliance. Sans doute était-elle tombée de ma robe jaune quand je me changeais.

— Es-tu en colère contre moi ? Ai-je fait quelque chose ?

— Non, rien... tu es juste... Oh ! Rick, je... non, tu n'as rien fait. Je voulais juste connaître ma famille qui est ici, c'est tout.

— Dans ce cas, pourquoi partir comme ça en coup de

vent ? Tu me laisses toujours un mot. As-tu la moindre idée du souci que je me faisais ? Et peux-tu imaginer combien j'ai été humilié d'apprendre tout cela de la bouche de ma secrétaire ?

Je demeurai silencieuse.

— Qui a répondu au téléphone ?

— Comment ça ? Le copain de ma cousine. Il est hollandais, précisai-je, à toutes fins utiles.

— Dis-moi, il est avec toi... Ce type ?

— Quel type ?

— Jean-Pierre.

— Non, il n'est pas ici. Qu'est-ce qui te fait croire ça ?

— Tu as couché avec lui, n'est-ce pas ? Je le sens à ta voix.

J'avoue que je ne m'attendais pas à cette réflexion de sa part. Je pris une profonde respiration.

— Écoute, je suis honnêtement dans l'impossibilité absolue de parler pour le moment. Il y a... du monde autour de moi. Je te demande pardon, Rick, c'est juste... que je ne sais plus ce que je veux.

— Ella...

La voix de Rick semblait imperceptiblement s'étrangler.

— Donne-moi quelques jours, c'est tout, d'accord ? Après ça, je reviendrai et... Et nous parlerons. D'accord ? Pardon...

Là-dessus, je raccrochai et me tournai vers eux tous. Lucien contemplait son assiette, les voisins s'acharnaient à bavarder avec Jan, Jacob et Susanne me fixaient de leurs yeux du même brun que les miens.

— Eh bien, repris-je d'un ton léger. Que disions-nous au sujet de mon prochain mariage ?

Je me levai au milieu de la nuit, la bouche sèche à cause du vin, la fondue aussi lourde que du plomb dans mon estomac, et je descendis à la cuisine chercher un verre d'eau minérale. Je n'allumai pas et m'assis à la table avec mon verre. La pièce sentant encore le fromage, je décidai d'émigrer dans la salle de séjour. Parvenue à la porte, j'entendis le son délicat, filé du clavecin. Doucement j'ouvris la porte et j'entrevis Susanne assise devant l'instrument, dans l'obscurité. Un réverbère lointain découpait son profil. Elle s'arrêta au bout de quelques mesures, et resta là immobile. En m'entendant murmurer son nom, elle leva la tête et laissa retomber ses épaules. Je m'approchai et posai la main dans son dos. Elle portait un kimono de soie sombre, très doux au toucher.

— Tu devrais te coucher, dis-je tout bas. Tu dois être lasse. Tu as besoin de beaucoup de sommeil ces temps-ci.

Susanne enfouit son visage contre moi et se mit à pleurer. Debout, sans bouger, je caressai ses cheveux crépus, puis je m'agenouillai à côté d'elle.

— Jan est au courant ?

— Non, répondit-elle, en séchant ses yeux et ses joues. Vois-tu, Ella, je ne suis pas prête à ça. J'ai des projets. J'ai beaucoup travaillé pour en arriver là et je commence tout juste à me lancer dans le circuit des concerts.

Elle posa la main sur le clavier et joua un accord.

— À l'heure qu'il est, un bébé ruinerait ma carrière.

— Quel âge as-tu ?

— Vingt-deux ans.

— Et tu veux des enfants ?

Elle haussa les épaules.

— Un jour. Pas encore. Pas maintenant.

— Et Jan ?

— Oh ! Il serait ravi d'être père. Mais tu sais, les hommes n'ont pas la même vision des choses. Une telle décision n'affecterait en rien sa musique ni sa carrière. Quand il parle d'avoir des enfants, tout cela reste si abstrait que je sais pertinemment que c'est à moi qu'il incomberait de s'en occuper.

Un refrain bien familier...

— Quelqu'un d'autre est-il au courant ?

— Non, personne.

J'hésitai, n'ayant pas l'habitude de présenter à des femmes l'avortement comme option possible : dans ma profession, en effet, les femmes venaient me consulter quand elles avaient décidé de garder leur bébé. Je ne savais même pas comment dire en français « avortement » ou « option ».

— Quelles sont les solutions que tu pourrais envisager ? demandai-je gauchement, veillant toutefois à employer le conditionnel.

Elle avait les yeux rivés sur le clavier. Puis elle haussa les épaules.

— Un avortement, répondit-elle d'une voix sans timbre.

— Que penses-tu de... l'avortement ?

Je m'en voulus aussitôt pour la maladresse de ma question. Susanne ne sembla pas relever.

— Oh ! Je préférerais en passer par là, même si l'idée me rebute. Je ne suis pas croyante, mes hésitations ne seraient pas d'ordre religieux. Mais pour Jan...

J'attendis.

— Vois-tu, il est catholique. Il n'est pas pratiquant et il se prétend libéral, mais tout est différent lorsqu'il s'agit d'un choix réel. Je n'ai pas idée de ce qu'il en pensera. Il se pourrait même qu'il en soit très contrarié.

— Écoute, tu dois le lui dire, c'est son droit, mais tu n'as pas besoin de décider avec lui. La décision appartient à toi seule. L'idéal serait que vous tombiez d'accord sur ce point, mais si ce n'est pas possible, c'est à toi de prendre la décision car c'est toi qui portes cet enfant.

Je m'efforçai d'être aussi persuasive que possible.

Susanne me jeta un regard oblique.

— Tu as... Tu as toi-même...
— Non.
— Tu veux avoir des enfants ?
— Oui, mais...
J'ignorais par où commencer. Je me mis à rire sans savoir pourquoi. Susanne me dévisagea, le blanc de ses yeux luisant à la lumière du réverbère.
— Excuse-moi, mais il faut que je m'asseye, après ça, je te raconterai, lui dis-je.
Je m'assis dans l'un des fauteuils tandis que Susanne allumait une petite lampe près du piano. Elle se pelotonna dans un coin du canapé, les jambes repliées au-dessous d'elle, la soie verte couvrant ses genoux. Elle me regarda avec espoir, soulagée, sans doute, de ne plus être le centre d'intérêt.
— Mon mari et moi parlions d'avoir des enfants, commençai-je. Nous avions pensé que c'était le moment. En réalité, c'est moi qui l'ai suggéré et Rick est tombé d'accord. Nous avons essayé. Mais j'ai été... remuée. Par un cauchemar. Et maintenant, maintenant, je me dis... Bref, maintenant, nous avons des problèmes. Il y a eu aussi... il y a aussi autre chose. Quelqu'un d'autre.
Je me sentis humiliée d'exposer ainsi la situation, mais c'était me délester d'un poids que d'en parler à quelqu'un.
— Qui est-ce ?
— Un bibliothécaire de la ville où j'habite. Disons que nous avons un peu flirté ces temps derniers... Et après ça, nous...
J'agitai les mains dans les airs.
— Après ça, j'ai eu des remords et il a fallu que je parte. C'est pour ça que je suis ici.
— Il est beau ?
— Il est... Oh oui ! Je trouve. Disons qu'il est... plutôt austère.
— Et tu l'aimes comme ça.

— Oui.

Cela me faisait tout drôle de parler de lui. Je trouvai en fait difficile de le décrire. Avec la distance, là, dans cette pièce où Susanne était pelotonnée devant moi, mon aventure avec Jean-Paul paraissait lointaine et moins dévastatrice que je ne l'aurais cru. Il est curieux de constater que, dès que vous racontez votre histoire, elle tend à la narration, prend le dessus sur les faits. Ajoutez à cela la mise en scène du narrateur qui vous éloigne encore davantage de la réalité.

— Il y a combien de temps que vous êtes mariés, Rick et toi ?

— Deux ans.

— Et cet homme, comment s'appelle-t-il ?

— Jean-Paul.

Un prénom qui sonnait si clair et net que je souris rien qu'en le prononçant.

— Il m'a aidée dans mes recherches généalogiques, poursuivis-je. Il discute beaucoup avec moi, mais c'est parce qu'il s'intéresse à moi, à ce que je fais... Non, plutôt à ce que je suis. Il m'écoute. Il me voit moi et non une idée de moi. Tu saisis ce que je veux dire ?

Suzanne hocha la tête.

— Et je peux lui parler. Je lui ai même raconté mon cauchemar et il a très bien su s'en sortir : il m'a demandé de le lui décrire, cela m'a aidée.

— Il a trait à quoi, ce cauchemar ?

— Oh ! Je n'en sais rien. Ce n'est pas une histoire, à proprement parler mais une série d'impressions comme un... Comme si je ne pouvais plus respirer...

Je me tapotai la poitrine. Frank Sinatra, pensai-je. Ah ces yeux bleus !

— Et un bleu... Un bleu précis, ajoutai-je. Rappelant celui des tableaux de la Renaissance. Ce bleu qu'utilisaient les peintres de l'époque pour la robe de la Vierge.

Il y a ce peintre... Dis-moi, as-tu jamais entendu parler de Nicolas Tournier ?

Susanne se redressa et saisit le bras du canapé.

— Parle-moi de ce bleu.

Un lien était enfin établi avec le peintre.

— Ce bleu a deux nuances : une nuance claire, la couche supérieure, lumineuse et... – j'avais peine à trouver mes mots – cette couleur varie selon la lumière. Mais on perçoit aussi une obscurité sous-jacente à la lumière, une obscurité très dense. Les deux nuances se livrent bataille. C'est ce qui rend cette couleur si vivante, inoubliable. C'est une belle couleur, vois-tu, mais elle est également triste, peut-être cherche-t-elle à nous rappeler que la Vierge pleure toujours la mort de son fils, même lorsqu'elle le met au monde. Comme si elle savait déjà ce qu'il adviendra de lui. Et quand il est mort, ce bleu est encore beau, plein d'espoir. La leçon à en tirer, c'est que la vie est une immense palette, et que si joyeux et lumineux que ce bleu puisse sembler, il y aura toujours quelque ombre sous-jacente.

Je m'arrêtai, nous demeurâmes toutes deux silencieuses.

Puis elle dit :

— J'ai fait ce rêve moi aussi.

— Je ne l'ai fait qu'une seule fois, il y a environ six semaines, à Amsterdam. Je me suis réveillée affolée et en larmes, je me voyais étouffée par du bleu, ce bleu que tu viens de décrire. C'était bizarre car j'étais à la fois heureuse et triste. Jan prétend que je parlais, il a cru que je récitais un passage de la Bible. Impossible de me rendormir après ça, je me suis levée et me suis mise au clavecin, comme ce soir.

— Aurais-tu du whisky par hasard ? demandai-je.

Elle se dirigea vers les étagères et ouvrit le placard au bas de celles-ci, en sortit une bouteille à moitié vide et deux petits verres. Elle s'assit dans le coin du canapé et servit un whisky à chacune. J'allais risquer une réflexion sur le fait de boire dans son état, mais j'en fus dispensée car, après m'avoir tendu mon verre, elle renifla le sien, grimaça, dévissa la bouteille et y reversa le whisky.

J'avalai le mien d'un trait. Il me traversa, se jouant de la fondue, du vin, de la détresse dans laquelle me plongeaient Rick et Jean-Paul. Il me donna le courage voulu pour poser des questions gênantes.

— Tu es enceinte depuis combien de temps ?

— Je n'en suis pas sûre.

Elle posa une main sur chaque manche de son kimono et se frotta les bras.

— À quand remontent tes dernières... ?

J'accompagnai ma question d'un geste.

— À quatre semaines.

— Comment es-tu tombée enceinte ? Tu ne te servais de rien ? Excuse-moi, mais c'est important.

Elle baissa les yeux.

— Un soir, j'ai oublié de prendre la pilule. En général, je la prends avant d'aller me coucher, mais cette fois, j'ai oublié. Je me suis dit que ce n'était pas bien grave.

J'allais répondre, mais Susanne m'interrompit :

— Tu sais, je ne suis ni stupide ni irresponsable. C'est juste que...

De sa main, elle se couvrit la bouche.

— ... Parfois, il n'est pas facile d'établir un lien entre une petite pilule et une grossesse. C'est une forme de magie... Deux éléments sans le moindre rapport entre eux. C'est insensé. Intellectuellement, je puis le comprendre mais, au fond de mon cœur, j'ai du mal à l'accepter.

Je hochai la tête.

— Souvent, les femmes enceintes n'établissent pas le lien entre leur enfant et le rapport sexuel. Les hommes non plus, d'ailleurs. Sexe et bébés n'ont apparemment rien à voir, oui, ça tient pour ainsi dire de la magie.

Nous restâmes un moment silencieuses.

— Quand as-tu oublié de prendre cette pilule ? demandai-je.

— Je ne m'en souviens pas.

Je me penchai vers elle.

— Essaye... Était-ce à peu près en même temps que ce rêve ?

— Je ne pense pas. Non, attends une minute ! Je me rappelle. Jan était à un concert à Bruxelles le soir où j'ai oublié de prendre la pilule. Il est revenu le lendemain et ce soir-là j'ai fait ce rêve. C'est ça.

— Et Jan et toi, est-ce que vous... avez fait l'amour ce soir-là ?

— Oui.

Elle avait l'air gêné.

Je lui demandai de m'excuser.

— C'est que, vois-tu, ce n'est qu'après avoir fait l'amour avec Rick que j'ai eu ce rêve, expliquai-je. Comme toi. Mais le rêve s'est arrêté, sitôt que j'ai commencé à prendre des contraceptifs et, dans ton cas, il s'est arrêté quand tu es tombée enceinte.

Nous nous regardâmes.

— C'est très étrange, dit Susanne avec calme.

— Oui, c'est étrange.

Susanne lissa son kimono sur son estomac et soupira.

— Il faut avant tout que tu parles à Jan, insistai-je.

— Oui, je sais... Et toi, il faut que tu parles à Rick.

— J'ai l'impression qu'il est déjà au courant.

Le lendemain, j'allai consulter les registres à l'hôtel de ville. Malgré la minutie avec laquelle le grand-père de Jacob avait établi l'arbre généalogique, j'éprouvais le besoin de tenir les documents originaux entre mes mains, je finissais par aimer ça. Je passai donc l'après-midi assise à une table dans une salle de réunion, à éplucher des actes de naissance, de décès et de mariage, enregistrés avec soin, datant des XVIIIe et XIXe siècles. Je ne m'étais pas rendu compte que les Tournier étaient une famille aussi solidement enracinée à Moutier, ils avaient été des centaines et des centaines.

Si sommaires que fussent ces documents, ils m'apprirent beaucoup, tant sur la taille des familles que sur l'âge auquel on se mariait à l'époque – en général entre vingt et vingt-cinq ans – ou sur les métiers qu'exerçaient les hommes : fermiers, instituteurs, aubergistes ou horlogers. Beaucoup d'enfants mouraient en bas âge. Je découvris une Susanne Tournier qui avait mis au monde huit enfants entre 1751 et 1765 dont cinq étaient morts au cours du premier mois. Elle-même était morte en couches. Jamais un enfant ou une mère n'était mort entre mes mains. J'avais eu de la chance !

D'autres surprises m'attendaient. Nombre de naissances illégitimes ou incestueuses étaient enregistrées ouvertement. Au temps pour les principes calvinistes, pensai-je, cynique, mais j'avoue que je fus choquée de lire dans les registres officiels qu'en 1796, une certaine Judith Tournier avait donné le jour au fils de son père, Jean. D'autres actes stipulaient sans ambages que tel ou tel enfant était illégitime.

Il était amusant de voir les prénoms utilisés à l'époque, de constater qu'ils étaient toujours à la mode. Beaucoup de ces prénoms en faveur chez les huguenots étaient empruntés à l'Ancien Testament, on remarquait des Daniel, des Abraham et même un Noé. Hannah, Susanne et, plus tard, Ruth, Anne et Judith revenaient très souvent, en revanche, je ne vis pas une seule Isabelle ni une seule Marie.

Je me rendis dans un café voisin pour réfléchir à ma prochaine étape. Le café arriva, la tasse posée sur un napperon, avec la petite cuillère, les sucres et un carré de chocolat joliment disposés sur la soucoupe. J'étudiai cette présentation, elle me rappela les documents que je venais de consulter, ces actes enregistrés avec précision, dans une écriture bien lisible. S'ils étaient plus aisés à déchiffrer que les registres français, il leur en manquait toutefois le charme et la fantaisie. Somme toute, ils étaient comme les Français : de prime abord agaçants par leur distance à l'égard des étrangers, ils étaient, en fin de compte, plus intéressants. Ils exigeaient un travail plus intensif, mais on en obtenait davantage. Lorsque je demandai à avoir accès à des registres antérieurs à 1750, l'employée de mairie me dit qu'il me faudrait consulter des registres paroissiaux conservés à Berne et Porrentruy, elle me conseilla d'appeler d'abord. Je pris note des noms, des numéros de téléphone et la remerciai, souriant en mon for intérieur : elle aurait été horrifiée par mon expédition au pied levé dans les Cévennes et ahurie par sa réussite en dépit des moyens employés. C'était un pays où rien n'était laissé au hasard : les résultats étaient le fruit d'un travail consciencieux et d'une organisation minutieuse.

À mon retour, je trouvai Jacob au piano, il jouait un morceau triste et lent. Je m'allongeai sur le canapé, les yeux clos. La musique égrenait ses notes, des mélodies simples, comme une boîte à musique. Elle me rappelait Jean-Paul.

Je somnolais quand il acheva. J'ouvris les yeux et nos regards se croisèrent au-dessus du piano.

— Schubert, dit-il.

— C'est beau.

— As-tu trouvé ce que tu cherchais ?

— Pas vraiment. Dis-moi, Jacob, pourrais-tu passer quelques coups de téléphone pour moi ?

— Bien sûr, ma cousine. Et j'ai réfléchi à ce que tu aimerais sans doute voir. Des souvenirs de la famille. Je connais un endroit où se trouvait jadis un moulin appartenant aux Tournier. Il existe aussi un restaurant, aujourd'hui pizzeria, tenue par des Italiens, qui, au XIXe siècle, était une auberge appartenant à un Tournier. Ah ! J'oubliais une ferme située à environ un kilomètre de Moutier, en direction de Grand-Val. Nous ne sommes pas sûrs qu'il s'agisse bien là d'une ferme de la famille Tournier, mais la tradition le prétend. Toujours est-il que l'endroit est intéressant à cause d'une vieille cheminée. De toute évidence, cette ferme a été l'une des premières maisons de la vallée à en posséder une.

— Toutes les maisons n'ont-elles donc pas de cheminée ?

— À notre époque, elles en ont toutes, mais en ces temps anciens, c'était plutôt rare. Aucune ferme de la région n'avait de cheminée.

— Et la fumée ?

— Chaque maison possédait un faux plafond et la fumée s'accumulait entre celui-ci et le toit. C'était là que les fermiers suspendaient leur viande pour qu'elle sèche.

Cela semblait ahurissant.

— Mais la maison n'était pas tout enfumée ? Et sale ?

Jacob partit d'un petit rire.

— Sans doute. À Grand-Val même, il existe une ferme dépourvue de cheminée. J'y suis entré. Le foyer et le plafond au-dessus du feu sont littéralement noirs de suie. Mais la ferme Tournier, si tant est qu'il s'agisse là d'une ferme ayant appartenu aux Tournier, est différente. Elle possède une espèce de cheminée.

— À quelle époque remonte-t-elle ?

— Au XVIIe siècle, je crois, peut-être même à la fin du XVIe. Je parle de la cheminée car le corps de ferme a été plusieurs fois rebâti, seule la cheminée est d'origine. En fait, la Société historique locale a acheté la ferme il y a quelques années.

— Elle est donc vide ? On peut aller la voir ?

— Bien sûr. Demain, s'il fait beau. Je n'ai pas d'élèves avant la fin de l'après-midi. Et maintenant, où sont ces numéros de téléphone ?

J'expliquai ce que je voulais, puis je le laissai le temps d'une petite promenade. Jacob m'avait montré pour ainsi dire tout Moutier, mais j'appréciais de flâner dans les rues sans que l'on me dévisage. Au bout de trois jours, les gens me saluaient, alors qu'à Lisle-sur-Tarn, au bout de trois mois, personne ne me reconnaissait. Les habitants paraissaient plus courtois et moins méfiants que les Français.

Je remarquai un détail tandis que j'allais et venais à travers les rues : une plaque indiquant que Goethe avait passé une nuit d'octobre 1779 à l'auberge du Cheval-Blanc qui s'élevait alors à cet emplacement. Il avait mentionné Moutier dans une lettre décrivant les formations rocheuses qui l'entouraient, et cette gorge particulièrement impressionnante à l'est de la ville. Pour qu'ils en soient à apposer une plaque commémorant une malheureuse nuit que Goethe avait passée là, il fallait vraiment que les faits divers soient bien rares à Moutier !

Je me retournai, ayant achevé ma lecture, quand j'aperçus Lucien qui venait vers moi, portant deux pots de peinture. J'eus la vague impression qu'il m'avait épiée et qu'il venait juste de ramasser ses pots de peinture et de se remettre en route.

— Bonjour, dis-je.

Il s'arrêta et posa les pots.

— Bonjour, répondit-il.

— Ça va ?

— Oui, ça va.

Nous nous regardâmes, gênés. J'avais du mal à le regarder droit dans les yeux compte tenu de la façon dont il me dévisageait, scrutait mon regard. Son attention était bien la dernière chose dont j'avais besoin pour le moment. Sans doute était-ce ce qui l'attirait vers moi. De toute évidence, mon psoriasis le fascinait : même en cet instant, il ne pouvait s'empêcher certains rapides coups d'œil.

— Écoutez, Lucien, c'est du psoriasis, rétorquai-je, ravie de l'embarrasser. Je vous l'ai expliqué l'autre jour. Pourquoi continuez-vous à le regarder ?

— Je vous prie de m'excuser – il détourna son regard –, c'est juste que... Que ça m'arrive d'en avoir. Au même endroit, là sur les bras. J'avais toujours cru qu'il s'agissait d'une réaction allergique à la peinture.

— Oh ! Pardonnez-moi !

C'était à mon tour de me sentir gênée, même si j'étais encore agacée par lui, ce qui me rendait encore plus gênée. Bref, un cercle vicieux...

— Pourquoi n'avez-vous pas vu de médecin ? demandai-je, radoucissant la voix. Il vous dirait ce que c'est et vous donnerait quelque chose à mettre dessus. Il existe une crème... Je l'ai laissée chez moi, sinon je m'en servirais en ce moment.

— Je n'aime pas les médecins, expliqua Lucien. Ils me donnent l'impression que... je ne tourne pas rond.

Je ris.

— Je sais parfaitement ce que vous voulez dire. Et ici... en France, j'entends... ils vous prescrivent trop de médicaments. Beaucoup trop.

— Comment on attrape ça, le psoriasis ?

— C'est dû au stress, dit-on. Mais la crème est assez efficace. Vous devriez demander à votre médecin de...

— Dites, Ella, vous prendriez un verre avec moi un de ces soirs ?

Je me tus. Je devais arrêter ça tout de suite : je n'étais pas intéressée et c'était inapproprié, surtout en ce moment. Mais je n'avais jamais su dire non... Rien que d'imaginer sa tête...

— Entendu, finis-je par répondre. Dans un ou deux jours, d'accord ? Mais, Lucien...

Il avait l'air si heureux que je ne pus achever.

— Non, rien du tout. Un soir de cette semaine.

À mon retour, Jacob s'était remis au piano. Il s'arrêta et prit un bout de papier.

— J'ai bien peur d'avoir de mauvaises nouvelles pour toi, dit-il. Les archives de Berne ne remontent qu'à 1750. Le bibliothécaire de Porrentruy m'a expliqué que les registres paroissiaux des XVIe et XVIIe siècles avaient été détruits par un incendie. Il existe toutefois des listes de recrutement que tu pourrais étudier. C'est de là, je crois, que mon grand-père a puisé ses renseignements.

— Ton grand-père y a sans doute trouvé tout ce qu'il pouvait espérer trouver. En tout cas, merci pour ton appel.

Les listes de recrutement ne servaient à rien : seules les femmes m'intéressaient. Je ne le lui dis pas, préférant changer de sujet.

— Dis-moi, Jacob, aurais-tu entendu parler d'un peintre du nom de Nicolas Tournier ?

Il secoua la tête. J'allai chercher dans ma chambre la carte postale que j'avais prise avec moi.

— Comme tu vois, il est originaire de Montbéliard, ajoutai-je en lui tendant la reproduction. L'idée m'est venue qu'il pourrait être un ancêtre, qui sait si une partie de la famille ne serait pas allée s'installer à Montbéliard ?

Jacob étudia le tableau et secoua la tête.

— Je n'ai jamais entendu parler d'un peintre dans la famille. Les Tournier étaient plus pratiques qu'artistes, sauf moi !

Il éclata de rire puis reprit un air sérieux.

— Oh ! Ella, Rick a appelé quand tu étais sortie.

— Oh !

Il paraissait mal à l'aise.

— Il m'a chargé de te dire qu'il t'aimait.

— Oh ! Merci, répondis-je en baissant les yeux.

— Tu sais que tu peux rester ici aussi longtemps que tu le voudras. Aussi longtemps que tu en auras besoin.

— Oui, je sais, merci. Nous avons... Il y a quelques problèmes, tu sais.

Il ne dit rien, il se contenta juste de me regarder, ce qui me rappela, un bref instant, le ménage dans le train. Après tout, Jacob était suisse...

— Oh ! Je suis sûre que tout ira mieux d'ici peu.

Il hocha la tête.

— En attendant, tu restes avec ta famille.

— Oui.

Ayant ainsi suggéré à Jacob quelle était notre relation à Rick et moi, je n'éprouvai plus le besoin de justifier mon séjour chez eux. Le jour suivant, voyant qu'il pleuvait, nous reportâmes notre visite à la ferme, et je passai agréablement la journée à lire et à écouter Susanne et Jacob jouer du clavecin ou du piano. Nous dînâmes ce soir-là dans la pizzeria qui, jadis, avait été une auberge tenue par des Tournier. Cette fois, l'endroit était manifestement devenu italien.

Le lendemain matin, nous nous rendîmes tous ensemble à la ferme. Bien qu'ayant apparemment passé toute sa vie ou presque à Moutier, Susanne n'y était jamais allée. À la sortie est de la ville, nous empruntâmes un sentier qu'une pancarte jaune classait comme « chemin de randonnée pédestre », annonçant du même coup qu'il nous faudrait quarante-cinq minutes pour atteindre Grand-Val. Il n'y a qu'en Suisse où l'on évalue la promenade en temps plutôt qu'en distance. Sur notre gauche, nous aperçûmes le début de ces gorges en terrain calcaire décrites par Goethe : une muraille spectaculaire de roche gris jaune, entre les cimes, éboulée par la trouée de la Birse. Un soleil radieux rendait ce défilé impressionnant, il me rappelait une cathédrale.

La vallée que nous suivîmes était plus paisible, un ruisseau anonyme et une voie ferrée couraient au fond ; aux champs qui couvraient le bas des pentes succédaient des pins, puis un ressaut abrupt dominé par des rochers tout au-dessus de nous. Chevaux et vaches paissaient dans les prés, des fermes apparaissaient à intervalles réguliers. Le paysage était bien ordonné, les contours nets, la lumière vive et crue.

Les hommes marchaient d'un bon pas, Susanne et moi les suivions. Elle portait une tunique bleu-vert sans manches et un pantalon ample, qui ondulait autour de ses jambes minces. Elle était pâle et avait les traits tirés, sa bonne humeur était factice. Je savais, à sa façon de se tenir à distance de Jan et à ses coups d'œil gênés, qu'elle ne lui avait encore rien dit.

Nous traînions de plus en plus derrière les hommes, comme si nous étions sur le point de nous faire des confidences. Je frissonnais, bien que la température fût agréable et la journée ensoleillée. Je m'enveloppai de la chemise bleue de Jean-Paul. Elle sentait la cigarette et elle était imprégnée de son odeur.

Jacob et Jan s'arrêtèrent à un endroit où le chemin bifurquait. Quand nous les rattrapâmes, Jacob nous montra du doigt une maison située un peu plus haut, là où les champs le cédaient aux arbres sur le flanc des montagnes.

— C'est la ferme, dit-il.

Je ne veux pas y aller, me dis-je. Pourquoi ça ? Je me tournai vers Susanne. Elle me regardait et je sus aussitôt qu'elle partageait mes hésitations. Les hommes commencèrent à grimper, Susanne et moi les suivions du regard.

— Allons, dis-je à Susanne en lui faisant signe de se mettre en route, et je partis.

Elle s'ébranla avec lenteur.

La ferme était une bâtisse longue et basse, comportant à gauche une maison en pierres, à droite une grange en bois. Un long toit à faible pente couvrait les deux parties dont l'entrée commune ouverte à tout vent débouchait sur une espèce de porche sombre qui, selon Jacob, s'appelait autrefois le devant-huis. Le sol était jonché de paille et de bois de charpente, de vieux seaux traînaient çà et là. J'aurais pensé que l'association pour la défense du patrimoine culturel de la région se serait efforcée de garder ce corps de ferme en état, hélas, le bâtiment tombait en ruine : les volets étaient de guingois, les carreaux des fenêtres étaient cassés, de la mousse poussait sur le toit.

Jacob et Jan admiraient la ferme tandis que Susanne et moi regardions où nous mettions les pieds.

— Tu vois la cheminée ? dit Jacob en montrant du doigt une étrange saillie émergeant du toit : rien à voir avec la colonne de pierres érigée avec soin contre un mur à laquelle je m'attendais. Elle est en pierre à chaux, vois-tu, expliqua-t-il. Cette pierre est tendre, ils se servent donc d'une sorte de ciment pour lui donner une forme et la rendre plus dure. L'essentiel de la cheminée est à l'intérieur et non point contre le mur extérieur. Entrons, vous verrez le reste.

— C'est ouvert ? demandai-je sans grand enthousiasme, espérant trouver sur la porte un verrou ou un écriteau « Propriété privée ».

— Oh oui ! J'y suis déjà entré. Je sais où la clef est cachée.

Zut ! pensai-je. Impossible d'expliquer pourquoi je ne voulais pas entrer : après tout, si nous étions ici, c'était à cause de moi. Je pouvais sentir les regards désemparés que me jetait Susanne, comme s'il m'appartenait de tout arrêter. On aurait cru que nous étions traînées à l'intérieur par une logique mâle et froide contre laquelle nous étions impuissantes.

— Viens, dis-je.

Elle mit sa main dans la mienne. Elle était glaciale.

— Tu as froid aux mains, dit-elle.

— Toi aussi.

Nous échangeâmes un sourire lugubre. À nous voir ainsi pénétrer dans la maison, nous avions l'air de deux petites filles échappées d'un conte de fées.

L'intérieur était plongé dans la pénombre, le jour ne se glissant que par la porte ouverte et deux étroites fenêtres. Au fur et à mesure que mes yeux s'accoutumaient à cette semi-obscurité, je pus distinguer d'autres planches et des vestiges de chaises entassés sur le sol couvert d'une épaisse couche de poussière. Juste derrière la porte j'aperçus un âtre calciné qui, au lieu d'être parallèle au mur, s'étirait vers le milieu de la pièce. À chaque coin s'élevait un pied-droit en pierre d'environ trois mètres qui soutenait des arcs, également en pierre. Ces arcs se prolongeaient par le même grossier dispositif qu'à l'extérieur, une pyramide aussi laide que fonctionnelle visant à évacuer la fumée au-dehors.

Je lâchai la main de Susanne et m'avançai dans l'âtre pour examiner l'intérieur de la cheminée. Au-dessus de moi tout était noir, j'eus beau me hausser sur la pointe des pieds en me tenant à un pilier, et me dévisser le cou, je ne pus repérer d'ouverture.

— Elle doit être obstruée, murmurai-je.

Soudain prise d'un étourdissement, je basculai et m'effondrai dans la poussière.

Jacob se précipita vers moi, m'aida à me relever et du revers de la main chassa la poussière de mes vêtements.

— Ça va ? me demanda-t-il avec une pointe d'inquiétude dans la voix.

— Oui, répondis-je, toute tremblante. J'ai... J'ai dû perdre l'équilibre. Sans doute que les dalles sont inégales.

Je cherchai Susanne du regard, elle avait disparu.

— Où est...

Je ne pus terminer, je fus prise d'une douleur aiguë à l'estomac, qui me propulsa à l'extérieur, m'arrachant à Jacob.

Dans le jardin, Susanne se tenait pliée en deux de

souffrance. Debout à ses côtés, Jan la regardait, le regard fixe, muet de stupeur. Comme je l'entourais de mon bras, elle se mit à haleter et une fleur écarlate apparut dans l'entrejambe de son pantalon, s'épanouissant rapidement le long de ses jambes.

Je paniquai un bref instant. Sainte Mère, me dis-je, que dois-je faire ? Puis j'éprouvai une sensation que je n'avais pas connue depuis des mois : mon cerveau passa à l'automatique, un état familier où je savais exactement qui j'étais et ce que je devais faire.

Je l'enlaçai et lui dis tout bas :

— Écoute, Susanne, il faut t'étendre.

Elle hocha la tête, plia les genoux et s'écroula dans mes bras. Je l'aidai à s'allonger sur le côté, puis me tournai vers Jan, toujours figé sur place.

— Jan, donne-moi ta veste, ordonnai-je.

Il me regarda, les yeux dilatés, jusqu'à ce que je le répète haut et fort. Il me tendit alors sa veste de coton de couleur ocre, le genre de celles que j'associais avec les vieux en train de jouer aux palets. Je la roulai et la glissai sous la tête de Susanne, puis j'enlevai la chemise de Jean-Paul, lui en fis une couverture, cachant ainsi son aine ensanglantée. Une tache rouge commença à s'étaler sur le dos de la chemise. Je fus un instant hypnotisée par ces deux couleurs, que le contraste rendait d'autant plus belles.

Secouant la tête, je serrai la main de Suzanne et me penchai vers elle :

— Ne t'inquiète pas, ce n'est rien, ça va aller mieux.

— Ella, que se passe-t-il ?

Jacob se dressait de toute sa taille au-dessus de nous, son long visage torturé par l'inquiétude. Je lançai un coup d'œil à Jan toujours figé sur place et pris une rapide décision.

— Susanne a fait...

Et voilà que mon français me trahissait en un moment

pareil... Mme Sentier ne m'avait jamais appris ce genre de vocabulaire.

— Susanne, dis-le-leur toi-même : je ne connais pas le mot français. Tu veux bien ?

Elle se tourna vers moi, les yeux embués de larmes.

— Tout ce que je te demande, c'est de le dire. C'est tout. Je m'occupe du reste.

— Une fausse couche, murmura-t-elle.

Les deux hommes la regardèrent stupéfaits.

— Et maintenant, Jan, repris-je d'une voix calme, tu vois cette maison là-bas ?

De la main, je lui indiquai la ferme la plus proche, à trois cents mètres plus bas. Jan ne réagit pas, je répétai son nom avec fermeté, cette fois. Il acquiesça de la tête.

— Très bien, cours jusqu'à cette ferme téléphoner à l'hôpital, tu peux faire ça ?

Il finit par sortir de sa torpeur.

— Oui, Ella, je vais courir jusqu'à cette ferme téléphoner à l'hôpital, répondit-il.

— Bon et tu demanderas aussi aux gens de la ferme s'ils pourraient nous emmener en voiture, au cas où une ambulance ne pourrait pas venir. Et maintenant, file !

Ce dernier ordre claqua comme un fouet. Jan s'accroupit, toucha le sol d'une main et s'élança comme s'il s'agissait d'une course dans une cour de récréation. Je grimaçai. Il faut que Susanne se débarrasse de ce type, pensai-je.

Jacob s'était agenouillé auprès de Susanne, il avait posé la main sur ses cheveux.

— Elle va s'en tirer ? demanda-t-il, s'efforçant de dissimuler son angoisse.

C'est à Susanne que je répondis :

— Bien sûr que tu vas t'en tirer. Tu as sans doute un peu mal pour le moment, n'est-ce pas ?

Suzanne hocha la tête.

— Ça ne devrait pas tarder à s'arrêter. Jan est allé appeler une ambulance.

— Ella, tout ça, c'est de ma faute...

— Non, ce n'est pas de ta faute. Bien sûr que non.

— Mais je n'en voulais pas et peut-être que si j'en avais voulu, ça ne serait pas arrivé...

— Écoute, Susanne, tu n'y es pour rien. Les femmes font très souvent des fausses couches. Tu n'as rien fait de mal. Tu ne pouvais rien y changer.

Elle ne semblait pas convaincue. Jacob nous regardait, perplexe, comme si nous parlions chinois.

— Je te promets... Ce n'est pas de ta faute. Crois-moi. D'accord ?

Elle finit par acquiescer d'un signe de tête.

— Et maintenant, il faut que je t'examine. Tu me permets de jeter un coup d'œil ?

Susanne serra ma main encore plus fort, des larmes roulèrent sur ses joues.

— Oui, ça fait mal, je le sais, et tu ne veux pas que je regarde, mais il le faut, pour m'assurer que tout ira bien. Tu sais que je ne te ferai pas mal.

Son regard ricocha de Jacob à moi. Je compris.

— Jacob, prends la main de Susanne, ordonnai-je, glissant la main menue de Susanne dans la sienne. Aide-la à se mettre sur le dos et assieds-toi ici, à côté d'elle.

Je l'installai de manière qu'il se trouve face à moi et ne puisse pas voir ce que je lui faisais.

— Et maintenant, parle à ta fille.

Jacob se tourna vers moi, l'air désemparé. Je réfléchis un instant.

— Tu te souviens de cet élève dont tu m'as parlé qui est si bon pianiste ? Qui joue du Bach. Qu'étudie-t-il pour le prochain concert ? Et pourquoi ? Parle donc de lui à Susanne.

L'espace d'une seconde, Jacob parut désorienté, puis ses traits se détendirent. Il se tourna vers Susanne et se mit à parler. Au bout d'un moment, elle se détendit à son tour. Je me débrouillai pour faire glisser son pantalon et sa culotte le long de ses jambes, assez loin pour évaluer la situation, épongeant le sang avec la chemise de Jean-Paul. Je remontai ensuite son pantalon, en laissant la fermeture Éclair ouverte. Jacob se tut. Tous deux me regardèrent.

— Tu as perdu du sang, mais l'hémorragie est arrêtée pour le moment. Tout ira bien.

— J'ai soif, dit tout bas Susanne.

— Je vais chercher de l'eau.

Je me levai, heureuse de les voir tous deux apaisés. Je fis le tour de la ferme, en quête d'un robinet. N'en trouvant pas, je décidai de retourner dans la maison.

Je me glissai dans le devant-huis et restai là, debout, dans l'embrasure de la porte. Un mince rayon de soleil traversait l'âtre, laissant entrevoir l'épaisse poussière soulevée par notre visite. Du regard, je cherchai un point d'eau. Dans la pièce, c'était le silence, un silence absolu, que ne venait interrompre aucun bruit rassurant, tels la voix de Jacob, le vent dans les pins au-dessus de nous, les sonnailles des vaches ou un train dans le lointain. Juste le silence et le linceul de lumière sur la plaque, là, devant moi. C'était une énorme dalle, il avait certainement fallu plusieurs hommes pour la poser. Je l'examinai de plus près. Si décolorée fût-elle par la suie, il était évident que la pierre ne provenait pas des environs. Elle paraissait d'origine étrangère.

À l'autre extrémité de la pièce, je repérai un vieil évier avec un robinet. Je doutais fort qu'il fonctionnât mais, pour Susanne, j'étais prête à essayer. Le cœur battant et les mains moites, je contournai la cheminée. Une fois devant l'évier, je me démenai un moment avec le robinet avant de parvenir à le tourner. Au début, il ne se passa rien, suivit alors un crachotement, le robinet fut alors pris de violents soubresauts. Je reculai. Un liquide sombre jaillit dans l'évier, je sursautai, me heurtant la tête contre l'angle d'un des piliers qui soutenaient la cheminée. Je poussai un cri, virevoltai, vis trente-six mille chandelles et me retrouvai sur les genoux à côté de la cheminée. Je baissai la tête : ma nuque était humide et poisseuse. Je respirai plusieurs fois à fond. Quand les chandelles eurent disparu, je relevai la tête et laissai retomber mes bras. Des gouttes de sang dégoulinant de mes plaques de psoriasis égratignées à la pliure de mes bras se mêlèrent au sang que j'avais sur les mains.

Je contemplais les traces de sang.

— Ça y est, c'est bien l'endroit, n'est-ce pas ? dis-je tout haut. Je suis arrivée chez moi, n'est-ce pas ?

Derrière moi l'eau cessa de couler.

9

La cheminée

Isabelle se tenait sans mot dire dans le devant-huis. Elle entendait le cheval remuer dans la grange. De la maison lui parvenait un bruit de pioches.

— Marie ? appela-t-elle tout bas, osant à peine prononcer son nom, ne sachant dans l'oreille de qui il pourrait tomber.

Le cheval hennit au son de sa voix, puis il cessa de bouger. Les coups de pioche continuaient. Isabelle hésita, puis elle poussa la porte.

Étienne creusait une tranchée entre la dalle de granit et le milieu de la pièce. Au lieu de piocher le long du mur opposé, là où il avait au début décidé de placer la cheminée, il piochait près de la porte. Le sol était si compact qu'il lui fallait cogner de toute sa force avec son outil.

Surpris par le rai de lumière qui se coulait par la porte entrouverte, il leva la tête en disant : Est-elle... et il s'arrêta net à la vue d'Isabelle. Il se redressa.

— Que fais-tu ici ?

— Où est Marie ?

— Tu devrais avoir honte, La Rousse. Tu devrais être à genoux en train d'implorer la miséricorde de Dieu.

— Pourquoi es-tu en train de creuser un jour de fête ?

Il feignit de ne pas avoir entendu la question.

— Ta fille s'est sauvée, grommela-t-il. Petit Jean est parti dans les bois à sa recherche. J'ai cru que c'était lui qui rentrait m'annoncer qu'elle était saine et sauve. Tu ne t'inquiètes donc pas de cette dévergondée qu'est ta fille, La Rousse ¿ Tu devrais bien la chercher, toi aussi.

— Marie est tout ce qui compte pour moi. Où est-elle allée ¿

— Par-derrière la maison, vers le haut de la montagne.

Étienne se remit à sa tranchée, Isabelle le regardait.

— Pourquoi creuses-tu à cet endroit plutôt que contre le mur opposé, là où tu m'as dit que devait se trouver le foyer ¿

Il se redressa à nouveau et leva la pioche au-dessus de sa tête. Isabelle recula d'un bond, Étienne rit.

— Ne pose pas de questions stupides et file chercher ta fille.

Isabelle sortit à reculons de la pièce et referma la porte. Elle resta un moment dans le devant-huis. Étienne ne s'était pas remis à creuser. Le silence régnait, un silence lourd de secrets.

Je ne suis pas seule avec Étienne, songeait-elle. Marie est ici, tout près.

— Marie, appela-t-elle. Marie ! Marie !

Isabelle alla dans le jardin et continua à l'appeler. Marie n'apparut pas. La seule personne qu'elle aperçut fut Hannah qui gravissait péniblement le sentier. Isabelle ne l'avait pas attendue à Chalières mais l'avait laissée avec Jacob, elle-même était repartie en courant vers la ferme jusqu'à ce qu'elle soit sûre que Hannah ne pourrait pas la rattraper. En voyant Isabelle, la vieille femme s'arrêta, s'appuya sur sa canne en haletant, puis elle baissa la tête, passa devant sa belle-fille et se précipita dans la maison, claquant la porte derrière elle.

Ce ne fut pas facile d'enivrer Lucien. Assis en face de moi, il me regardait, buvant sa bière avec une telle lenteur qu'il me fallait laisser mes gorgées refluer discrètement dans mon verre pour lui donner le temps de me rattraper. Nous étions les seuls clients dans ce bar au centre de la ville. La sono nous dispensait de la musique country et western, la serveuse lisait un journal derrière le comptoir. Par un jeudi pluvieux, en ce début du mois de juillet, Moutier était une ville morte.

J'avais une lampe de poche dans mon sac, mais je comptais sur Lucien pour avoir des outils en cas de besoin. Si ce n'est qu'il ne le savait pas encore. Il était là qui traçait des motifs dans les cercles laissés par les verres humides sur la table, on le sentait mal à l'aise. J'avais encore fort à faire pour parvenir à mes fins, il me faudrait avoir recours à des mesures désespérées.

Mon regard croisa celui de la serveuse. Elle vint vers nous, je lui commandai deux whiskies. Lucien me regarda avec ses grands yeux noisette. Je haussai les épaules.

— Aux États-Unis, on prend toujours du whisky avec de la bière, lançai-je, mentant avec désinvolture.

Il hocha la tête et je pensai à Jean-Paul qui n'aurait jamais laissé passer une déclaration aussi ridicule. Son côté piquant, sarcastique, me manquait. Tel un couteau, il tranchait au travers d'une brume d'incertitude, disant ce qui devait être dit.

Lorsque la serveuse apporta nos deux whiskies, j'insistai pour que Lucien boive le sien d'un trait plutôt qu'à délicates petites gorgées. Quand il l'eut achevé, j'en commandai deux autres. Il hésita mais, après le deuxième, il se détendit visiblement et se mit à me parler de la maison qu'il venait de construire. Je le laissai discourir, malgré de nombreux termes techniques que je ne comprenais pas.

— C'est à mi-hauteur sur la montagne... Sur une pente... Toujours plus difficile de construire là... expliquait-il. Et puis nous avons eu des problèmes avec le béton pour l'abri nucléaire. Il a fallu deux fois le malaxer.

— L'abri nucléaire ? répétai-je, ayant des doutes quant à mon français.

— Oui.

Il attendit le temps que je consulte mon dictionnaire que je gardais toujours dans mon sac.

— Un abri nucléaire ? Vous voulez dire que vous avez construit un abri nucléaire dans une maison ?

— Bien sûr. C'est obligatoire. En Suisse, la loi exige que toute maison de construction récente en possède un.

Je secouai la tête pour me remettre les idées en place, un geste que Lucien prit à contresens.

— Mais c'est vrai, chaque maison récente possède un abri nucléaire, répéta-t-il avec plus d'ardeur. Et chaque citoyen effectue son service national, vous saviez ça ? Quand il atteint l'âge de dix-huit ans, tout citoyen effectue un service militaire de dix-sept mois dans l'armée. Et par la suite des périodes militaires de trois semaines par an.

— Pourquoi la Suisse a-t-elle autant la fibre militaire, elle qui se prétend pays neutre ? Vous savez, comme pendant la Seconde Guerre mondiale ?

Il esquissa un sourire lugubre.

— Afin de nous permettre de rester neutres. Une nation ne saurait se permettre de rester neutre sans une armée aguerrie.

Je venais d'un pays dont le budget militaire était énorme et qui n'avait pas le moindre sens de la neutralité. J'avais peine à voir le rapport entre les deux, mais je n'étais pas là pour parler politique, nous nous éloignions de plus en plus du sujet que je souhaitais aborder, il fallait que je trouve un moyen de diriger la conversation vers les cheminées.

— De quoi est fait un abri nucléaire ? hasardai-je.

— De béton et de plomb. Les murs ont un mètre d'épaisseur.

— Vraiment ?

Lucien se lança dans des explications détaillées sur la construction de ce genre d'abri. Je fermai les yeux. Pauvre type, pensai-je. Pourquoi diable est-ce que je sollicite ses services ?

Hélas, il n'y avait personne d'autre : Jacob était encore trop secoué par la fausse couche de Susanne la veille pour retourner à la ferme, quant à Jan il n'était pas du genre à enfreindre le règlement. Une poule mouillée de plus, me dis-je, tristement réaliste. Mais qu'ont-ils donc, ces hommes ? Je regrettai une fois de plus l'absence de Jean-Paul : il débattrait avec moi du bien-fondé de mon projet, il se demanderait si j'avais une once de bon sens, mais il me soutiendrait s'il estimait que cela était important pour moi. Je me demandai ce qu'il devenait. Cette fameuse nuit paraissait si lointaine. Une semaine...

Mais il n'était pas ici et il me fallait compter sur l'homme que j'avais sous la main. J'ouvris les yeux et interrompis le monologue de Lucien.

— Écoute, je veux que tu m'aides, lui dis-je avec fermeté, le tutoyant délibérément, moi qui jusqu'ici avais veillé à garder mes distances.

Lucien s'arrêta net, l'air surpris et méfiant.

— Tu connais la ferme près de Grand-Val dans laquelle se trouve la vieille cheminée ?

Il hocha la tête.

— Nous y sommes allés hier, elle appartenait jadis à mes ancêtres.

— C'est vrai ?

— Oui. Il y a là-bas quelque chose dont j'ai besoin.

— De quoi s'agit-il ?

— Je n'en suis pas très sûre, répondis-je, m'empressant d'ajouter : Mais je sais où ça se trouve.

— Comment peux-tu savoir où ça se trouve alors que tu ne sais pas ce que c'est !

— Je l'ignore...

Lucien demeura un instant silencieux, contemplant son verre à whisky vide.

— Que veux-tu que je fasse ? demanda-t-il au bout d'un moment.

— Accompagne-moi à la ferme pour avoir une meilleure idée des lieux. Tu n'aurais pas une boîte à outils, par hasard ?

Il fit oui de la tête.

— Dans mon camion.

— Parfait, il se pourrait que nous en ayons besoin. Ne t'inquiète pas, repris-je, voyant son air affolé, il ne s'agit pas de forcer une porte ou quoi que ce soit de ce genre : la clef est sur la porte. Je veux juste jeter un coup d'œil. Tu veux bien m'aider ?

— Tu veux dire maintenant ? À cet instant ?

— Oui. Je ne veux pas que qui que ce soit me voie y aller, il faut donc que ce soit de nuit.

— Et pourquoi ne veux-tu pas qu'on te voie ?

Je haussai les épaules :

— Je n'ai aucune envie que les gens me posent des questions. Je ne veux pas qu'ils se mettent à parler.

Un long silence s'ensuivit. Je rassemblai mes forces pour affronter son refus.

— D'accord.

Je souris, Lucien me retourna un sourire hésitant.

— Tu sais, Ella, c'est la première fois de la soirée que tu souris.

Il commençait à pleuvoir quand Isabelle pénétra dans les bois. Les premières gouttes filtraient à travers les jeunes feuilles des hêtres, qui frissonnaient doucement, emplissant l'air d'un bruissement délicat. Une odeur musquée s'élevait du tapis humide des feuilles mortes mêlées aux aiguilles de pin.

Elle commença à gravir la pente derrière la maison, appelant parfois Marie, mais écoutant, surtout les sons que voilait la pluie : des corbeaux qui croassaient, le vent dans les pins plus haut dans la montagne, les sabots des chevaux sur le sentier vers Moutier. Elle ne pensait pas que Marie serait allée bien loin, elle qui n'aimait ni être seule ni s'éloigner de la maison. Mais jamais on ne l'avait humiliée auparavant, qui plus est, devant tous ces gens.

Tu dois cela à ta nouvelle couleur de cheveux, se disait Isabelle, et aussi au fait que tu es ma fille. Même ici. Hélas, je ne détiens aucun pouvoir magique susceptible de te protéger, rien qui puisse te garantir du froid ou de la nuit.

Elle continua à monter, atteignit une corniche à mi-chemin du sommet, la contourna et se dirigea vers l'ouest. Elle se savait guidée. Elle pénétra ainsi dans la petite clairière où Jacob et elle avaient gardé la chèvre tout l'été. Elle n'y était pas retournée depuis que Jacob avait troqué la chèvre contre l'étoffe. Même maintenant, on voyait encore qu'un animal avait été parqué là : les vestiges d'une hutte de branchages, une litière en paille et aiguilles de pin, des crottes devenues des boulettes toutes dures.

Moi qui me croyais si futée avec mes secrets, ruminait Isabelle en contemplant la litière de la chèvre. Qui me disais que personne n'en saurait jamais rien. Tout cela lui semblait si lointain. À un hiver de distance.

S'étant rendue à l'un des endroits secrets, elle savait qu'elle se rendrait à l'autre. Elle n'essaya point de résister à cette impulsion, consciente qu'il était fort peu probable que Marie s'y trouvât. Là où la corniche descendait vers la gorge, elle se faufila entre les rochers jusqu'à l'endroit où Pascale s'était agenouillée et avait prié. Pas la moindre trace du secret : il y avait belle lurette que la terre avait absorbé le sang.

— Où es-tu, chérie ? dit-elle avec douceur.

Lorsque le loup s'avança de derrière les rochers, Isabelle bondit et poussa un cri mais elle ne s'enfuit pas. Ils se regardèrent, des flammes dansaient dans les yeux du loup, vives et pénétrantes. Il s'avança vers Isabelle et s'arrêta. Isabelle recula. Le loup s'avança à nouveau. À force de reculer, Isabelle se retrouva dans les rochers. Par crainte de tomber, elle ne cessait de regarder par-dessus son épaule pour s'assurer que le loup demeurait à distance. La bête allait au même rythme qu'elle, ralentissant quand elle ralentissait, s'arrêtant quand elle s'arrêtait, accélérant l'allure quand elle-même accélérait l'allure.

Il me pourchasse comme un mouton, se dit Isabelle, il me force à aller où il veut. Pour vérifier cette impression, elle changea de direction. Le loup la suivit aussitôt et se rapprocha d'elle jusqu'à ce qu'elle reprît sa direction initiale.

Ils sortirent des rochers et rejoignirent le sentier bordé d'arbres qui reliait Moutier à Grand-Val et la ramènerait à la ferme. Le cheval des Tournier trottait vers elle. Il arrivait de Moutier avec Petit Jean et Gaspard sur son dos. C'était lui qu'elle avait entendu remuer dans la grange, lui qui, tout à l'heure, galopait sur le chemin.

Isabelle se tourna pour voir où était le loup. Il avait disparu.

Lucien avait une vieille fourgonnette Citroën pleine d'outils. Juste ce que j'espérais. Elle ferraillait et toussait si fort en descendant la rue principale que j'aurais parié que tous les habitants s'étaient mis aux fenêtres pour regarder notre départ. Tant pis pour la discrétion...

Il commençait à pleuvoir, un crachin qui rendait les rues glissantes et me contraignit à m'emmitoufler dans ma veste. Lucien mit en marche les essuie-glaces qui raclaient le pare-brise, me rendant enragée. Il traversa la ville avec une grande prudence, non que celle-ci s'imposât : à neuf heures et demie du soir, il n'y avait pas un chat dans les rues. Une fois à la gare, seul endroit où l'on percevait encore quelque signe de vie, il prit la route en direction de Grand-Val.

Nous demeurâmes silencieux pendant tout le trajet. J'appréciai qu'il ne me bombardât pas de questions, tentation à laquelle j'aurais succombé si j'avais été à sa place.

Je n'avais pas de réponses pour lui.

Nous empruntâmes une petite route qui plongeait sous les voies ferrées avant de gravir une colline. Parvenu à un hameau, Lucien prit un chemin que je reconnus pour l'avoir emprunté dans la matinée. Au bout d'environ trois cents mètres, il s'arrêta, coupa le moteur. Les essuie-glaces s'arrêtèrent, Dieu merci, le moteur crachouilla puis expira en un râle prolongé.

— C'est par là-bas, dit Lucien, pointant le doigt vers la gauche.

Au bout d'un moment, je discernai les contours de la ferme à une cinquantaine de mètres. J'en avais des frissons : il ne serait pas aisé de descendre de la fourgonnette et d'y aller à pied.

— Dis, Ella, je peux te demander quelque chose ?

— Oui, répondis-je à contrecœur.

Je ne voulais pas tout lui dire, mais je ne pouvais pas m'attendre à ce qu'il m'aide en aveugle.

Il me surprit.

— Tu es mariée.

Il s'agissait là plutôt d'un constat que d'une question. Je confirmai d'un signe de tête.

— C'est ton mari qui a appelé l'autre soir, pendant la fondue.

— Oui.

— J'ai été marié, moi aussi, dit-il.

— Vraiment ?

Ma voix reflétait davantage l'étonnement que je n'en avais l'intention. Comme au moment où il m'avait confié qu'il souffrait de psoriasis. Je m'en voulais d'avoir présumé qu'il n'avait pas la même vie que moi, avec sa dose de stress et d'idylles.

— Tu as des enfants ? demandai-je, m'efforçant de lui restituer sa vie.

— Une fille, Christine. Elle vit avec sa mère, à Bâle.

— Ce n'est pas bien loin.

— Non. Je la vois un week-end sur deux. Et toi, tu as des enfants ?

— Non.

Mes coudes et mes chevilles commencèrent à me démanger, le psoriasis réclamait mon attention.

— Pas encore.

— Non, pas encore.

— Le jour où j'ai appris que ma femme était enceinte, reprit lentement Lucien, j'avais projeté de lui annoncer que nous devrions nous séparer. Nous étions mariés depuis deux ans, et je me rendais compte que cela n'allait pas. De mon côté, du moins. Nous nous sommes donc assis pour échanger nos grandes nouvelles, partager nos réflexions. Elle a commencé. Après quoi, je ne pouvais décemment plus lui faire part de mes réflexions.

— Vous êtes donc restés ensemble ?

— Oui, jusqu'à ce que Christine ait un an. J'avoue que c'était l'enfer.

J'ignorais depuis combien de temps cela se préparait, mais je fus soudain prise de nausée, mon ventre devenait dur comme du béton. J'avalai et respirai à fond.

— En t'entendant parler à ton mari, cela m'a rappelé les conversations téléphoniques que j'avais avec mon épouse.

— Mais je ne lui ai pour ainsi dire rien dit !

— Rien que le ton...

— Oh !

Je laissai mon regard errer dans l'obscurité, gênée.

— Je ne suis pas sûre que mon mari soit l'homme rêvé pour avoir des enfants, repris-je. Je n'en ai jamais été sûre.

Avouer cela haut et fort, qui plus est à Lucien, me donna l'impression de casser une vitre. Le seul écho de mes paroles me choqua.

— Mieux vaut que tu t'en rendes compte maintenant, répondit Lucien, pour éviter autant que possible de donner vie à un enfant dans un monde sans amour.

Je déglutis et j'approuvai de la tête. Nous nous assîmes, écoutant la pluie. Je m'efforçai d'apaiser mon estomac.

— Tu veux chaparder quelque chose qui se trouve ici ? demanda-t-il, indiquant la ferme d'un signe de tête.

Je réfléchis à sa question.

— Non, je veux juste retrouver quelque chose. Quelque chose qui m'appartient.

— Quoi donc ? Tu as oublié quelque chose ici quand tu es venue hier ? C'est ça ?

— Oui. L'histoire de ma famille.

Je me redressai.

— Tu veux bien continuer à m'aider ? demandai-je d'un ton vif.

— Bien sûr. Je t'ai dit que je t'aiderais, je vais donc t'aider.

Le regard de Lucien soutint le mien sans ciller.

Il n'est pas si mal après tout, pensai-je.

On aurait dit que Petit Jean n'allait pas s'arrêter. Isabelle se plaça au milieu du chemin, le forçant à immobiliser le cheval. Elle tendit la main et attrapa la bride. Le cheval pressa son museau contre son épaule et hennit.

Ni Petit Jean ni Gaspard ne la regardèrent droit dans les yeux, Gaspard retira toutefois son chapeau noir et la salua. Petit Jean resta assis, regardant droit devant lui, attendant avec impatience qu'on le laisse repartir.

— Où allais-tu ? demanda-t-elle.

— Nous retournions à la ferme.

La gorge de Petit Jean se serra.

— Pourquoi ? As-tu retrouvé Marie ? Est-elle saine et sauve ?

Il ne répondit pas. Gaspard se racla la gorge, son œil borgne rivé sur Isabelle.

— Je te demande pardon, Isabelle. Tu sais, je ne voulais pas m'en mêler, mais il y avait Pascale... Si elle n'avait pas fait la robe, je ne serais pas forcé d'aider maintenant... Mais...

Il haussa les épaules et remit son chapeau.

— Pardon.

Petit Jean siffla entre ses dents et tira sauvagement sur les rênes. La bride glissa des mains d'Isabelle.

— Aider à quoi ? cria-t-elle tandis que d'un coup de talon Petit Jean mettait le cheval au galop. Aider à quoi ?

Alors qu'ils s'éloignaient à vive allure, le chapeau de Gaspard tomba et alla rouler dans une flaque. Isabelle les regarda disparaître au bout du chemin, puis elle se pencha, ramassa le chapeau, le secoua pour le débarrasser de la boue et de l'eau. Le tenant du bout des doigts, elle s'en retourna chez elle.

Il pleuvait dru. Nous nous précipitâmes à l'abri dans le devant-huis, ma lampe de poche éclaira le cadenas sur la porte. Lucien l'ouvrit d'un petit coup sec.

— C'était pour empêcher les drogués d'entrer, déclara-t-il.

— Tu veux dire qu'il y a... hum... des drogués à Moutier ?

— Bien entendu. Il y a des drogués partout en Suisse. Tu ne connais pas très bien ce pays, n'est-ce pas ?

— C'est sûr, marmonnai-je en anglais. Seigneur ! Et d'une pour les apparences !

— Comment êtes-vous entrés, hier ?

— Jacob savait où la clef était cachée.

Je regardai autour de moi.

— Je n'ai pas fait attention. Ce ne devrait pas être bien difficile de la trouver.

À l'aide de la lampe de poche nous inspectâmes toutes les cachettes éventuelles dans le devant-huis.

— Peut-être que Jacob l'a emportée par erreur, suggérai-je. Nous étions tous tellement perturbés, hier.

Lucien examina les lucarnes des deux côtés de la porte : si leurs carreaux cassés facilitaient l'accès, notre gabarit, hélas, ne nous le permettait pas. Quant aux fenêtres du devant, non seulement elles étaient trop étroites, mais elles étaient haut perchées. Il me prit la lampe de poche.

— Je vais voir s'il n'y aurait pas une plus grande fenêtre par-derrière, dit-il. Ça ne t'ennuie pas de m'attendre ici ?

D'un signe de tête contraint, je le rassurai. Il s'esquiva. Adossée au chambranle de la porte, recroquevillée pour ne pas frissonner, j'écoutais. Au début, je n'entendis que la pluie, mais au bout d'un moment je finis par distinguer d'autres bruits, la circulation des voitures sur la grand-route en contrebas ou le sifflement d'un train. Sentir si près de moi le monde normal me rassura un peu.

Percevant une sorte de hurlement qui provenait de la maison, je sursautai.

C'est juste Lucien, me dis-je, mais je sortis dans le jardin en dépit de la pluie et du reste. Lorsque de la lumière scintilla derrière la fenêtre à côté de la porte et qu'apparut le visage, j'étouffai un cri.

Lucien me fit signe d'approcher de la fenêtre et me tendit la torche électrique par le carreau cassé.

— Retrouve-moi devant la fenêtre située à l'arrière.

Il disparut sans me laisser le temps de lui demander si tout allait bien.

Comme Lucien quelques minutes plus tôt, je fis le tour de la maison, ce qui posait problème, le côté et l'arrière du bâtiment étant propriété privée, la partie cachée au public.

À l'arrière de la maison, on enfonçait dans la boue, il me fallut avancer avec précaution entre les mares pour trouver des endroits secs et fermes où poser le pied. En apercevant la fenêtre ouverte et la silhouette sombre de Lucien qui se découpait à l'intérieur, une enjambée trop rapide me fit tomber sur les genoux.

Il se pencha au-dehors.

— Ça va ? demanda-t-il.

Je me relevai en chancelant, le faisceau de la lampe de poche oscillant à un rythme effréné. Les genoux de mon pantalon étaient auréolés de boue.

— Oui. Très bien, marmonnai-je, tapotant les jambes de mon pantalon pour retirer la boue.

Je lui tendis la lampe de poche, qu'il laissa allumée sur le rebord de la fenêtre tandis que je me hissais à l'intérieur.

Dedans, il faisait froid, plus froid, semblait-il, qu'au-dehors. Je chassai de mes yeux mes cheveux mouillés et regardai autour de moi. Nous nous trouvions dans une pièce minuscule, à l'arrière de la maison, sans doute une chambre ou un débarras, qui ne contenait qu'un tas de planches et des chaises boiteuses. La pièce sentait le renfermé et l'humidité. Lorsque Lucien promena le faisceau de la lampe de poche dans les angles du plafond, nous aperçûmes des lambeaux de toiles d'araignées qui frémissaient au gré des courants d'air se glissant par la fenêtre. Il poussa celle-ci pour la refermer. Le châssis émit cet étrange hurlement que j'avais perçu quelques minutes plus tôt. Je faillis demander à Lucien de la rouvrir, afin d'avoir une issue de secours, mais je m'arrêtai. Aucune raison de s'enfuir d'ici, me dis-je avec fermeté, mon cœur cognant dans ma poitrine.

Il me précéda dans la pièce principale, s'arrêta près de l'âtre et dirigea le faisceau de la lampe de poche vers la cheminée. Nous la contemplâmes un long moment en silence.

— Elle est impressionnante, tu ne trouves pas ? remarquai-je.

— Oui, je vis depuis toujours à Moutier, j'ai entendu

parler de cette cheminée, mais c'est la première fois que je la vois.

— J'avoue qu'hier j'ai été étonnée qu'elle soit aussi laide.

— Oui, elle me rappelle ces ruches que j'ai vues à la télévision. Comme on en rencontre en Amérique du Sud.

— Ruches ? Qu'est-ce qu'une ruche ?

— Une maison pour les abeilles. Tu sais bien, là où elles fabriquent leur miel.

— Ah ! Oui, je vois ce que tu veux dire.

Quelque part, sans doute dans un *National Geographic*, j'avais vu ces hautes ruches massives auxquelles il se référait, enchâssées dans une structure de ciment grisâtre masquant un toit en arête, tel un cocon avant l'éclosion, disgracieuses, mais fonctionnelles. L'image d'une de ces fermes en ruine des Cévennes me revint : le granit posé à la perfection, les lignes élégantes de la cheminée. Non, celle-ci n'avait rien à voir : elle avait été construite par des gens qui avaient désespérément besoin d'un foyer, quel que fût le modèle. Il avait raison.

— Elle est trop près de la porte, dis-je.

— Beaucoup trop près. On se cogne presque dedans quand on entre dans la maison. Elle ne sert pas à grand-chose vu toute la chaleur qui s'en va dès que l'on ouvre la porte. Et le courant d'air qui se glisse sous la porte doit activer la combustion et la rendre difficile à contrôler. Dangereuse même. On s'attendrait à ce qu'elle soit contre le mur du fond, là-bas, ajouta-t-il en pointant le doigt. Il est tout de même curieux que cette maison ait été habitée depuis des centaines d'années et que ses habitants n'aient pas modifié l'emplacement de cette cheminée.

Rick, pensai-je soudain. Oui, Rick pourrait nous fournir une explication. L'architecture intérieure, c'est son domaine.

— Et maintenant, que veux-tu faire ?

Lucien semblait déconcerté. Ce qui m'avait paru un jeu d'enfant se révélait infiniment plus compliqué dans la réalité, compte tenu de l'obscurité et de l'humidité.

Armée de sa lampe de poche, j'entrepris d'inspecter méthodiquement la cheminée, les quatre piliers carrés encadrant l'âtre, les quatre arceaux entre les piliers qui soutenaient le manteau.

Lucien tenta à nouveau sa chance.

— Qu'espères-tu trouver ?

Je haussai les épaules.

— Quelque chose de très ancien, répondis-je, debout sur la dalle, la tête levée pour examiner le tunnel qui se terminait en pointe.

Je voyais des vestiges de nids d'oiseaux posés sur des pierres qui faisaient saillie.

— Peut-être quelque chose... De bleu...

— Quelque chose de bleu ?

— Oui... (je descendis de la dalle).

— Écoute, Lucien, toi qui construis des tas de choses, si tu décidais de cacher quelque chose dans une cheminée, où le cacherais-tu ?

— Quelque chose de bleu ?

Je ne répondis pas, me contentant de le fixer du regard. Il étudia la cheminée.

— Disons, reprit-il, que la température de la plupart des parties de la cheminée serait trop élevée et que cela risquerait de brûler. Peut-être plus haut dans le conduit ou bien...

Il s'agenouilla et posa la main sur la dalle, la passa sur la pierre et hocha la tête.

— Du granit. Je ne sais pas où ils ont trouvé cette pierre, elle n'est pas de la région.

— Du granit, répétai-je. Comme dans les Cévennes ?

— Où ça ?

— C'est une région située dans le sud de la France. Mais pourquoi du granit ?

— C'est plus dur que la pierre à chaux. Il diffuse mieux la chaleur. Cette dalle est très épaisse, par conséquent elle ne doit pas trop chauffer et je pense qu'on doit pouvoir cacher quelque chose au-dessous.

— Oui.

J'acquiesçai d'un signe de tête, frottant la bosse sur mon front. L'explication tenait debout.

— Soulevons le granit.

— C'est beaucoup trop lourd. Il faudrait quatre hommes pour soulever ça !

— Quatre hommes, répétai-je.

Rick, Jean-Paul, Jacob et Lucien. Et une femme.

Je regardai autour de moi.

— Aurais-tu par hasard un... un... en anglais, ça se dit *block* et *tackle* ?

Il me regarda, l'air si dérouté que je pris dans mon sac un bout de papier et mon stylo et lui dessinai un appareil de levage à poulie rudimentaire.

— Ah ! Un palan ! s'écria-t-il. Oui, j'en ai un. Ici, dans ma fourgonnette. Mais nous aurions besoin malgré tout d'autres hommes pour le tirer.

Je réfléchis un moment.

— Et ta fourgonnette ? demandai-je. Nous pourrions attacher le palan ici, puis l'attacher à la fourgonnette et utiliser cette force pour soulever la pierre.

Il paraissait étonné, comme s'il n'avait jamais envisagé de se servir de sa fourgonnette à des fins plus nobles que le simple transport. Il se tut, vérifiant la position de la dalle, mesurant avec ses yeux. J'écoutai l'eau qui ruisselait au-dehors.

— Oui, finit-il par dire. Peut-être pourrons-nous y arriver comme ça.

— Nous y arriverons.

En arrivant à la ferme, Isabelle essaya doucement d'ouvrir la porte de la maison. Elle était verrouillée de l'intérieur. Elle pouvait entendre Étienne et Gaspard grommeler, peiner puis s'arrêter et discuter. Elle ne les appela pas, préférant se rendre dans la grange où Petit Jean bouchonnait le cheval. Il arrivait tout juste à l'épaule du cheval mais il savait s'y prendre avec l'animal. Il jeta un coup d'œil en direction d'Isabelle, puis il se remit à le bouchonner. Elle le vit déglutir à nouveau.

Comme sur la route quand nous quittions les Cévennes, se dit-elle, se souvenant de l'homme à la pomme d'Adam saillante, des torches, des paroles courageuses de Marie.

— Papa nous a dit de rester ici pour ne pas encombrer, annonça Petit Jean.

— Nous ? Marie est ici ?

Son fils lui indiqua de la tête un tas de paille dans le coin le plus obscur de la grange. Isabelle s'y précipita.

— Marie, dit-elle tout bas, en s'agenouillant au bord du tas de paille.

C'était Jacob, pelotonné dans le coin. Il avait les yeux grands ouverts, mais ne semblait pas la voir.

— Jacob ! Qu'est-ce qu'il se passe ? As-tu trouvé Marie ?

La robe noire que Marie avait portée par-dessus la bleue était étalée sur ses genoux. Isabelle rampa jusqu'à lui et la lui arracha. La robe était pesante, gorgée d'eau.

— D'où ça vient ? demanda-t-elle en l'examinant.

L'encolure en était déchirée, les poches étaient pleines de galets de la Birse.

— Où l'as-tu trouvée ? hurla-t-elle. Où ?

Il regarda les pierres avec lassitude et ne répondit rien. Elle l'attrapa par les épaules et se mit à le secouer.

— Il l'a trouvée ici, répondit une voix par-derrière.

Elle se retourna et regarda Petit Jean.

— Ici ? répéta-t-elle. Où ?

D'un geste, Petit Jean montra ce qui les entourait.

— Dans la grange. Elle avait dû l'enlever avant de s'enfuir dans les bois. Elle voulait montrer sa robe neuve au diable dans les bois, pas vrai, Jacob ?

Jacob frémit sous les mains d'Isabelle.

Lucien recula la fourgonnette le plus près possible de la maison. Il accrocha la corde à un petit anneau en métal situé sous le pare-chocs arrière, la fit passer dans la maison par le devant-huis et le petit fenestron adjacent à la porte, non sans avoir pris soin de retirer les éclats de verre afin de ne pas la couper. Il attacha le bloc à une poutre traversière, tira la corde depuis le petit fenestron jusqu'à la poulie du palan, puis jusqu'à la dalle, en noua l'extrémité à l'un des angles d'un châssis métallique triangulaire. Des crampons furent fixés aux deux autres angles.

Nous commençâmes à creuser le long d'un des côtés de la dalle jusqu'à ce que la base soit dégagée. Cela prit du temps car le sol était compact. Je l'attaquai à grands coups de bêche, m'interrompant de temps en temps pour essuyer la sueur qui menaçait de me couler dans les yeux.

Lucien plaça le châssis métallique au-dessus de l'extrémité de la dalle, installa les crampons, enfonça leurs pointes dans la terre au-dessous. Pour terminer, nous traçâmes une tranchée autour de la pierre avec la bêche et un pied-de-biche afin d'ameublir le sol.

Quand tout fut prêt, nous nous disputâmes pour savoir qui resterait à l'intérieur pour veiller à ce que le palan reste en place et qui irait dans la fourgonnette.

— Tu vois, ce n'est pas bien posé, remarqua Lucien en considérant la corde d'un air inquiet. L'angle n'est pas bon. La corde va racler à la fois contre la fenêtre et contre l'arceau de la cheminée.

Il dirigea sa lampe de poche sur ces points de friction.

— La corde risque de s'effranger et de casser. Et la force n'est pas également répartie entre les deux crampons, vu que nous n'avons pas pu suspendre le palan directement au-dessus de la dalle, mais de côté, sur la poutre. J'ai essayé de résoudre ce problème mais la traction des deux côtés demeure malgré tout différente et les crampons pourraient aisément glisser. Reste la poutre qui pourrait bien ne pas être assez solide pour supporter le poids de la dalle, il vaut mieux que je reste ici à surveiller.

— Non.

— Ella...

— Je vais rester ici. Je surveillerai la corde, le crampon et le palan.

Mon ton de voix le fit capituler. Il se dirigea vers la petite fenêtre et regarda au-dehors.

— D'accord, dit-il calmement. Tu restes là avec la lampe de poche. Si la corde commence à s'érailler, si l'un des crampons dérape ou, si pour une raison ou une autre, tu penses que je dois arrêter la fourgonnette, braque la lampe vers le miroir qui se trouve ici.

Il dirigea le faisceau lumineux vers le rétroviseur gauche du véhicule, qui nous le renvoya.

— Dès que la dalle sera suffisamment soulevée, poursuivit-il, préviens-moi aussi d'un coup de lampe que je dois m'arrêter.

Je hochai la tête, lui pris la torche des mains, éclairai son chemin jusqu'à la fenêtre arrière, prête à l'abominable crissement de la corde contre l'appui. Il me jeta un coup d'œil avant de disparaître. J'esquissai un vague sourire, qu'il ne me rendit pas. Il semblait anxieux.

Je m'installai donc près du petit fenestron, les nerfs tendus. Avec toute cette activité, ma nausée avait fini par se dissiper et je me sentais là où je devais être, si absurde que fût la situation. J'appréciais la présence de Lucien : nous n'étions pas assez intimes pour que j'aie à lui donner des explications, comme c'eût été le cas avec Rick ou avec Jean-Paul. Le côté purement mécanique de l'opération l'intéressait assez pour qu'il ne me harcelât pas de questions pour en comprendre la raison.

La pluie avait cessé, bien que l'on entendît encore des

ruissellements. Au démarrage, la fourgonnette crachouilla et frémit sur place tandis que Lucien allumait les phares et embrayait. Il passa la tête par la vitre, je lui fis un signe de la main. Lentement, très lentement, le véhicule s'ébranla. La corde s'anima, se raidit, vibra. Le palan suspendu à la poutre oscilla vers moi. Il y eut un craquement tandis que la poutre résistait à la traction de la fourgonnette. Je reculai d'un bond, terrifiée à l'idée que la maison pût s'effondrer autour de moi.

La poutre résista. J'allais et venais avec la lampe de poche le long de la corde, remontant jusqu'au palan, redescendant ensuite jusqu'aux crampons autour de la dalle, remontant à nouveau le long de la corde, descendant par la fenêtre jusqu'à la fourgonnette. J'avais beaucoup à surveiller. Je me concentrais, mon corps était aussi tendu qu'un ressort.

J'avais arrêté quelques secondes le faisceau lumineux sur l'un des crampons quand ce dernier commença à riper. Je m'empressai d'envoyer un signal lumineux dans le rétroviseur. Lucien se mit au point mort à l'instant où le crampon se détachait de la dalle, tandis que le châssis métallique, projeté vers le palan, allait heurter la cheminée avant de s'écraser contre la poutre. Je poussai un hurlement et me plaquai contre la porte. Le châssis métallique s'abattit avec fracas sur le sol. Je me frottai le visage quand Lucien passa la tête par la petite fenêtre.

— Ça va ? demanda-t-il.

— Oui, c'est juste un des crampons qui s'est détaché de la pierre. Je vais le remettre.

— Es-tu sûre ?

— Tout à fait, répondis-je.

Je pris une profonde inspiration et me dirigeai vers le châssis.

— Montre-moi ça, dit Lucien.

Je le lui apportai pour qu'il l'examine. Par chance, le métal était intact. Lucien m'observait depuis la fenêtre tandis que je remettais le châssis en place autour de la dalle et que je rajustais les crampons comme je l'avais vu faire. Ayant terminé, je promenai au-dessus le faisceau de la lampe de poche. Lucien approuva d'un signe de tête.

— Parfait, je finis par croire que nous allons y arriver !

Il retourna à la fourgonnette et je repris ma place près de la fenêtre.

Isabelle s'accroupit dans la paille et regarda au-dehors par le devant-huis. Il pleuvait à verse, le ciel était sombre. Bientôt, il ferait nuit. Elle regarda ses fils. Petit Jean continuait à bouchonner le cheval, tout en jetant des regards inquiets autour de lui. Assis, Jacob examinait les galets provenant de la robe de Marie. Il les lécha puis se tourna vers sa mère.

— Ils ont choisi les plus laides, dit-il tout bas. Des grises, sans couleur. Pourquoi ?

— Tais-toi, Jacob ! siffla Petit Jean.

— Que voulez-vous dire, vous deux ? cria Isabelle. Qu'est-ce que vous me cachez ?

— Rien, maman, répondit Petit Jean. Marie s'est enfuie. Elle est retournée jusqu'au Tarn pour y retrouver le diable. C'est elle qui l'a dit.

— Non !

Isabelle se leva.

— Je ne te crois pas ! Je ne te crois pas !

Deux fois encore, les crampons glissèrent mais, au troisième essai, ils résistèrent. Lucien passa la première et très lentement le véhicule repartit, sans à-coups, dans un vacarme effroyable, mais en maintenant une force de traction continue. Je tenais la lampe de poche dirigée sur la dalle quand j'entendis le bruit, un bruit de succion. Comme un pied que l'on extirpe de la boue. Déplaçant le faisceau lumineux, je vis la dalle qui, avec peine, se détachait du sol et se soulevait de deux, trois puis cinq centimètres. Je regardais, pétrifiée. La poutre émit un grognement. Je m'éloignai de la fenêtre, m'accroupis près de la dalle et passai le faisceau lumineux dans la fente. Entre la poutre et le palan qui grognaient de concert, la fourgonnette qui peinait, et mon cœur qui battait, le bruit était insupportable. Je regardais dans le vide obscur, sous la dalle.

Ils entendirent le choc de la dalle s'abattant sur le sol et se figèrent sur place. Même le cheval s'immobilisa.

Isabelle et Petit Jean s'avancèrent vers la porte. Jacob se leva pour les suivre. Isabelle atteignit la porte et saisit la poignée. Tandis qu'elle la poussait, le verrou coulissa. Étienne, écarlate et en sueur, l'ouvrit. Il souriait.

— Entre, Isabelle.

Elle s'avança en entendant son nom et passa devant lui. Hannah était à genoux à côté de la dalle tout juste posée, les yeux clos. Des bougies avaient été placées sur la pierre. Gaspard se tenait un peu en retrait, la tête inclinée. Il ne leva pas les yeux quand Isabelle et les garçons entrèrent. J'ai déjà vu Hannah comme ça, se dit-elle. En train de prier devant la cheminée.

J'entrevis une lueur bleue, une touche infime de bleu dans ce trou sombre. La dalle avait été soulevée d'une dizaine de centimètres, et j'avais beau regarder, écarquiller les yeux, je ne comprenais pas mais, une fois la pierre relevée de trois centimètres de plus, j'aperçus les dents et je compris. Je compris et me mis à hurler tout en glissant la main dans la tombe. Je tâtai un os minuscule.

— C'est le bras d'un enfant ! criai-je. C'est...

J'enfonçai davantage la main, je saisis le bleu entre mes doigts et tirai un long fil entortillé autour d'une mèche de cheveux. Il était du bleu de la Vierge et les cheveux étaient aussi roux que les miens. Je fondis en larmes.

Elle contempla la dalle si étrangement placée dans la pièce.

Non, il ne pouvait pas attendre, se dit-elle. Il ne pouvait pas attendre que les autres soient là pour l'aider, il avait laissé tomber la dalle n'importe où.

C'était un énorme bloc de pierre, trop proche de l'entrée. Isabelle, Étienne, Petit Jean et Jacob se tenaient là, entre la dalle et la porte, ils n'avaient même pas la place de se retourner. Elle s'éloigna d'eux et contourna la dalle.

C'est alors qu'elle entrevit un éclat bleuté sur le sol. Elle tomba à genoux, tendit la main et tira. C'était un bout de fil bleu qui sortait de dessous la pierre. Elle tira et tira jusqu'à ce qu'il rompe. Elle l'approcha de la bougie pour qu'ils puissent le voir.

Je perçus le claquement et le frémissement de la corde dans l'air. Puis, dans un énorme fracas, la dalle retomba en place et les crampons allèrent s'écraser dans la poutre. Et je sus que j'avais déjà entendu pareil fracas...

— Non, cria Isabelle et elle se jeta sur la dalle en sanglotant et en se cognant la tête contre le granit.

Elle pressait son front contre la pierre glaciale. Les doigts crispés sur le fil, elle se mit à réciter :

— *J'ai mis en toi mon espérance : Garde-moi donc, Seigneur, De l'éternel déshonneur. Accorde-moi la délivrance, Par ta grande bonté, Qui jamais ne fit faute.*

Le bleu s'était évanoui, tout était rouge et noir.

Non, criai-je, et je me jetai sur la dalle en sanglotant et en me cognant la tête contre le granit. Je pressai mon front contre la pierre glaciale. Les doigts crispés sur le fil, je me mis à réciter :

— *J'ai mis en toi mon espérance : Garde-moi donc, Seigneur, De l'éternel déshonneur. Accorde-moi la délivrance, Par ta grande bonté, Qui jamais ne fit faute.*

Le bleu s'était évanoui, tout était rouge et noir.

10

Le retour

Je restai un long moment sur le perron avant de me décider à sonner. Je posai mon sac de voyage, mon sac de sport à côté, et regardai la porte. Elle était banale, faite de mauvais contre-plaqué, dotée d'un judas. Je jetai un coup d'œil autour de moi : je me trouvais parmi des résidences de construction récente et de taille modeste avec des pelouses dépourvues d'arbres mis à part quelques arbustes qui s'efforçaient en vain de pousser. Un décor qui me rappelait les banlieues américaines modernes.

Je répétai une fois de plus ce que j'allais dire, puis je sonnai. Tandis que j'attendais, je sentis mon estomac se nouer et mes mains devenir moites. Je ravalai ma salive et me frottai les mains sur mon pantalon. J'entendis des coups frappés à l'intérieur, puis la porte s'ouvrit et une fille blonde de petite taille apparut sur le seuil. Un chat noir et blanc passa entre ses jambes en direction des marches, s'arrêta au moment où il allait filer et enfouit son museau dans le sac de sport. Il renifla et renifla jusqu'à ce que je l'eusse écarté du bout du pied.

La fille portait un short jaune vif et un tee-shirt sur le devant duquel elle avait renversé du jus de fruit. Elle s'accrocha au pommeau de la porte et, tout en se balançant sur un pied, me regarda.

— Bonjour, Sylvie. Tu te souviens de moi ?

Elle continuait à me dévisager.

— Pourquoi elle est toute violette, votre tête ?

Je portai la main à mon front.

— Je me suis cognée.

— Vous devriez vous mettre un pansement.

— Tu voudrais bien faire ça pour moi ?

Elle acquiesça d'un signe de tête. De l'intérieur une voix appela :

— Sylvie, qui est ici ?

— C'est la dame de la bible. Elle s'est fait mal à la tête.

— Dis-lui de s'en aller. Elle sait que je n'ai pas l'intention d'en acheter !

— Mais non ! Mais non ! hurla Sylvie. C'est l'autre dame de la bible !

On entendit claquer des talons dans le couloir, puis derrière Sylvie apparut Mathilde en short rose et débardeur blanc, un pamplemousse à moitié pelé à la main.

— Mon Dieu, s'écria-t-elle. Ella, quelle surprise !

Elle tendit le fruit à Sylvie, me prit dans ses bras et m'embrassa sur les deux joues.

— Tu aurais dû me prévenir de ta venue ! Entre vite !

Je ne bougeai pas. Mes épaules tremblaient. Baissant la tête, je me mis à pleurer.

Sans mot dire, Mathilde m'entoura de son bras et ramassa le sac de voyage. Voyant Sylvie le saisir, je faillis m'exclamer : « N'y touche pas ! » Au lieu de cela je la laissai faire et lui donnai ma main. Toutes deux m'entraînèrent dans la maison.

Je ne parvenais pas à m'imaginer en avion. Je n'avais aucune envie d'être mise en cage, mais plus encore, je ne voulais pas rentrer si vite à la maison. J'avais besoin de plus de temps qu'un simple trajet pour faire la transition.

Jacob m'accompagna en train jusqu'à Genève et il me mit dans le car à destination de l'aéroport, mais à trois cents mètres de la gare, je demandai au chauffeur de me laisser descendre. J'allai m'asseoir dans un café, bus un espresso, histoire de donner à Jacob le temps de reprendre le train pour Moutier, puis je retournai à la gare et achetai un billet à destination de Toulouse.

Prendre congé de Jacob n'avait pas été aisé, non que je voulais rester mais parce qu'il était plus qu'évident que je voulais partir le plus vite possible.

— Je suis navré, Ella, murmura-t-il quand nous nous disions au revoir, que ta visite à Moutier ait été aussi traumatisante : au lieu de t'aider je crains qu'elle ne t'ait plutôt perturbée.

Il jeta un coup d'œil vers mon front endolori, vers le sac de sport. Il n'avait pas voulu que je l'emporte, mais j'avais insisté, tout en me demandant s'il ne me causerait pas des ennuis avec les chiens policiers de l'aéroport. Raison de plus pour prendre le train...

Lucien avait apporté le sac de sport le matin précédent quand j'avais fini par me réveiller, après que l'effet des médicaments que le médecin m'avait injectés s'était dissipé. Il était apparu au bout de mon lit, non rasé, sale, épuisé, et il avait posé le sac contre le mur.

— C'est pour toi, Ella. Ne l'ouvre pas maintenant. Tu sais très bien ce que c'est.

Je contemplai le sac avec lassitude.

— Tu n'as pas fait ça tout seul, n'est-ce pas ?

— Un ami avait une dette à mon égard... Ne t'inquiète pas, il n'en dira rien à qui que ce soit. Il sait garder un secret.

Il s'arrêta.

— Nous nous sommes servis d'une corde plus robuste. La poutre a failli céder et la maison a manqué s'effondrer !

— Dommage qu'elle soit encore debout !

Tandis qu'il repartait, je m'éclaircis la voix :

— Écoute, Lucien, merci de m'avoir aidée. Merci pour tout !

Il hocha la tête.

— Sois heureuse, Ella.

— J'essaierai.

Elles laissèrent mes sacs dans le couloir et m'emmenèrent dans le jardin, petite pelouse sur laquelle étaient éparpillés des jouets et une pataugeoire, et qui était protégée des voisins par une clôture. Elles me firent allonger dans un transat en plastique. Mathilde rentra me chercher à boire, tandis que Sylvie, debout près de moi, m'observait. Tendant la main, elle se mit à me tapoter le front. Je fermai les yeux, appréciant et ses doigts et le soleil.

— Qu'est-ce que c'est que ça ? demanda Sylvie.

J'ouvris les yeux. Du doigt, elle indiquait le psoriasis sur mon bras. La plaque était rouge et enflée.

— J'ai un problème de peau. Ça s'appelle du psoriasis.

— Pso... Ria... Zisse, répéta-t-elle comme s'il s'agissait du nom barbare d'un dinosaure. Tu as besoin d'un pansement là aussi, n'est-ce pas ?

Je souris.

— Dis-moi, commença Mathilde. Où t'es-tu fait tous ces bleus ?

Elle me tendit un verre de jus d'orange, vint s'asseoir près de moi sur la pelouse et envoya Sylvie se mettre en maillot de bain.

Je soupirai. La perspective de tout raconter m'intimidait.

— Je suis allée en Suisse, répondis-je, rendre visite à ma famille. Leur montrer la bible.

Mathilde plissa le front.

— Bah ! Les Suisses ! dit-elle.

— Je cherchais quelque chose, poursuivis-je, et...

Un cri perçant parvint de la maison. Mathilde sursauta.

— Ah ! Ça doit être les os, dis-je.

Le plus dur fut de prendre congé de Susanne. Elle entra dans ma chambre peu après que Lucien y avait déposé le sac de sport. Elle s'assit sur le bord du lit et fit un signe de tête en direction du sac.

— Lucien m'en a parlé, dit-elle. Il m'a montré.

— Lucien est un chic type.

— Oui.

Elle regarda par la fenêtre.

— À ton avis, pourquoi était-ce là ?

Je secouai la tête.

— Je n'en ai aucune idée. Peut-être...

Je m'arrêtai, rien que d'y penser je tremblais, moi qui m'efforçais de les persuader que j'étais assez en forme pour repartir le lendemain...

Susanne posa la main sur mon bras.

— Je n'aurais pas dû le mentionner.

— Ce n'est rien.

Je changeai de sujet.

— Puis-je te parler franchement ?

Dans ma faiblesse, j'éprouvais le besoin d'être honnête.

— Bien sûr.

— Il faut que tu te débarrasses de Jan.

Le choc sur son visage exprimait davantage la gratitude que la surprise. Elle se mit à rire, je l'imitai.

Mathilde ressortit, tenant par la main une Sylvie en pleurs.

— Demande pardon à Ella d'avoir fouillé dans ses affaires, ordonna-t-elle.

Sylvie me regarda d'un air méfiant à travers ses larmes.

— Pardon, marmonna-t-elle. S'il te plaît, maman, laisse-moi jouer dans la piscine !

— D'accord.

Sylvie fila vers la pataugeoire, comme si elle n'avait qu'une hâte, s'éloigner de moi.

— J'en suis désolée, reprit Mathilde. C'est une petite curieuse.

— Ne t'inquiète pas. Je suis navrée de lui avoir fait peur.

— C'est donc ça... Ces... C'est ça que tu as trouvé ? Que cherchais-tu au juste ?

— Je crois qu'elle s'appelait Marie Tournier.

— Mon Dieu ! Elle était... de la famille ?

— Oui.

Je lui expliquai la ferme, la vieille cheminée, la dalle, les prénoms de Marie et d'Isabelle. Le bleu, le rêve, le bruit de la pierre retombant à sa place... La couleur de mes cheveux...

Mathilde écouta sans m'interrompre. Elle contemplait ses ongles vernis de rose vif, repoussant les petites peaux.

— Quelle histoire ! s'exclama-t-elle une fois que j'eus fini. Tu devrais l'écrire.

Elle se tut, s'apprêtait à reprendre mais s'arrêta.

— Qu'y a-t-il ?

— Pourquoi es-tu repassée par ici ? demanda-t-elle. Écoute, je suis ravie que tu sois venue, mais pourquoi n'es-tu pas rentrée directement chez toi ? Quand ça ne va pas, n'est-ce pas plutôt chez soi, auprès de son mari, que l'on veut retourner ?

Je soupirai. Tout cela aussi, il me faudrait le lui expliquer : nous en aurions pour des heures. Sa question me rappela autre chose. Je regardai autour de moi.

— Y a-t-il un... As-tu... Où est le père de Sylvie ? demandai-je avec maladresse.

Mathilde se mit à rire et eut un geste évasif.

— Qui sait ? Il doit y avoir deux ans que je ne l'ai pas vu. Il n'a jamais été attiré par les enfants. Il ne voulait pas que j'aie Sylvie, aussi...

Elle haussa les épaules.

— Tant pis. Mais tu n'as pas répondu à ma question.

Du coup, j'ouvris les vannes, tout y passa : Rick, Jean-Paul. J'eus beau ne pas prendre de raccourcis, cela alla plus vite que je ne l'aurais cru.

— Si je comprends bien, Rick ne sait pas que tu es ici ?

— Non. Mon cousin voulait l'appeler pour le prévenir

de mon retour, mais je l'en ai empêché, lui disant que j'appellerais Rick de l'aéroport. Sans doute avais-je l'intuition que je ne rentrerais pas.

À vrai dire, j'avais fait le trajet depuis Genève dans une sorte d'hébétude, sans penser le moins du monde à ma destination. J'avais dû changer à Montpellier et, en attendant la correspondance, j'avais entendu annoncer un train qui s'arrêtait à Mende. Je l'avais regardé entrer en gare, j'avais vu les passagers en descendre et y monter, puis il s'était immobilisé. Le voyant ainsi à quai, j'avais été tentée. N'y tenant plus, j'avais pris mes bagages et j'étais montée.

— Ella, dit Mathilde.

J'étais en train de regarder Sylvie s'ébattre dans la piscine, je levai la tête.

— Il faut que tu mettes Rick au courant de tout cela, n'est-ce pas ?

— Je le sais, mais je n'y arrive pas.

— Laisse-moi m'en occuper !

Elle se leva d'un bond et fit claquer ses doigts.

— Donne-moi son numéro de téléphone.

J'obéis, à contrecœur.

— Parfait. Surveille Sylvie et ne rentre surtout pas dans la maison !

Je me laissai aller dans le transat, soulagée qu'elle prenne la situation en main.

Par bonheur, les enfants ont la mémoire courte. D'ici la fin de la journée, Sylvie et moi jouions ensemble dans la pataugeoire. Quand nous rentrâmes dans la maison, Mathilde avait caché le sac de sport dans un placard. Sylvie n'en reparla pas, elle me montra ses jouets et me laissa lui tresser les cheveux en deux nattes bien serrées.

Mathilde ne dit pas grand-chose au sujet du coup de téléphone.

— Demain, huit heures du soir, expliqua-t-elle, l'air

énigmatique, me tendant une adresse à Mende, comme Jean-Paul l'avait fait pour La Taverne.

Nous dînâmes de bonne heure, Sylvie devant aller se coucher. Je souris en regardant ce que j'avais dans mon assiette, cela me rappelait les repas de mon enfance : une nourriture saine et pas compliquée. Pas de pâtes accompagnées de sauces raffinées, d'huiles ou d'aromates exotiques, ni de pain fantaisie, ni de mélanges de goûts et de textures. Une côtelette de porc, des haricots verts, de la purée de maïs et une baguette. C'était d'une réconfortante simplicité.

Je mourais de faim, mais je recrachai presque la première bouchée : le porc sentait le métal. De même pour le maïs et les haricots verts. Si affamée que je fusse, je ne pouvais supporter ni le goût ni la sensation de quoi que ce soit dans ma bouche.

Il m'était impossible de cacher mon inconfort, d'autant que Sylvie semblait décidée à suivre mon rythme : chaque fois que je prenais une bouchée de ma côtelette de porc, elle en prenait une. Quand je buvais, elle buvait. Quant à Mathilde, elle engloutit ce qui était dans son assiette sans tenir compte de nous, puis elle reprocha à Sylvie de traînasser.

— Mais c'est Ella qui traînasse ! pleurnicha Sylvie.

Mathilde jeta un coup d'œil vers mon assiette.

— Je suis désolée, lui dis-je. Je ne me sens pas très bien. Tout a un goût de métal.

— Tiens, figure-toi que j'ai connu ça quand j'attendais Sylvie ! C'est horrible, mais ça ne dure que quelques semaines. Après ça, tu peux manger n'importe quoi.

Elle se tut.

— Oh ! Mais toi...

Je l'interrompis :

— Je crois que c'est dû au médicament que le médecin m'a prescrit, il arrive qu'il en reste des traces dans l'organisme. Pardonne-moi, mais je suis incapable d'avaler quoi que ce soit.

Mathilde hocha la tête. Plus tard, je surpris de sa part un long regard évaluateur.

Je m'insérai dans leur vie avec une relative facilité. J'avais dit à Mathilde que je repartirais le lendemain, sans trop savoir où j'irais. D'un geste, elle m'en dissuada.

— Non, tu restes avec nous. Je suis heureuse de t'avoir ici. Nous vivons seules Sylvie et moi, aussi j'apprécie un peu de compagnie, tant que cela ne te gêne pas de dormir sur le canapé !

Sylvie me demanda de lui lire tous les livres possibles et imaginables avant de s'endormir, excitée qu'elle était par ce changement dans leur routine. Elle ne se privait pas pour corriger ma prononciation, m'expliquait le sens de certaines phrases. Le lendemain matin, elle supplia Mathilde de l'autoriser à rester à la maison plutôt que de se rendre au centre aéré.

— Je veux jouer avec Ella ! hurlait-elle. Oh ! S'il te plaît, maman ! S'il te plaît !

Mathilde me lança un coup d'œil. Je lui répondis d'un discret signe de tête.

— Il va falloir que tu poses la question à Ella, répondit elle. Qui te dit qu'elle ait envie de passer sa journée à jouer avec toi ?

Une fois Mathilde partie au travail après m'avoir crié ses dernières recommandations par-dessus son épaule, la maison parut bien silencieuse. Je regardai Sylvie. Elle me regarda. Je compris que nous pensions toutes deux au sac d'os caché dans la maison.

— Si nous allions nous promener ? lançai-je. Il y a un jardin public dans le quartier, n'est-ce pas ?

— D'accord, répondit-elle, et elle se hâta d'aller fourrer dans son sac à dos en forme d'ours tout ce dont elle pourrait avoir besoin.

En chemin, nous passâmes devant des magasins. Apercevant une pharmacie, je m'arrêtai.

— Entrons, Sylvie, il me faut quelque chose.

Elle me suivit docilement, je la laissai devant un étalage de savons.

— Choisis-en un, lui dis-je, et je te l'offrirai.

Ravie, elle entreprit aussitôt d'ouvrir les coffrets et de renifler les savons, le temps que je parle à voix basse au pharmacien.

Elle opta pour un savon à la lavande, le serrant dans sa main afin de le sentir en marchant, jusqu'à ce que je la persuade de le mettre bien à l'abri dans son ours. Au jardin public, elle courut rejoindre ses amis et j'allai m'asseoir avec les autres mères qui me regardèrent d'un œil méfiant. Je n'essayai pas de leur parler, j'avais besoin de réfléchir.

Nous passâmes l'après-midi à la maison. Profitant de ce que Sylvie remplissait sa piscine, je m'esquivai dans la salle de bains avec ce que je venais d'acheter. Dès que je redescendis, elle sauta dans l'eau, aspergeant tout ce qui était autour d'elle ; je m'allongeai sur la pelouse, contemplant le ciel.

Au bout d'un moment, elle vint s'asseoir près de moi. Elle jouait avec une vieille poupée Barbie dont les cheveux avaient été coupés en escalier, elle lui parlait, la faisait danser.

— Ella, commença-t-elle.

Je devinai la suite.

— Où est passé le sac plein d'os ?

— Je n'en sais rien. Ta mère l'a rangé.

— Tu crois qu'il est toujours à la maison ?

— Peut-être que oui, peut-être que non.

— Sinon, où crois-tu qu'il pourrait être ?

— Peut-être que ta mère l'a emporté au travail ou qu'elle l'a donné à une voisine.

Sylvie regarda autour d'elle.

— Nos voisins ? Pourquoi le voudraient-ils ?
Mauvaise idée. Je changeai de tactique.
— Pourquoi me poses-tu ces questions ?
Sylvie baissa les yeux et regarda sa poupée, lui tira les cheveux, haussa les épaules.
— J'en sais rien, marmonna-t-elle.
J'attendis une minute.
— Tu veux le revoir ? lui demandai-je.
— Oui.
— Tu en es sûre ?
— Oui.
— Tu ne pousseras pas des hurlements ? Tu ne te mettras pas dans tous tes états ?
— Non, pas si tu es là.
Je sortis le sac du placard et l'apportai dehors. Sylvie était assise, les genoux contre son menton. Elle m'observait avec inquiétude. Je posai le sac.
— Tu veux que... je sorte ce qui est dedans afin que tu puisses le voir ? Dans ce cas, rentre dans la maison, je t'appellerai quand ce sera prêt, d'accord ?
Elle approuva de la tête et se leva d'un bond.
— Je veux un Coca-Cola. Je peux en avoir un ?
— Oui.
Elle fila dans la maison.
Je respirai bien à fond et j'ouvris le sac. À vrai dire, je n'avais pas encore regardé dedans.

Quand tout fut prêt, j'allai chercher Sylvie. Assise dans la salle de séjour, elle buvait un Coca-Cola devant la télévision.
— Viens, dis-je en lui tendant la main.
Nous allâmes toutes deux jusqu'à la porte située à l'arrière de la maison. De là, elle pouvait apercevoir quelque chose sur la pelouse. Elle était collée à moi.
— Tu sais, tu n'es pas forcée de regarder, mais ça ne te fera pas mal, ce n'est pas vivant.

— Qu'est-ce que c'est ?
— Une petite fille.
— Une petite fille ? Comme moi ?
— Oui. Ce sont ses os et ses cheveux et un petit morceau de sa robe.

Nous nous approchâmes. À ma grande surprise, Sylvie me lâcha la main et s'accroupit près des os. Elle les contempla un long moment.

— C'est un joli bleu, dit-elle enfin. Qu'est-il arrivé au reste de sa robe ?
— Il...

Rotted, encore un mot que je ne connaissais pas en français.

— Il était si vieux qu'il est tombé en poussière, expliquai-je maladroitement.
— Ses cheveux sont de la même couleur que les tiens.
— Oui.
— D'où vient-elle ?
— De Suisse. Elle était enterrée sous une dalle de cheminée.
— Pourquoi ?
— Pourquoi elle est morte ?
— Non, pourquoi elle a été enterrée sous la dalle ? Pour la garder bien au chaud ?
— Peut-être.
— Comment s'appelait-elle ?
— Marie.
— On devrait la ré-enterrer.
— Pourquoi ?

J'étais curieuse de connaître sa réponse.

— Parce qu'elle a besoin d'être chez elle. Elle ne peut pas rester ici pour toujours !
— C'est vrai.

Sylvie s'assit dans l'herbe, puis elle s'étendit de tout son long à côté des os.

— Je vais dormir, annonça-t-elle.

Je faillis l'en empêcher, lui dire que cela ne se faisait pas, qu'elle pourrait avoir des cauchemars. Que si Mathilde nous surprenait, elle verrait en moi une mère dénaturée : pensez donc, permettre ainsi à sa fille de dormir à côté d'un squelette ! Mais je gardai cela pour moi et m'allongeai de l'autre côté des os.

— Raconte-moi une histoire, m'ordonna Sylvie.

— Je ne sais pas bien raconter des histoires, tu sais...

Sylvie pivota sur son coude.

— Toutes les grandes personnes savent raconter des histoires ! Raconte-m'en une !

— D'accord. Il était une fois une petite fille aux cheveux blonds qui avait une robe bleue.

— Comme moi ? Elle me ressemblait ?

— Oui.

Sylvie s'allongea à nouveau avec un sourire satisfait et elle ferma les yeux.

— C'était une petite fille courageuse. Elle avait deux frères aînés, une mère, un père et une grand-mère.

— Ils l'aimaient ?

— Presque tous, sauf sa grand-mère.

— Pourquoi ?

— Je n'en sais rien.

Je me tus. Sylvie ouvrit les yeux.

— C'était une vieille femme très laide, me hâtai-je de poursuivre. Elle était petite, toujours en noir et elle ne parlait jamais.

— Comment la petite fille pouvait-elle savoir que sa grand-mère ne l'aimait pas puisqu'elle ne lui parlait jamais ?

— Elle avait des yeux féroces et elle lançait des regards méchants à la petite fille mais pas aux autres, c'est comme ça que la petite fille s'était rendu compte que sa grand-mère ne l'aimait pas. Le pire, c'était quand la petite fille portait sa robe bleue, sa tenue préférée.

— Parce que la grand-mère aurait bien voulu l'avoir à elle !

— Oui, l'étoffe était très belle mais il y en avait juste assez pour une robe de petite fille. Quand elle la mettait, on aurait dit un coin de ciel !

— Dis-moi, elle était magique, cette robe ?

— Bien sûr. Elle la protégeait de sa grand-mère et aussi du feu, des loups et des vilains garçons. Et elle l'empêchait de se noyer. Figure-toi qu'un jour, en jouant, la petite fille était tombée dans la rivière. Elle était allée au fond de l'eau, elle avait vu les poissons nager autour d'elle et elle avait cru qu'elle allait se noyer, mais voilà que sa robe s'était gonflée d'air, la petite fille était remontée à la surface et elle avait flotté jusqu'à la rive. Aussi, lorsqu'elle portait la robe, sa mère savait qu'elle ne courait aucun danger.

Un coup d'œil vers Sylvie m'assura qu'elle dormait. Mon regard tomba sur les parcelles de bleu qui étaient entre nous.

— À l'exception d'une fois, ajoutai-je. Et il suffit d'une fois...

Je rêvai que je me trouvais dans une maison dévorée par les flammes. Des planches tombaient, des cendres voletaient partout. Une fillette apparut. Je ne pouvais la voir que du coin de l'œil car, si je la regardais en face, elle disparaissait. Un halo bleu l'entourait.

— Tu te souviens de moi ? me demanda-t-elle.

Elle se transforma en Jean-Paul. Un Jean-Paul à l'état naturel, qui ne s'était pas rasé depuis des jours. Ses cheveux avaient poussé, les pointes rebiquaient, son visage, ses bras et sa chemise étaient couverts de suie. Je passai la main sur son front et, au moment où je la retirai, je vis une cicatrice allant de son nez à son menton.

— Comment t'es-tu fait ça ? lui demandai-je.

— La vie... répondit-il.

Une ombre passa devant moi, je m'éveillai. Debout à côté de moi, Mathilde arrêtait les feux du soleil couchant. On aurait cru qu'elle nous observait depuis un moment. Je m'assis.

— Excuse-moi, dis-je en clignant les yeux, je sais que ça doit paraître bizarre.

Mathilde eut un petit rire.

— Oui, mais vois-tu, je n'en suis pas surprise. Je savais que Sylvie voudrait revoir ces os. Elle donne l'impression de ne plus en avoir peur.

— C'est exact. Elle m'a étonnée par son calme.

Nos voix la réveillèrent. Sylvie se retourna et s'assit, les joues écarlates. Elle promena son regard autour d'elle et finit par le poser sur les os.

— Écoute, maman, déclara-t-elle, nous allons l'enterrer.

— Comment ça ? Ici, dans le jardin ?

— Non, chez elle.

Mathilde me regarda.

— Je sais précisément où... dis-je.

Mathilde me prêta sa voiture pour me rendre à Mende. Cela me faisait tout drôle de penser que, depuis ma visite à Mende à peine trois semaines plus tôt, tant d'eau avait coulé sous les ponts. En me promenant autour de la cathédrale lugubre et dans les ruelles sombres des vieux quartiers, j'éprouvais la même impression que la première fois : cette ville n'était décidément pas accueillante. J'appréciai que Mathilde habitât à l'extérieur, fût-ce dans une banlieue sans arbres.

L'adresse en question était la pizzeria où j'avais dîné. Les clients s'y pressaient aussi peu que la dernière fois. Moi qui me sentais si calme en entrant, j'avoue que je fus toute chavirée d'apercevoir Rick assis devant un verre de vin, fronçant les sourcils en lisant le menu. Treize jours que je ne l'avais pas vu, treize jours qui m'avaient semblé bien longs. Quand il me vit, il se leva avec un sourire inquiet. Il était en tenue de travail, portait une chemise blanche, un blazer bleu marine et des docksides. Dans cet antre sombre, ce solide gaillard américain faisait l'effet d'une Cadillac se faufilant dans une venelle.

Nous échangeâmes un baiser plutôt embarrassé.

— Nom de Dieu, Ella, que t'est-il arrivé ?

Je portai la main au bleu que j'avais sur le front.

— Je suis tombée, dis-je. Ce n'est rien.

Nous nous assîmes. Rick me versa un verre de vin sans me donner le temps de refuser. J'y trempai poliment les lèvres. L'odeur d'acide et de vinaigre me donna un haut-le-cœur. Je le posai aussitôt.

Nous demeurâmes silencieux. Je compris que ce serait à moi d'initier la conversation.

— Si je comprends bien, Mathilde t'a appelé, commençai-je d'une voix à peine audible.

— Oui. Nom d'une pipe, ce qu'elle parle vite ! J'avoue que je n'ai pas vraiment compris pourquoi tu ne pouvais pas m'appeler toi-même.

Je haussai les épaules. Je sentis mon estomac se nouer.

— Écoute, Ella, j'aimerais te dire une ou deux choses, d'accord ?

Je hochai la tête.

— Tout d'abord, je suis conscient que cette nouvelle vie en France a été dure pour toi. Plus dure en fait pour toi que pour moi, car tout ce que j'ai eu à faire a été de travailler dans un cadre différent. Les gens sont différents, mais le travail est similaire. Quant à toi, tu te retrouves sans travail et sans amis, tu te sens isolée et tu dois t'ennuyer. Je peux comprendre que tu sois malheureuse. Peut-être que je ne t'ai pas accordé assez d'attention, étant débordé de travail. Par conséquent, tu te morfonds et je peux flairer des tentations, même dans un bled comme Lisle...

Il aperçut le psoriasis sur mes bras, cela sembla un instant le troubler.

— Aussi je me suis dit, reprit-il, retrouvant le fil de sa pensée, que nous devrions essayer de repartir de zéro.

Le serveur l'interrompit pour prendre notre commande. J'étais dans un tel état que je ne me sentais pas capable d'avaler quoi que ce soit mais, pour la forme, je commandai la pizza la plus simple du menu. Il faisait chaud dans le restaurant, cela sentait le renfermé, de la sueur perlait sur mon front, mes paumes étaient moites. Je bus une gorgée d'eau, le verre tremblait dans mes mains.

— En fin de compte, poursuivit Rick, il semblerait que les choses s'arrangent d'elles-mêmes... Tu te souviens que je suis allé à Francfort la semaine dernière pour participer à des réunions concernant un projet immobilier ?

Je hochai la tête.

— On m'a demandé de superviser ce projet car ils aimeraient que notre bureau d'architectes y soit associé.

Il se tut et me regarda, espérant une réaction positive de ma part.

— Eh bien, c'est formidable, Rick. C'est une occasion extraordinaire qui s'offre à toi !

— Alors, tu vois ? Nous irons nous installer en Allemagne. C'est notre chance de repartir de zéro.

— Nous quitterions la France ?

Mon ton de voix le surprit.

— Écoute, Ella, tu n'as cessé de te plaindre de ce pays depuis notre arrivée. Que les gens ne sont pas accueillants, que tu n'arrives pas à t'y faire des amis, qu'ils te traitent en étrangère, qu'ils sont trop guindés, que sais-je... Pourquoi diable voudrais-tu rester ?

— J'y suis chez moi, répondis-je d'une voix à peine audible.

— Écoute, j'essaie d'être compréhensif. Et j'estime que pour le moment je ne m'en tire pas trop mal. Je suis prêt à pardonner et à oublier toute cette histoire avec... Tu sais très bien. Tout ce que je te demande, c'est de t'éloigner de lui. Est-ce excessif ?

— Non, je ne le pense pas.

— Bon.

Il me regarda et sa bonne volonté parut s'évanouir un instant.

— Tu admets donc qu'il s'est passé quelque chose avec lui.

Mon estomac se noua davantage et des perles de sueur ourlèrent ma lèvre supérieure. Je me levai.

— Il faut que j'aille aux toilettes. Je reviens tout de suite.

Je réussis à sortir de table en gardant mon calme, mais, sitôt parvenue aux toilettes, je m'enfermai et me laissai aller, vomissant au rythme de longs renvois qui secouaient tout mon corps, comme si j'avais retenu tout cela trop longtemps et que je rejetais soudain tout ce que j'avais pu avaler en France et en Suisse.

J'en ressortis l'estomac vide, complètement vide. Je m'assis sur les talons et m'adossai à la cloison des toilettes, la lampe du plafond m'éclairant comme un projecteur. La tension avait été évacuée. J'avais beau être épuisée, c'était la première fois depuis des jours que j'y voyais clair. Je ris.

— L'Allemagne ! Nom de Dieu ! marmonnai-je.

Quand je revins à notre table, les pizzas étaient là. Je posai la mienne sur la table voisine et m'assis.

— Ça va ? demanda Rick, avec un léger froncement de sourcils.

— Ouais.

Je m'éclaircis la voix.

— Rick, j'ai quelque chose à te dire.

Il me regarda, crispé par l'appréhension. Il n'avait, en réalité, aucune idée de ce que j'allais dire.

— Je suis enceinte.

Il sursauta. Son visage ressemblait soudain à un écran de télévision sur lequel les chaînes changeraient toutes les secondes au gré des diverses pensées qui lui venaient à l'esprit.

— Mais c'est merveilleux ! N'est-ce pas ? C'est ce que tu voulais, n'est-ce pas ? Si ce n'est que...

Le doute marquait si douloureusement son visage que je faillis lui prendre la main. Il me vint alors à l'esprit qu'un mensonge serait la solution. C'était l'issue de secours que je cherchais. Hélas, je n'avais jamais su mentir.

— C'est le tien, finis-je par lui dire. Cela a dû arriver juste avant que je recommence à prendre la pilule.

Rick se leva d'un bond et fit le tour de la table pour me prendre dans ses bras.

— Champagne ! s'écria-t-il. Nous devrions commander une bouteille de champagne !

Il chercha du regard le serveur.

— Non, non ! repris-je. S'il te plaît ! Je ne me sens pas bien.

— Bon, je comprends. Écoute, commençons par te ramener à la maison. Partons. Tu as tes affaires avec toi ?

Il regarda autour de nous.

— Non, Rick. Assieds-toi, s'il te plaît.

Il obéit, l'appréhension avait réapparu sur son visage. Je respirai à fond.

— Je ne retourne pas avec toi.

— Mais... Ce n'était donc pas la raison de ces retrouvailles ?

— De ces retrouvailles ? Que veux-tu dire par là ?

— De ce dîner. Je pensais que tu reviendrais avec moi. J'ai la voiture et tout et tout.

— C'est ça que t'a dit Mathilde ?

— Non, mais j'ai cru que...

— Eh bien, tu n'aurais pas dû...

— Mais tu attends mon enfant...

— Ne mêlons pas le bébé à ça pour le moment.

— Et pourquoi pas ? Après tout, il est là, n'est-ce pas ?

Je soupirai.

— Oui, je suppose...

Rick finit son vin d'un trait et il posa son verre qui émit un craquement au contact de la table.

— Écoute, Ella, il faut que tu m'expliques quelque chose. Tu ne m'as pas dit pour quelle raison tu t'étais rendue en Suisse. Avais-je fait quoi que ce soit qui ait pu te contrarier ? Pourquoi te comportes-tu de la sorte à mon égard ? Tu sembles sous-entendre qu'il existe un problème entre nous. J'avoue que je tombe des nues. Si l'un de nous devrait être dans tous ses états, c'est moi. Après tout, celle qui fait des frasques, c'est toi.

Je ne savais pas comment lui dire gentiment les choses.

— Vas-y tout simplement, dit-il. Va droit au but.

— Vois-tu, c'est arrivé quand nous nous sommes installés ici. Je me sens différente.

— Comment ça ?

— Ce n'est pas facile à expliquer.

Je réfléchis un moment.

— Tu sais comment tu peux acheter un CD et en être fou pendant quelque temps, le passer et le repasser à longueur de journée, en connaître toutes les chansons. Et tu te dis que tu le connais par cœur et que tu y es particulièrement attaché. Tiens, pense au premier CD que tu as acheté quand tu étais gosse...

— Les Beach Boys. *Surf'sup.*

— Très bien. Et puis un beau jour tu cesses de l'écouter, pour aucune raison particulière, il ne s'agit pas d'une décision consciente. Soudain tu n'éprouves plus le besoin de l'écouter à longueur de journée. Il n'a plus le même attrait. Tu peux l'écouter, te dire qu'il a encore des airs valables, mais il a perdu de sa magie. Comme ça.

— Ça n'a jamais été le cas avec les Beach Boys. J'éprouve toujours la même émotion quand je les écoute.

Je frappai sur la table.

— Nom de Dieu ! Pourquoi fais-tu ça ?

Les rares clients du restaurant levèrent la tête.

— Quoi ? siffla Rick. Qu'est-ce que j'ai encore fait ?

— Tu ne m'écoutes pas ! Tu sautes sur la métaphore et tu la mutiles ! Tu refuses d'écouter ce que j'essaie de te dire !

— Et qu'essaies-tu de me dire ?

— Que je ne crois pas que je t'aime encore ! C'est ça mon message, mais tu refuses de l'entendre !

— Oh !

Il se cala sur son siège.

— Dans ce cas, pourquoi ne l'as-tu pas dit tout simplement ? Pourquoi a-t-il fallu que tu mêles les Beach Boys à tout ça ?

— J'essayais d'expliquer par le biais d'une métaphore, pour que ça soit plus aisé, mais tu insistes pour voir les choses à ta façon.

— Comment pourrais-je les voir autrement ?

— En essayant d'adopter ma perspective ! Oui, la mienne !

Je me frappai la poitrine avec mes phalanges.

— Ne peux-tu donc jamais voir les choses de mon point de vue ? Tu donnes l'impression d'être un homme charmant et facile à vivre, mais tu arrives toujours à tes fins, tu te débrouilles pour que les gens adoptent ta perspective.

— Écoute, Ella, tu veux savoir ce que je vois de ton point de vue ? Eh bien, je vois une femme qui ne sait plus où elle en est, ni où elle va, ni ce qu'elle veut, qui s'accroche à l'idée d'avoir un enfant, histoire de s'occuper. Qui s'emmerde avec son mari et baise avec le premier venu.

Il s'arrêta et détourna son regard, gêné, se rendant compte qu'il était allé trop loin. Je ne l'avais jamais entendu me parler avec une telle franchise.

— Rick, repris-je avec douceur. Figure-toi que ce n'est

pas ma perspective. C'est la tienne, et sans aucune équivoque.

Je fondis en larmes, ne serait-ce que parce que je me sentais soulagée.

Le serveur s'approcha et retira nos pizzas auxquelles nous n'avions pas touché, laissant l'addition sur la table sans attendre que nous la lui demandions. Nous ne la regardâmes ni l'un ni l'autre.

— Est-ce que... Ce changement dans tes sentiments est-il définitif ou temporaire ? me demanda Rick quand j'eus cessé de pleurer.

— Je n'en sais rien.

Il réessaya.

— Cette histoire de CD dont tu parlais... Est-ce qu'il peut y avoir des revirements ? Est-ce que tu peux te repassionner pour lui ?

Je réfléchis.

— Ça arrive.

Mais ça ne dure jamais bien longtemps, ajoutai-je en mon for intérieur. L'engouement initial ne revient jamais.

— Dans ce cas, peut-être que la situation changera.

— Écoute, Rick, tout ce que je sais, c'est que, pour le moment, je ne peux pas revenir avec toi.

Je me sentais à nouveau au bord des larmes.

— Tu sais, poursuivis-je, je ne t'ai même pas raconté ce qui s'est passé en Suisse. Et aussi en France. Ce que j'ai appris sur les Tournier. Toute une histoire. Je pourrais écrire un roman, en comblant certaines lacunes par-ci, par-là. Bref, il semblerait qu'il y ait toute une part de ma vie dont tu ne sais rien.

Rick pinça le haut de son nez entre son pouce et son index.

— Écris tout ça, dit-il.

Il jeta à nouveau un coup d'œil sur mon psoriasis.

— Pour le moment, il faut que je sorte d'ici, on étouffe.

À mon retour, Mathilde était encore debout, elle lisait un magazine dans la salle de séjour, ses longues jambes calées sur la table basse en verre. Elle me regarda d'un air interrogateur. Je m'affalai sur le canapé, contemplant le plafond.

— Rick veut que nous allions vivre en Allemagne, annonçai-je.

— Vraiment ? Ça l'a pris comme ça ?

— Oui, et je n'irai pas avec lui.

— En Allemagne ?

Elle grimaça.

— Bien sûr que non !

Je fis la moue.

— Dis-moi, tu aimes d'autres pays que la France ?

— Les États-Unis.

— Mais tu n'y as jamais mis les pieds !

— Oui, mais je suis persuadée que j'adorerais.

— J'ai du mal à m'imaginer retournant là-bas, la Californie me paraîtrait terre étrangère.

— C'est ce que tu envisages ?

— Je n'en ai pas la moindre idée mais, pour sûr, je n'irai pas en Allemagne.

— Tu as dit à Rick que tu étais enceinte ?

Je me redressai sur mon siège.

— Comment le sais-tu ?

— Ça saute aux yeux ! Tu es épuisée, la nourriture te donne des nausées, mais quand tu décides de manger, tu dévores. Et quand tu ne parles pas, on dirait que tu écoutes quelque chose qui est en toi. J'ai des souvenirs précis de ma grossesse. Dis-moi, qui est le père ?

— Rick.

— Tu en es sûre ?

— Oui, nous avions essayé depuis un moment de mettre un bébé en route, puis nous avions arrêté mais, de toute évidence, pas avant que je tombe enceinte.

Maintenant que j'y pense, les symptômes remontent à quelques semaines.

— Et Jean-Paul ?

Je me retournai sur le ventre et enfouis mon visage dans l'un des coussins du canapé.

— Où veux-tu en venir ?

— Tu as l'intention de le revoir ? De lui parler ?

— Que puis-je lui dire qu'il ait envie d'entendre ?

— Mais... Bien sûr qu'il aimerait avoir de tes nouvelles, même mauvaises. Tu l'as traité de façon un peu désinvolte.

— Oh ! Ça, je n'en sais rien. J'ai trouvé que je lui faisais une faveur en ne le contactant pas.

À mon vif soulagement, Mathilde changea de sujet.

— Je prends mon mercredi, déclara-t-elle, pour aller au Pont-de-Montvert comme tu l'as suggéré. Nous emmènerons Sylvie. Elle adore aller là-bas. Et bien entendu, tu pourras voir M. Jourdain.

— Oh ! Vite mercredi !

Elle poussa un cri et nous éclatâmes de rire.

Le mercredi matin, Sylvie insista pour m'aider à m'habiller. Elle surgit dans la salle de bains au moment où je mettais mon short blanc et un chemisier beige, s'adossa au lavabo et me regarda.

— Pourquoi es-tu toujours en blanc ? demanda-t-elle.

Ça recommence ! me dis-je.

— Ce chemisier n'est pas blanc, rétorquai-je. Il est... de la couleur des céréales...

Je ne savais pas traduire *oatmeal.*

— Non, ce n'est pas vrai. Les corn flakes que je prends au petit déjeuner sont orange !

Je venais de manger trois bols de céréales et j'avais encore faim.

— Alors, qu'aimerais-tu que je porte ?

Sylvie battit des mains et se précipita dans la salle de séjour où elle fouilla dans mon sac de voyage.

— Mais tous tes vêtements sont blancs ou marron, s'écria-t-elle, déçue.

Elle sortit la chemise bleue de Jean-Paul.

— Sauf ça. Mets ça ! ordonna-t-elle. Comment se fait-il que je ne l'aie jamais vue sur toi ?

Jacob avait lavé la chemise à Moutier. Les taches de sang avaient presque disparu, laissant dans le dos une auréole couleur de rouille. Je me disais qu'il fallait regarder de près pour la remarquer, mais Mathilde la repéra dès que je l'enfilai. Surprenant son froncement de sourcils, je me dévissai le cou pour examiner mon dos.

— Crois-moi, tu ne veux pas savoir... dis-je.

Elle rit.

— Une vie qui ne manque pas d'imprévus, n'est-ce pas ?

— Je peux te garantir qu'il n'en a pas toujours été ainsi !

Mathilde regarda l'heure.

— Allons-y, M. Jourdain va nous attendre, dit-elle.

Elle ouvrit le placard de l'entrée, en sortit le sac de sport, me le tendit.

— Tu l'as vraiment appelé ?

— Écoute, Ella, c'est un brave homme. Il est plein de bonnes intentions. Maintenant qu'il sait que ta famille est réellement originaire de la région, il va te traiter comme une nièce avec laquelle il aurait perdu contact depuis longtemps.

— M. Jourdain, c'est celui qui m'a appelée mademoiselle ? Celui qui avait des cheveux noirs ? demanda Sylvie.

— Non, celui-là, c'est Jean-Paul. M. Jourdain, c'est le vieux monsieur qui est tombé de son tabouret. Tu te souviens ?

— J'aimais bien Jean-Paul. On le verra ?

Mathilde m'adressa un grand sourire.

— Tu vois, c'est sa chemise, dit-elle en tirant sur l'un des pans.

Sylvie me regarda, étonnée.

— Si elle est à lui, pourquoi la portes-tu ?

Je rougis, Mathilde se mit à rire.

C'était une belle journée, il faisait chaud à Mende, mais l'air devenait vif et frais à mesure que nous grimpions dans les montagnes. Nous chantâmes pendant tout le trajet. Sylvie m'apprit des chansons qu'elle avait apprises au centre aéré. S'il pouvait paraître étrange de chanter en se rendant à un enterrement, cela n'avait toutefois rien de choquant : nous ramenions Marie chez elle.

Dès que nous nous arrêtâmes devant la mairie du Pont-de-Montvert, M. Jourdain apparut sur le seuil. Il nous serra la main, y compris celle de Sylvie, et retint la mienne un instant.

— Madame, dit-il avec un sourire.

Il m'intimidait toujours autant, et sans doute le sentait-il car son sourire avait un je-ne-sais-quoi de désespéré, tel l'enfant qui veut être pris pour un adulte.

— Allons prendre une tasse de café, dit-il précipitamment, et il nous emmena au bistro de la mairie.

Nous commandâmes des cafés pour nous et un Orangina pour Sylvie, qui nous faussa vite compagnie avec le chat du patron... Quant à nous, adultes, nous nous cantonnâmes dans un silence gêné jusqu'à ce que Mathilde frappe sur la table en s'écriant :

— La carte ! Je file la chercher dans la voiture. Nous voulons vous montrer où nous nous rendons.

Elle bondit de sa chaise et nous laissa seuls.

M. Jourdain se racla la gorge. L'espace d'une seconde, je crus qu'il allait cracher.

— Écoutez-moi, La Rousse, commença-t-il. Vous vous souvenez que je vous ai dit que j'essaierais de me renseigner au sujet de certains des membres de la famille dont les noms sont inscrits dans votre bible ?

— Oui.

— Eh bien, figurez-vous que j'ai retrouvé quelqu'un.

— Qui ça ? Un Tournier ?

— Non, pas un Tournier. Une dénommée Élisabeth Moulinier qui est la petite-fille d'un homme qui habitait à l'Hôpital, un village à côté d'ici. C'était sa bible. Elle l'a apportée ici quand il est mort.

— Vous connaissiez son grand-père ?

M. Jourdain fit la moue.

— Non, répondit-il d'un ton sec.

— Mais... J'étais persuadée que vous connaissiez tout le monde par ici. C'est Mathilde qui me l'a dit.

Il fronça les sourcils.

— Il était catholique, grommela-t-il.

— Oh ! Pour l'amour du ciel ! m'exclamai-je.

Il avait l'air plutôt gêné, mais il était têtu.

— Peu importe, murmurai-je, secouant la tête.

— Toujours est-il que j'ai prévenu cette Élisabeth de votre visite, elle va venir vous rencontrer.

— C'est...

Mais que t'arrive-t-il, Ella ? me dis-je. C'est formidable, non ? As-tu envie d'être apparentée à cette famille ?

— C'est vraiment aimable à vous d'avoir arrangé cette rencontre, repris-je. Merci.

Mathilde revint avec la carte d'état-major que nous étalâmes sur la table.

— La Baume du Monsieur est une colline, expliqua M. Jourdain. Vous avez ici les ruines d'une ferme, vous voyez ?

Il pointa le doigt vers un signe minuscule indiquant une ferme.

— Allez-y et je vous y rejoindrai avec Mme Molinier d'ici une heure ou deux.

En voyant la voiture garée sur le bord de la route, un vieux tacot poussiéreux et cabossé, j'eus un haut-le-cœur. Mathilde, me dis-je. Elle adore passer des coups de téléphone. Je la regardai. Elle se rangea derrière cette guimbarde, s'efforçant d'avoir l'air innocent, mais je pouvais entrevoir un sourire satisfait. Quand nos regards se croisèrent, elle haussa les épaules.

— Si tu continuais seule ? dit-elle. Sylvie et moi allons voir la rivière, d'accord, Sylvie ? Nous te rejoindrons tout à l'heure. Vas-y.

J'hésitai un instant, puis je sortis le sac de sport, pris la pelle et la carte et m'engageai sur le chemin. Soudain, je m'arrêtai et lui criai :

— Merci !

Mathilde me sourit en agitant la main.

— Vas-y, chérie, me cria-t-elle.

Il était assis sur les vestiges d'une cheminée, il me tournait le dos, fumant une cigarette. Il portait la chemise rose saumon. Le soleil brillait dans ses cheveux. Il semblait si réel, si parfaitement à l'aise avec lui-même, tellement dans son élément que c'est tout juste si je pouvais le regarder tant cela me faisait mal. J'éprouvai le désir subit de lui appartenir, de sentir son odeur, de toucher sa peau d'une douce tiédeur.

Lorsqu'il m'aperçut, il se débarrassa de sa cigarette mais ne se leva pas. Je posai et le sac et la pelle. Je voulais le serrer dans mes bras, presser mon nez contre son cou, fondre en larmes, mais impossible. Pas avant que je lui aie tout raconté. Ne pas le toucher exigeait de moi un effort presque surhumain, qui mobilisait toute mon attention si bien que je ne saisis pas ses premiers mots et dus lui demander de les répéter.

Il ne les répéta pas, se contentant de me regarder un long moment, d'étudier mon visage. Je pouvais voir qu'il lui était malaisé de rester impassible.

— Jean-Paul, je suis désolée... murmurai-je en français.

— Pourquoi ? Pourquoi es-tu désolée ?

— Oh !

Je croisai les mains sur ma nuque.

— J'ai tant de choses à te raconter que je ne sais par où commencer.

Ma mâchoire se mit à trembler, je pressai mes coudes contre ma poitrine pour me calmer.

Il tendit la main pour toucher mon front encore contusionné.

— Comment t'es-tu fait ça ?

Je souris, d'un sourire lugubre.

— La vie...

— Dans ce cas, parle-m'en, reprit-il. Et dis-moi aussi pourquoi tu te trouves ici avec ça, ajouta-t-il avec un signe de tête en direction du sac. Raconte-moi tout ça. En anglais. Je parlerai français si nécessaire.

Je n'avais jamais songé à cela : il avait raison, je n'aurais jamais pu traduire en français ce que j'avais à dire.

— Le sac contient des os, expliquai-je, croisant les bras et reposant mon poids sur une hanche. Les os d'une fillette. Je le vois à la taille et à la forme des os, à des cheveux et, qui plus est, à des lambeaux de ce qui ressemble à une robe. J'ai découvert ces restes sous la dalle de cheminée d'une ferme censée avoir jadis appartenu aux Tournier. En Suisse. Je pense qu'il s'agit là des restes de Marie Tournier.

J'arrêtai là mon récit hésitant et j'attendis qu'il conteste. Voyant qu'il ne bougeait pas, je me surpris à répondre à ses questions inexprimées.

— Dans notre famille, on retrouve jusqu'à nos jours les mêmes prénoms au fil des générations. À notre époque, il y a toujours des Jacob, des Jean, des Hannah et des Susanne. Comme une façon de rappeler leur souvenir. Tous les prénoms originels ont survécu, à l'exception de Marie et d'Isabelle. Tu vas trouver que je tire des conclusions hâtives et infondées, mais je crois que cela signifie qu'elles ont mal agi, qu'elles sont mortes, ont été exclues ou je ne sais quoi d'autre, aussi les descendants n'ont-ils pas repris leurs noms.

Jean-Paul alluma une cigarette et aspira à fond.

— Il y a d'autres éléments, des preuves qui te sembleront suspectes. Comme par exemple ses cheveux. Ainsi la mèche qui se trouve là dans le sac est-elle de la couleur des miens... Ou plutôt de la couleur à laquelle ont viré les miens depuis que je suis ici. Et quand nous soulevions la dalle, elle est retombée, produisant ce bruit que j'ai entendu dans mon cauchemar. Ce formidable grondement. Exactement le même. Mais il y a surtout le bleu... Les lambeaux de la robe sont exactement du même bleu que celui que j'avais vu dans mon rêve. Le bleu de la Vierge.

— Le bleu Tournier, dit-il.

— Oui. Tu vas me dire que tout cela n'est qu'une simple coïncidence, et je sais ce que tu penses des coïncidences. Mais vois-tu, cette fois, il y en a trop. Trop pour moi.

Jean-Paul se leva, se désengourdit les jambes, puis il se mit à arpenter les ruines.

— C'est le Mas de la Baume du Monsieur, n'est-ce pas ? me demanda-t-il en me rejoignant. Il s'agit de la ferme qui figure dans la bible ?

Je hochai la tête.

— C'est ici que nous allons enterrer ces os.

— Je peux regarder ? dit Jean-Paul avec un geste en direction du sac.

— Oui.

Il avait une idée. Je le connaissais assez pour savoir interpréter certains signes. J'éprouvai un bizarre soulagement. Mon estomac qui s'était noué en apercevant la 2 CV s'était soudain apaisé, il réclamait pitance. Je m'assis sur les rochers et le regardai. Il s'agenouilla, ouvrit tout grand le sac. Il regarda un long moment, effleura les cheveux, tâta l'étoffe bleue. Il leva alors la tête, me regarda de haut en bas. Je me souvins que je portais sa chemise. Le bleu et le rouge...

— Je ne l'ai pas mise intentionnellement, expliquai-je. Je n'avais pas idée que tu serais ici. Sylvie m'a envoyée la mettre, prétendant que j'avais besoin d'une touche de couleur.

Il sourit.

— Tiens, j'y pense, Goethe a bien passé une nuit à Moutier !

Jean-Paul haussa les épaules.

— Pas de quoi en tirer gloriole, ça lui arrivait souvent de passer la nuit quelque part !

— Je suppose que tu as lu toutes les œuvres de Goethe.

— Tu te rappelles ce que tu m'as dit un jour : « C'est bien toi, ça, de citer un auteur comme Goethe en des moments pareils ! »

Je souris.

— Touché ! Bref, pardon d'avoir pris ta chemise. Et elle a eu... Oui, j'ai eu un petit accident quand je la portais...

Il l'examina.

— Il n'en paraît rien.

— Tu n'as pas vu le dos. Après tout, non, je ne vais pas te le montrer, c'est une autre histoire.

Jean-Paul referma le sac.

— J'ai une idée, dit-il. Mais elle risque de te remuer.

— Au point où j'en suis, rien ne peut me remuer.

— Je veux creuser à cet endroit, près de la cheminée.

— Pourquoi ?

— Une simple hypothèse.

Il s'accroupit près des vestiges de la cheminée. Il n'en restait pas grand-chose. La grande dalle de granit d'autrefois, semblable à celle de Moutier, s'était fendue au milieu et se désagrégeait.

— Écoute, je ne veux pas l'enterrer là, si telle est ton intention, repris-je. C'est bien le dernier endroit où je la mettrais.

— Non, bien sûr que non. Je suis juste en train de chercher quelque chose, c'est tout.

Je le regardai un moment remuer des pierres, puis je me mis à genoux pour l'aider, prenant soin d'éviter les pierres trop lourdes, protégeant mon abdomen. À un moment donné, il regarda mon dos, et de l'index il suivit les contours de la tache de sang sur la chemise. Je restai là, courbée, les bras et les jambes me démangeant tant j'avais la chair de poule. Le doigt de Jean-Paul remonta le long de mon cou, parvenu à mon cuir chevelu il écarta les doigts et les passa dans mes cheveux comme un peigne.

Sa main s'arrêta.

— Crois-moi, tu ne voudras plus me toucher une fois que je t'aurai tout raconté. Je ne t'ai pas encore tout dit.

Jean-Paul laissa retomber sa main et ramassa la pelle.

— Tu me le diras plus tard, répondit-il en se mettant à creuser.

Je ne fus qu'à moitié surprise lorsqu'il trouva les dents. Il me les tendit sans mot dire. Je les pris, ouvris le sac de sport et en sortis l'autre mâchoire. Elles étaient de la même taille. Des dents d'enfant. Dans mes mains, elles paraissaient pointues.

— Pourquoi ? dis-je.

— Dans certaines cultures les gens enterrent des objets dans la fondation des maisons qu'ils construisent. Parfois ce sont des squelettes d'animaux, parfois des chaussures. Parfois, mais c'est rare, des squelettes humains. Ils s'imaginent ainsi que leur âme restera dans la maison pour chasser les esprits mauvais.

Un long silence s'ensuivit.

— Tu veux dire qu'ils ont été sacrifiés. Que ces enfants ont été sacrifiés.

— C'est probable. Tu avoueras que trouver des os sous les dalles de cheminée des deux maisons est une coïncidence trop frappante pour que l'on y voie un simple hasard.

— Mais ils étaient chrétiens. Ils étaient censés être croyants et non point superstitieux !

— La religion n'a jamais éradiqué la superstition. Le christianisme a en quelque sorte voilé les vieilles croyances, il les a dissimulées mais il ne les a pas fait disparaître.

Je regardai les deux mâchoires et j'en eus des frissons.

— Mon Dieu, quelle famille ! Et dire que j'en fais partie... Car je suis une Tournier moi aussi.

Je me mis à trembler de tout mon corps.

— Voyons, Ella, tu es une parente très éloignée, reprit Jean-Paul avec douceur. Tu vis au XXe siècle, tu ne saurais être responsable de ce qu'ils ont pu faire. Rappelle-toi aussi que tu es issue aussi bien de la famille de ta mère que de celle de ton père.

— Mais je suis malgré tout une Tournier.

— C'est clair, mais tu n'as pas besoin d'expier leurs fautes.

Je le regardai, étonnée.

— C'est la première fois que j'entends ce mot dans ta bouche.

Il haussa les épaules.

— Après tout, j'ai été élevé dans la religion catholique. Il y a des choses dont on ne parvient pas à complètement s'affranchir.

Sylvie apparut dans le lointain, courant en zigzags, distraite par les fleurs ou les lapins. On aurait dit un papillon jaune voletant par-ci par-là. En nous apercevant, elle fonça vers nous.

— Jean-Paul, s'écria-t-elle, et elle se précipita près de lui.

Il s'accroupit à côté d'elle.

— Bonjour, mademoiselle, dit-il.

Sylvie éclata de rire et tapota l'épaule de Jean-Paul.

— Vous avez déjà commencé à creuser, tous les deux ?

En chaussures roses, Mathilde avançait à petits pas à travers les pierres, un panier jaune balançant à son bras.

— Salut, Jean-Paul, dit-elle avec un grand sourire.

Il lui rendit son sourire. Il me vint à l'esprit que si j'avais une once de bon sens, je me retirerais avec élégance pour les laisser seuls, permettant ainsi à Mathilde de profiter un peu de la vie et à Sylvie d'avoir un père. Ce serait mon propre sacrifice, une façon d'expier les péchés de ma famille.

Je reculai d'un pas.

— Je vais chercher un endroit pour enterrer ces os, annonçai-je.

Je tendis la main.

— Dis-moi, Sylvie, tu veux venir avec moi ?

— Non, répondit la fillette. Je veux rester ici avec Jean-Paul.

— Mais... Peut-être que ta mère a envie d'être seule avec lui.

Je compris aussitôt que je venais de commettre une gaffe. Mathilde partit de son rire haut perché.

— Franchement, Ella, ce que tu peux être stupide par moments !

Jean-Paul ne dit rien, mais il sortit une cigarette de la poche de sa chemise et l'alluma avec un petit sourire narquois.

— Oui, je suis stupide, marmonnai-je en anglais. Et même très très stupide !

Nous tombâmes d'accord sur l'endroit, un carré d'herbe à côté d'un rocher en forme de champignon, non loin des ruines. Il serait facile de le retrouver à cause de la forme du rocher.

Jean-Paul se mit à creuser tandis qu'assises à côté nous déjeunions. Puis ce fut à mon tour de manier la pelle, puis à Mathilde, jusqu'à ce que le trou ait une soixantaine de centimètres de profondeur. J'entrepris de disposer les os, Nous avions assez creusé pour que deux puissent y tenir, et bien que Jean-Paul n'ait retrouvé que les dents parmi les ruines, je les déposai à leur place comme si le reste du squelette était là aussi. Les autres me regardaient, Sylvie murmurait dans l'oreille de Mathilde. Quand j'eus terminé, je tirai un fil bleu de ce qui restait de la robe et le glissai dans ma poche.

Au moment où je me relevai, Sylvie s'approcha de moi.

— Maman m'a dit que je devrais te demander... commença-t-elle. Tu crois que je peux enterrer quelque chose avec Marie ?

— Quoi ?

Sylvie extirpa de sa poche son savon à la lavande.

— Oui, répondis-je. Mais sors-le d'abord de son emballage. Tu veux que je l'y dépose ?

— Non, je veux l'y mettre moi-même.

Elle s'allongea près de la tombe et laissa tomber le savon. Puis elle se releva et, de la main, brossa la terre sur sa robe.

Je ne savais que faire ensuite : je sentais que j'aurais dû prendre la parole, mais j'étais à court de mots. Je jetai un regard vers Jean-Paul. À mon grand étonnement, la tête baissée et les yeux clos, il murmurait quelque chose, Mathilde faisait de même, Sylvie les imitait.

Relevant la tête, j'aperçus un oiseau immobile au-dessus de nous.

Jean-Paul et Mathilde se signèrent et ouvrirent les yeux en même temps.

— Regardez, dis-je, pointant un doigt vers le ciel.

L'oiseau avait disparu.

— Je l'ai vu, déclara Sylvie. Ne t'inquiète pas, Ella, j'ai vu l'oiseau rouge.

Après avoir comblé la fosse, nous recouvrîmes la tombe de cailloux pour empêcher les animaux de déterrer les os, nous construisîmes ainsi une grossière pyramide d'une quarantaine de centimètres de hauteur.

Nous avions à peine achevé que nous entendîmes un sifflement. Nous nous retournâmes : M. Jourdain se tenait là, devant les ruines, une jeune femme à ses côtés. Même à cette distance, il était évident qu'elle était enceinte de huit mois. Mathilde jeta un coup d'œil vers moi, nous échangeâmes un sourire que Jean-Paul surprit. Il nous regarda, intrigué.

Seigneur ! pensai-je. Il me reste encore à le lui dire... Mon estomac se noua.

En venant vers nous, la femme trébucha. Je restai là, figée sur place.

— Mon Dieu ! murmura Mathilde.

Sylvie battit des mains.

— Ella, tu ne nous avais pas dit que ta sœur venait !

Parvenue à ma hauteur, elle s'arrêta. Nous nous étudiâmes l'une l'autre : les cheveux, la forme du visage, les yeux noisette... Nous nous avançâmes et nous embrassâmes sur les joues, une fois, deux fois, trois fois.

Elle rit.

— Vous les Tournier, vous embrassez toujours trois fois, comme si deux ne suffisaient pas !

Plus tard dans la journée, nous décidâmes de redescendre de nos montagnes. Nous nous séparerions après avoir pris un verre au bar. Mathilde et Sylvie retourneraient à Mende, Élisabeth rentrerait chez elle, dans les environs d'Alès, M. Jourdain regagnerait ses pénates à deux pas de la mairie, quant à Jean-Paul il repartirait à Lisle-sur-Tarn. J'étais la seule à ne pas savoir où j'irais.

Élisabeth et moi cheminâmes ensemble jusqu'aux voitures.

— Tu accepterais de passer quelques jours chez moi ? demanda-t-elle. Viens donc maintenant si le cœur t'en dit.

— Entendu, je viendrai bientôt. J'ai certaines... affaires à régler, mais c'est promis, je viendrai d'ici quelques jours.

Une fois arrivées aux voitures, Mathilde et Élisabeth me regardèrent, l'air d'attendre quelque chose. Jean-Paul contemplait l'horizon.

— Euh... ! Allez-y, leur dis-je. Jean-Paul me ramènera. À plus tard.

— Dis, Ella, tu rentres à la maison avec nous, n'est-ce pas ? me demanda Sylvie, inquiète.

Elle se mit à me tapoter le bras.

— Ne t'inquiète pas pour moi, chérie.

Quand les voitures eurent disparu au bout de la route, Jean-Paul et moi nous retrouvâmes chacun d'un côté de la 2 CV.

— On peut rouler le toit ? demandai-je.

— Bien sûr.

Nous dégrafâmes les crochets des deux côtés, roulâmes le toit et l'attachâmes. Ayant terminé, je m'adossai au flanc de la voiture et posai les bras sur le bord supérieur de la vitre. Jean-Paul s'adossa à l'autre flanc.

— J'ai quelque chose à te dire, commençai-je.

J'avais une boule dans la gorge.

— En anglais, Ella.

— Entendu. En anglais.

Je m'arrêtai à nouveau.

— Tu sais, dit-il, je n'avais pas idée de ce qu'une femme pouvait me manquer. Il y a presque quinze jours que tu es partie et, depuis ton départ, impossible de dormir. Impossible de jouer du piano. Impossible de travailler. À la bibliothèque, les vieilles bonnes femmes me taquinent, mes amis me prennent pour un cinglé. Claude et moi nous disputons pour des broutilles.

— Jean-Paul, je suis enceinte, dis-je.

Il me regarda, son visage était un point d'interrogation.

— Mais nous...

Il s'arrêta.

Je songeai une fois de plus à mentir, un mensonge eût été tellement plus facile... Mais je savais qu'il ne se laisserait pas tromper.

— C'est l'enfant de Rick, lui confiai-je tout bas. Je suis désolée...

Jean-Paul respira bien à fond.

— Pourquoi en être désolée ? répondit-il en français. Tu voulais un bébé, n'est-ce pas ?

— Oui, mais...

— Alors, pourquoi en être désolée ? répéta-t-il en anglais.

— S'il y a erreur quant au géniteur, on peut à juste titre en être désolé.

— Rick est-il au courant ?

— Oui, je le lui ai dit l'autre soir. Il veut que nous nous installions en Allemagne.

Jean-Paul fronça les sourcils.

— Et toi, quel est ton choix ?

— Je n'en sais rien. Il faut que je réfléchisse à ce qui est le mieux pour le bébé.

Jean-Paul s'écarta de la voiture, il traversa la route et resta là un moment à contempler les champs et le granit. Il tendit le bras, cueillit une hampe de genêt et pressa les fleurs jaunes et amères entre ses doigts.

— Je sais... murmurai-je tout bas pour qu'il n'entende pas. J'en suis désolée... C'en est trop, n'est-ce pas ?

Il revint à la voiture, l'air déterminé, voire stoïque. C'est son heure de vérité, me dis-je. Je souris, un sourire bien inattendu.

Jean-Paul me sourit en retour.

— Ce qu'il y a de mieux pour la mère est, en général, ce qu'il y a de mieux pour l'enfant, dit-il. Si tu es malheureuse, l'enfant le sera lui aussi.

— Je sais. Mais je n'arrive pas à savoir ce qui est le mieux pour moi. J'aimerais au moins savoir où je suis vraiment chez moi. Ce n'est plus en Californie. Quant à Lisle, je ne crois pas que je puisse y retourner. En tout cas, pas pour le moment. Ce n'est pas non plus en Suisse. Et sûrement pas en Allemagne.

— Où te sens-tu le plus à l'aise ?

Je regardai autour de moi.

— Ici, répondis-je. Ici même.

Jean-Paul ouvrit tout grand les bras.

— Alors, tu es chez toi. Bienvenue.

Épilogue

Je contemplai le ciel, d'un bleu délavé par un soleil de fin septembre. Le Tarn était encore d'une douce tiédeur. J'étais allongée sur le dos, mes bras se mouvaient sur les côtés, ma poitrine était plate, mes cheveux flottaient au gré de la rivière telles des feuilles autour de mon visage. Je baissai les yeux, mon ventre commençait tout juste à s'arrondir au-dessus de l'eau. J'enserrai ce renflement entre mes paumes.

Je perçus un froissement de papier sur la rive.

— Qu'est-il advenu d'Isabelle ?

— Je n'en sais rien. Il m'arrive de me dire qu'elle quitta Moutier, s'en retourna dans les Cévennes où elle retrouva son berger, y mit au monde son enfant et ils vécurent toujours heureux. Elle redevint même catholique, afin de vénérer la Vierge.

— Tout est bien qui finit bien...

— Oui, mais vois-tu, je ne pense pas qu'il en ait été ainsi dans la réalité. Le plus souvent, je l'imagine mourant de faim dans un fossé, après s'être enfuie de chez les Tournier un enfant mort dans son ventre, oubliée de tous, dans une tombe sans nom.

Un silence suivit.

— Mais tu sais quel sort abominable lui a sans doute été réservé, un sort encore pire que celui-là ?

— Qu'est-ce qui peut être pire ?

— Être forcée de vivre avec ça... À mon avis, elle est

restée à Moutier et a vécu le reste de ses jours avec le corps de sa fille sous la dalle de la cheminée.

Isabelle s'agenouille à la croisée des chemins. Elle a trois options : elle peut aller de l'avant, elle peut revenir en arrière, elle peut rester là où elle est.

— Aidez-moi, Sainte Mère, aidez-moi, prie-t-elle. Guidez mon choix.

Une lumière bleue l'enveloppe, lui accordant un bref réconfort.

Je me redressai soudain, m'accroupissant sur le rocher tout lisse qui s'étirait au fond de la rivière, tandis que ma poitrine retrouvait sa rondeur. Le bébé venait de s'éveiller, il gémissait tel un chaton. Élisabeth le prit sur sa couverture posée sur la rive et elle guida ses lèvres vers son sein.

— Jean-Paul a lu ça ? demanda-t-elle en tapotant le manuscrit à côté d'elle.

— Pas encore. Il le lira ce week-end. C'est sa réaction qui m'angoisse plus que tout.

— Pourquoi ça ?

— C'est ce qui compte le plus pour moi. Il a des idées très arrêtées sur l'histoire. Il ne manquera pas de vivement critiquer ma façon d'aborder le sujet.

Élisabeth haussa les épaules.

— C'est ton histoire, après tout. Notre histoire.

— Oui.

— Et qu'en est-il de ce peintre dont tu m'as parlé, ce Nicolas Tournier ?

— Le capelan, tu veux dire. Le leurre qui sert à brouiller les pistes...

— Comment ça ?

— Oh ! Rien du tout. Il a sa place, quoi qu'en pense Jean-Paul.

Jacob parvient à la croisée des chemins, il trouve sa mère à genoux, nimbée de bleu. Elle ne le voit pas. Il la contemple un moment, ses yeux se moirent de bleu. Alors il regarde autour de lui et s'engage sur la route menant vers l'ouest.

Un peu d'histoire…

La Réforme protestante vit le jour en Allemagne au XVIe siècle, sous l'influence de Martin Luther. Jean Calvin, l'un de ses disciples, vint s'installer à Genève où il forma des prédicateurs à sa doctrine. Ses principes reposent sur les mérites d'une vie pieuse et austère ainsi que sur le culte de Dieu sans la nécessité d'un intermédiaire sacerdotal. Ces prédicateurs essaimèrent en France, annonçant la « Vérité », nom donné à la doctrine calviniste. Ils convertirent rapidement de nombreux habitants des villes et des membres de la noblesse.

En revanche, il leur fallut plus longtemps pour s'implanter dans les régions rurales comme les Cévennes. Toutefois, dès l'arrivée des prédicateurs, nombre de paysans se convertirent à la Vérité et se mirent à pratiquer en cachette, dans des granges ou dans les forêts, jusqu'à ce qu'ils évincent les prêtres catholiques et occupent les églises. En 1560 et 1561, les huguenots – ainsi appelait-on les protestants français – s'approprièrent plusieurs églises catholiques de villages cévenols, et ils finirent par l'emporter en nombre sur les catholiques dans cette région.

En 1572, des milliers de huguenots qui s'étaient rassemblés pour le mariage du futur Henri IV furent massacrés. Ce massacre, dit massacre de la Saint-Barthélemy, déclencha des persécutions qui s'étendirent à toute la France, contraignant de nombreux huguenots à émigrer. L'édit de Nantes qui protégeait les droits des protestants restaura une paix fragile, mais le conflit religieux s'envenima lorsque Louis XIV le révoqua en 1685. Les huguenots se dispersèrent alors dans toute l'Europe. Au début du XVIIIe siècle, les huguenots des Cévennes s'insurgèrent contre la répression religieuse, c'est ce que l'on a appelé la révolte des Camisards. Leur tentative échoua et ils durent, une fois de plus, pratiquer leur religion dans la clandestinité.

Table des matières

Composition et mise en pages réalisées
par IND - 39100 Brevans

Achevé d'imprimer par GGP Media GmbH, Pößneck
en Juillet 2005
pour le compte de France Loisirs,
Paris

N° d'éditeur: 43197
Dépôt légal: Août 2005
Imprimé en Allemagne